U0651732

第一日

Le
premier
jour

[法]
马克·李维 / 著
Marc Levy

陈睿 / 译

湖南文艺出版社
HUNAN LITERATURE AND ART PUBLISHING HOUSE

博集天卷
CS·BOOKY

图书在版编目（CIP）数据

第一日 /（法）李维（Levy，M.）著；陈睿译. — 长沙：湖南文艺出版社，2014.11
书名原文：Le premier jour
ISBN 978-7-5404-6924-5

Ⅰ. ①第…　Ⅱ. ①李…②陈…　Ⅲ. ①长篇小说 – 法国 – 现代　Ⅳ. ①I565.45

中国版本图书馆CIP数据核字（2014）第230558号

©中南博集天卷文化传媒有限公司。本书版权受法律保护。未经权利人许可，任何人不得以任何方式使用本书包括正文、插图、封面、版式等任何部分内容，违者将受到法律制裁。

著作权合同登记号：18-2014-115

Le premier jour by Marc Levy
Copyright © 2009 Marc Levy / Susanna Lea Associates
Published by arrangement with Susanna Lea Associates through Bardon–Chinese Media Agency
Simplified Chinese translation copyright © 2014 by China South Booky Culture Media Co., Ltd.
ALL RIGHTS RESERVED

上架建议：外国文学

第一日

作　　者：［法］马克·李维
译　　者：陈　睿
出 版 人：刘清华
责任编辑：薛　健　刘诗哲
监　　制：蔡明菲　潘　良
策划编辑：马冬冬
特约编辑：汪　璐
版权支持：辛　艳
版式设计：张丽娜
封面设计：棱角视觉
出版发行：湖南文艺出版社
　　　　　（长沙市雨花区东二环一段 508 号　邮编：410014）
网　　址：www.hnwy.net
印　　刷：三河市中晟雅豪印务有限公司
经　　销：新华书店
开　　本：880mm×1230mm　1/32
字　　数：316 千字
印　　张：12
版　　次：2014 年 11 月第 1 版
印　　次：2017 年 8 月第 6 次印刷
书　　号：ISBN 978-7-5404-6924-5
定　　价：36.00 元

质量监督电话：010-59096394
团购电话：010-59320018

目录
contents

楔子 001

在非洲大地的最东端，太阳正在缓缓升起。通常在这个时候，拂晓的霞光早已照亮了这块位于奥莫山谷的考古现场，但今天的情况有点不一样。凯拉坐在考古工地旁的矮墙上，凝望着依旧昏暗的地平线，她手中紧紧捧着的咖啡杯散发出丝丝温暖。零星雨滴敲打在干涸的地面上，溅起点点尘埃。这时，一个小男孩向凯拉跑了过来。

我已经很久没有感受过这般柔情了。我将之前比赛的失败抛到了脑后，甚至不再去想我梦想的阿塔卡马高原距离我现在生活的伦敦有多么遥远。

"我们每个人都是浩瀚星空中的一粒微尘。"

——安德烈·布拉伊克

（André Brahic）

献 给 宝 玲 和 路 易

楔子

——"黎明，是从哪里开始的？"

在我六岁的时候，内向得近乎病态的我好不容易鼓足勇气，在课堂上提出了这样一个问题。可是，当时正在给我们上课的科学课老师回过头来看了看我，满脸愕然，随后耸了耸肩，转过身去继续在黑板上写当天的课堂作业，就好像我这个人根本不存在似的。我垂下了头，紧盯着我的课桌，假装看不到班上同学们充满嘲讽的冷酷的眼神。其实，他们跟我一样，也不知道这个问题的答案。黎明，是从哪里开始的？一天又是在哪里结束的？为什么总有无数的星星在天空中闪烁，而我们却无法了解、无法认识它们所属的世界？这个世界上的一切到底是从哪里开始的？

在我童年时的每个夜晚，我总是在父母睡着后偷偷爬起来，蹑手蹑脚地走到窗前。我总是把脸贴在百叶窗边，久久地仰望夜空。

我叫阿德里亚诺斯，不过，除了我母亲老家的人这么叫我，其他人一直都叫我阿德里安。我是一个天体物理学家，专门研究太阳系以外的行星。我现在在伦敦大学天文系工作，办公室就位于大学所在的高尔街广场，不过，我几乎从来不在那里办公。地球是圆的，天空是弯的。要想真正了解宇宙的种种奥秘，就必须不停地到处走，跑遍天涯海角：有时候，为了寻找最佳的观测点，甚至要到最荒芜的地方，到那些远离大城市、没有一丝光亮的角落。多年以来，我放弃了大多数人所享受的正常人的生活：房子、妻子和孩子。我想，这是因为我还在不懈地追寻着那个问题的答案，那个从童年时起一直反复出现在我梦中的问题：黎明，是从哪里开始的？

如今，我将我的日记整理出来，希望有朝一日能有人发现它，并最终有勇气将其中记录的故事告诉大家。

对于一个科学家来说，承认一切皆有可能，这是一种难能可贵的、最真挚的谦逊态度。直到我邂逅凯拉的那个晚上，我才发现，在这一点上，我远不及她。

过去这几个月发生在我身上的经历远远超越了我的认知范围，也彻底颠覆了我之前对世界起源的看法和设想。

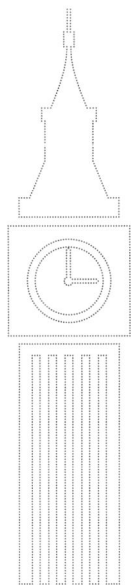

第一部分

　　在非洲大地的最东端，太阳正在缓缓升起。通常在这个时候，拂晓的霞光早已照亮了这块位于奥莫山谷的考古现场，但今天的情况有点不一样。凯拉坐在考古工地旁的矮墙上，凝望着依旧昏暗的地平线，她手中紧紧捧着的咖啡杯散发出丝丝温暖。零星雨滴敲打在干涸的地面上，溅起点点尘埃。这时，一个小男孩向凯拉跑了过来。

在非洲大地的最东端，太阳正在缓缓升起。通常在这个时候，拂晓的霞光早已照亮了这块位于奥莫山谷的考古现场，但今天的情况有点不一样。凯拉坐在考古工地旁的矮墙上，凝望着依旧昏暗的地平线，她手中紧紧捧着的咖啡杯散发出丝丝温暖。零星雨滴敲打在干涸的地面上，溅起点点尘埃。这时，一个小男孩向凯拉跑了过来。

"你怎么起来啦？"凯拉轻轻揉着小男孩浓密的头发。

哈里点了点头。

"我跟你说过多少次，不能在我们挖掘的工地里乱跑。万一不小心绊倒了，你可能就会毁掉我们好几个星期的工作。而且弄坏的东西是无法替代的。你有没有看到这些用小细绳拉起来的通道啊？不如这样，你就把这里想象成一个露天的陶瓷店吧！我知道，这不是一个适合你玩耍的理想场地，不过我也没有更好的办法啦。"

"这本来就不是我的游乐场，是你的！而且它一点也不像一个商店，更像一个墓地！"

哈里指着乌云压境的天空问道："这是怎么回事？"

"我也从来没见过这样的天气，不过我敢说这不是什么好兆头。"

"如果下雨的话，那就太棒啦！"

"应该说太糟糕吧？！快跑去把队长找来，我得想办法保护这里的场地不要被雨淋了。"

小男孩在凯拉身旁跃跃欲试，时刻准备着往前冲。

"现在你有充分的理由啦，快跑起来！冲啊！"凯拉手一挥，向小男孩发出了号令。

远处，天空越来越暗。狂风大作，将考古工地里保护石冢（石头堆）的壁板一一掀翻。

"真是倒霉透了！"凯拉嘟囔着从矮墙上跳了下来。

她顺着小路往营房的方向走去，半路上碰到了跑来找她的挖掘队队长。

"在雨落下来之前，我们得想办法尽可能地遮盖住工地。请您找人尽快加固网格，集结我们所有的队员，如果有必要还可以去找当地的村民帮忙。"

"这可不仅仅是一场雨这么简单，"性格温顺的队长回答道，"我们什么也做不了，村民们也都已经撤离了。"

看到凯拉神色不安，队长继续解释，由阿拉伯半岛"夏马风"（波斯湾的一种西北风）掀起的一场巨型沙尘暴正在向他们靠近。通常情况下，这股强劲的季风会穿过沙特阿拉伯的大沙漠，顺着阿曼湾的方向往东而去，但现在它一反常态，极具破坏性地向西边扑来。

"我刚听了电台发出的警报，这场风暴已经掠过厄立特里亚，穿越了边境，马上就要袭击我们这里了。它所到之处，没有什么能够幸免。我们唯一的选择是往山顶上逃，找一个岩洞躲一躲。"

凯拉抗议道："那也不能就这么放弃我们的考古现场啊！"

"凯拉小姐，这些被您当成宝贝的碎骨残骸在地里不是已经埋藏成千上万年了吗？我向您保证，我们还会重新挖掘出来的，但首先要保住我们的命才行啊。别再浪费时间了，情况已经很紧急了。"

"对了，哈里在哪儿？"

"我完全不知道啊！"队长一边回答一边环顾四周，"我今天一上午都没见到他。"

"不是他去通知您过来的吗？"

"没有，我刚才跟您说过，我是听到了广播里通知居民撤离的消息，才赶过来找您的。"

说话间，天已经完全黑了下来。就在几公里之外，天地间似乎涌出一股股"巨浪"，裹挟着大片沙尘，向他们逼近。

凯拉扔下手中的咖啡杯，拔腿狂奔。她离开大路，顺着山丘往下，跑到了河边。她的双颊被漫天飞扬的风沙割得生疼，双眼也几乎无法睁开。刚一开口大声呼喊哈里的名字，她的嘴里就被灌满了沙土，几乎无法呼吸。可是她丝毫没有放弃的念头。透过越来越浓的灰霾，她好不容易找到了露营的帐篷。每天早晨，哈里都会来到这顶帐篷门前把她叫醒，然后跟她一起爬到山丘上看日出。

她掀开门帘，帐篷里空空如也。整个营地就像一个孤寂的鬼城，没有任何生命的迹象。远处依稀能看见村民们正翻过山丘，往山顶上的洞穴逃去。凯拉逐一查看了周围的帐篷，一边走一边不停地呼喊着哈里的名字，然而回应她的只有风暴的轰鸣声。队长一把抓住凯拉的手，要强行将她拖走，但凯拉依然不甘心地呆呆地望着旁边的山冈。

"来不及了！"队长大喊，他的脸已经用布裹得严严实实。

他紧紧搂住凯拉，带着她往河岸边跑去。

"快跑，见鬼！快跑啊！"

"哈里！"

"他肯定在某个地方躲着呢，快别喊啦，抓紧我！"

海啸般的沙尘暴步步紧逼，不断地吞噬着他们身后的土地。在河的下游，河水在两处峭壁之间沉了下去，队长发现了一个凹陷的山洞，赶紧拖着凯拉躲了进去。

"往这儿！"队长把她往深处推。

就在一刹那，裹挟着泥土、沙石和草木碎屑的巨浪从他们临时避难所的顶上呼啸而过。凯拉和队长在里面紧贴着地面，抱成一团。

山洞陷入了一片漆黑，风暴的轰鸣声响彻耳边。四周的岩壁也跟着晃动起来，似乎马上就要崩塌，将两人长埋于此。

"也许几千万年以后会有人挖到我们的骸骨吧：你的肱骨靠着我的胫骨，你的锁骨挨着我的肩胛骨。到那个时候，古生物学家会认为我们是一对农夫农妇，或者以为你是渔夫，而我是你的妻子，被一起埋在这里。当然，我们不会引起太多的关注，因为这里没有任何陪葬的祭品。我们最终的'归宿'很可能是被装在纸箱子里，放在某个小博物馆的储物架上，被叫作'史莫克（Schmocks）'的骸骨！"

"这可不是什么开玩笑的好时候，而且这一点也不好笑！"队长嘟囔着，"'史莫克'是什么？"

"就是像我这样的人啊：耗费了大量时间和精力，可是得到的成果大家都不屑一顾；而且还要眼睁睁地看着自己的心血在顷刻之间毁于一旦却无能为力。"

"不过，两个活着的'史莫克'总好过两具死尸吧。"

"说得也有道理！"

风暴的隆隆声一直持续着，让人感觉好像无休无止。外面不时有碎石块被大风卷走，而他们藏身的地方终究抵挡住了狂风的袭击。

慢慢地，天空亮了起来，山洞里也渐渐被照亮，风暴终于绝尘远去了。队长站了起来，伸出手想把凯拉扶起来，但凯拉拒绝了。

"你出去的时候能把门关上吗？我宁愿待在这里，我实在不确定自己能否接受外面的景象。"

队长懊恼地看着她。

"哈里！"凯拉大喊着冲了出去。

外面的世界一片荒芜，颓败的景象随处可见。河边陡坡上的草木被连根拔起，岸边的赭石也被染上了一层再也洗不掉的土栗色。河水将一团团淤泥冲到了几公里以外的三角洲地带。营地里的帐篷被吹得七零八落，全都散了架。村民们的茅屋也没能抵挡住暴风的侵袭，支离破碎地散落在十几米开外的礁石和树干之上。在山丘高处，村民们纷纷走出避难的山洞，查看自己的牲畜和庄稼。奥莫山谷的一名村妇一边大哭，一边将孩子们紧紧地搂在怀里。在更远处，另一个部落的村民们围成了一团。凯拉环顾四周，依然没有发现哈里的踪迹，却看见有三具尸体横躺在岸边。她的心跳骤然加快。

"您别担心，他应该躲在某个山洞里，我们会找到他的。"队长试图把凯拉的目光吸引回来。

凯拉紧紧拽住队长的手臂，跟着他一起重新爬上山丘，来到了他们的考古现场。工地里的网格线全都消失了，地上布满了碎片，风暴已经摧毁了一切。凯拉弯下腰捡起脚边的瞄准镜，下意识地拂去上面的灰尘，然而镜头已经彻底损坏了。不远处，放置经纬仪的三脚架斜躺在黄土里。

突然，哈里惊魂未定的小脸蛋出现在这片废墟之中。

凯拉冲过去，一把将哈里抱入怀中。这样的举动很少会发生在她身上。通常来说，她会用言语来表达对身边亲人的喜爱，而从来不会有丝毫亲昵的动作。可是这一次，她把哈里抱得如此之紧，以至于小男孩试图要挣脱她的怀抱。

"你吓死我了！"她一边说一边擦拭着小男孩脸上的泥垢。

"我吓死你了？经过刚刚发生的这一切，我还能把你吓死啊？"哈里一脸困惑地说。

凯拉没有回答。她抬起头环顾四周，凝望着自己曾经的工作成果：一切都毁了，所有的心血付诸东流。就连今天早晨她坐过的那堵矮土墙，在"夏马风"的威力之下，也都已经彻底坍塌了。就在刚刚过去的几分钟内，她失去了一切。

"哎呀，你的'商店'被洗劫一空了！"哈里喊着。

"是啊，我的陶瓷店呢？"凯拉嘟囔着回答。

哈里习惯性地抓住凯拉的手，想要找出她在手里藏了些什么——以往，凯拉总是会走在前面并假装发现了很重要的东西，让哈里立即过来瞧瞧是什么宝贝。然后她会一边拨弄着"上当受骗"的哈里的头发，一边为自己的举动而感到抱歉。可是这一次，凯拉丝毫没有戏弄哈里的意思，她摊开手，接着马上在哈里的手掌中再次握紧了拳头。

"该死的！"她用几乎听不到的声音抱怨道。

"你还可以重新挖到的，是吧？"

"再也不可能了。"

"你只要再挖深一点就行啦。"男孩反驳道。

"即使挖得再深也没有用。"

"那要怎么办？"

凯拉盘着腿坐在废墟之中，哈里也模仿着坐了下来，默默陪在一旁。

"你要走了，要离开我了，是吗？"

"我在这里的工作结束了。"

"你还可以帮我们重建村子。所有的一切都毁了。这里的人之前也帮了你们很多忙呢。"

"你说得对，我想我们这几天会留下来帮忙，不过最多也不会超过几个星期。我们最终还是要离开的。"

"为什么？你在这里过得不开心吗？"

"我从来都没有这么开心过。"

"那你就应该留下来！"男孩大声说。

队长朝他们走了过来。凯拉用眼神示意哈里，自己需要跟队长单独待一会儿。哈里往远处走了几步。

"别到河边去！"凯拉冲着男孩喊。

"关你什么事，你都要走啦！"

"哈里！"凯拉恳求道。

小男孩依然头也不回地朝着她明令禁止的方向走去。

"您打算彻底放弃这块工地了？"队长吃惊地问道。

"我认为我们可能没有其他选择了。"

"为什么要灰心呢，一切都可以从头再来！我们有的是干劲。"

"唉，这可不仅仅是个人意志的问题，现在缺乏的是物资设备。资金也所剩无几，没办法再继续雇用人力了。我本来是希望能在短时间内有重大发现，这样才能争取到更多的资助。可现在看来，我估计大家都要失业了。"

"那这个小人儿呢？你打算拿他怎么办？"

"我不知道。"凯拉沮丧地回答。

"自从他妈妈去世后，您可是他唯一亲近的人了。为什么不把他一起带走呢？"

"我没有这个权利。他要是跟我走的话，还没等过境就会被抓进牢房关上几个星期，最终还是会被遣送回这里。"

"这么说，在你们看来，我们都是些野蛮人吧？！"

"您就不能帮忙照看他一下吗？"

"我养活自己的一家人都已经不容易了，恐怕我妻子很难接受我们家再添一张嘴。况且，哈里是穆尔斯人，属于奥莫山谷，而我们是阿姆哈拉人。这都是很难解决的问题。凯拉小姐，当初是你给他起的名字，这三年来也是你教会了他你们的语言。实际上，你算是已经收养了他，你得负起责任来。他如果再一次被抛弃，那就真的不可能恢复过来了。"

"那您希望我怎么叫他？我遇到他的时候，他什么都不说，总得给他起个名字吧！"

"我们在这里争论也没什么用，还是先找到他再说吧。瞧他刚才那副神情，我估计这孩子可能不会这么快回来。"

凯拉的同事们在挖掘现场围成了一圈，气氛十分沉重。所有人都在观察工地的受灾程度。随后，大家都向凯拉靠拢，等候她的指示。

"别这么看着我，我可不是你们的妈妈！"凯拉有些怒气冲冲。

"我们所有的东西都没了。"其中一位队员抗议道。

"村里有人员伤亡，我自己在河边就发现了三具尸体。"凯拉回答，"我一点也不在乎你把自己的睡袋给搞丢了。"

"现在要尽快处理尸体。"另一个队员提议，"情况已经够糟糕了，不能再让霍乱传染起来。"

"有人愿意帮忙吗？"凯拉迟疑地问道。

没有一个人举手。

"好吧，那大家就一起去吧！"凯拉发出了命令。

"最好还是等他们自己的家人来寻回遗体吧，我们得尊重当地的风俗传统。"

"这次的风暴可没有像你这样顾忌这么多。我们必须在水源被污染之前行动起来。"凯拉坚持着。

于是，队员们都动了起来。

这个让人难过的差事持续了一整天。大家把河里的尸体拉出来，在远离岸边的地方挖坑埋葬。每一个坟堆上都砌上了小石头堆。大家按照自己的信仰和习惯，一边默默祈祷，一边回想这三年来的生活点滴。天色暗了下来，考古队员们结束了工作，围坐在火堆前。这里的夜冰凉如水，大家都没有可以用来御寒的物资，只能靠在火堆旁边小憩。夜里，大家轮流守夜。

第二天，考古队赶去向村民施以援手。村里的小孩被集中在一起，交由年老的妇女看管。年轻人则四处查看，将可以用于重建家园的材料收集起来。在这里，不需要任何言语，大家主动自觉地相互帮忙，所有人都在忙碌，每个人都知道自己该干什么，一切井然有序。一部分人在切割木材，一部人在收集枝叶用于修补茅屋顶；还有人在田间奔忙，试图把幸存下来的牛羊集中起来。

第二天晚上，村民们收留了考古队，并邀请他们一起享用并不丰盛的晚餐。尽管大家仍处在对逝者的哀悼之中，但幸存者们依然唱起了歌，跳起了舞，以此来感谢上苍的网开一面。

接下来的几天，大家继续忙碌着重建家园。两个星期之后，尽管灾难仍给大自然留下了不可磨灭的痕迹，但村里的生活基本恢复了正常。

当村长对考古队表示感谢的时候，凯拉提出与他私下面谈。一个外国女人走进村长的屋里，这在村里人看来还是有些难以接受的。即便如此，村长为了表达自己的感激之情，还是接见了凯拉。在凯拉的要求下，村长承诺：只要哈里再露面，他一定会照看好他，直到凯拉回来。最后，村长向凯拉示意谈话到此为止。他微笑着补充道，哈里是藏不住的，他应该走得不远，因为连续几晚，都有一只奇怪的"小动物"趁着村民熟睡的时候偷走了一些食物，"它"留下的脚印看起来非常像小男孩的。

风暴结束后的第九天，凯拉将考古队集中起来，告诉大家是时候动身离开非洲了。电台联络的设备已经被毁坏，一切只能靠他们自己了。摆在他们眼前的有两条路：一是步行至图尔米小镇，运气够好的话，也许能在那里找到车子开往北方，最后到达首都。然而，去往图尔米的沿途都非常危险，基本上没有平坦的道路，要经过艰苦的攀爬才能穿过险关要道。而另一个选择就是在山谷底部顺流而下，几天后能到达图尔卡纳湖。乘船横穿湖区之后，便进入了肯尼亚边境的洛德瓦尔镇。在那里有一个小机场，每天都有航班来回，为当地运送物资。到时总能找到一位机师捎他们出去。

"图尔卡纳湖？这个主意真是了不起！"一名队员大叫道。

"难道你宁愿一路翻山越岭？"凯拉恼火地反问。

"图尔卡纳湖里有 14 000 只蠢蠢欲动的鳄鱼。这就是你所说的救命之湖。那里白天酷热难忍，而且随时会有非洲地区最强烈的暴风雨。根据现在的装备情况，我们不如直接自杀更省事，还能少受一些折磨！"

"我们没有更完美的解决方案了。"凯拉让大家举手表决，穿越湖区的方案只有一人反对，最终获得了通过。队长本打算一同前往，不过考虑到要去北方与家人会合，就不得不放弃了这个计划。在村民们的帮助下，考古队开始准备所需物资，计划第二天一早就出发。

夜里，凯拉躺在草垫上辗转反侧，一直难以入眠。她一闭上双眼，哈里的面容就浮现在她眼前。她回想起了他们相遇的那一天：凯拉刚完成了 10 公里的远足，在返回营地的路上遇到了哈里。他孤零零的，独自一人站在一间简陋的茅屋前。四周空无一人，小男孩紧紧地盯着凯拉，沉默不语。该怎么办呢？假装什么都没发生，继续赶路？凯拉最终坐到了男孩的身边，他依旧一言不发，却把头扭向他破旧的家门。凯拉发现他的母亲刚刚去世。她询问小男孩是否还有其他家人、有什么地方能送他去，而小男孩继续保持沉默，明亮的眼神中满是固执。凯拉不再说什么，在他身边默默地坐了好几个小时。终于，她站起来继续赶路。一路上，她能感觉到小男孩在远处偷偷地跟着她，而在她回头看的时候又躲了起来。在她快到营地时，凯拉发现自己身后并没有小男孩的踪迹。她一开始还以为小家伙走到半路就转头回去了，直到第二天，当队长宣称有人偷走了食物时，她才感觉到松了一口气。

又过了好几个星期，两人才再次碰面。凯拉每天晚上都要求在她的帐篷前留一些食物和水，而队长每次都表示反对，因为这样很容易引来猛兽。只有凯拉知道，引来的不会是野生动物，而是一个孤单又害怕的小男孩。

随着时间的推移，凯拉更加关注男孩的异常举动。每到晚上，她就会留心倾听帐篷前小男孩的脚步声，她甚至已经给他取了一个名字：哈里。至于为什么是这个名字，她也不知道，只是这个名字曾经在她梦里出现过。一天晚上，凯拉决定冒险在帐篷外的箱子旁等待，像往常一样，箱子上摆放着留给小男孩的晚餐。而与以往不同的是，凯拉在箱子上铺了一层桌布，让它看起来像一张正规的餐桌，伫立在荒野之中。

哈里沿着河边的小径走了上来。他昂着头挺着胸，神情骄傲。待他走到箱子跟前时，凯拉摇手跟他打了个招呼，便开始吃了起来。小男孩犹豫了一会儿，然后坐到了凯拉的对面。在美丽的星空下，他们就这样第一次享用了二人晚餐。凯拉开始教哈里一些简单的词，他从不当场重复，可是等到第二天晚餐时，他总能丝毫不差地将前一晚所学的东西全部复述出来。

差不多一个月之后，哈里开始在白天出现。当凯拉小心翼翼地凿开地面，期望能有所发现时，小男孩向她走来。接下来的那一段时间在她的记忆中是最特别的。凯拉向哈里解释着自己的一举一动，一点也不担心男孩是否能听懂。为什么要不停地去寻找这些已变成化石的小小碎屑？这到底有多重要？怎么才能通过这些东西去发现我们这个星球上人类的秘密？诸如此类。

第二天的同一时刻，哈里又来了。这次他陪着凯拉待了整个下午。接下来的日子，哈里总是很准时地出现在凯拉面前。他并没有手表，可是对时间的精确把握令人吃惊。又过了几个星期，不知不觉地，小男孩已经离不开营地了。在每天的午餐和晚餐之前，凯拉都要给哈里上课，教他各种复杂的词汇，而他从无怨言。

如今这一个夜晚，凯拉多么想再次听到那熟悉的脚步声在她的帐篷前面响起，多么想哈里像以往一样等待着她的召唤，为他讲述她最熟悉的非洲神话故事。

明天就要出发了，怎么可以不见他一面呢？不留下一句话就这么离开，这比抛弃他更加残忍，沉默本身就是一种背叛。凯拉手里紧紧握着哈里在某一天送给她的礼物。凯拉把它当吊坠，用一根皮绳穿着挂在脖子上，从不离身。这是一个奇怪的小物件，三角形，表面光滑，像乌木一样坚硬暗沉，是否真的是从乌木上切割下来的，她也不知道。这东西不像是部落的装饰品，即便是村长也无法确定它的来历。当凯拉拿给他看时，这位老人摇了摇头，表示自己也不知道这是什么东西，还建议她最好不要留在身上。然而，这可是哈里送她的礼物啊。她曾经向男孩打听这个物件的来历，男孩说这是他在图尔卡纳湖中的一个小岛上发现的。有一天，他和父亲爬上了那个小岛，在岛上有一个沉睡了几个世纪的死火山口，附近堆积着肥沃的淤泥，他就是在那里发现了这个宝贝。

凯拉把吊坠放回胸前，闭上双眼打算睡一会儿，却始终睡不着。

天刚蒙蒙亮，凯拉便起身收拾行李并叫醒她的同事。接下来的旅程将相当漫长。大家随便吃了几口早餐就启程了。村里的渔民给考古队提供了两只独木舟，每只能坐四个人。沿途有一些地段，队员们需要扛着小舟走一段路，以便绕开瀑布。

所有的村民都聚集在河岸边为考古队送行，唯独看不见那个小男孩。村长将凯拉紧紧抱入怀中，难以掩饰心中的激动。孩子们纷纷跳进水中，帮忙把小船推离河岸。然后，载着考古队的两只小船顺着水流的方向，慢慢漂远。

最开始的一段路，还能看见村民在沿岸的田间向他们挥手。凯拉一直保持沉默，依然等待着她期望看到的那个人。可是，当河流改道转进两处峭壁之间时，她最后的希望彻底落空了。小船已经漂离岸边太远，再也看不到什么人了。

"也许这样更好。"凯拉的法国同事米歇尔在她耳边低语。米歇尔是她在队里最亲近的人。

凯拉想开口回应,可是喉咙像打了结一样发不出声来。

"他的生活还会继续。"米歇尔接着说,"别太担心,你没有必要懊恼。要不是因为你,哈里可能早就饿死了。况且村长已经答应你会照看好他的。"

小船顺着水流继续往湖的更深处挺进,突然,哈里的身影出现在附近的一小片沙滩上。凯拉猛地站起身来,差点把船弄翻。米歇尔努力保持着小船的平衡,另外两个队员则发着牢骚。但凯拉完全听不到他们的抗议和警告,她紧紧地盯着蹲在地上的小男孩,他正远远地望着她。

"哈里,我还会再回来的,我向你保证!"凯拉大喊。

小男孩没有回应。他到底听到了没有?

"我之前到处找你。"凯拉用尽了全身的力气,继续大叫,"我本来想走之前再见你一面的。""我会想你的!"凯拉哽咽了,"我向你保证,我一定会回来,你一定要相信我!你听到了吗?哈里,我求求你了,给我一个手势,哪怕动一小下,让我知道你听见了。"

可是,小男孩一动不动,没有任何表示。当小男孩的身影消失在河流转弯处时,他微微地挥了一下手道别,可凯拉再也看不到了。

阿塔卡马高原,智利

一整个晚上,完全不可能合眼。每当我以为即将睡着的时候,都会被晃动的小床摇醒,随之而来的便是一阵窒息,这种可怕的感觉一直挥之不去。我的澳大利亚同事埃尔文虽然已经适应了高海拔的环境，可自从他来到这里就放弃了睡觉。他每天都练瑜伽，这似乎能让他感觉好一点。至于我，虽然曾经跟一个跳舞的姑娘约过会，在那段时间里积极地去斯隆街的专业训练室上课，而且是每周两次，可是，就凭我的这一点三脚猫功夫，完全不足以帮助我的身体抵挡高海拔的影响。在海拔 5 000 多米的地方，气压急降 40%。待上几天之后，你便会出现高原反应，体内的血液开始变得更浓稠，感觉脑袋越来越重，思维开始混乱而没有逻辑，写字也变得吃力起来，连最微弱的体力活动都会打破体内的平衡，耗尽你的能量。在这里待得最久的工作人员建议我们尽可能多地补充葡萄糖。对于甜食爱好者来说，这里简直就是天堂：完全不用担心体重的问题，刚吃下去的糖分很快就会在体内新陈代谢。唯一的问题是，在海拔 5 000 多米的地方，你连一点胃口都不会有。而我基本上全是靠巧克力棒硬撑着的。

阿塔卡马高原是一个与世隔绝的地方。这里非常干燥，四面环山。要不是会感觉呼吸困难，这里跟其他的沙漠地带并没有太大区别。在这个号称世界屋脊之一的地方，除了我们之外，见不到任何生物和植物，只有存在了 2 000 万年的沙石遍布四周。我们在这里呼吸到的稀薄空气是全球最干燥的，比死亡谷的空气还要干燥 50 倍。四周环绕的山峰就算是超过了 6 000 米，山顶上也没有一点雪的痕迹。正是因为这里特殊的气候条件，我们才会前来工作。这里的空气中不含一丝水分，非常有利于我们打算开展的这项全球最大规模的天文科研项目。我们面对的是看起来不可能完成的任务：首先要安装好 64 台拉杆天线，每一台都有 10 层楼那么高；之后要把它们全部连接起来，最后接入电脑。这台特殊的电脑每秒能进行 160 亿次运算，能让我们在黑暗中拍摄到最远星系的图像，进一步探索我们目前还无法领略的太空世界，甚至还可能捕捉到宇宙最初时的影像。

三年前，我加入了欧洲天文学研究组织，因此来到了智利工作。

正常来讲，我本该待在拉西拉的天文观测台。那是全球最大的地震断裂带之一，位于两块陆地的交界处。两大板块间剧烈的地壳运动曾使安第斯山脉诞生。最近的一个夜晚，地震又发生了，虽然没有人员伤亡，但"纳可"和"西恩弗尼"——望远镜都被我们起了名字——损坏了，不得不送去维修。

我们的工作也被迫停了下来。于是，中心的负责人就把我和埃尔文派到了阿塔卡马观测点，负责搭建第三台巨型天线。就是因为这场可恶的地震，我现在不得不在这海拔 5 000 多米的地方，忍受着呼吸困难的痛苦。

大约在 15 年前，天文学家们还在争论太阳系之外是否存在星球。我曾经说过，接受一切皆有可能是一名科学工作者应该抱有的谦卑态度。在过去 100 年间，总共有 170 个星球被发现。这些星球不是太大就是太小，不是离它们的中心天体太近就是太远，总之，无法在它们身上找到与地球的共同点，从而也无法得知是否有与我们所知的生命体相近的生命形态存在……直到我到达智利之后不久，我的同事们有了新的研究发现。

在拉西拉天台的丹麦望远镜的帮助下，他们发现了另一个"地球"，距离我们 25 000 光年。

这颗星球比地球大五倍。按我们地球的时间来计算的话，它围绕其中心天体公转一周需要 10 年的时间。而在这颗说不上近也说不上远的星球上，时间的流逝是否也跟我们这里一样，由小时和分钟组成？对于这一点，谁也无法确定。尽管它离中心天体的距离是我们距离太阳的三倍，尽管那里的气候更加寒冷，这颗星球似乎还是具备了孕育生命的必需条件。

不过，这个重大发现似乎还不够吸引眼球，也没能登上报纸的头条，就这样被大家忽略了。

最近这几个月以来，由于机械故障和各种灾难，我们的工作进度严重滞后了。一年眼看就要过去，而我们还没有取得什么具有说服力的成果。这对我来说尤其艰难，我在智利的日子也进入了"倒计时读秒"的阶段。

即便很难适应高海拔的环境，我也绝不愿意就这样返回伦敦。就算在智利的广阔天地下啃着巧克力棒，也好过憋在伦敦那间狭小的办公室里面吃高尔街广场转角餐厅里的菜豆配牛排。

我们在阿塔卡马已经待了三个星期，我的身体依然没有适应缺氧的环境。一旦观测中心搭建完毕，房间里面就能增压到正常的状态。可是在此之前，我们还得在艰苦的环境下继续生活。埃尔文发现我的脸色很糟糕，他要我回到下面的大本营去休息。"再这么下去，你真的会病倒的。"他从两天前就开始不停重复，"如果因为一时大意，你的脑血管出了问题，到时后悔可就来不及了。"

他的担心也不是全无道理，不过让我现在放弃是不可能的。能有机会参与这么宏伟的探索项目，能作为团队的一员操作这些超级设备，这简直就是梦想成真。

入夜之后，我们离开了宿舍。经过半个小时的步行，我们来到了第三台天线的搭建地。埃尔文负责校准设备，我负责将收到的电波记录下来。这些电波穿越太空，从遥远的宇宙传来。仅仅在 10 年之前，人类才意识到它的存在。而现在借助这 60 台相互连接的天线和中央计算机，我无法想象将会有怎样的巨大发现。

"你发现什么了吗？"埃尔文站在金属舷梯上问道，他已经爬到了天线的第二层。

我确定已经回答了他，可埃尔文又问了一次。难道是我答得不够大声？天气太干燥了，声音的传播效果不太好。

"阿德里安，你到底有没有收到见鬼的信号啊？我可没有办法长时间待在这上面。"

我非常艰难地发出声音，因为太冷了。天气异常寒冷，我的手指已经被冻得毫无知觉，双唇也被冻僵了。

"阿德里安，你能听见吗？"

我当然能听到埃尔文在叫我，可是他为什么听不到我的声音？我还能听到他的脚步声，他正从架子上往下走。

"你到底在干什么啊？"他一边抱怨一边走了过来。

他的表情很怪异，突然扔开了手中的工具，朝我的方向跑过来。等他来到跟前，我发现他的表情放松了下来，可言语中仍透着担心和不安。

"阿德里安，你的鼻子正在喷血呢！"

他托住我的头，慢慢将我带起身来。我还没意识到自己已经坐在了地上。埃尔文取出对讲机，寻求支援。我试图阻止他，不想为此麻烦别人，我只是有点疲惫而已。然而我的双手已经不听指挥，完全不能动了。

"大本营，大本营，这里是三号天线台的埃尔文，请回答，紧急情况（Mayday），紧急情况！"我的同事不停重复道。

我微微一笑，Mayday 这个词一般只用在飞机上，不过现在可不是给别人上课的时候。我突然不能自抑地大笑起来。而我笑得越厉害，埃尔文就越感到不安。这已经超过了他的忍耐极限，以前他总是批评我不要如此轻率地对待生命。

我听到对讲机里叽里呱啦地传来一阵熟悉的声音，却想不起这声音的主人是谁。埃尔文还在解释我的情况很糟糕。其实不是，我从来没感觉这么幸福过，周围的一切都变得很美，就连板着脸的埃尔文也是如此。不知道是不是当晚的月色特别迷人，埃尔文的身影逐渐曼妙起来。再之后我就看不清了，他的声音也变得像棉絮一样轻飘飘，远离了我的耳边。我只能模糊地看到他的嘴在一开一合，就好像小孩子在玩哑语猜谜游戏。他的脸渐渐变得模糊，我正在失去意识。

埃尔文像亲兄弟一样守在我的身边，不停地摇晃我的身体，直到把我弄醒。我甚至有些怨恨他，自从来到这里之后，我就没能好好睡一个安稳觉，他怎么能这么残忍地叫醒我？一辆吉普车在求救信号发出后的 10 分钟之内赶到。同事们一定是匆忙穿好衣服奔过来的。他们把我抬回了营房。医生要求我立即撤离。我在阿塔卡马的工作就这样结束了。一架直升机把我送到山谷附近的圣佩德罗医院。医生们让我连续吸了三天的氧才放我出院。埃尔文来医院看望我，跟他一同来的中心负责人表示很遗憾，不得不让"我这种类型的科学家"离开。这样的赞誉令人感到宽慰，让即将踏上回家之路的我不再惴惴不安。最终，我将回到我那间只有一小扇窗户的临街办公室，回到高尔街广场转角的那家餐厅，回去吃那难以下咽的菜豆配牛排。此外，我还要默默承受伦敦同事们嘲讽的眼神，并假装什么也看不见。其实，人永远也摆脱不了童年的回忆。它们就像鬼魂一样，等到你成年以后，时不时跳出来纠缠你。

不管你是穿西装打领带的白领，还是穿工作服的科学家，或者是穿着滑稽服装的小丑，童年的影子永远都会跟着你。

回家的路线变得有些复杂，如果取道玻利维亚，海拔会攀升到 4 000 米。我只能先从圣佩德罗飞往阿根廷，然后再从阿根廷飞回伦敦。坐在飞机上，透过舷窗，安第斯山脉渐渐远离了我的视线。我讨厌这趟旅程，对此前发生在我身上的事情感到非常愤怒。然而，如果早知道接下来会发生什么，我的心情可能会有所改变。

伦敦

笼罩着整个城市的毛毛细雨提醒了我身在何处。出租车奔跑在高速路上，我只要一闭上眼，曾经熟悉的各种味道就统统扑面而来：学校大厅里陈旧的木墙、打了蜡的地板，还有同事们的皮革包和他们被雨水打湿的风衣。

由于在出发去智利之前就没找到房门的钥匙，我现在暂时回不了家。我想我可能把备用钥匙放在办公室了，所以打算先去一趟学校，等到晚一点再回我那个布满灰尘的"狗窝"。

当我到达学院大楼门口的时候，已经是中午了。深深叹了一口气，我迈步走进了大楼，准备重新回归常规的工作。

"阿德里安！在这里见到您真是太惊喜了！"

说话的人叫沃尔特·格伦科尔斯，本校教职员工负责人。他一定是透过办公室的窗户看到了我。我能想象，他一定是沿着楼梯跑下来，然后在一楼的大镜子前稍停片刻，整理了一下他头顶上稀疏的金黄色头发。

"亲爱的沃尔特！见到您我也很惊喜！"

"我的朋友，没想到我没去成秘鲁，没能在那边跟您碰面。不过，大家可能还是更习惯于在学校里见到我吧。"

"我去的是智利，沃尔特。"

"哦，智利，当然，当然，瞧我这脑子！对了，我听说了发生在您身上的不幸，关于海拔……真是遗憾啊，对吧？"

沃尔特属于这样一类人，他们的脸上总是带着一副宽厚善良而又诚恳的神情，但内心藏着一个身穿紫衣而又可恶地守着财宝的地精，随时都会对着你的损失捧腹大笑。他属于我们大英帝国为数不多的那种臣民，光凭眼神就能说服牛羊放弃自己肥沃的牧草，即刻转变为肉食动物。

"我为您预订了午餐，我来请客！"他双手叉着腰说道。

沃尔特居然会自觉自愿地掏钱请客？这要不是学院领导授意，就是他自己有要事相求。我把行李随手放进了储物柜，也懒得再爬上楼去我那杂乱无章的办公室了。我走出大门，转到街上，旁边跟着有些滑稽的沃尔特。

我们在餐桌前坐下来，沃尔特马上叫了两份当日套餐、两杯劣质红酒——好吧，看来是公款埋单了——然后他俯身靠近我，生怕邻桌的人会听到接下来的对话。

"您的运气真不错，能够参与这样一次冒险，很过瘾吧！我能够想象，在阿塔卡马工作该是一件多么激动人心的事啊！"

瞧，沃尔特这次不仅没搞错我去的国家，甚至还记得我去的具体地方。他的一番话勾起了我的回忆，让我想起了智利广袤无人的风景，想起了月亮在黄昏时升起的动人时刻，还有那里纯净的夜色，以及无可比拟的闪耀星空。

"您在听我说吗，阿德里安？"

我向他承认刚才确实有点走神了。

"我理解，这很正常。您的身体刚出了一点状况，又经历了长途飞行，而我甚至都没留出一点时间让您恢复一下精神。我请求您的原谅，阿德里安。"

"得了，沃尔特，我们就别再说这些客套话了。实际上，我就是在海拔 5 000 多米的地方倒下，在医院极其不舒服的小床上像苦行僧一样躺了几天，然后又在飞机上蜷了 25 个小时，仅此而已。我们还是开门见山，直奔主题吧。我是不是要被降职了？不再允许我使用实验室了？学院打算要开除我了？是这样吗？"

"您怎么会有这样的想法，阿德里安！这次的不幸有可能发生在我们任何一个人身上。相反，大家非常钦佩您在阿塔卡马所做的一切。"

"求求您了，请不要总是提起这个地方。告诉我，到底是为了什么请我吃这顿难吃的午餐？"

"我们想请您帮个小忙。"

"我们？"

"是的，实际上是咱们学院想请您帮忙，而您不也是这个学院中优秀的一员吗，阿德里安？"沃尔特回答。

"什么样的忙？"

"如果帮了这个忙，您几个月之后还能重新回智利。"

从这一刻开始，沃尔特成功地吸引了我全部的注意力。

"不过，这事有点敏感，阿德里安，其中涉及钱的问题。"沃尔特小声说道。

"什么钱？"

"一笔学院目前很需要的钱，用于维持学院的运转、雇用研究员、支付租金等等。别忘了，我们那常年失修的屋顶也需要钱来维修。如果雨还是这样下个不停，恐怕我很快就要穿上橡胶雨鞋才能在办公室里办公了。"

"让您在最顶层办公确实是有点麻烦，不过那可是全院唯一能享有充足光线的办公室。沃尔特，我既没有继承到一大笔财产，也不是能修房顶的工人，我还能为学院做些什么呢？"

"说的也是，您作为学院的一分子可能确实无能为力，可作为一名杰出的天体物理学家，那就不一样了。"

"那不也是在为学院工作吗？"

"当然！不过不完全是学院通常分派给您的任务。"

我把服务员叫过来，让她撤掉这盘难吃的牛排，顺便又点了两杯上好的肯特红酒和两碟柴郡干酪。沃尔特在一旁一言不发。

"沃尔特，您能解释得更清楚一些吗？到底需要我做什么？要不然，等我吃完这盘奶酪，我会继续点一个波旁酒布丁，到时可都是您来付账。"

沃尔特表示投降。看来，学院的预算跟阿塔卡马的天气一样干瘪。我知道，学院想要增加财政预算的希望十分渺茫，等待政府审批的过程漫长到沃尔特都能在办公室里钓起鳟鱼了。

"我们学院的地位尊贵，不太适合接受私人捐款。再说，媒体迟早会发现，并把这当成社会丑闻大写特写。"沃尔特接着说道。

"两个月之后，某个叫沃尔什基金的将要举行一场典礼。他们每年都会评选出一个最具前途的科研项目并给予资助。"

"这笔慷慨的资助金额是多少？"我问。

"200万英镑。"

"确实很大手笔！不过我不明白，这跟我有什么关系？"

"您的研究项目啊，阿德里安！你可以参加这次评选，赢取大奖，再根据个人意愿把一部分奖金献给学院。毫无疑问，媒体会来采访报道，您通过这次绅士般的无私举动向一直以来全力支持您的学院表达感激和谢意。这样，您的名誉就会有所提升，而学院也可以心安理得，我们的财政状况也就能改善了。"

"要说我对金钱的兴趣和态度，"我一边让服务员再次加满红酒，一边说，"您去看看我住的那套两居室就会非常了解了；至于您提到的向一直以来全力支持我的学院表达感激和谢意，我很想知道，您凭什么会有这样的印象？就凭学院分给我的那间破办公室，还是我为我的新职员申请到了资源和工作？学院可是从来没有答应过我这些要求。"

"据我所知，我们还是很支持您这一次智利之行的！"

"支持？您是说我不得不利用自己的无薪假期去完成这一次任务？"

"我们批准了您的候选人资格。"

"沃尔特，请您别那么虚伪！您从来就没有相信过我研究的内容！"

"想要发现最初的原始行星，也就是宇宙中所有星宿的母星，您得承认这是一项野心勃勃、很大胆的工作。"

"就像去申请沃尔什基金一样大胆吗？"

"圣人贝尔纳曾经说过：迫切的需要即合法合理。"

"如果我在脖子上挂一个小木桶去乞讨，这估计能为您解决问题吧？"

"唉，算了吧，阿德里安。我早就跟他们说过您不会答应的，您总是对权威不屑一顾。而这次高原缺氧的小插曲也不可能改变您的性格。"

"原来不只是您一个人有这样扭曲的想法？"

"嗯，这是委员会开会讨论的结果，我只是提供了有可能赢取 200 万英镑的研究人员的名单。"

"名单上还有谁？"

"除了您，找不到其他人了……"

沃尔特叫来服务员准备埋单。

"还是我来请您吧，沃尔特，虽然帮不了学院修屋顶，您还是可以去买皮靴的。"

我结好了账，与沃尔特一起离开了餐厅，雨还在下。

"您知道，我个人对您没有任何敌意，阿德里安。"

"我也一样，沃尔特。"

"我敢肯定，如果能找到一些共识，我们会相处得很好的。"

"如您所愿。"

接下来的一小段路，我们都沉默不语，一前一后地走进了学校大门，岗亭里的安保人员向我们挥手示意。走进教学大楼之后，我跟沃尔特道了别，便往我办公室所在的一侧走去。在踏上楼梯之时，沃尔特转身感谢我请他吃了午餐。与他分手后一个小时之内，我都在竭尽全力地想怎么才能进入我那肮脏不堪的办公室。受潮的门框已经变了形，无论是推还是拉都无法打开。最后，我感到筋疲力尽，于是放弃了努力，决定返回家中。家里还有一大堆东西等着我去收拾整理，一个下午的时间显然远远不够。

巴黎

凯拉睁开了双眼，望着窗外。被雨淋湿的屋顶在一缕阳光下泛着白光。女考古学家伸了个长长的懒腰，掀开被子，起了床。厨房的壁橱里空空如也，她在一只陈旧的金属盒里找到了一小袋茶。烤箱上的时钟显示为 17，墙上的时间是 11 点 15 分，床头柜上的旧闹钟却指向 14 点 20 分。她拿起电话，打给了她姐姐。

"现在几点了？"

"早上好啊，凯拉！"

"早啊，让娜，现在几点了？"

"差不多下午两点。"

"这么晚了？"

"我是前天晚上去机场接你的，凯拉！"

"我已经睡了 36 个小时？"

"那得看你是什么时候躺上床的。"

"你现在忙吗？"

"我在博物馆，在办公室里干活呢。你来布朗利河岸这边吧，我带你去吃午饭。"

"让娜？"

她的姐姐已经挂断了电话。

凯拉从浴室里走出来，打开卧室的衣橱，想找出几件干净的衣服。之前遭遇的夏马风暴卷走了她所有的行李。她好不容易掏出了一条还算"靠得住"的旧牛仔裤、一件不算太"丑"的蓝色 POLO 衫，以及一件看起来有一点"古董范儿"的旧皮衣。凯拉穿好衣服，吹干头发，在门厅镜子前迅速地化了化妆，打开门出了公寓，走进大街，上了一辆巴士，挤到了靠窗的位置。商场招牌令人眼花缭乱，人行横道上到处都是人，交通堵塞一眼望不到边……凯拉离开好几个月了，首都的生气勃勃显得格外令人陶醉。她在车上感到有些气闷，于是跳下了巴士，沿着河岸缓缓而行。她在途中停了一会儿，凝望着眼前的河流。这虽然不是在奥莫山谷的岸边，可巴黎桥上的景色同样美丽动人。

凯拉来到了布朗利河岸博物馆的门口（这里展示的是非洲、亚洲、大洋洲和美洲的特色文明与艺术），眼前"垂直"的"花园"让她感到吃惊。凯拉离开巴黎的时候，博物馆的大楼还在修建之中，而现在茂密的植物枝叶几乎已经覆盖了博物馆正面的整个墙面，这太神奇了。

"了不起吧？"让娜问道。

凯拉吓了一跳。

"我怎么没有看见你过来？"

"我看见你了。"她的姐姐指着办公室的窗户说，"这些草木长得很疯狂，是吧？"

"在我刚刚待过的地方，要想在平地上种点蔬菜都很不容易，更别说沿着墙种东西了……你还想让我说什么？"

"别又开始垂头丧气。跟我来。"

让娜把凯拉领进了博物馆。沿着一道长缎带一般的旋转楼梯拾级而上，参观者们会来到一个巨大的平台，宽阔的空间被分为几块，共展示着 3 500 件藏品。博物馆里的展品融会了不同的文明、信仰、生活模式以及思想方式，使得参观者能在漫步间从大洋洲穿越到亚洲、美洲直至非洲。而凯拉在非洲纺织物的系列展品前停了下来。

"如果你喜欢这个地方，顺便也当是看望一下你姐姐我，你随便什么时候来都可以。我到时给你弄一张通行证。现在，先暂时把你的埃塞俄比亚抛开，跟我过来。"让娜拉着凯拉的手臂说道。

两人来到了全景餐厅里坐下，让娜点了两杯柠檬茶和西式糕点。

"你的项目进展如何？"让娜问道，"你会在巴黎待上一段时间吧？"

"我的第一次伟大任务以彻彻底底的失败告终。我们失去了所有的物资设备，我带领的考古队也濒临崩溃的边缘。估计不会再有比这更糟糕的了。我怀疑在短期内重新出发的机会很渺茫。"

"据我所知，那边发生的一切并不是你的错。"

"我从事的职业是只看结果的。三年的工作没有什么真正的成果……诋毁我的人会比支持我的人更多。最让我恼火的是，我敢肯定我们就快达到目的了，只要再给我们多一点点时间，就一定能有所发现。"

凯拉陷入了沉默。隔壁桌来了一个女人带着一个小男孩。看了看这个女人身上裙子的颜色和式样，凯拉猜想她来自索马里。小男孩牵着妈妈的手，发现凯拉在观察他们，于是朝着她眨了眨眼睛。

"那你还想去那片沙漠待上多久呢？五年？十年？还是一辈子？"

"好吧，让娜。我虽然非常想念你，但也受不了老姐你一直唠叨和教训啊。"凯拉回了一句，双眼仍然盯着隔壁正在舔着冰激凌的小男孩。

"你不想将来有自己的小孩吗？"让娜继续说。

"我求你了，别再用什么遵循生物钟的理论来烦我了。请放过我的卵巢吧！"凯拉叫了起来。

"别又跟我闹，帮帮忙，我在这儿工作呢。"让娜低声说，"你以为这跟你一点关系都没有？你还能跟时间对抗？"

"我才不管你那可恶的嘀嗒作响的时钟，让娜，我不可能有孩子。"

凯拉的姐姐把手中的茶杯放到桌上。

"我很抱歉，"她低声道，"为什么你从来就没跟我说过？你怎么了？"

"你放心吧，不是遗传性的。"

"为什么你不可能有小孩？"让娜坚持问道。

"因为我的生活里没有男人啊！这个理由还不够吗？听我说，我真的该走了，不是因为跟你的谈话很无聊，而是我得去买点东西了。我的冰箱里空得都能发出回声了。"

"这个借口没有用，你晚上去我那儿吃饭，顺便在我那儿过夜吧。"让娜坚持道。

"我为什么有这样的荣幸？"

"因为我跟你一样，生活中没有男人！而且我想见你。"

两人在一起待了一个下午。让娜领着妹妹参观了博物馆。她知道凯拉对非洲大陆的浓厚兴趣，所以坚持要给凯拉介绍一位专门研究非洲社会的朋友。这位叫伊沃里的同事看起来70岁左右。实际上他的年纪还要更大一些，可能已经超过80岁了。不过，他就像藏宝一样把自己年龄的秘密藏得很好，很有可能是害怕别人强迫他退休，而他一点都不想提起这事。

在走廊深处的一间小办公室里，这位专家接待了两姐妹。他询问凯拉前几个月在埃塞俄比亚的经历，突然，老人家的目光被凯拉脖子上的吊坠吸引住了。

"您这块漂亮的宝石是在哪里买的？"他问道。

"不是我买的，是别人送给我的礼物。"

"您了解这件东西的来历吗？"

"不太清楚。一个小男孩在地里发现了这个小玩意儿，然后送给了我。怎么了？"

"请允许我再靠近点看看您的礼物，我的视力越来越差了。"

凯拉把项链摘了下来，递给了这位专家。

"真是奇怪，我从没见过这样的东西。我无法判断它来自哪个部落。它的做工实在太完美了。"

"我知道，我也一直有同样的疑问。不瞒您说，我认为这可能就是一块普通的木头，在河流和风的打磨之下才变得这么光滑。"

"有可能，"老人回答了一句，神情却略带迟疑，"要不我们再试着深入研究一下？"

"好啊，如果您愿意的话。"凯拉犹豫着说，"不过，我不敢肯定结果会很有趣。"

"都有可能吧，您明天再来一趟。"老人一边说一边把项链还给凯拉，"到时候，我们争取能一起找到答案。非常高兴认识您。之前总是听让娜提起，今天终于见到真人了。""那就明天见了。"他一边告别一边将两人送到了办公室门外。

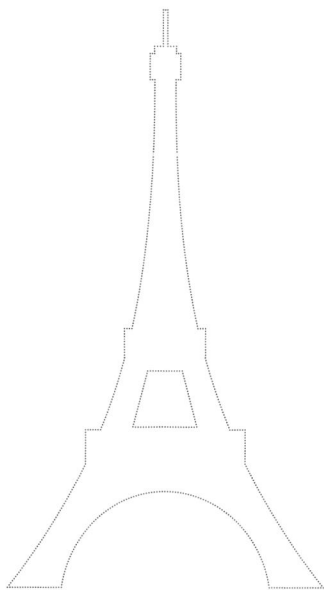

第二部分

　　我已经很久没有感受过这般柔情了。我将之前比赛的失败抛到了脑后，甚至不再去想我梦想的阿塔卡马高原距离我现在生活的伦敦有多么遥远。

伦敦

　　我住在伦敦的一条小巷子里，沿路有一排杂乱不堪的小棚屋，前面堆着破旧的超市小推车。走在这条坑坑洼洼的石子路上要格外小心才不会跌倒。在这里，时间似乎都停顿了，别有一番韵味。我邻居家的小屋颇有侦探小说家阿加莎·克里斯蒂的风格。直至走到家门口前，我才想起来身上没有钥匙。天色越来越暗，一场骤雨倾盆而至，将路上的行人淋得浑身透湿。邻居在关窗的时候看到了我，跟我打了个招呼。我趁机问她是否能再一次允许我——唉，这不是第一次了——从她家的花园里穿过。她十分友好地给我开了门，我跨过邻居花园的栅栏，来到我家的后门。如果这个门的门锁还是坏着的话——应该也不会发生奇迹自动修好了吧——我只需要转一转门把手就能进到屋里了。

　　此时的我已是筋疲力尽，只要一想到自己身处英国就气不打一处来，但最终能回到我的小屋，再次见到我那些从跳蚤市场淘回来的宝贝，我还是不由得心生喜悦，期盼能度过一个安静的夜晚。

　　然而我的期望很快落空，有人按响了门铃。由于我家正门即使从里面也无法打开，我只好爬上二楼查看来者何人，只见沃尔特站在楼下，身上滴着水，似乎喝醉了。

"您没有权利抛弃我，阿德里安！"

"可是我从来就没有拥有过您，沃尔特！"

"我可没心情跟您玩这种无聊的文字游戏，我的职业生涯就掌握在您的双手之中！"沃尔特喊得更大声了。

我的邻居打开了窗，建议我的来访者同样从她家花园穿过去。她表示非常乐意帮这个忙，只要他不把整条街的邻居都吵醒就好。

"我很抱歉这么不请自来，"沃尔特一边走进我的客厅一边说，"不过我也没有其他办法了。哟，您这套两居室看起来还不错嘛！"

"一间在一楼，一间在二楼！"

"嗯，当然我并没有觉得这套两居室很简陋。以您的工资，您还能负担得起这个小屋子吧？"

"您这个时候过来就是为了评估我的财产状况吗，沃尔特？"

"不是，我很抱歉。我真的很需要您的帮助，阿德里安。"

"如果您还想继续跟我谈论沃尔什基金这个荒谬的话题，那您只会白白浪费时间。"

"您想知道为什么没有人支持您在学院的工作吗？因为您的孤僻性格令人害怕，您从来只为自己一人工作，从来不加入任何小组和团队。"

"好吧，我非常享受您对我如此深刻的点评，我都有点受宠若惊了！您别再乱翻我的碗柜了行吗？在壁炉旁边应该还有一瓶威士忌，如果这是您想找的东西的话。"

沃尔特没怎么费劲就打开了酒瓶，他从架子上取了两个杯子，然后走到沙发边躺了下去。

"您家里还是挺舒服的嘛！"

"需要我带您参观一遍吗？"

"别说笑了，阿德里安。要不是没有其他办法，您认为我会跑来这里自取其辱吗？"

"我真看不出喝着我的威士忌有什么好让您委屈的，这可是15年的好酒！"

"阿德里安，您是我唯一的希望！难道真的要我求您吗？"这位不速之客真的跪了下来。

"我求您了，沃尔特，别这样。不管怎样，我都不可能有机会赢得这个大奖啊。您又何必如此大费周折呢？"

"当然不是，您绝对有机会。您的研究课题是我进学院以来所见过的最有激情、最有雄心壮志的项目。"

"我可不会因为您这一番听起来有些哀婉的恭维而上当受骗。您可以把这瓶酒带回家继续喝完，我真的很想躺下睡觉了，沃尔特。"

"我没有刻意恭维，我真的拜读过您的论文，阿德里安，里面的内容和资料非常……翔实。"

我同事的样子让人心生同情。我从来没见过他这样。通常来讲，他总是若即若离，甚至高高在上。最糟糕的是，他此刻看起来是如此真诚。最近十年，我一直在试图从遥远的星系中寻找与地球类似的行星。在学校里，我的工作并没有得到多少人的支持。即使带有投机的心理，沃尔特在态度上的转变还是让我不免有些高兴。

"假设我真的拿到了这笔奖金……"

我刚一开口，沃尔特立即双手合十，摆出一副要为此祈祷的架势。

"沃尔特，您能确定您没有彻底喝醉吗？"

"保证没有，阿德里安，请继续说下去，我求求您了。"

"您还足够清醒，能回答我几个简单的问题吧？"

"当然，您赶紧问吧。"

"假设我有很微小的机会赢得这个大奖，而且我非常绅士地立即把所有奖金捐给了学院，那么学院领导会拿出多少用于我自己的研究？"

沃尔特轻咳了两声。

"四分之一的比例，您觉得够合理吗？当然，我们还会给您换一间新的办公室，为您聘请一位全职的助理。如果您需要的话，还可以让学院其他同事放下手头的工作，加入您的研究项目。"

"千万别！"

"哦，一个同事也不需要……那助理呢？"

我给沃尔特的杯子加满了酒。雨越下越大，在这个时候让他离开也太不人道了，更何况他现在醉成这个样子。

"真是见鬼了，我去给您拿床毯子，您今晚就在沙发上睡吧。"

"我可不想强迫您……"

"您已经这样做了。"

"那基金的事？"

"颁奖典礼是什么时候？"

"两个月之后。"

"提交申请的截止日期呢？"

"您还有三个星期。"

"至于聘请助理的问题，我再好好考虑考虑。不过您还是先找人帮我把办公室的门修好吧。"

"第一时间完成，我个人随时乐意为您提供任何服务。"

"您这是准备要把我变成一个笑话吧，沃尔特？"

"可别这么想。沃尔什基金总是乐于资助那些很有创新性的项目。他们评审委员会的成员很喜欢那种，嗯……怎么说……非常前卫的东西。"

这样的话语从沃尔特的嘴里说出来，让人听起来觉得不那么顺耳。不过眼前这个男人已经醉态毕露，现在跟他理论没有什么意义，我必须尽快做出决定。当然，在我看来，赢得这笔资助奖金的机会微乎其微，不过只要能重新回到阿塔卡马，我什么都愿意做。更何况，我还有什么可以损失的呢？

"就这么说定了吧，沃尔特。我愿意冒一冒被大家嘲笑的风险，不过我有一个条件：如果我们成功了，您得向我保证能在未来30天内为我准备好一架飞往圣地亚哥的飞机。"

"我到时会亲自送您到机场，阿德里安，我向您保证。"

"好吧，那就成交吧！"

沃尔特从沙发上蹦了起来，又摇摇晃晃地坐了下去。

"您今晚喝得够多了。盖上这条毛毯吧，晚上会很冷。我也要去睡了。"

在我上楼之前，沃尔特叫住了我。

"阿德里安，我能问一下，您刚才说'见鬼了'，是什么意思？"

"晚安，沃尔特！"

巴黎

凯拉睡倒在姐姐的大床上。一瓶品质尚佳的红酒、一盒快餐，两人一整晚有一句没一句地闲聊，有线电视里播放着黑白老电影，电影中吉恩·凯利跳着踢踏舞，这是凯拉能回忆起来的关于昨晚的最后画面。渐渐放白的天色唤醒了凯拉，昨晚喝下去的红酒——也许品质并没有想象中的那么好——让凯拉的太阳穴直跳。

"我们昨晚喝醉了吗？"凯拉走进厨房问道。

"是啊！"让娜一边做鬼脸一边回答，"我给你准备好了咖啡。"

让娜坐在餐桌边，试图把挂在墙上的镜子固定好。镜子中反射出姐妹俩的脸庞。

"你干吗这么看着我？"凯拉问道。

"没什么。"

"我就坐在你的对面，你却看着镜子里的我，还说没什么？"

"这让我感觉你好像还在世界的另一头。我已经不习惯你在我旁边了。我的家里到处都有你的照片，甚至在我博物馆办公室的抽屉里也留着一张。我每天都会对着你的照片道'晚安'或'早安'。尤其在那些难熬的日子，我总是对着你讲很多很多，一直到我意识到，我不过是在自言自语。你为什么不给我打电话？如果你给我拨上一通电话，我就不会感觉你离我那么遥远。该死的，我是你姐姐啊，凯拉！"

"唉，让娜，我们必须马上停止这个话题。单身的好处之一就是可以不必强迫自己忍受这些家长里短。所以，我求你了，咱们之间别这样！在奥莫山谷里可没有什么正儿八经的电话亭，也没有什么网络，只有一台你都不知道它什么时候愿意接通的卫星电话。而每一次，只要我去季马，我都会给你打电话。"

"每两个月打一次？而且我们在电话里的谈话还真融洽啊！——'你还好吗？'……'这电话线路还真够呛'……'你什么时候回来？'……'我不知道，尽可能晚一点吧。我们一直都在挖掘。你呢，博物馆怎样了？你男人还好吧？'……'我男人名叫杰罗姆，都三年了，你也应该记住了！'——我们现在已经分手了，不过我现在可是既没有时间也不想跟你谈这个。反正那个时候，你总是没讲两句就把电话挂了。"

"你妹妹没教养呗。让娜，我是有那么一点该死的自私，对不对？不过，这里面你也有一部分责任，因为你是姐姐，而且一直以来都是我模仿的对象。"

"算了吧，凯拉。"

"当然只能算了，我不会再玩你那套游戏。"

"什么游戏？"

"这个游戏就是，看我们两个谁能让对方产生负疚感！我就在你面前，不是在相片里，也不是在镜子里，所以看着我，有什么就跟我说吧。"

让娜站了起来，但凯拉粗暴地抓住她的手腕，搜着她重新坐下来。

"你弄疼我了，傻瓜！"

"我是搞古人类学的，也不在什么博物馆里工作，这几年我没那么多时间像你那样去认识什么皮埃尔、安托万或者杰罗姆；我没有孩子；我只会蛮横无理而不管不顾地去做一项虽然艰难但自己中意的工作；我在这方面的激情没有任何过错。就算你觉得你的人生一团糟，也不要把你的遗憾甩在脸上给我看。而如果你这样做其实是表示想念我了，那还是找一个更温情的方式来表达吧。"

"我是想你了，凯拉。"让娜含混不清地说着，离开了厨房。

凯拉呆望着镜子里的自己。

"我真是一个十足的大笨蛋。"她自言自语道。

而在另一边，与厨房一墙之隔的浴室里，让娜刷着牙，嘴角带着微笑。

中午刚过，凯拉便穿过布朗利河岸到博物馆找她姐姐。在去让娜的办公室之前，她决定先在博物馆逛一圈，好好欣赏一下馆里的永久藏品。她对其中一件面具挺感兴趣，正寻思着它的来源的时候，在她耳后响起了一个声音：

"这面具属于马林克人，来自马里。它的年代并不算特别久远，但很精美。"

凯拉吓了一跳，随后才认出来，身后站着的正是前一天跟她见过面的伊沃里。

"我估计你姐姐现在还在开会呢。我几分钟前刚去找过她，别人告诉我，她可能一时半会儿都没空。"

"'别人'告诉你？"

"博物馆就像是一个微缩版的小社会，部门管理和等级的划分也同样错综复杂。人真是一种奇怪的动物，一旦离开了社会这个大环境就活不下去了，而且总是迫不及待地想把身边的一切分个三六九等。在创造群体空间的过程中找到安全感，这可能是我们作为群栖动物的本能特性吧。我在这里唠唠叨叨，都让您觉得烦了吧。您应该比我更了解这些，不是吗？"

"您是个很有趣的人。"凯拉说道。

"应该是吧。"伊沃里回答道，笑容非常亲切，"不如我们去花园里接着聊吧，室外的空气新鲜，应该出去好好享受一下。"

"接着聊什么？"

"呃，就聊聊有趣的人是什么样？我接下来就会问您这个问题。"

伊沃里带着凯拉往博物馆庭院里的咖啡厅走去。这里下午几乎没有什么人。凯拉找了一张距离"摩艾石像"最远的桌子坐了下来。

"您在奥莫山谷的沿河两岸有什么重大发现吗？"伊沃里开口问道。

"我发现一个失去了双亲的10岁小男孩。不过从考古学的角度来看，基本没有任何成果。"

"不过，你发现了小男孩，我估计这远比埋在地下的几块骸骨重要得多。我也听说了，那里恶劣的天气毁掉了您的工作成果，让您不得不离开。"

"嗯，那一场暴风雨实在是太猛烈了，一直把我'吹'回了法国。"

"这在当地是非常罕见的，夏马风从来没有吹到过西边。"

"您是怎么知道这一切的？我想，这些发生在远处的灾难还不至于上了报纸头条吧？"

"确实没有上头条，我承认。您的姐姐告诉了我关于您的不幸经历。我是个好奇心很重的人，有时候都有点过头了。我只敲打了几下我的电脑键盘，就查到了整件事的来龙去脉。"

"那我还能给您讲点什么，以满足您的好奇心？"

"您在奥莫山谷到底要找些什么？"

"伊沃里先生，如果我告诉了您，我敢肯定，从得到的数据结果来看，您多半会嘲笑我的工作，而不会觉得有趣。"

"凯拉小姐，如果说我只对数据感兴趣的话，我之前就去学数学，而不会选择去学人类了。您说来听听。"

凯拉打量着面前这位老人，他的眼里散发出一种独特的魅力。

"我一直在寻找图麦人以及卡达巴地猿的祖先。某段时间，我甚至想象自己找到了他们祖先的祖先。"

"就是这样吗？您想找到最早的人类，也就是'史前第一人'的骸骨？"

"大家总在挖掘寻找各种东西，为什么我就不能去实现自己的梦想？"

"那为什么要去奥莫山谷那边找呢？"

"可能是因为我有女性的直觉！"

"一个专门寻找化石的女人？不是开玩笑吧？"

"答对了！"凯拉说道，"在20世纪末，我们曾认定'露西'这个死于300多万年前的年轻女人是我们人类的母亲。然而最近一个世纪以来，当然您应该更了解，有些古人类学家发现了800万年前的古人类骸骨。于是科学界一直都在争论人类起源的问题，由此还引起了派系之争。至于我们的祖先到底是双足动物还是四足动物，这不是我最关心的。我甚至觉得这场争论的焦点并没有真正集中在人类起源的问题上。所有人关心的只是古代人类的骨架构造、生活模式以及饮食习惯。"

这时，一位服务员走上前来，被伊沃里用手势打发走了。

"这就是所谓的想当然了。那么，在您看来，什么因素才能确定人类的起源？"

"思想、感情和理性！我们之所以跟其他物种不同，既不取决于我们是素食动物还是肉食动物，也不取决于我们行走方式的灵活程度。我们在探寻人类从哪里来这个问题的过程中，从未认真看一看人类如今的样子：我们是具有极度复杂性、异常多样性的捕食者，我们会爱，会恨，能摧毁别人，也能自我摧毁。我们能抵抗出于生存的本能，而这种生存本能正是主宰着其他所有动物行为的根本。我们被赋予了超凡的智慧以及不断自我进化的能力，虽然这些常常被忽视。不过，我们还是先点一些喝的吧，餐厅服务员又要过来了。"

伊沃里点了两杯茶，斜着身子向凯拉靠近。

"您一直都没有说为什么要去奥莫山谷呢。您去那里到底要找什么？"

"不论我们是欧洲人、亚洲人还是非洲人，不论我们的肤色有什么不同，我们都有着相同的基因。虽说地球上有几十亿人，每个人都与别人不一样，但我们都来自同一个祖先。而这个祖先又是怎么出现在地球上的呢？为什么会出现呢？这就是我要找的——'史前第一人'！我充分相信他的出现可以追溯到 1 000 万或 2 000 万年前。"

"您是说早在第三纪？您疯了吧？"

"您看，我之前说得没错吧，您不会对我的故事感兴趣的。"

"我只是说您太疯狂了，并没有说您毫无道理。"

"您的用词够谨慎的。那您又是研究哪一方面的呢，伊沃里？"

"到了我这把年纪，一切都只是做做样子，身边的人也都会摆出一副假装不知道的样子。我现在也不再做什么研究了，我已经老到只满足于整理旧档案，而不会再去建新的档案了。您不用为我感到难过，您如果知道我真正的年纪，就会觉得我还能干这些就已经很不错了。您也别费心打听我的年纪，这个秘密会跟着我一起走进坟墓的。"

这次换成了凯拉向伊沃里靠近，露出了脖子上的项链。

"您一点都不老啊！"

"听您这么说我很开心，不过我自己知道！不如我们再好好研究一下您这个奇怪的项链坠吧，如果您乐意的话。"

"我跟您说过了，这就是一个小男孩送给我的礼物，仅此而已。"

"可是您昨天也说了，想知道它的真正来源。"

"那好吧，为什么不呢？"

"我们可以先试着推定它的年代，如果这真是一块木头的话，我们只需要做一个碳-14检测就行了。"

"那要是它的年代不止五万年呢？"

"您认为它有这么历史悠久吗？"

"自从我认识您之后，伊沃里，只要关乎年纪的问题，我都得保持怀疑态度了。"

"我宁愿把您的话当成一种恭维，"老人家一边起身一边回答，"请跟我来。"

"您不会告诉我博物馆的地下室里还藏着一部粒子加速器吧？"

"不会，我可没这么说。"伊沃里笑着回答。

"那您该不会是有个老朋友在萨克莱核能研究中心，能专门为了我的项链立项研究吧？"

"我很遗憾并且明确地告诉您，也不是。"

"那我们要去哪儿？"

"当然是去我的办公室，您还希望去哪儿？"

凯拉跟着伊沃里走进了电梯。她正准备继续追问下去，可后者打断了她。

"如果您还希望我们能舒舒服服地待一会儿的话，"伊沃里抢在凯拉蹦出哪怕是一个词之前说道，"我建议您还是省一省那些没有什么用的问题吧。"

电梯升到了三楼。

伊沃里在他的书桌后面坐下，同时请凯拉在一把扶手椅上就座。凯拉刚坐下又马上欠起身，想就近看一看这位老人家在他的电脑键盘上敲着什么。

"上网！自从我发现了网络的奥秘，我就为之疯狂。你知不知道我在网上待了多少个小时？幸亏我现在是一个人，否则我相信我的这个爱好一定会逼死我的老婆，也有可能我的老婆会杀了我。你知道，在我们这个'天球'上——这个词很潮，我的学生都跟着我这么讲——总之，在我们这个'天球'或者说'星体'上——这个词也有人讲——大家现在想找什么信息，只要 Google 就行了！这样用词是不是很搞笑？反正我自己是很喜欢的。最好玩的是，有时候当我忘记某个单词的时候，呵呵，我就在网上随便那么输入一下，啊哈，马上我就能知道它的意思。我告诉你，在网上我们什么都能找到，甚至包括那些能做碳-14 检测的实验室。妙极了，对不对？"

"您到底是多大年纪啊，伊沃里？"

"我每天都会更新关于我年纪的说法，凯拉，最重要的是不要失去毅力。"

伊沃里打印出一份实验室地址的清单，拿在手上得意地在他的客人面前晃动。

"接下来，我们只需要再打几个电话就能找到那些价钱公道，而且愿意在合理的期限内为我们做检测的实验室了。"他最后总结道。

凯拉看了看她的表。

"你姐姐！"伊沃里喊了起来，"我想她的会都开完好一阵子了。您去找她吧，实验室方面由我来安排。"

"不，我不走。"有些为难的凯拉表示，"我不能让您一个人来干这个。"

"我说，您还是去吧，不管怎样，我现在对这件事的兴趣跟您一样大，嗯，甚至可能比您更大。去找让娜吧，然后您明天再回来，看看我们有什么进展。"

凯拉向教授表示感谢。

"您可以把您的项链托管给我一个晚上吗？我要从这上面弄一小块拿去做检测。我保证会像医生做外科手术那样小心，不会留下什么痕迹的。"

"当然可以。不过，我已经尝试好多次了。看来除非把它弄坏，否则我是休想成功了。"

"您有没有像这样的钻石钻头呢？"伊沃里一边说着一边骄傲地从他的抽屉里拿出了切割的工具。

"您的资源可真多啊，伊沃里！我可没有像这样的'解剖刀'。"

凯拉犹豫了一会儿，然后把项链放到了伊沃里的书桌上。后者小心地解开了系着那三角形物件的皮绳，接着把绳子还给了它的主人。

"明天见，凯拉。无论您什么时候想过来，我都会在这里。"

伦敦

"不，不，不行，阿德里安，您的陈述都能让 AC/DC 演唱会的听众睡着了！"

"AC/DC 跟这有什么关系？"

"一点关系也没有，这是我唯一知道的摇滚乐队而已。您如果真要这样进行论文陈述，那还不如直接给评委们的头上来一枪，好让他们在被你烦死之前少一点痛苦！"

"好吧，您要这么说我就明白了，沃尔特！如果我的文章这么令人厌恶，那么请您另找他人吧。"

"到底是谁做梦都想回到智利去呢？抱歉，我已经没时间找其他人了。"

我把我的笔记本翻到了下一页，在继续念之前清了清喉咙。

"您将会发现，"我对沃尔特说，"接下来的部分还是非常有趣的，绝对不会让您感到无聊。"

然而，在我念到第三个句子时，沃尔特故意发出了夸张的呼噜声。

"我都要睡着了！"他一边大喊一边睁开了右眼，"实在是无聊透顶了！"

"您是说，我是个大闷蛋？！"

"对，大闷蛋，您说得非常对！对您那些了不起的行星，您居然只用枯燥的数字和字母组合来表述，没有人能记得住这些。什么 X321、ZL254，您想让评审们怎么搞？我们可不是在拍《星际迷航》，我可怜的朋友！至于您那些遥远的星系，您能不能别用光年来表示它们的距离！我问您，谁会知道光年怎么计算？——您可爱的邻居？您的牙医？还是您的母亲？这太滑稽了。这些数字只会让人忍无可忍。"

"唉，该死的，您到底想要我怎么样？难道要我给每颗星星都取一个绰号，番茄、韭菜或者土豆？这样您的母亲就能看懂我的论文了？"

"您可能不会相信，我的母亲确实读过。"

"您母亲读过我的论文？"

"绝对是真的！"

"我深感荣幸啊！"

"她患有重度的失眠症，吃什么药都不管用。我就想到了拿您的部分文章给她看。她读着读着很快就能睡着，您真应该再继续多写一点！"

"那您到底想让我怎么做！"

"我希望您能把您的研究内容用普通人都能看懂的方式表达出来。您这种对专业词汇的疯狂热爱只会让人觉得恼火。就比如说医生吧，何必总是要用那些晦涩难懂的词语？被病痛折磨已经够惨了，还要费那么大劲去听医生说什么髋骨'发育异常'，直接说'弯曲变形'行不行啊？！"

"我很抱歉，您的骨头让您受累了，我亲爱的沃尔特。"

"嗯，没事。我说的不是自己，是我的狗'发育异常'。"

"您家里养了狗？"

"是啊，一只很可爱的杰克罗素狍，养在我母亲家里。她如果把您论文的这几页读给狗听的话，她和狗都会很快陷入沉睡。"

我有一种想掐死沃尔特的冲动，不过我只是无奈地看着他。他的耐心和毅力使我不能再墨守成规。不知怎么的，童年以来，我的舌头第一次像是被松了绑，我听到自己大声说："黎明，是从哪里开始的？……"

此后，直到清晨，沃尔特一直保持着清醒。

巴黎

凯拉依然睡不着。由于担心吵醒姐姐，她悄悄走出了房间，在客厅的沙发上躺了下来。

她虽然曾经无数次诅咒营房里那张无比坚硬的小床，可现在竟那么想念它。凯拉站了起来，走到窗前。这里的夜空看不到繁星点点，只有一排排路灯在寂静的路旁孤独地发着光。现在是凌晨五点，在 5 800 公里之外的奥莫山谷应该已经迎来了早晨的太阳。凯拉试图想象哈里此刻正在做些什么。最后，她重新躺回到沙发上，在一团乱麻的思绪中渐渐睡着了。

大清早的一个电话将凯拉从睡梦中吵醒——是伊沃里教授打来的。

"我要告诉您两个消息。"

"先说坏消息吧！"凯拉伸着懒腰回答道。

"您说得对，我那令我感到骄傲的钻石钻头也没能从你的宝贝上面切一点什么下来。"

"我早跟您说过了。那好消息呢？"

"一家德国的实验室能够在一周之内帮我们完成碳 -14 检测。"

"收费会很贵吗？"

"您暂时不用担心这个问题，这由我来承担。"

"绝对不行，伊沃里，没有理由让您这么做。"

"我的天哪，"老人笑道，"为什么做任何事都要给个理由？探索的过程能带来无穷乐趣，这还不够吗？您如果一定需要一个理由，那我就告诉您，您这个神秘的宝贝让我一整晚都睡不着觉。相信我，对我这么一个老家伙来说，被折磨得整天哈欠连天、疲惫不堪，可不是一件好事情。相比之下，付给实验室的这笔小钱真的不算什么了。"

"那我们一人付一半吧，要不然就拉倒！"

"好吧，一人一半！不过我得把您的宝贝寄到德国去，它得离开您几天了，能接受吧？"

凯拉还没想过这个问题，实际上，要把一直挂在脖子上的坠子交给陌生人，这种感觉确实不太好。不过教授看起来那么热情、那么高兴，想要迎接这个新的挑战。既然如此，凯拉也就没有勇气提出反对意见了。

"我想我在星期三之前就能把这个坠子还给您。我会给您寄快递的。

而在等待检测结果的同时，我打算好好翻一翻我的那些古书，看看能不能在里面的插图中找到跟这个物件相类似的东西。"

"您真的觉得有必要为此搞得这么麻烦吗？"凯拉问道。

"您所说的麻烦究竟是什么呢？我只看到了其中好的一面！好了，先这样吧，拜您所赐，我要去好好工作了！"

"谢谢您，伊沃里。"凯拉说完放下了电话。

一个星期过去了。凯拉和她久未见面的同事和朋友重新取得了联系。每天晚上，一帮好友都会在首都找一家小酒馆或者到凯拉姐姐的公寓里聚餐。大家谈话的内容总是离不开那么几个话题，但大多数时候，凯拉都找不到归属感，她只会感到厌烦。有一天晚餐尤其无聊又聒噪，凯拉实在受不了便走了出去，让娜甚至为此责备了她。

"如果这些聚会这么令你厌恶的话，你以后就别来了！"让娜训斥道。

"可是，我没有感到厌恶！"

"好啊，那如果哪一天你真的烦了，提前告诉我一下，让我对你的表演好有个心理准备。现在，回到餐桌上去。看看你脸上的表情，就好像你是一头错过了一大块浮冰的海象。"

"见鬼，让娜，你怎么会忍受得了这种谈话呢？"

"这就叫社交生活。"

"这个？社交生活？"凯拉大笑着拦下了一辆出租车，"你是说那个只会重复报纸上看来的陈词滥调，却还要长篇大论无休无止地谈论社会危机的家伙，还是坐在他旁边的那个聊起体育比赛的结果就两眼放光，好像大猩猩看到一堆香蕉的家伙？还是那位乳臭未干，偏要畅谈各种劈腿行为有什么共同之处的心理医生？又或者是那个律师，就因为被人偷了一辆电动车，竟然讲了20分钟所谓郊区社会阶层的重复犯罪问题？这三个钟头的谈话，简直是彻头彻尾的厚颜无耻！哦，对了，你们在讨论人类的绝望这个话题时，那些正反两方面的理论还真是哀婉动人啊！"

"你谁也不喜欢，凯拉！"最后，当出租车在让娜家楼下放下她们时，姐姐如此说道。

那天晚上的争吵又持续了好一段时间才结束。可是，第二天晚上，凯拉还是陪着姐姐参加了另外一次聚会。或许，最近一段时间她心中的孤独感比自己所能意识到的还要强烈，她只是不愿意承认而已。

直到下一个周末，眼看一场大雨即将来临，在匆匆穿过杜伊勒里宫的花园时，凯拉遇到了麦克斯。两个人都在花园中间的主道上奔跑，想赶在雨点落下之前冲到卡斯蒂尼奥入口处的铁栅栏下。喘着大气儿的麦克斯终于在台阶前停了下来，正好位于两头狮子搏战犀牛的铜像前面；而在台阶的另一边，凯拉也刚刚把手撑在两头狮子撕扯垂死野猪的那个铜像的底座上。

"麦克斯？怎么是你？"

麦克斯虽然长得很帅，但近视得一塌糊涂，透过被雨水打湿的眼镜片，此时此刻他恐怕只能看到雾蒙蒙的一片。然而就算是在 100 个人里面，麦克斯也能辨认出凯拉的声音。

"你怎么会在巴黎？"他一边擦拭着眼镜片一边惊奇地问。

"对啊，你不都看到了嘛。"

"嗯，这下我看清楚了！"他一边把眼镜架到鼻子上一边说，"你来了很久了吗？"

"你是说来这公园里？有小半个钟头了吧。"凯拉有些局促不安。

麦克斯盯着她看。

"嗯，我来巴黎好几天了。"凯拉最终让了步。

一声惊雷在空中响起，两人赶紧跑到里沃利街的拱廊下躲避。洪水般的大雨倾盆而下。

"你就没打算给我打个电话？"麦克斯问。

"当然想过。"

"那你为什么不打呢？请原谅我净在这儿问你这些傻问题。你如果希望我们见面的话，恐怕早就给我电话了。"

"我真的不知道该怎么做。"

"好吧，你说得对，我们只需要等待，天意会让我们在路上相遇……"

"我很高兴见到你。"凯拉打断了麦克斯。

"我也是，见到你，我也很高兴。"

麦克斯建议到莫里斯酒店的酒吧里喝一杯。

"你回来多久了？唉，你看，我又开始提问题了！"

"没关系。"凯拉回答，"我已经连续六个晚上听身边的人不停地谈论政治、罢工、男女私情和各种八卦了。大家好像对彼此漠不关心，到最后，我甚至觉得自己都快变成隐身人了。除非我当场用餐巾勒死自己，否则根本不会有人愿意问一问我的近况如何，并耐心听完我的回答。"

"你还好吗？"

"犹如笼中困兽。"

"你被关在这个笼子里多久了？差不多也有一个星期了吧？"

"时间比这更长。"

"你会留下来，还是会再次出发？"

凯拉向麦克斯讲述了自己在埃塞俄比亚的遭遇，以及不得不撤离的无奈。她迫切地想找到经济援助以便再次回到那里的工作现场，不过现在看起来希望渺茫。眼见已经晚上八点，凯拉躲到一边给让娜打了一个电话，告诉她自己可能会晚一些回去。

于是，麦克斯和凯拉一起前往莫里斯酒店。在共进晚餐的时候，两人各自讲述了分手以来这两年的生活。自从凯拉离开，也就是两人分手之后，麦克斯放弃了在索邦大学教授考古学的工作，接管了父亲的印刷厂生意。

他的父亲在一年前因癌症过世了。

"那你现在变成印刷工人了？"

"你本来应该说'我很抱歉你爸爸去世了'，这样会显得更恰当一点。"麦克斯微笑着纠正她。

"可是，麦克斯，你是了解我的。我从来就不懂得说体己的话。对于你爸爸的事，我很抱歉……我记得你们好像相处得不是很好。"

"我们最终取得了互相的谅解……在维勒瑞夫医院里的时候。"

"为什么要放弃教书呢，你不是很喜欢这份职业吗？"

"我更喜欢我父亲对我说道歉的话。"

"什么道歉？你是一个很棒的老师。"

"我从来就没能像你一样对考古如此狂热，充满激情，总是奔波在第一现场。"

"难道你会对印刷业更感兴趣吗？"

"至少，我对现实看得很清楚。我再也不用假装期待着要去完成探索历史的光荣任务。我也受够了自己的胡侃瞎扯。我就是一个华而不实的考古学家，最多只能哄哄学生而已。"

"瞧，我不也一样吗！"凯拉自嘲着。

"你可比我强很多，你自己应该很了解。我的探险乐趣最多仅限于巴黎远郊。至少我现在变得理智多了。对了，你在那边有什么发现吗？"

"如果你指的是挖掘方面，那基本没什么大的成果，因为我找到的那些沉渣碎骨头只能让我相信自己没有错，研究的方向应该是正确的。不过，我在那里找到了适合我的生活方式。"

"也就是说，你还会再离开……"

"那是肯定的！今晚我是很想跟你待在一起，麦克斯，甚至是明天或后天。不过到了周一以及以后的日子，我可能又想要一个人待着了。如果我还能重新回到那边，我巴不得越快越好。至于什么时候能回去，我也不知道。不过就目前来说，我需要找份工作。"

"在你提出想跟我共度良宵之前，你就没想先问一下我是否已经有人了？"

"如果是这样的话，你肯定会打个电话的，现在已经是午夜12点了。"

"好吧，如果是这样的话，我也不会邀你一同吃晚餐了。在找工作方面，你有点眉目了吗？"

"没，一点进展都没有。我在业界也没有多少朋友。"

"我可以马上在餐巾上写下一串名单，上面列出的这些学者一定会很欢迎你加入他们的团队。"

"我现在不太想为别人的研究课题工作。我已经度过了漫长的实习岁月，现在只做自己主导的项目。"

"要不你暂时先来我的印刷厂工作？"

"在索邦大学和你在一起的那些年给我留下了很多美好的回忆，不过那都是我22岁时候的事了。至于印刷机，我实在是提不起兴趣。而且我想这不会是一个好主意。"凯拉面带微笑地回答，"不过，还是要感谢你的提议。"

第二天一早，让娜发现客厅里的沙发上空无一人。她看了看手机，也没有来自凯拉的任何留言。

伦敦

决定命运的时刻就要到来，向沃尔什基金提交参赛文件的日期迫在眉睫。一场盛大的答辩大会将在不到两个月的时间内举行。每天上午，我都待在家里用电子邮件与身处世界各个角落的同事们交流信息。我尤其关注在阿塔卡马的同事们，他们时不时会发邮件告诉我那边的情况。大约临近中午的时候，沃尔特来找我一起共进午餐。其间我会向他简单讲一下参赛文件的进展。接下来的每个下午，我就在学院的图书馆里泡着，反复查阅我已经读过了遍万遍的相关著作。沃尔特会利用这段时间浏览我所做的笔记。到了晚上，我去樱草丘（Primrose Hill）附近逛逛，放松自己。而每到周末，我会把自己从工作里解放出来，在卡姆登水闸（Camden Lock）那边的跳蚤市场里流连忘返，踏遍其中的每一条小巷。日复一日，在这个城市的各个角落，我重新找回了曾经熟悉的伦敦生活。而我与沃尔特之间也逐渐建立起了某种默契。

巴黎

到了周三，那家位于德国多特蒙德的实验室将化验结果告诉了伊沃里。伊沃里根据对方的口述将分析报告记了下来，并恳请他们将样品寄到另一家位于洛杉矶市郊的实验室进行检测。挂断电话之后，伊沃里犹豫再三，考虑了很久才用手机拨通了另一个电话。经过了一段漫长的等待，对方拿起了电话。

"让我等得也太久了吧！"

"我们本该再也不联系的。"伊沃里说，"我刚给您发了一封电子邮件，请尽快打开看看。我敢肯定您读完之后会马上找我。"

伊沃里挂掉电话，看了看手表。整个通话时间不超过 40 秒。他离开办公室，用钥匙把门锁好，往一楼走去。这时正有一群前来参观的大学生拥进博物馆大厅，他趁机潜入人群，悄悄地溜出了大楼。

沿着布朗利河岸而上，伊沃里穿过了塞纳河，打开自己的手机，掏出里面的芯卡，扔进了河里。接着他走进了阿尔玛饭店，顺着楼梯来到地下室的电话亭前，等待着铃声响起。

"这个东西是怎么到您手里的？"

"最伟大的发现总是来自偶然，某些人把这个叫作命运，另一些人则称之为机会。"

"谁把它交给您的？"

"这不重要，况且我更想守住这个秘密。"

"伊沃里，您这是想重新开启很久以前就已经被终结的档案吗？而且您发给我的报告也说明不了什么。"

"那您为何这么快就回我电话？"

"您想怎么做？"

"我已经把东西寄到加利福尼亚，希望对它做进一步的全面检测。不过您得为这些检测费用埋单。这笔金额已经超过了我的支付能力。"

"东西的主人呢？她知道吗？"

"不，她完全不知道这是什么。当然，我也没打算告诉她更多。"

"您什么时候能了解到更多的信息？"

"我应该会在几天之后收到初步的结果。"

"如果有什么进一步发现再联系我吧。顺便把费用收据寄给我，我们来解决。再见，伊沃里。"

电话挂断之后，伊沃里在电话亭里待了几分钟，思忖着自己是否做了正确的决定。他走到柜台前面结了账，随后向博物馆走去。

凯拉敲了敲办公室的门，没有人回应。她重新下到一楼的接待处询问，接待小姐肯定地告诉她见到过教授。也许能在咖啡厅找到他？凯拉往花园方向看了看，只见她的姐姐正与一位同事在一起吃午餐。她向让娜走了过去。

"你应该给我打个电话的。"

"对，我本来应该打的。你看见伊沃里了吗？我到处都找不到他。"

"我上午才跟他说过话，但我也不可能一直监视着别人，况且博物馆这么大。你这两天跑哪儿去了？"

"让娜，别人正等着跟你一起吃午餐呢！你那些'盘查审问'迟一点再说吧。"

"我很担心你，仅此而已。"

"那你瞧，我不是好好地站在你面前了吗？你完全没必要操心。"

"你今晚跟我一起吃饭吗？"

"我不确定，现在才中午呢。"

"为什么你一副急匆匆的样子？"

"伊沃里之前给我留言，让我过来找他一趟，可他不在。"

"哦，他可能在其他地方，我都跟你说了，我们博物馆很大。他可能在某一层的某个展馆里吧。你这是很紧急的事吗？"

"我想你同事正在偷吃你的甜品呢。"

让娜转头看了同事一眼，对方正在一旁翻看杂志等着她一同就餐。等让娜回过神来，她的妹妹早已消失得不见踪影了。

凯拉穿过博物馆的二楼，然后是三楼。迟疑之间，她又原路返回，往伊沃里办公室的方向走去。这一次，办公室的大门敞开着，教授正坐在椅子上办公。他抬起了头。

"哦，是您！您能来一趟真是太好了。"

"我刚才来过，还到处去找，都没看见您。"

"我想，您应该没去过男厕所吧？"

"这倒没有。"凯拉尴尬地回答。

"那就是了。您请坐，我有些信息要告诉您。碳-14化验没有任何结果：要么是哈里给您的这个礼物的年代超过了五万年，要么就是这东西不是有机物，也就是说，不是之前所想象的乌木。"

"那我们什么时候能把东西拿回来？"凯拉问。

"实验室明天就把东西寄给我们，最多不过两天，您就能重新把它挂在脖子上了。"

"对了，我想知道我该给您多少钱，还记得吧，化验的费用由我们对半分，您可答应了的。"

"由于化验结果没什么价值，实验室决定不收取我们任何费用。快递的费用大概是一百多欧元吧。"

凯拉拿出一半的钱放在教授的办公桌上。

"可惜这个谜团还是没有解开。总之，它可能就是一块普通的火山岩咯？"凯拉继续说道。

"像它这么光滑如玉的火山岩？我对此表示怀疑。而且火山岩化石一般都是很脆的。"

"好吧，那就把它当成普通的项链坠子吧。"

"我相信这是一个明智的决定。等我收到快件后，我会打电话给您的。"

凯拉离开伊沃里的办公室，决定回去找她姐姐。

"为什么你不告诉我你见过麦克斯了？"凯拉刚走进让娜的办公室就被后者质问。

"既然你已经知道了，我还有什么说的必要？"

"你们俩又重新在一起了？"

"我们俩在一起待了一个晚上，然后我回自己的公寓过夜。这就是你想知道的吧。"

"星期天也是一个人待在你自己公寓里？"

"我只是偶然碰到了他，跟他一起散了会儿步。你怎么知道我俩见了面？他给你打电话了？"

"麦克斯给我打电话？别开玩笑了！他太骄傲了，不可能给我打电话。自从你离开我就再也没有听到过关于他的任何消息。我甚至相信，他刻意地避免出现在任何可能与我见面的场合。自从你们分手，我们就再也没有说过话。"

"你到底是怎么知道的？"

"有个朋友在莫里斯酒店看见了你们俩。她说你们像一对偷情的情人一样，低着头窃窃私语。"

"巴黎真是个小地方啊！我们当然不是情人，只是两个阔别已久的老相识坐在一起叙叙旧。虽说我不知道是哪个朋友这么八卦，但我很讨厌她。"

"是麦克斯的表姐，她也不喜欢你。我能问一下你跟伊沃里又是在搞什么鬼吗？"

"我一向都喜欢跟教授们混在一起，你是知道的，不是吗？"

"我怎么不记得伊沃里教过书？"

"我觉得你这么问东问西真的很没意思，让娜。"

"好吧，那就跟你说个有意思的，今天早上有人给你送花到家里来了。随花一起送来的小卡片就在我的包里……如果你感兴趣的话。"

凯拉一把抢过小信封，小心拆开，轻轻地将里面的卡片抽了出来。随后她微笑着把卡片放进了兜里。

"我今晚不跟你吃饭了，你还是跟你那帮爱到处打听的朋友待在一起吧。"

"凯拉，你可要小心对待麦克斯。他花了好几个月的时间才把你们的事'翻篇'，如果你又要离开的话，就不要再去揭他的伤疤了。你最终还是要离开的，不是吗？"

"你这个问题好沉重，已经上升到道德层面了！我不得不说，你真是一个非常合格称职的老姐。麦克斯比我大15岁，你觉得他没有能力管理好自己的生活和情绪吗？或者我把你推荐给他，让你也给他好好上一课？你不仅是我姐姐，还变成了我的监护人。这简直是梦寐以求啊，我应该感激涕零，是不是？"

"为什么你对我的意见这么大？"

"因为不管对任何人任何事，你总是以你自己的标准在评判。"

"你出去吧，凯拉，爱怎么玩就怎么玩，我还有工作要做。你说得完全正确，你也早过了要听姐姐的话的年纪了。不管怎样，你从来就没有把我的建议放在眼里。你还是尽量别再让麦克斯伤得体无完肤吧，这样会讨人嫌的，而且对你的名声也不好。"

"我的名声又怎么啦？"

"你离开之后，身边的朋友都在私下议论，他们说的那些话你不会爱听。"

"你知道我对这些一向都是嗤之以鼻的，对这些嚼舌根的人，我只想躲得远远的。"

"也许吧，但我不能不在乎，我总得去为你辩护。"

"你身边的这些人到底有什么好瞎掺和的，让娜？这些所谓的好朋友整天就只知道搬弄是非，背地里说人闲话吗？"

"我估计这些人都很同情麦克斯！好吧，我最后再说一遍，免得你又要问起，你的确是一个让姐姐头痛的淘气鬼！"

凯拉离开了让娜的办公室，摔门而去。几分钟后，她沿着布朗利河岸来到了阿尔玛桥。穿桥而过时，凯拉停了下来，双肘支在桥边的护栏上，望着河中的一艘小船慢慢往德比利行人桥的桥底漂去。她拿出手机拨通了让娜的电话。

"我们能不能不要每次见面都吵架？我明天过去找你，我们一起吃午饭吧，就我们俩。我会跟你好好讲讲我在埃塞俄比亚的经历，其实也没什么值得说的。你也可以跟我说说你这三年来的生活。你还可以重新跟我解释一下为什么要跟杰罗姆分手。我这次没说错他的名字吧？"

伦敦

沃尔特虽然什么都没有说，不过不难发现，随着时间的推移，他显得越来越泄气。要跟沃尔特解释清楚我文章的内容，就好像要让他在几天之内学会中文一样不现实。天文学、宇宙学的研究对象是浩瀚无垠的天际空间，那些在地球上用于测算时间、速度或距离的衡量单位在宇宙空间完全用不上。我们只能创造出无数新的方程式，而这些公式总是让人很难理解。我们这个学科的研究只能在可能性和不确定性的基础上，摸着石头过河。而对于我们身处其中的宇宙空间，谁也无法想象出它的边界能到哪里。

已经连续两周了，我所写的每一个句子都被沃尔特揪住不放，不是因为其中有他不懂的专业词汇，就是有他看不明白的逻辑推理。

"沃尔特，再问最后一次，宇宙到底是平的还是弯的？"

"可能是弯的吧。说到底，如果我搞懂了您所说的意思的话，宇宙是在不停地运动变化之中的。它像一块大布一样不断向外延伸膨胀，所有的星系都是挂在这匹布上的纤维。"

"这么说有点过于简单，但基本上概括出了宇宙大爆炸的理论。"

沃尔特将头埋进了双手之中。现在刚过傍晚，图书馆的大厅里十分冷清。只有我们俩面前的桌子上还亮着灯。

"阿德里安，我只是一个普通的行政管理人员，但毕竟每天都在这所学院里进进出出。可是，我依然对您所讲的内容毫无概念。"

我注意到旁边的桌子上放着一本杂志，可能有人忘记了放回原处。杂志的封面是风景秀丽的德文郡。

"我想我知道怎么样才能让您弄明白了。"我对沃尔特说道。

"我洗耳恭听。"

"您已经听我讲得够多了。为了让您能搞明白天文学里最基础的几个概念，我找到了比文字更好的办法。现在要抛开理论，进入实践了。跟我来！"

我拉着我同伙的胳膊，将他拖了起来。我们一起迈着坚定的步伐，穿过了图书馆的大堂。来到大街上，我马上拦下一辆出租车，让司机以最快的速度送我们回到我住的地方。下了车之后，我并没有把沃尔特带进家门，而是领着他往旁边相连的小屋子走去。

"在这道铁门的后面不会藏着一个秘密的游戏室吧？"沃尔特用嘲弄的眼神望着我。

"很抱歉要让您失望了，这只不过是一个车库。"我一边回答一边将铁闸门掀起。

沃尔特的口哨声在耳边响起。虽说我这部1962年的名爵也就跟铃木奥拓都市贝贝差不多大小，可是见到它的人通常都会做出这样的反应。

"我们是要去兜风吗？"沃尔特充满期待地问。

"如果它还能动起来的话。"我一边说着一边插入钥匙发动汽车。

我踩了几下油门，发动机轰轰作响，转速盘上的指针达到了四分之一。

"快上车吧，不用系安全带了，这车上没有！"

半个小时之后，我们驶离了伦敦郊区。

"我们这是去哪儿？"沃尔特一边问一边试图将额头上那一缕乱飞的头发按住。

"去海边，我们大概还要开三个小时。"

当我们在美丽的星空下一路狂奔时，我想起了曾经让我魂牵梦萦的阿塔卡马高原，而与此同时也意识到了自己在那边的时候也曾经如此这般地想念着英格兰。

"您的车扔在车库里三年没开过，怎么还能保养得这么好，外表跟新的一样？"

"我不在的时候把车托付给了一个机械师，我刚刚把它取回来。"

"您的车被照看得很好。"沃尔特说，"您的车上有剪刀吗？"

"没有，怎么了？"

"也没什么！"沃尔特用手使劲地按住了头顶。

我们在午夜时分经过了剑桥郡，并在两个小时后到达了目的地。我把车停在了谢灵厄姆海滩旁边，让沃尔特跟着我一直走到了海岸边，并在沙滩上坐了下来。

"我们开了这么久的车，不会就为了来这儿看看海、玩玩沙吧？"沃尔特问道。

"如果这是您内心深处的愿望，我也不反对，不过这可不是我们此行的目的。"

"真是遗憾！"

"您看到了什么，沃尔特？"

"沙滩啊！"

"您抬头往上看，告诉我，您看到了什么？"

"大海啊。在海边您还期望我看到些什么？"

"沿着海平线呢？看到了吧？"

"什么都没有，漆黑一片啊！"

"您看不到克里斯蒂安森港口的灯塔发出的亮光吗？"

"这儿还有一大片岛屿吗？我怎么不记得了。"

"克里斯蒂安森是在挪威的，沃尔特。"

"您真幽默，阿德里安！我虽然视力很好，但从这里要看到挪威的边界也太夸张了吧。您不会还想让我告诉您灯塔里的守卫戴了什么颜色的帽子吧？！"

"克里斯蒂安森离我们才730公里！现在是深夜，光的速度能达到每秒299 792公里，也就是说，灯塔发出的亮光只需要两千分之一秒半的速度就能来到我们眼前。"

"您居然没忘记这半秒，我还以为您彻底失去理智了呢！"

"您真的看不到克里斯蒂安森灯塔上的灯光吗？"

"难道您能看到？"沃尔特不安地问道。

"当然不，没有人能看到。但是这灯光是确实存在的，就在我们眼前，它被地球的曲线遮住了，就像躲在一座看不见的小山丘后面。"

"阿德里安，我们开了将近300公里，不会就是为了亲眼证实我无法从我们敬爱的大英帝国的东海岸看到挪威克里斯蒂安森的灯塔这一事实吧？如果真是这样，我向您保证，您之前在图书馆费尽心思想解释给我听的内容，我绝对会相信的。"

"您之前问过我，搞明白宇宙是弯曲的为什么会这么重要。答案就在您的眼前，沃尔特。如果在这片海面上连绵不绝地漂浮着无数个可反光的物体，那么，每一个物体都会反射出克里斯蒂安森灯塔里的光亮，即使您根本看不到这座灯塔；然而，经过耐心的等待和仔细的计算，您最终可以证实灯塔的存在，并且找出它所在的具体位置。"

沃尔特看着我，就好像我突然发了神经似的。他把嘴张得老大，却什么也没有说，只是紧紧盯着浩瀚的星空，注视良久。

"好吧，凝望的时间够长了，该放松一会儿了。如果我没理解错的话，我们能看到的天空中的这些星星是在小山丘的这一边，而您所要寻找的那些星星一定是在另外一边咯。"

"没有证据表明只有一座山丘，沃尔特。"

"您的意思是说，宇宙不仅是弯的，而且还带着很多皱褶？"

"或者说，宇宙就好像一个海洋，海平面上有许多大浪穿过。"

沃尔特把手枕在颈后，沉默了一阵子。

"在我们的脑袋上面有多少星星？"他就像个觉醒的孩子一样问道。

"就在我们头顶的这片天空，您可以看到距离我们最近的 5 000 颗星星。"

"这么多啊？"沉思中的沃尔特继续发问。

"还远远不止这些。只不过，我们的眼睛看不到超过 1 000 光年的东西。"

"我没想到会有这么好的风景！看来，在你说的那个挪威灯塔上面，守卫的女朋友最好还是不要穿得太暴露，在窗户前面晃来晃去吧！"

"关键并不在于您那双眼睛的敏锐度，沃尔特，我们这个星系数千亿颗星中的大部分都被由宇宙尘埃组成的云团遮盖住了。"

"在我们头顶上有好几千亿颗星星？"

"如果我告诉你在宇宙中有好几千亿个星系，您会不会觉得更加头晕呢？实际上，我们的银河系只是许许多多星系中的一个，而在我们的星系中就有好几千亿颗星星。"

"这简直难以想象。"

"好吧，您想象一下，假如能把我们这个星球上的所有沙粒统计出来，那么这个数字算是勉强接近宇宙中含有的星星总量了。"

沃尔特起身，在手中抓了一把沙子，然后让沙粒从指缝中漏下。四周一片沉寂，只有海浪敲打着平静。我们凝视着天空，就好像两个小屁孩沉醉于头顶广袤无垠的世界。

"您相信在这上面的某个地方会有生命？"他问道，语气很严肃。

"几千亿个星系，每个星系有几千亿颗星星以及几乎同样多的类太阳系，这里面有没有生命？我们是这个宇宙唯一存在的可能性几乎为零。不过，我可不相信什么绿色的小矮人。其他的生命肯定存在，但形式是什么样的呢？仅仅是简单的细菌，还是进化程度可能远远超过我们人类的某些生物，谁知道呢？"

"我很羡慕您，阿德里安。"

"您羡慕我？我看是这个星光闪闪的天空使您突然心生遐想，想到了那个我曾经让您听出耳茧的智利高原了吧？"

"不，是您的梦想让我羡慕。我的人生只是一些数字，算计着一些小钱，在这里或那里砍下来的预算；而您驾驭的那些数字，用我办公室里的小计算器根本就算不过来，更何况这无穷无尽的数字还一直在心中激起您童年时的梦想。所以说，我羡慕您。我们能来这里，我感到很高兴。现在，能不能赢取那个奖金其实不重要了，今天晚上，我已经得到了很多。来吧，周末找个舒服的地方再给我上一堂天文课，怎么样？"

我们就这样头枕着自己的双臂，躺在谢灵厄姆海边的沙滩上，直到日出。

巴黎

　　凯拉和让娜一起吃了午餐，一直吃到下午很晚的时候，两姐妹终于和解了。让娜对凯拉讲述了她与杰罗姆分手的故事。那是在一次朋友聚会上，大家共进晚餐的时候，让娜发现她的男朋友对坐在旁边的一个女孩尤其殷勤，突然就开始明白了。在回家的路上，让娜说："我们该谈一谈了。"这个句子很短，但意味深长。

　　杰罗姆当即否认对那个女人哪怕有那么一点点意思，他甚至表示自己已经忘记她的名字了。其实这并不是问题，关键在于让娜觉得那个晚上杰罗姆要讨好的本来应该是她，但实际上他在饭桌上从头到尾连看都没看她一眼。两个人回到家吵了一个晚上，然后在天将破晓的时候分道扬镳。一个月之后，让娜听说杰罗姆搬到了那天晚上坐在他旁边的那个女人家里。经过这件事情，让娜开始问自己，人是不是能够预见自己的命运？还是说正好相反，有时候是我们自己造就了自己的命运？

　　讲完了自己的故事，让娜问凯拉对麦克斯究竟有什么打算，妹妹回答姐姐说，她现在什么也不想打算。

　　在埃塞俄比亚待了三年后，凯拉已经习惯了被生活推着走，随波逐流，毫无计划，毫无保留。这个年轻的考古学家迷恋自由，现在并没打算改变自己的生活。

　　在她们吃饭的时候，凯拉的电话响个不停。会不会正好是麦克斯在找她呢？铃声是如此执着，凯拉最终还是拿起了电话。

　　"希望我没有打搅您。"

　　"没有，当然没有。"凯拉回答伊沃里。

　　"那家德国实验室在给我们寄回您的吊坠时搞错了地址。我向您保证，东西没有弄丢，退回实验室了。他们不会耽搁，马上就给我们重新寄过来。不好意思，我想在下周一之前都取不回您这个珍贵的东西了。我希望您不要责怪我。"

"哦，不会的，这也不是您的错。倒是我感到很抱歉，让您在这件事情上浪费了太多的时间。"

"别这么说。尽管我们的探索没有取得任何成果，但我还是觉得蛮好玩的。到星期一上午晚些时候，我应该就能收到吊坠了，您到时候来我办公室取吧，我打算带您去吃午饭以表达我的歉意。"

挂掉电话之后，伊沃里把一个小时前刚收到的洛杉矶郊区那家实验室所做的分析报告折了起来，然后放到了上衣口袋里面。

坐在出租车后座前往埃菲尔铁塔广场的路上，老教授看着自己手上的老人斑，叹了一口气："都到了这把年纪，还有什么必要卷入这种事情呢？你甚至都没时间去感受生命最后时刻的意义了。你做的这一切，有什么用呢？"

"对不起，先生您说什么？"出租车司机看着后视镜问道。

"没什么，对不起，我在跟自己说话呢。"

"哦，没必要道歉啦，我经常遇到这种事。曾经有那么一段时间，出租车司机经常会跟乘客聊天，但到了我们今天这个时代嘛，客人更喜欢自己安静地待着。所以呢，我就会开收音机，这也算是有个伴嘛。"

"如果您想打开收音机的话，您就开吧。"伊沃里一边说着一边给司机送上了一个微笑。

今天在埃菲尔铁塔升降机下面排队的人并不多，有那么二十几个吧。

伊沃里走进了铁塔第一层的餐馆，扫视了一下大厅，然后告诉前台的服务员，他的同伴已经为他占好位置了。于是，伊沃里走过去，在桌子边上坐下，那里已经有一个穿着水手蓝西装的人在等他了。

"您为什么不把检测结果直接寄到芝加哥去呢？"

"因为我不想惊动美国人。"

"那为什么要惊动我们呢？为什么是我们？"

"因为这30年来，你们法国人更温和有节制；况且我也认识您好久了，帕里斯（此人名字与'巴黎'城市名相同），您是一个低调的人。"

"我在听着呢。"这个穿着蓝色西服套装的人继续说道，语气并不亲切。

"通过碳-14检测的方法推断年份没有任何成果，于是我让人做了一次光学透视模拟检测，具体细节就不跟您讲了，这里面的技术讲了您恐怕也不太能明白。不过，检测结果相当震撼。"

"您发现什么了？"

"恰恰是什么也没发现。"

"您什么也没发现，却安排了这次会面？您是不是脑子坏掉了？"

"我倒是更情愿在电话里面直接聊。我希望您能听我把话讲完。首先，已知的时间检测方法对这个物体不起作用，这是第一个神秘之处；其次，假设这能说明该物体存在的时间至少超过了40万年，那么它就更加神秘了。"

"这个与我们知道的那个东西有关联吗？"

"它的形态并不完全一样。至于它的成分，我也无法给您做出任何保证，因为我们还没能确定我们所拥有的那个东西的成分。"

"但您认为它们属于同一家族？"

"只有两件东西，还不足以说存在一个家族，不过它们有可能是相关联的。"

"我们全都以为，我们所拥有的那个东西是独一无二的。"

"这可不包括我，我从来就没这么想过。也正因为此，你们才会把我撂在一边。现在，您能想明白我为什么要安排这次见面了吧？"

"就没有其他的研究方法能让我们更加了解这个东西吗？"

"可以通过铀来检测时间，但就算现在想搞也太晚了。伊沃里，您确信这两个东西之间存在着某种关联？还是这只是您个人不切实际的幻想？我们都知道您在心里是多么期盼能有这样的发现，当年您决定离开我们，不正是因为您在这方面的科研经费被削减了吗？"

"我早就过了玩这种把戏的年纪了。而您呢，您还远远不够资格来质疑我。"

"如果我对您所说的理解无误的话，这两个东西之间唯一的相似之处，就是它们对各种科学检验同样毫无反应。"

伊沃里推开了他的椅子，准备离开。

"您爱怎么写您的报告就怎么写吧。反正我已经履行了我的职责。自从知道可能存在第二个样本之后，我要尽花招好不容易才得到它，然后拿去做了我认为有用而您一直质疑的检测。从现在开始，关于这整件事情未来走向的决定权在您。正如您刚刚所提醒的，我已经退休好久了。"

"再坐一会儿，伊沃里，我们还没谈完呢。什么时候可以取回那个东西？"

"用不着您去取回。下周一我就会把它物归原主。"

"我还以为把东西交给您的是个男人。"

"我可从来没跟您这么说过。不过不管怎样，这已经不重要了。"

"我想我们组织很看重这件事。如果您的预测得以验证，您想一想这个东西得有多么重要。而让如此重要的东西就这么满世界跑，这恐怕有点太疯狂了。"

"很显然，心理分析不是我们组织的强项。到目前为止，这个东西的主人还没有哪怕一点点怀疑，而且这种情况也没有任何理由会发生改变。她把这块石头挂在自己的脖子上。对这个东西来说，恐怕没有比她的脖子更隐蔽且更安全的地方了。我们不希望引起任何人的注意，尤其是要避免在组织内部出现新一轮的争端，要知道，日内瓦、马德里、法兰克福，你们，还有我不知道的其他人，恐怕谁都想染指这第二个样本吧？我们还要等一等看这是否真的是第二个样本，现在显然言之尚早，所以这个东西将很快回到它年轻的女主人那里。"

"那如果她搞丢了呢？"

"您真的以为这个东西在我们这里更安全？"

"正如我们的英国朋友常说的那样：'这很公平。'我们可以这么想，这个女人的脖子就好像是某种中立地带。"

"我敢肯定，她一定很乐于了解这一状况！"

穿蓝色西装、被唤作帕里斯的男人透过餐馆的窗户望了出去，巴黎城的屋顶在他眼前伸展开来，直到消失在地平线。

"您的推理并不成立，教授。如果这个吊坠不在我们手上，我们怎么去进一步了解它呢？"

"有时候，我真怀疑我是不是退得太早了一点。我刚才费尽口舌讲了那么多，您什么也没有听进去。这个东西如果确实与我们拥有的那个东西属于同一种类，那么其他任何检测都不会带给我们更多的有用信息。"

"这么多年来，科技毕竟取得了很大的进展。"

"唯一有进展的，只是我们所操心的这事的背景。"

"别再给我上课了。我们两个认识得也够久了吧！您现在脑袋里到底在想些什么？"

"这个东西的主人是考古学家，一个很好的考古学家，一个有决心、够大胆的野姑娘。她无视等级秩序，自认为比她的同辈更有才能，总是坚持自己的那一套。为什么不让她为我们工作呢？"

"您就好像一个很有说服力的人力资源总监！按照您所描述的特点，您还指望我们雇用她？"

"我有这么说吗？她刚刚去埃塞俄比亚待了三年，在很艰苦的条件下进行挖掘。我可以打赌，如果不是一场该死的风暴捣乱，她最终一定能找到她想找的东西。"

"您凭什么相信她最终能达到目标？"

"她拥有一张珍贵的王牌。"

"什么？"

"运气！"

"她赢了大乐透？"

"比这还好。她没有付出哪怕一丝一毫努力，这个东西就已经落到了她的手里。有人把它送给了她。"

"这并不能为她的能力加分。况且我不太明白，我们尽管拥有这么多资源却还是不能弄清楚的秘密，她怎么就比我们更有资格去揭开这层神秘的面纱呢？"

"这跟资源没有关系，关键在于激情。我们只需要给她一个简单的理由，让她对自己脖子上的这个东西产生兴趣。"

"您是建议我们远距离遥控？"

"如果只是远距离遥控，你们的遥控对象可不会那么听话。"

"那么，由您来下达指令？"

"不行，您知道委员会永远不会同意的。不过，我可以推动这事的进展，让我们的'候选对象'心中产生兴趣，然后让她觉得越来越有意思。至于剩下的事情，那就要看您的了。"

"这个办法有点意思。我想，这个姑娘可能会让有些人产生疑虑，但我会在专门委员会那里为她辩护的。不管怎么说，我们的资源都不会因此被过度使用。"

"不过，我有一个条件，而且没有商量的余地。请您告知您所说的专门委员会，我将亲自监督，以确保这个条件的完成不受任何人影响。我的条件是，不管在任何时候，那个年轻女人的安全都不应该受到威胁。为此，我要求组织里所有的负责人在这个问题上达成一致意见。我再说一次，是所有的负责人。"

"如果您能看到您自己的脸就好了，伊沃里。您现在就好像一个老掉牙的间谍。读一读报纸吧，东西方冷战早已经结束很久了，我们现在是一个相互信任和谅解的时代。老实讲，您把我们当作什么人了？再说了，这只不过是一块石头的事嘛，就算它的过去再怎么复杂，也只不过是一块石头嘛。"

"如果我们都确信这只是一块简单而普通的小石头，那我们两个也不必在这里扮演您所谓的'旧阴谋家'的角色了。您还是别再把我当作老年痴呆症患者来看待吧。"

"来而不往非礼也。假设我竭尽所能证明您的这个方法行得通，那我又该怎么让他们相信您的受保护对象有能力让我们更加了解那个东西呢？要知道，我们在这方面的努力可是至今没有取得任何进展啊。"

伊沃里意识到，要想说服坐在对面的这个人，他必须提供更多的情报。若不是情非得已，他是极不想这么做的。

"你们都以为手中的那个东西是独一无二的，可现在第二个东西突然出现了。如果这两个东西都来自同一个'家族'，正如你刚才不由自主所说的那样，那么我们还有什么理由认为这个'家族'只有两个'成员'呢？"

"您这是在暗示……"

"这个'家族'比我们想象的更庞大？是的，我一直都是这么认为的。而且我还在想，只要能够有更多的机会去发现其他的'样本'，我们甚至更有可能弄明白这个'家族'究竟从何而来。其实，你们收藏在保险箱里的只是一个碎片，去把其他缺失的部分全都找回来，你们就会发现，最终真实的答案可能引起的重大后果，将超出你们愿意假设的所有可能性。"

"而您建议让一个您自己都认为'难以控制'的年轻女子来承担这样一份责任？"

"还是不要太夸张吧。忘掉她的性格吧，我们最需要的是她的知识和她的才能。"

"我可不喜欢这样，伊沃里。这份档案已经封存好多年了，而且也应该就这么一直封存下去。我们在这方面已经浪费了太多的金钱，却什么也没得到。"

"错！你们是花了大把的金钱来确保没有人知道真相，这可是两回事。如果除了你们还有其他人能够参透那个东西的含义，你们觉得自己还能保守这个秘密多久呢？"

"除非再来一个这样的东西！"

"你们准备好承担相应的后果了吗？"

"我不知道，伊沃里。我只管写好我的报告，他们将做出决定。未来几天，我会再来找您的。"

"我只会等您到下周一。"

伊沃里向对方告别，然后站了起来。在离开桌子之前，他弯下腰在帕里斯的耳边轻声说："代我向他们问好，告诉他们，这是我最后一次为他们效劳了。还有，请向那人转达我最诚挚的敌意，你知道我说的是谁。"

"我不会忘记的。"

肯特

"阿德里安，我得告诉您一个秘密。"

"沃尔特，现在太晚了，您完完全全醉了！"

"对，要么现在说，要么就永远说不了了。"

"我要提醒您，不管您现在准备跟我揭什么秘，您最好还是别说了。看您现在的状态，我敢肯定您明天会后悔的。"

"哦不，闭嘴听我说，这话我也就说一次。听着，我爱上了一个人。"

"就这件事本身来讲，这的确是好消息，但您的语气干吗这么沉重？"

"因为主要的当事人还不知道呢。"

"这样嘛可就有点复杂了。谁啊？"

"我还是不说的好。"

"随您的便。"

"是简金斯小姐。"

"我们学院的接待员？"

"就是她。我为她欲癫欲狂都有四年了。"

"她什么都不知道？"

"女人的直觉都很厉害，有那么一两次，她可能有点怀疑了吧。不过，我相信我掩饰得很好。其实，只要每天都能从她的办公桌前面经过，而且在她面前不必为自己可笑的模样羞愧脸红，我就已经心满意足了。"

"沃尔特，四年了？"

"48 个月，满打满算，在您从您的智利回来前几天，我刚刚庆祝了自己堕入爱河四周年。当然，您也没错过什么，没什么好遗憾的，因为其实根本就没有什么庆祝晚会。"

"可是您为什么不告诉她呢？"

"因为我是一个软蛋。"沃尔特哽咽着回答，"一个可怕的软蛋。您想让我告诉您，在这整件事里最可悲的是什么吗？"

"我不是很确定想知道。不！别讲！"

"好吧，这么多年来，我一直忠贞于她。"

"果然如此！"

"您想一想这有多荒唐。那些已婚的男人本来有机会跟自己所爱的人好好生活，却偏偏要想方设法出轨欺骗。而我，我竟然一直忠诚于一个甚至不知道我对她一见钟情的女人。哎，就请您不要再跟我讲什么'果然如此'了吧！"

"我可没打算这么说。都这么长时间了，为什么还不去向她表白呢？您这么做难道会有什么损失吗？"

"去表白，让这段罗曼史就这么完蛋吗？您可真傻啊！她如果拒绝我，我就再也不能像以前那样想着她了。到时候，我若还这样偷偷地打量她，肯定会被她当作难以容忍的恶行。您为什么这么看着我，阿德里安？"

"没什么。我只是想说，看您今晚喝醉的程度，估计明天不到下午都缓不过劲来，而当您酒醒之后，我怀疑您还会不会跟我这样讲这个故事。"

"我向您发誓，阿德里安，我不是在编故事。我真的是疯狂地爱着简金斯小姐，但我们两人之间的距离太大，跟您的那个宇宙有得一拼，而且在我们之间同样有那些个可笑的'山丘'相隔着，让彼此看不到对方。简金斯小姐在克里斯蒂安森灯塔。"沃尔特叫喊着把手指向东方，"而我，就好像是一头抹香鲸搁浅在英格兰海滩上！"他一边说着一边用拳头砸脚下的沙子。

"沃尔特，我能想象您跟我描述的场景。不过，在您办公室和简金斯小姐办公室之间相隔的只是一些台阶，而不是光年。"

"哈，相对论啊，您以为只有您的'好伙伴'爱因斯坦才知道这个吗？对我来说，每一层台阶的距离都遥远得好像您的那些星系。"

"我想，应该是时候陪您回酒店了，沃尔特。"

"不要啊，继续享受这个夜晚吧。您嘛，您只管给我解释。明天我可能什么都想不起来，但没关系。我们一起度过了美好时光，这才是最重要的嘛。"

沃尔特那貌似憨厚的样子本来应该让我发笑，实际上却令我感到悲伤。我还自以为在阿塔卡马高原上饱尝了孤独的滋味……但像这样每天在心中所爱的女人的楼上办公，却从未鼓足勇气向她表白，谁还能想象出比这更令人痛苦的自我放逐？

"沃尔特，您想不想让我试着去组织一次有简金斯小姐和您一起参加的晚餐？"

"不用了，我想经过了这么多年，我恐怕不会再有勇气跟她说这个了。当然，其实我想说的是，您是个好人，要不明天再来跟我讲讲您的这个提议……呃，明天下午晚一点就好。"

巴黎

凯拉要迟到了。她匆匆穿上牛仔裤，套上一件羊毛衫，胡乱整理了一下头发，然后花了点时间找到了她的那串钥匙。她周末没怎么睡好，而这个白天昏暗的晨光也没能把她从瞌睡中唤醒。上午这个时候要想在巴黎找到一辆空出租车，除非是出现奇迹。她一直走到塞瓦斯托波尔大道，然后转到了塞纳河边。每到一个十字路口，她都会看一看自己的手腕，但其实她今天忘记戴手表了。这个时候，一辆小汽车冲进了公交车道，停在了跟凯拉平行的位置。司机侧身摇下了车窗玻璃，喊了凯拉的名字。

"需要我把你带到哪里去吗？"

"麦克斯？"

"从昨天到现在，我难道就变得连你都不认得了吗？"

"不是的，我没想到会在这儿看到你。"

"放心吧，我没有跟踪你。这一片区有不少印刷所，而我那间恰好在你后面的那条街上。"

"你都快到办公室了，我可不想打搅你。"

"谁告诉你我就不能离开我的办公室了？来吧，上车，我在后视镜里看到了一辆公交车，那司机马上就要冲我按喇叭了。"

凯拉不再扭捏，她打开了车门，坐到了麦克斯的旁边。

"布朗利河岸，人类文明与艺术博物馆。快一点吧，我要迟到了。"

"我总该有权要求一个吻作为奖赏吧？"

然而，正如麦克斯预见的那样，一声喇叭巨响，惊得他们弹了起来，那辆公交车几乎贴到了他们汽车的保险杠上。麦克斯一脚油门率先冲了出去，接着以最快的速度离开了公交车道。交通很拥挤，凯拉不耐烦地跺着脚，不停地扫视仪表盘上的时间。

"你看起来很急啊？"

"我跟人约了吃午饭……已经迟了一刻钟。"

"如果你约的是一个男人的话，我敢肯定他会等你的。"

"是，是个男的，但你别那么多心，他的年纪是你的两倍。"

"你总是喜欢成熟男人。"

"如果真是这样的话，我就不会跟你在一起了。"

"1 比 0，直击要害！谁啊这是？"

"一个教授。"

"他教什么的？"

"对啊，真好笑。"凯拉突然意识到，"我还没问过他呢。"

"冒昧问一句，你冒着雨穿过整个巴黎，就是为了跟一个你都不知道他教什么的教授一起吃午饭？"

"其实，这也没什么大不了的，他退休了。"

"那你们为什么要一起吃饭啊？"

"这个故事说起来可就长了。你得把注意力集中到马路上，好让我们避开堵塞的交通。这与我的吊坠有关，那是哈里送给我的一块石头。我一直想知道这石头是从哪里来的，而这个教授认为它的年代可能很久远了。我们曾经想搞清楚它的来源，但结果都是白费功夫。"

"哈里？"

"麦克斯，你这些问题搞得我好烦。哈里的年龄只是你的四分之一！而且，他住在埃塞俄比亚。"

"嗯，这么年轻，倒不会是我的什么重要竞争对手。你说的这块特古老的石头，能给我看看吗？"

"不在我这儿，我现在正好要去拿回来。"

"如果你愿意的话，我有一个朋友是古石界很有名的专家，我可以去请他帮忙研究一下。"

"我可不觉得真有这个必要去麻烦你的朋友。我倒认为，这个老教授是有点无聊了，于是想找个借口消遣一下。"

"如果你改变主意的话就来找我，别犹豫。看，前面已经没障碍了，我们在十分钟内就可以到达。对了，那个年轻的哈里是在哪里找到这块石头的啊？"

"在图尔卡纳湖中央的一个小火山岛上。"

"那可能就是一个火山岩渣？"

"不是。这个东西很坚硬，我甚至都没能在它上面打个洞。为了把它挂在我的脖子上，我不得不用一根长绳子把它绑紧。而且我还得说，这块石头打磨抛光的完美程度让人不得不惊叹。"

"这可真让人震惊。我提个建议：今晚我们两个一起吃饭，看一看你这个神秘的吊坠。我虽然退出'江湖'好多年了，'底子'毕竟还是很好的。"

"尽管试试，我的麦克斯，为什么不呢？不过今天晚上不行，我得跟我姐姐单独相处。我们两个都要弥补失去的时光。自从我回来，我就不停地在冲她发神经。有那么两三次我不该那样得罪她，我想我要跟她道个歉。呃，也许不止两三次，而是十二三次，甚至有那么三十来次了吧。"

"这个星期剩下的每一个夜晚，我对你的邀请一直有效。喏，你的博物馆到了。几乎也没怎么迟到，我车里的时钟快了一刻钟呢……"

凯拉在麦克斯的额头印上一吻，急忙拔脚冲了出去。麦克斯本来还想叫她下午打电话给他，但她已经跑上了前面的台阶。

"很抱歉让您久等了。"凯拉喘着气推开门说，"伊沃里？"

房间里没有人。办公桌台灯下压着的一张纸吸引了凯拉的目光。纸上的几行字被划掉了，但凯拉还是能从中勉强辨认出一系列数字、"图尔卡纳湖"和她自己的名字。在纸的最底部，是一幅素描，画的显然是她的那个吊坠。凯拉本来不应该走到办公桌的另一面去，更不应该坐上教授的扶手椅，或许她也不应该打开此刻正好在她面前的抽屉。可是，抽屉没有上锁，而一个考古学家又怎么可能没有一颗出于本能的好奇心呢？在抽屉里有一个表面装饰着碎纹的旧皮匣。拿出来放到台面上，她在皮匣的第一层找到了另外一幅素描，它看起来年代久远，画的好像是一个与她那挂在脖子上的吊坠有几分相似的东西。门外传来一阵脚步声吓了她一跳，凯拉赶紧把一切恢复原状。她刚刚躲到桌子底下，一个人就走了进来。凯拉就好像一个冒失的小朋友那样蜷成一团，尽力屏住呼吸。一个男人站在离她几厘米的地方，裤子上的布料几乎就要擦过她身边。然后，房间里的灯光熄灭了，那人的剪影转向了门口，随着门锁里传来钥匙转动的声音，老教授的办公室里恢复了平静。凯拉足足停了几分钟才定下神来。她从藏身之所出来，直奔房门，转了转门把手。嗯，运气不错，这门可以从里面解锁。重获自由之后，她一下子奔向门外的走廊，然后沿着通往一楼的斜坡跑下去，却不想，脚下一滑，身子向下倒去。就在这时，一个人慷慨地伸出援手，拽住了她。凯拉抬起头，当她发现眼前正是伊沃里的脸庞时，不禁大声喊了出来，回音在整个大厅里久久回荡。

"您摔得这么疼啊？"教授蹲下来问道。

"不！我就是感到害怕。"

旁观的人群四散离开，小插曲结束了。

"像这样子滑倒，我可以理解您该有多怕！您甚至有可能会摔断骨头啊。为什么要跑呢？您是有点迟到，可也犯不着因为这个而冒生命危险啊。"

"我很抱歉。"凯拉站起来的时候道了一声歉。

"那么，您到哪儿去了？我给服务台留了言，让人通知您到花园里找我。"

"我直接上您的办公室去找您，发现门锁了，于是我就犯了傻想跑下来找您。"

"俗话说'莫要让人等，坏事来敲门'。跟我来，我都快饿死了。到了我这个年纪，吃饭都得准点。"

这一天到现在，凯拉已经是第二次感到自己好像一个正干着坏事却被逮个正着的小女孩了。

两人坐在上一次吃饭的那张桌子前。伊沃里显然情绪不佳，只是埋头盯着菜单。

"他们应该时不时换下菜单了，拿出来的总是同样的东西。我建议您试试小羊排，这一直都是这里最好的。"伊沃里随即向服务员下了单，"来两份小羊排。"

教授展开了他的餐巾，然后盯着凯拉看了好一会儿。

"免得我忘记了。"他从上衣口袋里掏出了吊坠，说，"我把它物归原主。"

凯拉把吊坠拿在手上看了很久，接着取下套在脖子上的皮绳，包着吊坠打了个十字结，前面绕两下，后面绕一下，就好像哈里教她的那样。

"我得承认，这个坠子还是在您这儿价值更大。"伊沃里感叹着，脸上第一次露出了笑容。

"谢谢。"凯拉回答着，有一点局促不安。

"我想该不会是我让您脸红了吧？我说，您为什么会迟到呢？"

"我很惭愧，教授。我本来可以编出各种理由，但实情是我睡过头了。对，我就是这么白痴。"

"我是有多么羡慕您啊！"伊沃里发出了一阵笑声，"我都有20年没睡过懒觉了。变老可真不是一件有趣的事，而这好像还不够，就连白天也变得更漫长了。好吧，就不说这些闲话了。我来这儿可不是为了对您喋喋不休地讲我的睡眠问题。而且，我觉得挺好的，大家都应该讲真话。这一次嘛，我就原谅您了。接下来，我不会再摆出一副生气的样子，免得您在这儿感到不自在。"

"您是故意装出来的？"

"完全正确！"

"那么，检测结果没有任何价值？"凯拉摆弄着她的吊坠问道。

"唉，没有。"

"这么说，您对这个东西的年代没有任何概念？"

"没有……"教授回答着，避开了凯拉的眼神。

"我能问您一个问题吗？"

"您这不已经问了一个吗？还是问那个您感兴趣的问题吧。"

"您是哪一科的教授？"

"宗教学！不过，恐怕不是您想象的那种。我的一生都在试图搞明白这样一个问题：我们人类发展演变到哪个阶段就开始相信存在着一种超自然的力量，并且把它称为'神'？您知道吗，大约10万年前，在拿撒勒附近，智人埋葬了一个大约20来岁女人的骸骨，这在人类历史上还是第一次。在那个女人的脚边还摆放着一个六岁小孩的骸骨。当时发掘出这个古墓的人，还在两具骸骨旁边找到了大量的红色赭石。而就在离这个古墓不远的地方，另外一支考古队发现了30多具类似的骸骨。所有这些骸骨都保持着胎儿在母亲腹中的姿势，身上都覆盖着赭石，而且每一个墓穴都塞满了用于某种仪式的物品。这可能就是宗教存在的最古老的印记。为什么在失去亲人的痛苦之际，要如此急迫地强加上某个仪式来祭奠亡灵呢？会不会正是在这个时刻诞生了这样一种信仰，那就是逝去的人们可以继续在另外一个世界永存？

"关于这个主题，曾经涌现了众多理论，我们或许永远也不会知道，究竟是发展演变到哪个阶段，人类才真正开始有了信仰。总之，正是由于对所处的环境既感到迷惑又有些害怕，人类最终开始把一种超人的力量奉若神明。必须给神秘的晨光和暮色赋予一种意义；必须给在头顶天空升起的群星赋予一种意义；必须给造成四季更替以及沧海桑田的这种魔法赋予一种意义；同样，必须给人类的身躯赋予一种意义，因为它随着时间的流逝而不断改变，直到最后，不得不走向生命的尽头。尤其令人感到神奇的是，现在共有160个国家发现过史前岩画，而所有这些都具有许多共同点。其中，红这种颜色无处不在，就像是一种与其他世界相连的纯粹象征。另外，为什么岩画中人类形象的代表，不管生活在这个世界的哪一个角落，他们都是双手高举向天空并且一直保持这个姿势不动，一副正在祈祷的样子呢？

您看看，凯拉，我的工作和您的工作相差并不是很远。我同意您的观点，也欣赏您展开研究的角度。史上第一个人是谁？是不是真的就是那第一个直立行走的人？或是第一个懂得切割木块和石头，试图打造工具的人？抑或是第一个看到亲人过世而号啕大哭，意识到自己的死亡也不可逆转的人？还是第一个相信存在某种超自然力量的人？又或者有没有可能是第一个展露自己情感的人呢？而这第一个人是用什么词、什么姿势、什么祭品来表达自己的喜悦之情的呢？他又是向谁来表达的呢？向他的父母？向他的妻子？向他的后人？还是向神？"

凯拉的手指不由自主地放下了吊坠，她把双手放到桌面上，久久地看着教授。

"我们可能永远也不会知道答案。"

"您怎么就知道不会有答案呢？这其实只是时间、决心和解放思维的问题。有时候，正所谓远在天边、近在眼前。"

"您为什么要跟我讲这些？"

"您用您生命中三年的时间在土堆里挖掘，想找到一些人骨化石，从中窥探人类起源的秘密。或许命中注定我们就应该相遇，并由我来挑起您的好奇心，这样您才会开始认真观察您挂在脖子上的这个不同寻常的东西。"

"好奇怪的联想啊！它们之间能有什么关系呢，这块石头和……"

"这不是岩石，也不是木头，我们甚至不知道它是由什么做成的。可是，它是如此完美，以至于我们禁不住去想，会不会是大自然造就了这个东西！现在，您还觉得我的联想很可笑吗？"

"您到底想跟我说什么？"凯拉手里紧攥着吊坠说。

"您有没有想过，寻找了这么多年的东西就简简单单地挂在您的脖子上？自从回到法国，您每一秒都在想着怎么回到奥莫山谷去，对不对？"

"就这么明显？"

"小姑娘，奥莫山谷就在您的胸前。或者说，至少这个山谷隐藏的最大秘密之一可能就在这里。"

凯拉迟疑了一下，然后大笑起来。

"伊沃里，您还真差一点就把我给骗了！瞧您这说服力，我都起鸡皮疙瘩了。我知道，在您的眼里，我就是一个小考古学家，而且约会还迟到，但也不带这么玩的！没有任何一点能够让我们相信这个东西有什么真正的科学研究价值。"

"我再问您一遍，这个东西比我们想象的更久远，而且没有任何一项现代科技足以从它上面取下哪怕是最小的一块碎片，同时也无法确切地推算出它的年代，那么您认为它是如何被打磨成现在这个令人印象深刻的样子的呢？"

"我承认这有点不可思议。"凯拉说出了心里的话。

"我很高兴您心中有这样的疑问，亲爱的凯拉，正如我同样很高兴能认识您。您瞧，在我这间小办公室里想要有什么最新的发现，这样的希望原本是很渺茫的，我想您也会同意这一点的。不过，得益于您，我也可以打破常规了。"

"对此我感到很荣幸。"凯拉说道。

"我指的可不是这个东西。它得靠您去发现其中的奥妙。"

"那么，您所说的'发现'是什么呢？"

"哎，我指的当然是遇到了您这么一位绝妙的优秀女人啊！"

伊沃里站起来离开了餐桌。凯拉看着他离开，他最后一次转过身来，向他的新朋友轻轻挥了挥手。

伦敦

离提交参赛资料的截止日期还有不到一个星期，这项工作已经占据了我所有的时间。我与沃尔特养成了固定的习惯，每天傍晚时分在学院的图书馆见面。我会向他简要地讲一下当天的工作进展，然后向他复述我所写文章的部分内容。这期间，我俩总免不了各种争论。到了晚餐时间，我们会去街角的一家印度餐厅吃饭。那里有位女服务员穿着低胸装迎来送往，我跟沃尔特总是无法坦然直视，而人家也从来没正眼瞧过我们。吃完晚餐后，我们会沿着泰晤士河散会儿步，同时继续讨论工作。即使遇上下雨天，我们也从未放弃过这夜晚的漫步。

然而今晚我为我的朋友准备了一个特别的惊喜。由于我的名爵车从上周末开始就一直在"闹别扭"，我们只能打车去尤斯顿（Euston）火车站，它就在国王十字站附近。沃尔特已经第20遍追问我们要去哪里，鉴于我们有些迟到了，我顾不上回答，只是拖着他一路狂奔，冲向站台。我们要乘坐的列车即将开动，我一把将沃尔特推上车厢，自己也立刻爬了上去。时间刚刚好，车轮已经开始在铁轨上嘎吱作响了。

车窗之外，伦敦市郊的景色慢慢变成了英格兰的田园风光，最后映入眼帘的是曼彻斯特的郊外。

"曼彻斯特？现在是晚上10点，我们来曼彻斯特做什么？"沃尔特问道。

"谁告诉你这是我们的目的地？"

"刚刚列车上都广播了：'终点站，请所有乘客下车。'难道不是吗？"

"我们就不可以转车吗？我亲爱的沃尔特，走吧，拿上您的提包跟我来，我们只有10分钟的时间了。"

又是一路狂奔，我们穿过地下通道来到了车站的另一边，登上了另一列开往南部的小火车。

火车到了霍姆斯查珀尔（Holmes Chapel）车站，当晚只有我们两个人在这里下车。随着一声哨响，站长给出了继续出发的指令。列车很快从我们眼前消失。我看了看表，四处张望着寻找来接我们的车。很显然，接站的人迟到了。

"好吧，现在已经是 10 点半了。今天的晚餐，我可是只吞了一个可怕的黄瓜三明治，哦对了，还有您慷慨分给我的一半冻火鸡。而我们现在到的地方，可真是一个鸟不生蛋的地方啊。您就不打算告诉我，我们来这荒山野外到底是搞什么鬼吗？"

"不打算！"

沃尔特大声咆哮着。我不得不承认，看到他恼火的样子，我心中有些窃喜。终于，一辆破旧的 1957 年款希尔曼出现在车站前的小路上。我认得这辆车。马汀终究没有忘记我们前一晚在电话里的约定。

"抱歉。"他一边说一边从车的后门钻了出来，"我迟到了，主要是我们一直在全神贯注地盯着那个今晚把你们引来这里的东西，所以没能早一点动身。如果你们不想错过奇观的话，那就赶紧上车吧！""不过，我不得不请你们从这边上车，"我的老朋友兼同事指着车的后门补充道，"自从我拧断了门把手，这可恶的车门就没法打开了。厂家已经不生产这种型号的配件了。"

这辆车看起来就像是一块生锈的大铁皮，风挡玻璃上横贯着一条长长的裂痕。沃尔特焦虑不安地问我是否要开去很远的地方。而马汀在向我们简单地介绍了如何上车之后，率先跨过后排，坐到了驾驶位上。他刚抓住方向盘，就请求沃尔特用力把后门关上……当然，也不要太大力了。与此同时，我们离开车站，从麦克尔斯菲尔德郡坑坑洼洼的路上冲了出去。

沃尔特关门的时候，实在不该去抓门边的扶手，他一扯，扶手上起固定作用的最后一颗铆钉也脱落了。只见他犹豫了一小会儿，然后把掉下来的扶手放进了他的口袋。

"我看行了。"就在他这么说的时候，车子驶出路边，拐了一个大弯，这一下，他肚子里今天晚餐还没有消化完的火鸡和黄瓜三明治算是彻底搅和到一块儿去了。

"请原谅我开这么快，但是我们实在没有任何理由错过这个奇观。你们抓紧喽，我们很快就到了。"

"呃，您希望我们怎么抓紧呢？"沃尔特一边挥舞着那个扶手，一边大声喊，"我们这到底是要去哪儿？"

马汀惊讶地瞥了我一眼，而我则做了一个手势，表示我什么也没有对他说。接下来，每当车子转出一个急弯，沃尔特都要凶狠地瞪我一眼。最后，当焦德雷尔班克天文台巨大的可伸缩天线突然出现在我们面前时，他终于停止了抱怨。

"妈呀！"沃尔特吹了一下口哨，"我还从来没有这么近距离看过这个玩意儿呢。"

焦德雷尔班克天文台附属于曼彻斯特大学天文系。我当年求学的时候曾经在这里待了几个月，也因此与马汀交上了朋友。他当年在学院读书的时候就结了婚，新娘叫什么伊莲奥诺·阿特维尔，是当地奶业大户阿特维尔家族的继承人，于是马汀就留了下来，在这里做研究。可是五年之后，伊莲奥诺就离开了马汀，结束了他们之间那段看起来纯朴美好的婚姻。她搬去了伦敦，与马汀最好的一个朋友走到了一起，这位新欢同样是富二代，不过来自金融界，在当下这个时代，这可比什么奶制品业牛多了。而在这件事情发生以后，马汀和我从来都没有触及过这个敏感的话题。焦德雷尔班克天文台可以说是独一无二的，它的主要部件是一个直径达到76米的巨大锅形天线。金属底座高出地面77米，安装在上面的这个射电天文望远镜是世界上第三大的。除此之外，这里还有三个尺寸稍微小一点的望远镜。而由这些器具组成的卓瑞尔河岸天文台又属于一个覆盖英格兰全境的复杂天线系统，其中所有的天线通过网络相连，以便收集来自外太空的海量信息。这个系统被命名为"梅林（Merlin）"。当然，这可不是为了纪念那位著名的中世纪魔法巫师，而是因为倡议建立这个系统的一众学者，其名字的第一个字母连起来构成了"梅林"。在卓瑞尔河岸天文台工作的天文学家们，主要任务是追踪陨星、类行星、脉冲星，研究星系边缘的引力透镜效应，同时还要探测宇宙诞生初期形成的黑洞。

"我们是要去看宇宙黑洞吗？"沃尔特突然热情爆棚，喊了起来。

马汀笑了，没有回答这个问题。

"阿塔卡马的情况怎么样？"在他问我的时候，沃尔特正在费劲地想从车里出来。

"很有趣，那里的团队真棒。"我有些怀念地说。而我的老同事立刻感受到了我的心情。

"为什么不来加入我们呢？我们的资源可能没有那么多，但你知道，我们这里的团队同样是很高素质的。"

"对此我并不怀疑，马汀，而且我绝不会想要让你感到我在阿塔卡马的同事有任何一点超过了你在焦德雷尔班克的同事。只不过，智利那边的空气让我思念，我难以忘记那种置身于高原之上的孤独以及夜晚天空的澄静。而此刻，我们不是在智利而是在这里，为此我还要向你表示感谢。"

"哎！"站在草坪上等待的沃尔特抱怨着，"我们就要看到黑洞啦，是吧？"

"也可以这么说吧。"我一边回应一边钻出了车子，而还在车子里的马汀则忍不住爆笑起来。

马汀的同事们接上我们之后，便很快重新投入了工作。沃尔特还想把眼睛凑到一个巨大的望远镜上去看，但我告诉他，我们只能在所处大厅的电脑屏幕上观察那些影像，他对此很是失望。现场洋溢着一种兴奋的味道，所有汇集在这里的科学家都紧紧盯着他们的控制台。每隔那么一段时间，就会远远地传来嘎吱嘎吱的声音，那是天线在绕着它的金属轴几毫米几毫米地转动。然后又是一片沉静，大厅中的每一个人都在用各自的方式聆听着那些来自宇宙时间原点的信号。

为了"解救"马汀的同事，我拖着一直在问东问西的沃尔特，来到了建筑物的外面。

"他们为什么这么兴奋呢？"他低声问道。

"在外面您就不必担心打搅他们，可以正常一点讲话了。今天晚上，他们所有人都希望能够见证一个黑洞的诞生。即便是在无线电天文学者的一生中，这种现象也是罕见的。"

"您这是要在评选委员会的成员面前讲黑洞？"

"当然。"

"那好，来吧，我听着呢。"

"对一个天文学家来说，黑洞就是最大限度的未知事物，即便是光也无法从那里逃脱。"

"那么，你们又是怎么知道存在黑洞的呢？"

"当一颗高质量且远远大于我们太阳的恒星进行最后的核聚变爆炸时，就会形成黑洞。这颗恒星残骸太重了，以至于任何一种自然形态都无法阻止它在自身的重压下坍塌。而当物质靠近黑洞时，就进入了一个共振带，会像一口钟一样发出声音。这种声音传到我们这里的时候已经很低沉了，相当于降调的'西'，比中音的'哆'还要低 57 个八度音阶。您能想象到我们可以收听从宇宙最深处传来的音乐吗？"

"这似乎有点不可思议。"沃尔特感叹道。

"还有更不可思议的呢。在黑洞的周围，时间和空间被扭曲，时间流逝的速度变慢了。一个人如果能从地球出发到达黑洞的周边并且没有被吞噬，接着又返回地球的话，他就会比当初离开时被抛在身后的其他地球人更年轻。"

当我们回到大厅时，马汀的同事还在守候着那个无比受期待的天文现象，而沃尔特再也不是之前那个样子了，此刻，他也紧盯着电脑屏幕，上面闪现着一个个极小的点，那是人类还没有出现的远古时代留下的印记。到了凌晨3:07，我们所在的房间被一阵欢呼声撼动，连墙都快被震塌了。马汀，一个向来如此冷静的人，竟然一下跳了起来，差点失去平衡向后摔倒。出现在电脑屏幕上的证据毋庸置疑。明天，整个天文学界都将为我们英国同行的伟大发现而欢欣鼓舞。我的思绪则飘到了阿塔卡马高原，在那里，我的朋友们会不会也能想到我呢？

我之前讲述的关于时间扭曲的内容令沃尔特着了迷。第二天，当马汀带着我们赶回霍姆斯查珀尔小站时，他向沃尔特解释说，他的终极理想是有一天能够找到一个虫洞。沃尔特还没有从发现黑洞存在的震惊中完全回过神来，一开始还以为马汀在跟他开玩笑，但接下来，他就开始央求马汀告诉他更多相关的信息。马汀有些气急败坏，他正在竭力控制着他的老爷车，想让它笔直向前开。于是，我接过了这个话题，向沃尔特解释说，虫洞就是穿越时间和空间的捷径，就好像在宇宙中两点之间的一扇门。而如果哪一天可以证明虫洞的确存在，那我们可能就会向着以比光速更快的速度进行空间旅行的目标迈出第一步了。

在车站的月台上，沃尔特似乎有点动了感情，他紧抱着马汀称赞他的工作真是了不起。然后，他从自己口袋里掏出了汽车里那个被掰断的扶手，非常庄严地递还给它的主人。

在去往伦敦的火车上，当曼彻斯特渐渐远去，沃尔特对我说，假如沃尔什基金会的成员最终不选择我们的计划，在他看来，就是彻头彻尾的不公平。

巴黎

正如对麦克斯所说的那样，凯拉这个星期每天晚上都是和姐姐待在一起。

"你经常会想到爸爸吗？"

凯拉从厨房门口探出头去，看见让娜正凝视着一个瓷杯。

"他每天早上都会用这个喝咖啡。"让娜往杯子里倒了一些咖啡，然后递给了凯拉，"好傻啊，每一次看到橱柜里的这个杯子，我都会感到难过。"

凯拉静静地望着她的姐姐。

"每一次给自己倒咖啡，我都会感到他就在那里，与我面对面，脸上带着微笑。这真是很荒唐，对不对？"

"不会啊。我也跟你说个秘密吧，我保留了他的一件衬衫。有时候，我会穿上它，感觉就跟你现在一样。每次一套上那件衬衫，就好像他一整天都陪着我似的。"

"你觉得他会为我们感到骄傲吗？"

"两个女儿都是单身，没有孩子，三十好几了还住在同一间公寓里面？我想，如果有天堂的话，他只要从上面往下扫一眼，看到我们现在变成了什么样子，恐怕就会从天堂直接滑落到地狱吧。"

"我很想念爸爸，凯拉，你都不知道我有多想他，也想妈妈。"

"让娜，你能换个话题吗？"

"你真的要回埃塞俄比亚吗？"

"现在我什么也不敢确定。我甚至不知道下个星期要干什么。我得赶紧去找点什么事来做做，要不然很快就得靠你来养着我了。"

"我要跟你说的可能听起来有点自私，不过我是多么想让你待在这里，哪儿都别去。我们很想念爸妈，不过他们都已经相继过世了，而我相信他们在上面会重新相遇的。现在，只有我们两个仍然活着，你却总是远在天边，能够在一起的宝贵时间就这么被浪费掉了。"

"我明白，让娜，不过迟早你都会遇到另一个杰罗姆，而你下次碰到的这个一定会是你的 Mr. Right（真命天子）。你将会有孩子，而凯拉阿姨我会在完成工作后回来看他们。你是我姐姐啊，即使我走得再远，也一定会想你的。我向你保证，如果我再次离开，我一定会更频繁地给你打电话，而且不再只说一些无关痛痒的话。"

"你说得对，我们还是换个话题吧，我本不该跟你说这些的。只要你能过得幸福，在哪儿都可以。好啦，我们还是先把精神上的交流放一边，说点务实的话题吧。你怎样才能重新回到你的奥莫山谷呢？"

"我需要花钱雇一个团队，还得去备齐相应的物资和设备。哈，可不都是些杂七杂八的小东西嘛。"

"需要多少钱？"

"你存着买房子的钱可是远远不够啊，我亲爱的姐姐。"

"你为什么不去试试找家私人企业赞助？"

"因为考古学家们很少会上电视啊，他们不太可能穿着印有什么洗衣液啊、汽水啊，或者是某家银行等品牌广告的 T 恤接受采访。况且愿意资助文化艺术的商家们虽然不能说完全没有，但确实也太少了一点。等等，我有个主意，也许我们能在挖掘现场组织一场赛跑。每个参赛者都配一个大袋子和一把小铲刀，谁最先从地里面挖出骸骨，谁就能赢取一年免费的宠物杂志。"

"行了，别开玩笑了。我跟你说的，其实也不是完全不可行啊。别一有什么想法，你的第一反应就是'不可能'，这样很讨人厌呢。如果找到一些基金会，跟他们推介一下你的研究项目，是不是能有一点机会？谁知道呢。"

"所有人都对我的研究不屑一顾，让娜。谁会愿意花哪怕一点点钱在我身上下注呢？”

“我觉得是你不够自信。你刚花了三年的时间泡在考古第一线，而且完成了无数页的研究报告。我也读过你的论文，如果我有钱的话，我肯定会立刻资助你进行下一次的探险。”

“那是因为你是我姐姐！你这么说让我很感动，让娜，只是你的假设没有实现的可能性。不过我还是要谢谢你，至少让我做了几十秒的美梦。”

“与其整个白天都这么无所事事，你还不如去上上网，搜搜看法国或者欧洲有没有组织机构可能对你的研究感兴趣。”

“我并没有无所事事啊！”

“这几天你跟博物馆的伊沃里又在搞什么鬼？”

“这家伙很有意思，不是吗？他对我的吊坠非常感兴趣，我不得不承认他的这份热情也感染了我。我们试着推测吊坠的年代，不过没有什么收获。他一直坚信这是一块非常古老的石头，不过现在还没有什么能够证明他是对是错。”

“那他是凭直觉了？”

“我虽然很尊敬他，可直觉是远远不够的。”

“这件东西确实挺特别的。我有一个朋友是珠宝鉴定家，你想不想让他帮忙看看呢？”

“这并不是什么宝石，也不是石化了的古木。”

“那到底是什么？”

“我们也不知道。”

“能给我瞧一瞧吗？”让娜突然兴奋起来。

凯拉解下项链递给了她的姐姐。

“这会不会是一块陨石碎片啊？”

“你有听说过像婴儿的皮肤一样光滑的陨石吗？”

"我可没说我是这方面的专家，不过对于从宇宙来到我们地球的东西，我们的了解还远远不够。"

"这倒也是。"凯拉终于恢复了她作为考古学家的逻辑思维，"我记得好像在哪里看到过，每年落到地球上的陨石有五万多颗呢。"

"去找个专家问问吧！"

"哪方面的专家？"

"难道去找街角的肉店老板吗？蠢蛋！当然是找一个懂这行的人啦，天文学家或者天体物理学家之类的，我也不知道。"

"我也想啊，让娜！我去翻翻通讯录，看看有没有'天文学家朋友'。我是不是还应该想一想先打给谁好呢！"

让娜不想再跟妹妹吵起来，便没有理会她的嘲弄，而是朝着客厅的小书桌走去，在电脑前面坐下。

"你要干吗？"凯拉问道。

"帮你干活啊！今晚先由我开始，明天你接着做，不许离开这里半步。你要牢牢盯住这块电脑屏幕，等我回来的时候，你必须交给我一份名单，列出支持考古学、古生物学、地质学，甚至非洲可持续发展项目的所有机构和组织。这是命令！"

苏黎世

瑞士信贷银行（Crédit suisse，简称"瑞信银行"）的大楼里，只剩下最顶层的一间办公室还亮着灯。一位优雅的男士正在查阅着在他外出期间收到的各类电子邮件。他当天上午还在米兰，一整天都忙得不可开交。各种工作会议再加上要审阅的无数文件，让他没有丝毫喘息的机会。他看了看表，如果抓紧时间的话，也许还能赶在深夜之前回家歇一歇。他转了转靠椅，按了按电话上的拨号键，等待着司机的回复。

"请准备好车，我五分钟后下来。"

他重新束紧领带，整理好办公桌上的文件。就在这时，他发现电脑屏幕上有一个彩色的图标闪烁，这是他漏掉的一条备忘录。他打开读完后立即将内容删除，然后从西装内袋里掏出了一个黑色的小本子，来回翻看。他用手推了推眼镜，看着他想找的一个电话号码，拨通了电话。

"我刚刚看到了您的留言，还有谁知道这件事？"

"巴黎、纽约，还有您，先生。"

"这次会面是什么时候进行的？"

"前天。"

"半个小时之后到理工学院广场来找我。"

"可能够呛，我刚进歌剧院。"

"今天晚上演什么？"

"普契尼的《蝴蝶夫人》。"

"那好，以后再看也不迟。一会儿见。"

这人再次给他的司机打电话，取消了之前的安排，并且告诉司机晚上不必等他了，因为有些工作他之前没有想到，晚上要加班，会在办公室里待到很晚。他还对司机说，明天早上也不用到家里接他，他晚上有可能就在城里睡了。一打完电话，他马上走到窗户边，拨开百叶窗的叶片，望向楼下的街道。看到他的汽车开出停车场，穿过了派拉德广场，他就离开了自己的"观察点"，从衣架上取下大衣，用钥匙锁上门，走了出去。

时间已晚，只有一部电梯还在运行。他下到大厅，那里的保安员向他打了个招呼，然后按键打开了中央大转门的门锁。

大门外面，苏黎世中心的派拉德广场依然人山人海，这个人在人群中挤出了一条路，走向班霍夫大街，上了经过的第一辆电车。他在电车车厢的后面就座，经过一站后，又把位子让给了一位找不到地方坐的老妇人。

电车在离开主道转到跨河大桥方向时，车顶上方的电线沿着悬挂的吊架滑动，发出嘎吱嘎吱的声音。当电车来到河的对岸，这个人就下了车，向着缆车索道站走去。

面前的这辆有轨小电车颜色红得耀眼，很是奇特。就像变戏法一样，它突然从一幢小建筑物的中间穿过，爬上一条长长的斜坡，穿过一片栗子树树丛，然后重新出现在丘陵的顶端。下了电车，这个人并没有在理工学院的平台上停下来俯瞰整个城市的风光，而是以完全均匀的步伐径直穿过了这个大石板，绕过科学院的穹顶建筑，走下了通往柱廊的石阶。在那里，已经有人在等着他了。

"我很遗憾毁了您今晚的兴致，但这件事可不能等到明天。"

"先生，我理解的。"对方回答。

"来，我们走一走。我一整天都关在办公室里面，空气对我大有好处。巴黎为什么会在我们前面得到通知呢？"

"伊沃里直接联系了他们。"

"他们真的碰了面？"

对方点头表示确定，并且指出那次会面是在埃菲尔铁塔第一层进行的。

"有照片吗？"

"他们午餐的照片？"对方看起来很吃惊。

"当然不是，我是说那东西的照片。"

"伊沃里没有传给任何人照片，而且早在我们介入之前，我们感兴趣的那个东西就已经离开了洛杉矶的实验室。"

"伊沃里认为这个东西跟我们掌握的那个东西是属于同一种类？"

"他一直都深信还有好几个同类的东西，不过先生您知道，也就只有他是这么想的。"

"也有可能他是唯一敢这么大声说出来的人。伊沃里是一个老疯子，但也特别聪明甚或狡黠。他有可能是在坚持着一个由来已久的离奇想法，但也有可能是要玩一个把戏来嘲弄我们。"

"他这样做有什么好处？"

"这是一个他等了很久的报仇机会……他的性格很可怕。"

"那如果不是这个原因，而是您刚才假设的另一种可能性呢？"

"如果是这种情况的话，那就必须采取行动了。我们付出任何代价都要拿到这个东西。"

"根据巴黎方面的消息，伊沃里把这个东西又还给它的女主人了。"

"我们了解这个女人吗？"

"还不清楚，他不愿意向我们透露任何这方面的信息。"

"他真是比我想象的还要疯癫。不过，这倒令我更加相信他是认真的。您看着吧，再过几天，他就会让我们所有人在同一时间了解这个女人的身份。"

"您为什么会这么想呢？"

"因为他只要这么做就能迫使我们重新激活工作小组，从而把我们聚集起来。我在这儿已经浪费了您太多的时间，回去看您的歌剧吧。这个麻烦事由我来接手应对吧。"

"第二幕在半个小时之后才会开始，告诉我您打算怎么办。"

"我今天晚上就上路，明天一大早跟他会面，我要去说服他别再玩这种小把戏了。"

"三更半夜的，您打算穿过边境？这恐怕很难做到神不知鬼不觉。"

"伊沃里已经赶在我们前面了。我可不能让他牵着鼻子走。我要让他趁早恢复理智。"

"以您现在的状态，能开七个小时的车吗？"

"估计很难。"男人用手搓了搓自己疲倦的脸颊。

"我的车就停在两条街之外，我跟您一起去吧，我们可以轮流开车。"

"多谢了，您的好意我心领了。我自己手持外交护照过境已经够引人注意了，再加上您的话，就更加火上浇油了。而且也没有这个必要。要不这样，您把您的车钥匙给我，这样也可以省点时间。我今晚给我的司机放假了。"

他同事的双座运动跑车停得确实不算太远。约格·吉尔勒斯坦坐进了驾驶舱，调整了一下座位以适应自己腿的长度，然后发动了汽车。

汽车的主人靠近车门，示意他打开副驾驶座位前面的储物箱。

"如果您感到太疲倦的话，这里面有几张 CD 可以放来听听。这些都是我女儿的，她今年 16 岁，我向您保证，里面的音乐连死人也能吓醒。"

21 点 10 分，跑车驶出了大学街，一路向北而去。

高速路上几乎没有车，畅通无阻。约格·吉尔勒斯坦本可以靠左行驶，往米卢斯的方向下高速。不过他宁愿朝着北边一路直行。这条路线会经过德国，时间上更久一些，但接下来进入法国时他就不需要出示证件了。这样，巴黎方面也就不会察觉到他曾经来访了。

临近半夜，约格·吉尔勒斯坦到了德国的卡尔斯鲁厄，半个小时之后，他从巴登出口驶出。如果计算无误的话，他将在凌晨 2 点 30 分到达法国的蒂永维尔，并将在 6 点左右到达西岱岛。

车前灯随着道路的方向蜿蜒前行，发动机的轰鸣声清脆响亮，稍稍一加油便动力十足。凌晨 1 点 40 分，车子突然向右边轻微地打滑。约格迅速地扳了一下方向盘，随即将车窗全打开了。窗外的新鲜空气拍打着他的脸庞，疲累引起的腰酸背痛暂时得到了缓解。他俯下身拉开储物箱，摸索着同事女儿的 CD，想用其中的音乐让自己保持清醒，坚持到目的地。然而他连第一首曲子都还没来得及欣赏。右前轮突然撞上了路肩，整辆车就像陀螺般打着转冲了出去。车子随即又被面前的一块岩石撞飞，最终坠毁在一棵百年老松树的前面。一秒内车速从每小时 75 公里猛降到零，这剧烈的减速让约格的头部猛地向前一甩，颅骨因此承受的挤压力超过了三吨。在约格的胸腔内，心脏也遭受了同样的重击，动脉与静脉瞬间被撕裂。

凌晨 5 点，一位长途货车司机最先发现了汽车残骸并报了警。宪兵队找到了躺在血泊中的约格的尸体。负责的警长不需要等法医的鉴定就可以直接宣告司机死亡。鉴于当事人身体的冰冷程度和皮肤的苍白程度，这一点毋庸置疑。

上午 10 点，法新社发出了一条新闻通稿，内容是某位瑞士外交人员、瑞士瑞信银行董事，深夜时分在法国东部的高速路上遭遇车祸身亡。经检测，当事人体内未发现任何酒精残留。初步判定事故的原因是疲劳驾驶。一些新闻网站简要地转载了这条消息。

在快到中午的时候，伊沃里从电脑里看到了这条消息，当时他正准备吃午餐。满腔愤怒的他放弃了午餐，将抽屉里的东西塞进了皮包，随即离开了办公室。走之前，他特意让办公室的大门敞开着。他离开了博物馆，往塞纳河右岸走去，那附近还残存着为数不多的旧电话亭。

伊沃里走进其中一个电话亭，拨通了凯拉的电话。他问凯拉过一会儿是否能跟他见一面。

"您的声音听起来有些奇怪，伊沃里。"

"我刚失去了一位很宝贵的朋友。"

"我非常抱歉，不过跟我有关系吗？"

"没任何关系，我跟您保证。我打算请假外出一段时间，这位朋友的过世提醒了我，生命是多么脆弱。我在博物馆无所事事的时间也够长了，再这么待下去，我也快成为馆里藏品的一部分了。这次小旅行，我都想了好多年了，现在也是时候出发了。"

"您是要去哪儿啊？"

"这样吧，我们找个地方喝点美味的热巧克力，再继续这个话题。里沃利街的安吉丽娜，您能去那里跟我会合吗？"

凯拉正在去莫里斯酒店的路上，她跟麦克斯约好了一起共进午餐。她看了看表，跟教授约好了一刻钟以后见。

此时此刻，让娜正趁休息的时间构思着某个想法。自从前一晚跟凯拉喝过咖啡后，这个想法就一直在她的脑海中挥之不去。在孩童时代，凯拉就曾经对她说过："等我长大之后，我要成为一个寻宝家！"跟她相反，她的妹妹总是很清楚自己想要做什么。让娜虽然不喜欢凯拉总是离开她去很远的地方工作，不过她还是愿意倾尽全力帮助她重新回到埃塞俄比亚。

伊沃里在餐厅尽头的一张桌子边坐了下来。他挥手示意让凯拉走进来。

"我擅自做主点了两份栗子蛋糕。这里的甜品非常好。您爱吃栗子吧？"

"没问题。"凯拉回答，"不过我没吃午餐，还有人在等着我呢。"

伊沃里像小孩子一般失望地撇了撇嘴。

"您让我来这里，不会就是为了让我品尝这里的蛋糕吧？"

"不，当然不是。我在离开之前想跟您见一面。"

"为什么这么着急？"

"因为我这位朋友刚刚离世，我跟您说了，不是吗？"

"他是怎么……"

"车祸。他应该是趴在方向盘上睡着了。最糟糕的是，我感觉他是打算过来找我的。"

"之前也没通知您一声？"

"应该是想给我一个惊喜吧。"

"你们很熟吗？"

"我一向很看重他，不过我不是很喜欢他。这家伙很自负，有时候太轻视别人。"

"我搞不懂了，伊沃里，您不是说他是您的朋友吗？"

"无论是朋友还是敌人，任何人的离世都绝不会让我感到开心。而且在当今这个年代，谁又能真正分清楚哪些是朋友哪些是敌人？我们在生活中最难办的事情之一，就是找到真正的朋友。"

"伊沃里，您到底想跟我说什么？"凯拉一边问一边看着手表。

"取消您的午餐约会吧，或者至少推迟一下。我必须得跟您谈谈。"

"到底想谈些什么呢？"

"我有非常充足的理由相信，我这位在深夜遭遇不幸的朋友是冲着您的吊坠来的。凯拉，您可以选择忘掉我要跟您说的一切。您也完全有权利认为我就是一个疯老头子，因为生活太过无聊，总是虚构一些可笑的事情来添油加醋。不过我现在必须承认的是，关于您的吊坠，我并没有告诉您所有实情。"

"有什么是您没告诉我的？"

服务员将餐点送了过来。两块蛋糕上面都覆盖着一层厚厚的奶油泡沫，看起来相当诱人。伊沃里等到服务员走远之后才继续说道："还有另外一块。"

"另外一块什么？"

"还有另外一块碎片，跟您的吊坠一样光滑精致，只是它的外形有些不太一样。同样，任何检验和分析都无法推算出它的年代。"

"您见过吗？"

"它曾经就在我的手上，不过那是很久很久之前的事了。这么跟您说吧，在我还是您这么大的时候。"

"这块和我的吊坠相似的东西现在在哪里？"

伊沃里没有回答凯拉的问题，他拿起小勺往蛋糕上挖了下去。

"您为什么对这块东西这么重视？"凯拉继续问道。

"我跟您说过，这可不仅仅是一块普通的石头，它很有可能是某种金属合金。不过，不管它是什么，这并非问题的关键。您听说过 Tikkun Olamu（希伯来语，意为'修缮世界'或者'治愈世界'）的传说吗？"

"没有，我从来没听过。"

"称之为传说可能不是很准确，这其实是出自《旧约全书》的一个故事。关于《圣经》，最有意思的并不在于书中所写的内容，因为任何诠释都是很主观的，而且随着时代的不同，其内容也常常被人们曲解。所以说，真正有意义的是要搞清楚它为什么要这样描述，以及这是以什么样的经历作为基础的。"

"那 Tikkun Olamu 呢？"

"这个故事告诉我们，在很久以前，世界被分解成了一个个碎块。每个人都必须去寻找这个世界的各个碎块，把它们重新组装起来。而只有当人类完成了这一项任务，他们所生活的这个世界才会变得完美。"

"这个传说跟我的吊坠又有什么关系呢？"

"就看我们怎么定义'世界'这个词了。您可以试着想象一下，假设您的吊坠正是这个世界分解出的碎块之一。"

凯拉盯着教授看了很久。

"昨晚离世的这位朋友，曾经要求我不要对您提起此事。他很有可能正在千方百计地想夺走您的吊坠。"

"您的意思是说，他是被谋杀的？"

"凯拉，不管这东西是否真的能引起您的重视，我还是请求您多加小心。也许还有别人正在打它的主意。"

"嗯，'别人'指的是？"

"这并不重要，您只要用心记住我对您说的话就好。"

"可是我还没搞懂您对我说的这一切，伊沃里。实际上，我戴着这块吊坠已经有两年了，以前从来没有人对它产生任何兴趣。为什么现在会有人感兴趣呢？"

"因为我不够谨慎，而且太过好强，所以造了孽……我只是想证明自己是对的。"

"关于什么您是对的？"

"我刚向您坦白，还存在着另外一块跟您的吊坠相似的东西，而且我一直坚信不止一块。可是一直没有人肯相信我。直到您的吊坠出现在我眼前，我这个老家伙终于找到了一个绝好的机会为自己正名。"

"好吧，我们暂且承认跟我的吊坠相似的东西不止一两个，而且它们跟您说的那个不靠谱的传说也有着某种联系。可是，这一切又有什么意义呢？"

"这一切取决于您的决定，要看您能发现什么了。您还年轻，还有大把时间去探索其中的奥秘。"

"什么奥秘，伊沃里？"

"在您看来，什么样的世界才是完美的？"

"我也不知道，一个自由的世界吧？"

"这是个很绝妙的回答，我亲爱的凯拉。去弄清楚是什么在阻止人类获得自由、是什么引发了所有的战争，您最终就会找到答案。"

老教授站起身，在桌上留下了几张纸币。

"您这就要离开了？"凯拉惊愕地问道。

"不是还有人在等着您共进午餐吗？而且我已经把我知道的一切都告

诉您了。我得回去收拾行李，我的航班就在今晚。能跟您认识，我真心感到荣幸。您比我想象的更优秀、更有才。我祝您拥有美好的前程，另外，我更希望您过得幸福如意。归根到底，幸福是一个很奇妙的东西，我们总是追在它后面跑，却从未真正理解它。"

老教授离开餐厅，最后一次向凯拉挥了挥手。

服务员走过来结账，而伊沃里已经留下了埋单的钱。

"我想这是您的吧？"年轻的女服务员把杯子底下压着的一张便条递给了凯拉。

凯拉吓了一跳，赶紧展开便条读了起来。

"我知道您是不会放弃的，我本想陪着您一起完成这次探险之旅。时间会证明我对您的友谊。我会一直守候在您的左右。您忠诚的伊沃里。"

从里沃利街走出来的时候，凯拉完全没有留意到在杜伊勒里宫花园门前停着一部超大排量的汽车。她更没有看到，在餐厅对面还停着一辆摩托车。摩托车上的人手拿相机对准她，快门在咔咔作响，然而凯拉离得太远，并没有听到任何动静。50米开外，伊沃里端坐在出租车的后排座上，微笑着对司机说："现在可以开车了。"

伦敦

我们终于备齐了要提交给沃尔什基金会的参赛资料。我把所有材料装进信封封好了口，沃尔特却从我手中把它抢了过去。估计是害怕我最后关头临阵退缩，他坚持要亲自寄出文件。

如果能够入选——我们每天都在期盼着回复——我们将在一个月后参加答辩大会。自从沃尔特把材料投进学院对面的邮筒之后，他便一直在窗边徘徊张望。

"您该不会动了跟踪邮差的念头吧？"

"为什么不呢？"他焦躁地回答道。

"我提醒您，沃尔特，需要上台演讲的是我不是您。您可别这么自私地把什么都揽在身上，好歹把紧张的情绪分一点给我啊。"

"您？紧张？我倒巴不得看到您紧张起来！"

命运的骰子已经掷了出去，与沃尔特待在一起的时间逐渐减少。我们都回归各自的生活轨道，我不得不承认时不时会想念有沃尔特陪伴的时光。我几乎每个下午都待在学院里，翻阅着各种专著打发时间，同时等待着学院给我安排下学期的教学任务。在某个雨一直下的无聊傍晚，我拖着沃尔特来到了"法国区"。我想找一本书，也就是我的同行、著名的法国天体物理学家让－皮埃尔·卢米涅的著作。在布特街上的这家小书店里才有可能找到这本书。

离开这家法文书店后，沃尔特不管不顾地拉着我去一家餐厅吃饭，据他说，那里有全伦敦最美味的牡蛎。我只好依了他来到这家餐厅。坐在我们隔壁桌的，是两位曼妙的年轻女子。沃尔特完全没有留意到她们，而我恰恰相反。

"别这么粗俗，阿德里安！"

"什么？"

"您以为我没发现吗？您也太明显了，连餐厅的服务员都开始打赌了。"

"她们赌些什么？"

"赌这两位美女会不会粗暴地把您给打发走，瞧瞧您那笨手笨脚的样子。"

"我完全不明白您在说什么，沃尔特。"

"您可真虚伪！您曾经爱过吗，阿德里安？"

"这是个很私密的问题。"

"我已经跟您说过我的秘密，现在该轮到您了。"

友谊总需要建立在相互信任的基础之上，而交换秘密正是其中的一个途径。我向沃尔特坦白，曾经为一位年轻女子深深着迷，并与她厮混了一整个夏天。这是很久很久之前的事了，那时我刚刚毕业。

"最后是谁甩了谁啊？"

"当然是她！"

"为什么？"

"可是，沃尔特，您为什么这么感兴趣啊？"

"我想更深入地了解您。须知我们正在建立一段很美好的友谊，因此我得知道您的这些事情，这很重要。我们不可能永远讨论天体物理学的话题，更不可能老是去谈什么天气。当初不正是您恳求我不要像个典型的英国人那样拒人于千里之外的吗，对不对？"

"您想知道什么？"

"好吧，先说说她的名字？"

"然后呢？"

"她为什么要离开您？"

"我想我们当时是太年轻了。"

"简直就是废话！我还真应该打赌您会给出这么矫情的理由。"

"哎，您知道什么，据我所知，您当时可并不在场！"

"我希望您能诚实地告诉我你们分手的真正原因，您和……"

"这个年轻女子？"

"好一个漂亮的名字！"

"她是一个漂亮的女子。"

"然后呢？"

"然后什么，沃尔特？"我反问他，语气中已经难以掩饰心中的愤怒。

"所有的啊！你们是怎么相遇的？你们又是怎么分开的？在此期间，到底发生了什么事情？"

"她爸爸是英国人，妈妈是法国人。她的爸妈在生下她姐姐之后就在巴黎定居，她也一直在那里生活。后来她爸妈离婚了，她爸爸回了英国。有一年，她作为交换学生在英国皇家科学院待了一个学期，顺便看看她老爸。而我在那个时候恰好在那里打零工，当了一段时间学监，顺便赚外快资助我的论文。"

"一个学监勾搭人家女学生……我可不会为您感到骄傲。"

"哈，既然这样，那我就不再讲下去了。"

"不，别啊，我开玩笑呢。我很喜欢这个故事，继续讲啊！"

"我们第一次相遇是在一间阶梯教室里面。当时，大约有 100 个学生正在考试，她就坐在我巡视的走廊边上。然后，我就看到她打开了一张小字条。"

"她作弊？"

"我不知道。我都没看这张字条上写了什么。"

"您没有没收那张字条？"

"没来得及。"

"怎么会？"

"她看到我'逮'住她了，就直瞪瞪地看着我的眼睛，然后不慌不忙地把小字条放到嘴巴里，嚼嚼吞了下去。"

"我不信！"

"是真的。我也不知道是断了哪根筋，本来应该收掉她的卷子，让她离开考场，但我笑了起来。其实，我才应该离开那间阶梯教室，这有点太过了，不是吗？"

"接下来呢？"

"接下来，她有时候在图书馆有时候在走廊里碰到我，每次都盯着我，总是一副嘲笑我的样子。终于有一天，我扯着她的手臂，把她从她的朋友中拉到一边。"

"您这不会是要跟她谈判媾和吧？"

"您把我当成什么人啦？是她在跟我谈判！"

"什么？"

"当我向她发问的时候，她一字一句地对我说，我如果不请她吃午饭，她就永远不会告诉我为什么一见到我就发笑。于是，我就请她吃午饭咯。"

"接下来发生了什么？"

"我们吃完饭又去散了会儿步，到下午晚一点的时候，她突然就离开了我，然后就再也没有什么消息了。直到一个星期之后，我正在图书馆里搞我的论文，一个女人坐到了我的对面。我一开始根本就没有留意她，可是她咀嚼东西的声音最终让我忍无可忍。于是我抬起头，想让这个女人嚼口香糖的时候小点声。原来是她，不是在嚼口香糖,她已经吞下了第三张纸！我无法掩饰自己的惊奇，实际上，我就没想过还能再看到她！她对我说，如果我还不明白她纯粹是为了我而到这里来，那她就立马走人，而且这一次绝不再回来。"

"我真喜欢这姑娘！接下来又是什么情况？"

"我们一起度过了那个晚上以及那个夏天剩下的大部分时光。必须承认，那是一个非常美好的夏天。"

"那你们是怎么分的呢？"

"沃尔特，要不咱们另找一个晚上再说这一段？"

"这是您唯一一次谈恋爱？"

"当然不是，还有那个天体物理学博士生、荷兰姑娘塔拉，我跟她在一起有大约一年的时间。我们两个相处得很好，但是她不怎么说英语，而我的荷兰语完全不能令人满意。我们之间的沟通很有问题。再之后还有一位女博士，名叫简，也是个迷人的姑娘。她是非常传统的苏格兰人，总是想着要正式确立我俩之间的关系，她太纠结了，在她把我介绍给她父母的时候，我别无选择，只能终止了这段恋情。另外还有萨拉·阿普顿，她在一家面包店里工作。她拥有凹凸有致的魔鬼身材，完美的胸部和臀部，就像波堤切利笔下的人物。可惜的是，她的工作时间跟我完全颠倒，她起来的时候正是我睡下的时候，而我起来的时候她还在睡着。最终在两年后，我娶了我的同事伊丽莎白·阿特金斯，可是这段婚姻也没能维持多久。"

"您还结过婚？"

"是啊，这段婚姻持续了 16 天！我和我的前妻蜜月旅行回来就离婚了。"

"你们倒还真是花了不少时间才发现不适合对方啊！"

"如果我们在举行结婚典礼之前就去度蜜月的话，我敢肯定，我们结婚时办的那些公文证书就不会被白白浪费了。"

说到这里，我彻底满足了沃尔特的好奇心，他也就不再想对我的感情经历做更进一步的了解了。更何况其实也没什么好说的了，事业成为我之后生活的全部。在接下来的 15 年里，我跑遍了世界各地，再也没有认真想过在某处安家的问题，再也没有认真谈过一段恋爱。爱情并不是我生活中最重要的部分。

"那你们俩再也没有见过了？"

"也不是，我曾经在学院组织的鸡尾酒会上碰到过伊丽莎白几次。我的前妻又结婚了。我有没有告诉您，她的现任丈夫曾经是我最好的朋友？"

"啊，您没跟我说。不过，我问的不是她啦，而是那个年轻的女大学生，您这位大情圣的初恋情人。"

"为什么要问她啊？"

"就是想知道啊！"

"我们之后再也没见过了。"

"阿德里安，如果您告诉我她为什么离开您，这顿饭就由我来埋单！"

等服务员经过我们的桌子时，我又加了一打牡蛎。

"在做交换生的最后一个学期，她完成学习回到了法国。即使是最美的恋情也经不起遥远距离的考验。一个月后，她来英国探望她的父亲。一路上又是坐大巴，又是搭船，还转了趟火车，她花了整整 10 个小时才到这里。这趟旅程让她疲惫不堪。我们两待在一起的最后一个星期天也不是那么愉快。当天晚上，当我送她到火车站时，她说我俩还是算了吧，就让彼此只留下美好的回忆。她的眼神让我明白，一切的努力都会是徒劳，她眼中的热情之火早已熄灭了。她就这么离我远去，不仅在距离上，在心里也是如此。好啦，沃尔特，您已经知道我所有的故事了。可我不太明白，您为什么在傻呵呵地笑啊？"

"不为什么。"我的同伴回答道。

"我跟您说了我是怎么被甩的，您却哈哈大笑，还说没什么？"

"没有啦，您刚告诉了我一个非常动人的故事。要不是我坚持的话，您是无论如何都不会说的，而只会告诉我，那都是过去的事了，对吗？"

"本来就是！我都不知道再遇到她的话是不是还能认得出来！这是 15 年前发生的事了，沃尔特，而且这段恋情只持续了两个月！还会怎么样？"

"当然，阿德里安，还会怎么样呢。不过，有个小问题需要您回答：您在讲述这段 15 年前发生的恋爱小插曲时，为什么从头到尾都没有提起这个年轻姑娘的名字？在跟您坦白关于简金斯小姐的秘密时，我本来觉得自己挺可笑的，可是现在我一点都不这样认为了！"

隔壁桌的两位女士早已离开，我们俩却丝毫没有察觉。回想起来，当晚我和沃尔特一直待到这家餐厅打烊。我们喝得醉醺醺的，以至于我居然拒绝了他的请客，而要求跟他平分账单。

第二天，带着一脸宿醉的我们回到学院，收到了基金会的通知，我们的项目通过了初选。可是，沃尔特被醉酒折磨得实在难受，以至于他连开心大叫的力气都没有了。

巴黎

凯拉轻轻地把钥匙插进门锁里，尽可能缓慢地转动。然而在最后一转时，门锁还是发出了响亮的声音。她小心翼翼地把公寓门关好，蹑手蹑脚地穿过走廊。黎明的晨光已经照亮了客厅里的小书桌。桌上的水杯旁边放着一封寄给她的信，邮戳显示它来自英国。凯拉有些吃惊，她拆开信读了起来。信的内容是告知她的参赛材料已经通过了评审委员会的初选，并要求她于本月 28 日到伦敦参加由沃尔什基金会举办的答辩大会。

"这是怎么一回事啊？"她低声嘀咕着，把信重新塞回了信封。

让娜顶着一头乱发，穿着睡衣走了出来。她一边打哈欠一边伸了伸懒腰。

"麦克斯还好吧？"

"你赶紧回去睡吧，让娜，现在还早着呢！"

"或者应该说是很晚了吧？今晚过得还开心吧？"

"不怎么样。"

"那你为什么还跟他待了一整个晚上？"

"因为我觉得冷。"

"该死的冬天，不是吗？"

"好吧，够了，让娜，我要去睡了。"

"我有个礼物送给你。"

"礼物？"凯拉问道。

让娜把一个信封递给了她妹妹。

"这是什么？"

"你打开看看。"

凯拉发现信封里面装着一张欧洲之星的火车票，还有丽晶旅馆（Regency Inn）两晚已预付的房券。

"虽然不是四星级大酒店，不过杰罗姆带我去住过这家酒店，挺不错的。"

"这份礼物是不是跟我在客厅里看到的那封信有关系？"

"是的，可以这么说。不过我给你多订了一晚的酒店，想让你在伦敦多玩一玩。你无论如何也不能错过自然历史博物馆，泰特美术馆也同样神奇，不可不去。对了，你一定要去阿穆尔餐厅（Amoul）吃早餐和午餐，它就在福莫萨街（Formosa Street）上。那个地方非常可爱迷人，他们家的糕点、沙拉，还有柠檬鸡……"

"让娜，现在是早上 6 点，我们真的要讨论关于柠檬鸡的话题吗？"

"你到时非得感谢我不可，要不然我就让你把这张火车票吞下去！"

"你得先告诉我这封信到底是怎么回事，还有你背着我在搞些什么？要不然把票吃下去的就会是你！"

"给我准备一杯茶，还有抹好蜂蜜的面包片，五分钟后我到厨房找你。我得先去刷个牙。没听到你姐姐的命令吗？快去！"

凯拉取过那封沃尔什基金会的通知书，把它放在了冒着热气的茶杯和刚烤好的面包前面。

"我们两个中总得有一个对你有信心吧！"让娜嘟囔着走进了厨房，"如果你能更自信一点的话，这本来应该是你去完成的，我只是替你做了而已。我在网上仔细地搜了搜，列出了所有愿意资助考古项目的组织。确实如你所说，这样的机构并不算多。即便是布鲁塞尔那边也没什么可能性，况且你还得先花上两年时间填写那些长得没完没了的申请表格。"

"为了你妹妹我，你甚至给欧洲议会写了信？"

"我给所有人都写了信！这封回信是昨天收到的。我也不知道里面的答复是好是坏，不过至少他们还肯给个回音。"

"让娜？"

"好吧，我打开看过后又重新封上了。不过看在我为你做了这么多的分儿上，我好歹也有资格知道答案吧。"

"那这家基金会是基于什么样的参赛资料才让我通过初选的？"

"如果你知道的话，一定会觉得很荒谬，不过我一点也不在乎。我把你的论文寄给了每一个地方。我的电脑里存着一份，干吗要浪费呢？不管怎么说，你的论文也出版过，不是吗？"

"如果我没有理解错的话，你背着我，把我的著作寄给了许多我不认识的组织机构……"

"是的，还不都是为了让你实现愿望，回到那个什么鬼奥莫山谷！你不会又要发飙抓狂了吧？"

凯拉站起来，一把将让娜紧紧地拥入怀中。

"我爱死你啦，虽然你有时候讨厌得不得了，脾气比驴还犟！但你就是我最亲爱的姐姐，谁也不能代替！"

"你确定你还好吧？"让娜靠近凯拉，看着她问。

"从来没这么好过！"

凯拉在桌边坐下，第三次仔细地读着那封通知书。

"我还得去参加演讲啊！我到时候该说些什么呢？"

"说起来，你剩下的时间已经不多了，得赶紧开始草拟演讲稿了，而且得把它背下来。你在演讲的时候，必须用坚定的眼神盯着评委。光是埋头读稿的话，就太缺乏说服力了。我相信，你一定会做得很出色！"

凯拉从椅子上跳了起来，开始在厨房里来回踱步。

"你可别现在就开始怯场啊。如果你愿意的话，等我晚上下班回来，你可以把我当成评委，在我面前先演练演练。"

"陪我一起去伦敦吧，我一个人搞不定的。"

"不行啊，我手头的工作太多了，推不开。"

"我求你了，让娜，去吧！"

"凯拉，我也没有多余的预算了。付完你的车票和酒店，我的钱包已经干瘪得可怜了。"

"没理由让你帮我付钱去伦敦，让我来想办法。"

"凯拉，你是我妹妹，仅仅这一点就足以让我为你出这一份力。别再讨论了，你要想让我高兴，只要去赢得这个大奖就好。"

"能有多少钱啊？"

"200 万英镑。"

"换算成欧元是什么概念？"凯拉瞪大了眼睛问。

"足够支付一整队国际研究小组所有成员的工资和旅行费用，还有那些你想用来把奥莫山谷的泥土翻个遍的各种器材，可以任由你购买或者租用。"

"我永远也别想赢得这个大奖！这根本不可能！"

"去睡几个小时吧，睡醒洗个澡就马上开始干活。记得告诉你的麦克斯，你可能有好长一段时间不能跟他见面了。别这么望着我。我做那么多可不是为了要让你离开他。跟你想象的不太一样，在这个方面，我可不是什么不择手段的人。"

"我压根就没有这样的想法。"

"哈！没有才怪！现在赶紧走吧。"

接下来的好几天，凯拉把自己关在姐姐的公寓里，大部分时间都贡献给了电脑，她在网上遍寻全世界考古学同行发表的文章和资料，以便充实和完善自己的理论。

而让娜就像她承诺的那样，每天晚上从博物馆回来，都要监督自己的妹妹一遍又一遍重复演讲的内容。一旦凯拉显得缺乏自信、结结巴巴，或者在让娜看来解释得太拘泥于技术细节了，做姐姐的就会让妹妹停下并重新来。于是，最初的好几个夜晚，这种练习总是以两姐妹之间的争吵告终。

凯拉很快就熟悉了自己演讲的内容，剩下来的工作就是要调整语气语调，以便更好地吸引她姐姐这个听众的注意力。

每天早上让娜一离开公寓，凯拉就开始背诵，不停地在厅里走动。这幢建筑的门房阿姨有一天来送一本凯拉订购的书，结果她也派上了用场。这位赫雷拉夫人舒舒服服地坐在沙发上，手里拿着一杯茶，听凯拉简短地讲述了我们这个星球的整个历史。从前寒武纪时期到白垩纪，出现了最初一批开花的植物、整整一代各种昆虫、许多新的鱼类物种、菊石目、海绵，还有已经决定在固定的大陆上生活的各种恐龙。当听说也是在这个时期，海洋里出现了跟我们现在相类似的鲨鱼时，赫雷拉夫人感到很开心。然而，最有意思的其实还不是这个，而是出现了第一批哺乳动物。它们开始通过体内的胎盘繁育后代，就好像后来的人类那样。

然而在听到第三纪从古新世到始新世的演变时，赫雷拉夫人已经开始昏昏欲睡了。她后来重新睁开双眼，有些尴尬地问自己是否睡了很长时间。凯拉向她保证，她只是打了个小盹儿，仅仅错过了300万年的历史而已。当天晚上，凯拉决定不告诉让娜，门房阿姨白天曾经来当过她的听众，更不能告诉她，这位临时的听众当时有何反应。

接下来的星期三晚上，让娜告诉妹妹，她要去参加一个聚餐，无法推托，为此感到很不好意思。其实，凯拉已经疲惫不堪，一想到能够逃过当晚的演练，她心中暗自窃喜，劝让娜不要担心，她保证一定会不断地背诵讲稿，就好像姐姐在场时一样。可是，一看到让娜钻进出租车，凯拉立刻拿出了一盘奶酪，一屁股坐在客厅的沙发上，打开了电视。一场暴风雨即将来临，巴黎的天空瞬间黑了下来，凯拉用毛毯裹住了自己的双肩。

第一声雷鸣响彻耳边，把凯拉吓了一跳。接着是第二下轰鸣，然后就停电了。凯拉在半明半暗的房间里摸索着寻找火柴，可是没有找到。她站起身来往窗边走去。远处的一排房子上方，闪电拍打在某一栋屋顶的避雷针上。凭着多年在考古现场的经历，这位考古学家对风暴的破坏力已经见怪不怪了。然而，这场暴风雨的猛烈程度也算是罕见了。她本来应该远离窗边，却只是向后退了一步，她的手下意识地摸了摸脖子上的项链。如果像伊沃里猜测的那样，这个吊坠真的是由某种合金做成的，那她可实在没必要戴着它以身试险。凯拉摘下了项链，正在此时，一束电光照亮了天空。闪电劈向了凯拉的住所。一瞬间，凯拉手中的吊坠散发出上百万个小光点，映射在墙上。这惊人的一幕持续了几秒，然后就消失不见了。凯拉吓得浑身发抖，项链从她的手里滑落。她慢慢跪了下来，捡起掉在地上的项链，然后重新站了起来，走到窗边仔细观察手中的项链。又是几下电闪雷鸣之后，暴风雨终于逐渐远离。远处的天边依然时不时闪着亮光，一场暴雨倾盆而至。

凯拉在沙发上蜷成一团，久久难以恢复平静，双手一直在颤抖。她无法让自己相信刚才看到的只是一种幻觉，而对于刚发生的一切也无法给出任何合理的解释。她觉得浑身难受。不一会儿，电来了。凯拉再次仔细地看着她的吊坠。她用手抚摸着吊坠的表面，感觉到它温暖发热。她把它拿到灯下观看，小小的吊坠上并没有任何孔洞，至少用肉眼是看不到的。

凯拉用毛毯把自己裹得紧紧的，努力想搞明白刚才为什么会发生这样奇特的现象。一个小时后，她听见大门门锁发出声响，让娜回来了。

　　"你还没睡？看到这场雷暴了吧，太恐怖了！我的脚全湿了。我得去泡杯热茶喝喝，你要吗？你怎么一句话也不说啊？你没事吧？"

　　"没事吧，我想。"凯拉回答。

　　"你这个考古学家，可别告诉我你害怕雷暴。"

　　"当然不是。"

　　"那你的脸色为什么像纸一样惨白？"

　　"我只是累了，我想等你回来再去睡觉。"

　　凯拉抱了抱让娜，随后往卧室走去。然而姐姐叫住了她。

　　"我也不知道该不该跟你说……麦克斯今晚也去了。"

　　"哦，你没必要跟我说这个，明天见，让娜。"

　　凯拉独自一人待在卧室里，走到窗边。虽然房屋里都通了电，大街上却依然漆黑一片。乌云已经散去，天空无比清澈。凯拉寻找着大熊座。当她还是孩子的时候，她的父亲常跟她玩的游戏就是教她辨认天上的某颗星星或某个星座。仙后座、天蝎座和仙王座是她最喜欢的。凯拉找出了天鹅座、天琴座和武仙座。当她开始寻找牛郎星时，却看到了天边出现的北冕座。她不由得睁大了双眼，这是她今晚第二次感到如此震惊了。

　　"不可能啊！"她将脸颊贴在玻璃窗上，自言自语道。

　　她急忙打开窗，将身子探出阳台，伸长了脖子，似乎多往上几厘米就能让她离天上的繁星更近一些。

　　"不会吧，这不可能，完全没道理啊！我不会已经疯了吧？"

　　"如果你继续这样自言自语的话，估计离发疯也不太远了。"

　　凯拉吓了一跳，让娜说话间站到了她的旁边。她的姐姐用手肘倚着阳台的栏杆，点燃了一支烟。

"你现在抽烟了？"

"有时候吧。我对我刚才的行为感到抱歉，我本该闭嘴的。看到麦克斯在聚会上这么费力地去讨好别的女人，我实在是很恼火。你在听我说吗？"

"嗯，嗯。"凯拉心不在焉地回答。

"据说尼安德特人都是双性恋，这是真的吗？"

"也许吧。"凯拉回答，双眼依旧盯着天空中的繁星。

"他们主要是靠恐龙的奶来养活，所以必须学会给恐龙挤奶吗？"

"有可能吧……"

"凯拉！"

"什么？"

"我说的话，你一个字也没听进去。你在为什么心烦呢？"

"没什么，我跟你保证。我们进去吧，好冷啊。"考古学家转身走进了卧室。

两姐妹在让娜的大床上相继睡下。

"关于尼安德特人，你刚才说的不是真的吧？"让娜问道。

"尼安德特人怎么啦？"

"没什么，算了。赶紧睡吧。"让娜说完转过身去。

"哎，你能不能别老动啊！"

短暂的宁静后，凯拉在床上又翻了个身。

"让娜？"

"又怎么啦？"

"谢谢你为我做的一切。"

"你这么说，是要让我为提起麦克斯的事更加自责吧？"

"有一点吧。"

第二天，让娜前脚刚踏出公寓的大门，凯拉就急忙坐到了电脑前面。

这一天上午，她搜索的不再是关于参赛项目的内容。她开始在网上搜索各种星空图。可是，在她工作的过程中，她所敲下的每一个字母都被自动记录下来，同步出现在几百公里之外的某部电脑屏幕之上。她所搜索的每一条信息、浏览的每一个网站也都被记录在案。到了周末，在阿姆斯特丹的某间办公室里，操作人员把凯拉这段时间的工作内容全部打印了出来。在重新读过打印机里喷出的最新一页内容后，他拨通了一个电话号码。

"先生，我想您应该会想看一看我刚刚完成的报告。"

"关于什么？"对方问道。

"关于那位法国考古学家。"

"马上到办公室来找我吧。"听筒里传来最后一句话，随后就挂断了。

伦敦

"您感觉怎么样？"

"比您好一点，沃尔特。"

明天就是我们期待已久的大日子了。答辩大会将在伦敦的东郊举行。沃尔特对公共交通不抱什么希望，更别提我那辆老爷车了。鉴于伦敦的公共交通状况，我完全理解他的担心。不得不说，这里的地铁或火车总会时不时毫无缘由地临时停靠，因为设备老旧故障频发引起的延误更是家常便饭。于是在沃尔特的坚决要求下，我们决定当晚在码头区（Dock Lands）附近的酒店住下。从酒店出来只需要穿过一条街就能到达我们要去的会场。答辩大会将在某栋大楼的会议厅里举行，地点是卡波特广场（Cabot Square）1号。

也许是命运的嘲弄，我们所住的地方就在著名的格林尼治天文台旁边。然而在泰晤士河的这一边，沿岸的街区全都散发着现代的气息，玻璃和不锈钢搭建的大厦竞相媲美，一栋高过一栋。各种现代建筑物组成的水泥森林迎面而来。傍晚时分，我好不容易说服了我的朋友一同去狗岛附近散一散步。从这里出发，我们走进了位于泰晤士隧道入口之上的玻璃穹顶，步行穿过了15米深的河底隧道，来到了泰晤士河的对岸。从隧道中走出来，映入眼帘的是"卡蒂萨克"号帆船被烧焦的身影。这艘古老的帆船是唯一保存下来的19世纪海上运输工具，却被几个月前的一场大火烧得面目全非。在我们眼前的还有海军博物馆和金碧辉煌的女王宫。在不远处的小山丘上，则是我要带沃尔特去的那个古老天文台。

"这可是英国最早的专门用于科研项目的建筑。"我对沃尔特说。

看得出来，他的心思完全不在这里。他是如此焦虑，我试图分散他的注意力，但显然还没有成功，不过现在时间尚早，我还没打算就此放弃。走到天文台的穹顶下面，我又看到了弗拉姆斯蒂德在19世纪编制著名的星表时使用的旧天文仪器，不禁再度为之惊叹。

我知道，任何与时间有关的东西都能让沃尔特着迷，所以当然不会忘记提醒他注意脚下刻在地上的那一道用钢锻造的粗线。

"这就是所有经度的起点，这条子午线在1851年厘定，后来又在1884年的一次国际会议上得以确认。假如我们能在这里等到夜幕降临，您会看到天空中出现一道强烈的绿色激光。这是最近两个世纪以来，现代世界在这里留下的唯一痕迹。"

"您是说，我每天晚上在伦敦上空看到的强光就是这个玩意儿？"沃尔特似乎终于对我的谈话内容感兴趣起来。

"千真万确。这代表着本初子午线。其实啊，近年来科学家们已经把这条线精确到了离格林尼治大概 100 米的地方，但这里始终是计量时间的基点。长期以来，格林尼治时间中午 12 点被全球所有地方当作统一时间的参考标准。每当我们向西方移动 15 度，在时间上就要减一个小时；相反，只要我们向东方走 15 度，在时间上就要加一个小时。因此，这里也就成了全世界所有时区的原点。"

"阿德里安，您说的这些都很有趣，但明天晚上，我请您演讲的时候千万别跑题。"沃尔特恳求我。

好吧，我放弃了我的解释，拉着我的朋友走向了旁边的公园。天气温暖，大量的户外空气对他应该是极好的。这一天晚上，我和沃尔特最后一项安排是走进旁边的一家酒吧。不过，他禁止我喝任何带酒精的东西，这令我不禁产生了一种很恐怖的感觉，就好像完全回到了受管制的童年时代。晚上 10 点，我们回到了各自的房间，而沃尔特竟然还打电话监视我，以免我在电视机前熬到太晚。

巴黎

凯拉锁好了随身要带的小行李箱。让娜上午请了半天假，打算送妹妹去火车北站。两姐妹离开住所，上了一辆大巴。

"一到伦敦就给我电话，你能向我保证吗？"

"可是，让娜，我只不过是穿过拉芒什海峡（即英吉利海峡）而已。不管我去哪里，我可从来没有给你打电话报平安的习惯啊！"

"嗯，就这一次，我求你了。你得告诉我旅途是否顺利，酒店是否惬意，住的房间是不是很舒适，还有对伦敦的印象如何……"

"你是不是还想让我告诉你，这两小时四十分钟在车上都发生了什么？你怎么比我还要紧张 1 000 倍，嗯？你就承认了吧，一想到我今晚要做的事，你就吓得够呛了吧？"

"我感觉就像是我自己要站上去演讲一样。我整个晚上都没合眼呢。"

"你应该知道，我们没什么可能拿到大奖吧？"

"你又来了，别这么悲观，你应该有点信心！"

"好吧，既然你这么说。那我应该在英国多待一天，顺便去看看爸爸。"

"康沃尔可是有点远哦。要不然我们下次一起去吧。"

"如果我赢了的话，我就专门绕道去一趟。到时我会告诉爸爸，你工作太忙来不了。"

"你真是个讨厌鬼！"让娜表示抗议，用手肘捣了妹妹一下。

大巴开始减速，沿着广场边慢慢停了下来。凯拉一手拿过行李，一手抱了抱让娜。

"我保证，比赛之前一定给你打电话！"

凯拉下了车，在人行道边上等着巴士开走。让娜的脸依然紧贴在车窗上。

这个早晨，北站并没有多少人。出行的高峰期早已过去，站台上也只是稀稀落落地停着几列火车。前往英国的旅客们顺着自动扶梯来到了边境检查处。凯拉通过了海关、安检，刚进入候车大厅，就看见登车的闸口已经开启。

在火车上，凯拉全程都在睡觉。等她睡醒的时候，扩音器里正在广播列车即将到达圣潘克拉斯火车站的消息。

一辆黑色的出租车载着她穿过伦敦市区，来到了她预订的酒店。一路上，凯拉紧贴着车窗向外张望，这座城市深深地吸引着她。

正如让娜所描述的，这家酒店的房间小巧精致，相当迷人。凯拉把行李箱放在床脚下，看了看床头柜上的钟表。还有点时间，她决定去附近散散步。

顺着老布朗普顿路往前，凯拉来到了布特街。她发现了街角的一家法文书店，毫不犹豫地钻了进去。

在里面闲逛了好一阵子，凯拉惊喜地在书架上发现了一本关于埃塞俄比亚的书，并把它买了下来。出了书店后，她走进了马路对面的一家意大利小食店。一杯美味的咖啡下肚后，精神也为之一振，凯拉打算慢慢走回酒店。答辩大会将在晚上6点整举行，之前在北站接她的出租车司机提醒过凯拉，从酒店到码头区大概要一个小时的车程。

凯拉提前30分钟到了卡波特广场1号。大厅内已经聚集了一些人。从他们的装束上来看，这些人应该都是来参加答辩大会的。凯拉一直保持到这一刻的洒脱和淡定突然消失了，她的胃开始一阵抽搐。两个身着深色西装的男子从广场上走来。凯拉皱了皱眉头，其中一位看起来有些眼熟。

这时手机铃声突然响起，打断了她的思绪。她从口袋里掏出手机，屏幕上显示是让娜的来电。

"我向你保证我正要给你打电话呢，我刚准备拨你的号码！"

"撒谎！"

"我现在就站在大楼前面。跟你说实话吧，我现在唯一的愿望就是从这里逃走。通过考试从来就不是我的强项。"

"想一想我们花费了多少时间和精力。你一定要坚持到底，完成这次冒险！你一定会做得很出色的！何况，最差的结果也只是拿不到大奖而已，这可不是什么世界末日。"

"你说得对，让娜。不过我有点怯场了，我也不知道为什么，我还没试过这样，自从……"

"不用想了，从小到大，你就从来没有害怕过！"

"你的声音怎么听起来有点古怪？"

"我本来不打算告诉你的，至少现在不想说：我的公寓被偷了。"

"什么时候的事？"凯拉慌张地问道。

"今天上午，在我送你去火车站的时候。你别担心，我看他们什么也没偷走。只不过家里被翻了个底朝天，赫雷拉夫人更是吓得不轻。"

"你今晚别一个人回家，马上跳上火车过来找我吧！"

"不行，我正等着锁匠过来换锁呢。而且家里什么都没有丢，他们不太可能再冒一次险回来吧？"

"说不定他们没拿东西是因为中途被打断了呢？"

"相信我，从客厅和卧室里面乱七八糟的样子来看，他们绝对待了足够长的时间。我可能一个晚上都收拾不完。"

"让娜，我很抱歉。"凯拉看了看表说，"我得挂电话了。我过一会儿再打给你，等我……"

"赶紧的，快去吧，要不然你会迟到的。你挂了吗？"

"没呢！"

"还在等什么呢，我跟你说，快去啊！"

凯拉挂断电话，走进了大楼。大堂里的保安示意她搭乘其中一部电梯。沃尔什基金会位于该栋大楼的顶层。现在是晚上6点了。电梯门刚一打开，门外的接待小姐就领着凯拉穿过一段长长的走廊。会议大厅比凯拉想象中的还要大，里面已经坐满了人。

大厅里有100来个座位，呈半圆形围绕着宽阔的讲台。坐在第一排的是评审委员会的成员，每个人都在专心致志地听着台上参赛者通过麦克风所做的演讲。凯拉的心跳突然止不住地加速起来，她发现第四排还有个空位，便慢慢摸过去坐了下来。

第一位参赛者的演讲主题是关于生物基因的。他在规定的 15 分钟内完成了演讲，并赢得了热烈的掌声。

第二位候选人向大家介绍了一种设备模型，它能够以最低的成本完成含水测定的任务。他还介绍了如何利用太阳能来进行咸水淡化。在 21 世纪，水被称为蓝色的黄金，将会是人类最宝贵的财富。然而在地球的某些地区，水的存储量让人担忧。可饮用水资源的匮乏将引发未来的战争，也会带来人口的大规模迁移。这一番陈述最终变得更具政治意味，而不是只停留在技术的层面。

第三位演讲人所陈述的内容相当精彩，是关于再生能源的。也许是由于内容太过绝妙，评委会主席在倾听的过程中时不时与邻座的评委交头接耳。

"马上就轮到我们了。"沃尔特在我耳边低语，"您的演讲一定会很棒的！"

"我们的机会很渺茫吧。"

"如果您能像那位年轻女士一样，想办法去取悦评审，大奖就如囊中之物啦。"

"什么年轻女士？"

"那位一进大厅就一直盯着您看的年轻女士。就在那里。"沃尔特轻轻转了转头示意着，"她就坐在我们左边的第四排。现在千万别转过去看，瞧瞧您那笨拙的样子！"

很自然地，我转过头去张望，却没发现任何一个在盯着我看的女人。

"您产生幻觉了吧，我可怜的沃尔特？"

"她的眼神简直就像是想把您生吞了。不过多亏了您刚才惊人的'低调'举动，她就像寄居蟹一样躲回了自己的硬壳里。"

我又向后望了一眼，唯一的发现是第四排空了一个位置。

"您是故意的吧！"沃尔特怒道，"这么个搞法，没什么指望啦！"

"算了吧，沃尔特，您是彻底昏了头了！"

有人叫了我的名字，该轮到我上场了。

"我只是努力想让您放松一点，舒缓您的压力，好让您万无一失。我觉得我应该达到效果了吧？好了，现在该您好好发挥了，我只想您做到完美无缺！"

我收拢了手中的笔记站起身来，沃尔特靠近我，在我耳边说："关于那位年轻女士，我可没有胡编乱造。祝您好运，我的朋友。"说完，他欢快地拍了拍我的肩膀。

接下来的时间成了我人生中最难熬的时刻。讲台上的麦克风突然坏掉了。技术人员走上来试图修好它，却没有成功。工作人员打算拿一个新的过来，却发现没有设备房的钥匙。我只想尽快结束这一切，于是决定不等麦克风了。评委会的成员全坐在第一排，只要我大声一点，他们应该都能听见我的声音。沃尔特看到我有些急不可耐，拼命打着手势示意我别这么干。我假装看不见他的手舞足蹈，立即开始了我的演讲。

我的陈述不算特别流畅。我努力向台下听众解释，人类的未来不仅取决于我们对自己居住的星球及其海洋的认识，还跟我们对宇宙空间的探索息息相关。想当初，最早一批航海家进行首次环球旅行的时候，这个世界上有很多人还以为地球是平的。同样的道理，我们现在应该把目光放得更远一些，去探索那些距离我们很遥远的星系。我们如果连这个宇宙当初是怎么开始形成的都无法弄清楚，又怎么能够很好地展望未来呢？目前有两个关键问题在挑战着人类智商的极限，即使我们当中最聪明的人也无法回答：什么是无穷小，什么是无穷大？什么是零点时刻，也就是说，所有的一切是从什么时候开始的？所有试图寻找这两个问题答案的人，都无法给出哪怕一点点假设的可能性。

在人们还以为地球是平的的那个时代，没有人能想象得到，在他所看见的地平线之外还会有另一片天地。他们对大地无尽的宽阔心存敬畏，因为害怕自己消失在虚无之中。然而，当他们决定往天边前进时，却发现随着他们的靠近，地平线在不断地往后退。逐渐地，人类开始了解到自己所处的世界有多么广阔。

现在，轮到我们这一代去探索更广阔的宇宙空间了。除了我们已知的星系，我们还应尝试去阐释那些从更偏僻的星球和更遥远的空间传回来的错综复杂的信息。就在几个月之后，美国人将会推出史上最大的天文望远镜。它也许能帮助我们去看、去听、去了解宇宙是怎么形成的，以及在那些与地球相类似的星球上是否也存在着生命。这样的冒险势在必行。

我相信沃尔特说得没错，在台下第四排是有一个年轻女人在用奇怪的眼神盯着我。她的面容似曾相识。好吧，大厅里至少有一个人看起来好像是被我的演讲吸引了。然而现在可不是调情的好时候。在片刻的迟疑之后，我准备结束我的演讲。

"世界第一天的第一束晨光来自遥远的宇宙深处，它经过了长途跋涉，照在了我们的脸上。我们能够捕捉到它，我们能够深入了解它吗？我们能够弄清楚所有这一切是从哪里开始的吗？"

台下死一般的沉寂，所有人都一动不动。我就像是在太阳底下暴晒的雪人，受尽了煎熬，终于，沃尔特拍响了手掌。我收拾着讲台上的笔记，这时，评委会主席一边鼓掌一边站了起来。评委会的其他成员也加入其中，最终大厅里响起了热烈的掌声。我向所有人致谢，随即离开了讲台。

沃尔特迎上前来，给了我一个大大的拥抱。

"您真是……"

"太悲摧，或者太恐怖了？您尽管说。我提醒过您的，我们的希望很渺茫。"

"您能不能闭嘴啊！如果不是被您打断的话，我本来想说，您的演讲太动人了！听众们全神贯注，非常投入，大厅里连一点咳嗽的声音都没有。"

"这很正常，因为他们在这个演讲刚开始的五分钟里就被闷死了！"

当我重新回到座位的时候，第四排的那个年轻女人站起来，走上了讲台。这才是她老盯着我看的原因吧？她把我当成了竞争对手，所以才要仔细留意我的一举一动，从中吸取教训。

讲台上的麦克风依然发不出声音。不过她的嗓音清亮，连最后一排都能清楚地听到。她抬着头，目光有些迷离，似乎去了某个遥远的国度。她跟大家讲起了非洲，讲她如何夜以继日地在那里用双手挖掘着赭色的土地。她讲述到，人类如果不搞清楚自己从哪里来，就无法随心所欲地到自己想去的地方。从某种程度来讲，她比我们所有人都更加野心勃勃。她的参赛项目无关科研，也不涉及任何尖端技术，而是要完成一个伟大的梦想。

"我们的祖先是谁？"她用这个问题引出了自己的陈述。而我，一直只是想知道"黎明是从哪里开始的"！她的演讲从一开始就抓住了大家的好奇心。与其说是演讲，不如说她在向我们讲述一个故事。沃尔特被彻底征服了，评委会成员以及台下的听众也听得如痴如醉。她提到了奥莫山谷。在她生动的描述下，埃塞俄比亚沿岸的美景被带到了我们眼前。我可没办法像她一样把阿塔卡马的风景描绘得如此活灵活现。我似乎听到了汩汩的流水声，感觉到了清风扬起的微尘，以及炽热的阳光晒得大地嗞嗞作响。光是听她的讲述，我都恨不得立即放弃自己的事业，加入她的工作，成为她的团队的一员，跟她一起去挖掘那些干涸的土地。她从口袋里掏出一块奇怪的东西，小心翼翼地放在手心展示给大家看。

"这是一块头骨碎片，是我在某个岩洞地下 15 米的地方找到的。它有着 1 500 万年的历史。这只是我们发现的人类骸骨的一小块碎片。如果我们的挖掘工作能够更深、更远，能够持续更长的时间，或许我今天来到这里就能告诉大家'史前第一人'是谁了。"

完全不需要沃尔特的带动，在年轻女子结束演讲之后，全场都在为她欢呼喝彩。

在她之后还有 10 位参赛者。要是我的话，可不会希望在她之后上台。

晚上 9 点 30 分，大会终于结束。评委们离开了会场，开始进行评议。会议大厅里变得空无一人，沃尔特的沉默不语让我感到有些惊慌失措。我怀疑他可能彻底放弃了希望。

"现在我们总算可以去好好地喝上一杯了。"他搭着我的肩膀说。

我的胃还没有从紧张的情绪中恢复过来。虽然已经完成了使命，但是要想彻底放松下来，还得需要一段时间。

"阿德里安，您那些关于时间相对论的知识都丢到哪里去了？接下来，时间将会过得相当漫长。来吧，去呼吸一点新鲜空气，总得找点什么事情来打发时间。"

在外面冰冷的广场上，有几位跟我们一样惴惴不安的候选人抽着烟，原地跺着脚取暖。看不到第四排那个年轻女人的身影，她好像人间蒸发了。沃尔特是对的，时间几乎停滞，等待好像永无休止。在马里奥特酒吧里坐下来以后，我不停地看自己的手表。终于，是时候回到那个大厅去听评委会宣布他们的决定了。

第四排那个不知名的女子已经坐回了她的位置，却没有看我一眼。基金会主席带领着评委会成员走了进来，她站上讲台，首先祝贺所有的候选人工作十分出色，接着表示此次遴选过程相当艰难，经过好几轮投票才有了结果。那个提出净化水方案的人赢得了评委会特别奖，而本年度基金会的大奖则归于第一个演讲者，用于资助他进行生物基因方面的研究。沃尔特没有发牢骚，平静地接受了这个打击。他碰了碰我的肩膀，非常关心地告诉我："我们没有什么好责备自己的，我们已经做到了最好。"就在这时，评委会主席打断了台下的掌声。

正如她之前所说，评委会在做出决定时无比纠结。因此，非常罕见地，今年的大奖最终是由两个候选人，更确切地说是由一个男候选人和一个女候选人平分。

坐在第四排的那个不知名的女子正是参加答辩大会的唯一女性。她摇摇晃晃地站了起来，评委会主席冲着她微笑，而在潮水一般的掌声中，我没有听清楚她叫什么名字。

在讲台上，人们开始相互拥抱，所有参与者及亲友团开始陆续离场。

"您还是会送我一双雨靴，让我能在办公室被水淹的时候穿着蹚过去吧？"沃尔特在一旁问我。

"一日承诺，终身承诺。让您失望了，我很遗憾。"

"他们应该选中我们的……且不说我们本来值得这样一份大奖，就我个人而言，这几个星期能陪在您身边有这样的奇遇，我感到非常自豪。"

我们的谈话被评委会主席打断，她向我伸出了手。

"我是于莉亚·沃尔什。很高兴能认识您。"

在她的身边伫立着一个肩膀壮硕的大高个儿。从口音来看，她毫无疑问有着德国人的血统。

"您的项目引人入胜。"这位沃尔什基金会的女继承人继续说道，"我很喜欢。最终的决定只有一票之差。我原本是多么希望您能够赢得这个大奖啊！明年请您再来参选，到时候评选委员会的人选将会不一样，我敢说，您到时候肯定有很大机会。'世界第一天的第一束晨光'可以再多等一年的，对不对？"

她很礼貌地向我致意，随即在她那个叫什么托马斯的朋友的陪伴下离开了。

"哎呀，您看看。"沃尔特喊了起来，"事实上，我们真的没有什么好懊恼的！"

我没有回答。沃尔特的拳头重重地砸在自己的手心里。

"她为什么要来跟我们说这个呢？"他咕哝着，"'只有一票之差'，真是受不了！我千般万般情愿她说我们完全不够资格，而不是'只有一票之差'。您意识到这有多残酷了吗？在我人生接下来的这些年，我恐怕都走不出这个泥潭了——'只有一票之差'！我真想找出那个犹豫不决没有给我们投下关键一票的人，然后把他的脖子给拧断。"

沃尔特怒火中烧，我也不知道怎么才能让他平静下来。他的脸涨得通红，连呼吸也变得更加急促。

"沃尔特，您得保持冷静啊，可别再给咱们找不自在。"

"怎么可以说您的命运取决于一票之差？这对他们来说只是一场游戏吗？怎么能说得出口啊？"他大声喊道。

"我觉得她只是想鼓励一下我们，希望我们下次再来试试吧。"

"一年之后？想得美！阿德里安，我先回家了，请原谅我弃您而去。我这样子，今晚最好谁也别靠近我。如果我没醉趴下的话，我们明天学院见吧。"

沃尔特转过身，行色匆匆地离开了。大厅里只剩下了我一人，我只好慢慢地往出口走去。

听到走廊尽头电梯停下时发出的"当当"声，我加快了脚步，赶在自动门关闭之前钻进了电梯。在电梯间里，那位女获奖者正盯着我，目光越发妩媚。

她双臂抱着参赛材料。我试图从她的脸上找到胜利带给她的喜悦。但她只是盯着我，嘴角带着一丝浅笑。我仿佛听到自己的脑海中响起了沃尔特的声音。他如果在这里的话，一定会对我此刻的任何举动都嗤之以鼻："瞧您那笨手笨脚的样子！"

"恭喜啊！"我谦恭地说，有些结巴。

那个年轻女人并没有回答。

"我变了这么多吗？"她脱口而出。

我一下子不知道如何回答是好，于是她打开文件袋，扯下一张纸放进了嘴里，平静地嚼了起来。与此同时，她依然没有忘记盯着我，眼睛里带着狡黠的笑意。

突然，关于那个考场的记忆变得鲜活起来，随之涌上心头的是那个美好夏天的种种回忆。那是 15 年前的一个夏天。

年轻女子把嘴里的纸团吐了出来，叹了口气。

"行了，你终于想起我来了吧？"

电梯在一楼大厅停下，电梯门随即打开，我却一动未动，只是张开了双臂。电梯继续向着顶层运行。

"你确实需要点时间，我本来希望你能早点认出我来。看来，我真的是老得太快了……"

"不，当然不是，只是你头发的颜色……"

"我那时候才 20 岁，经常把头发染成不同的颜色。现在不了。至于你，好像没什么变化，只是多了几道皱纹吧。你还是那样，眼神缥缈，总是一副迷茫的神情。"

"这实在是太意外了，隔了这么多年，居然能在这里碰到你……"

"我觉得在电梯里邂逅也不赖吧。我们是跟着电梯观光一下每一层楼，还是你请我去吃个饭啊？"

还没等我回答，凯拉扔下手中的文件，投入我的怀中亲吻了我。这一吻还带着淡淡的纸的味道。一点没错，就是这样一个吻，让我曾经魂牵梦萦，一直铭记在心。总有一些初吻能够彻底颠覆你的生活。即便你拒绝承认，事实亦是如此。这个美妙的初吻就这么俘获了你，让你措手不及。而再一次的亲吻有时候也能产生同样的效果，即便中间隔了 15 年。

　　每一次电梯停在一楼大厅，我们中的一个都会随手按下关门键，然后再紧紧抱住对方。到了第六次的时候，大楼的保安交叉着双臂，在门外等候我们。大楼的电梯可不是酒店的房间，况且里面还安装了摄像头。我们最终被请出了电梯。我牵着凯拉的手，一起走到大楼外的广场上。广场上空无一人，只剩下我们俩，彼此都有些局促不安。

　　"对不起，我没考虑这么多……可能是被胜利冲昏了头脑。"

　　"我应该是被失败冲昏了头。"我回答她。

　　"我很抱歉，阿德里安，我太笨手笨脚了。"

　　"嗯，如果沃尔特在的话，他会发现我们俩至少还有一个共同点。你想不想再试一次？"

　　"什么？"

　　"我的笨拙，你的胜利，我的失败，随你选。"

　　凯拉用吻封住了我的嘴，随后让我带她离开这个阴冷的地方。

　　"来吧，我们走一小段路吧。"我对她说，"在泰晤士河的对岸有个很不错的公园……"

　　"你说的公园里有烤牛排吗？"

　　"应该没有吧。怎么了？"

　　"我估计我能吞下一大块，我快饿死了，从上午到现在还没吃过东西呢。带我去个能吃上晚餐的地方吧。"

　　我想起我们当年在一起时常去的一家餐厅，不过我不太确定它是否依然存在。我拦了辆出租车，告诉了司机餐厅的地址。

　　出租车沿着泰晤士河前行，凯拉一路上都握着我的手。我已经很久没有感受过这般柔情了。我将之前比赛的失败抛到了脑后，甚至不再去想我梦想的阿塔卡马高原距离我现在生活的伦敦有多么遥远。

第三部分

　　我将记忆之表分离，并将分解下的部分交给了各个教会骑士团。

　　无限的幽灵隐藏在三角的星空之下。没有人知道顶点在哪里，某个黑夜覆盖了起源。没有人将之唤醒，在虚构的时间合并之时，终点将浮现。

阿姆斯特丹

一个男人从有轨电车上下来，然后沿着辛格尔运河继续往前走。他看起来似乎跟任何一个普通的白领没什么两样。然而在这夜深人静的时候，他步履匆忙，手中紧紧抓着的公文包手柄上系着一根细细的小链子，链子的另一头绑在他的手腕上。而在他的外套下还藏着一把手枪。来到马格纳广场，他在信号灯前停了一下，以确认没有被人跟踪。交通灯刚刚变绿，他就一下子冲过了马路。途经的车辆拼命按着喇叭，他在一辆巴士和卡车的缝隙之间穿过，迫使两辆小客车急刹车停了下来，最后还差一点被一辆摩托车撞倒。摩托车司机对着他破口大骂。来到马路对面，他加快步伐穿过了水坝广场，随后从侧门钻进了新教堂。这栋宏伟的建筑虽然名字中有个"新"字，却建造于15世纪。这个男子并没有花时间停下来欣赏教堂里面富丽堂皇的大殿，他继续朝着耳堂走去，绕过海军上将鲁伊特的墓，然后在让·范·加兰将军的墓前转身走向了祭台。他从口袋里掏出一把钥匙，打开祭台尽头处的一扇小门，顺着门后隐秘的楼梯走了下去。

大约下了50级台阶，他踏进了一条深邃的走廊。这是一条地下通道，找到这里，就能从新教堂通往水坝广场。这个男人匆匆地往前赶着路，每次通过这条地下隧道，他都有一种喘不过气来的感觉，自己的脚步声回响在耳边尤其让他感到浑身不自在。越往前走，隧道里的光线就越昏暗。只有在隧道的两端才装有简陋的路灯。地面上滞留已久的污水打湿了男子的休闲鞋。走到通道的 半时，陷入了彻底的黑暗之中。他知道，从这里开始要摸黑往前一直走50步。在黑暗之中，只有地下排水沟的凹槽能为他指引方向。

终于，通道的尽头在向他靠近，另一段阶梯出现在他的眼前。楼梯上十分湿滑，这个男人不得不紧紧抓住沿着墙边的麻绳。踏上最后一层台阶，他来到了第一道木门之前。木门上镶着厚重的铁条，两边圆圆的把手重叠在了一起。要想打开这道木门，就必须了解这种流传了300年的古老构造。这个男人先把上面的把手往右转了90度，接着把下面的把手往左转90度，然后把两个手柄往自己的方向猛拉。只听到咔嗒一声响，门锁被打开了。最终，他走进了水坝广场上荷兰王宫的地下室门厅。这个位于水坝广场之上的建筑由著名的设计师雅各布·范·坎彭设计，建造于17世纪中期，曾经是市政厅的所在地。荷兰人恐怕很乐意把它当作世界第八大奇观。在宫殿的大厅中央矗立着一尊阿特拉斯神像（希腊神话里顶住天穹的巨神），在大厅地面上镶有三块巨大的大理石地图，一块代表着北半球，一块代表着南半球，还有一块是星座图。

扬·维吉尔很快就将迎来他76岁的生日，不过他看起来比实际年龄年轻10岁。他走进了市民厅（荷兰王宫中央大厅的名字），穿过脚下的银河带，一脚踏过大洋洲和大西洋，向着门厅走去。在那里，有人正等候着他的到来。

"有什么消息吗？"他走进门厅时问道。

"有令人吃惊的消息，先生。那个法国女人拥有双重国籍。她的父亲是英国人，是位植物学家，他的大部分时间都生活在法国，离婚以后，他回到了他的故乡康沃尔，并于1997年因心脏病去世。他的死亡证明和下葬证书都放入了这份材料。"

"她的母亲呢？"

"也过世了。她曾在艾克斯－普罗旺斯大学教授人文学。她于2002年6月在一场车祸中丧生。肇事的司机被查出血液里的酒精含量为1.6克。"

"不必告诉我这些无意义的细节！"扬·维吉尔说。

"她还有个姐姐，比她大两岁，在巴黎一家博物馆里工作。"

"也就是法国政府公务员？"

"算是吧。"

"这一点倒是要纳入考虑之中。好了，请说说这位年轻的考古学家吧。"

"她去了伦敦，并且参加了沃尔什基金会举办的项目遴选答辩大会。"

"嗯，正如我们所希望的，她赢得了大奖，对不对？"

"不完全如我们所想，先生。我们安插在评委会中的人已经竭尽所能，不过评委会的主席并没有受到影响。您的目标人物不得不与另外一位候选人平分大奖。"

"一半的奖金足够让她重回埃塞俄比亚工作吗？"

"奖金的一半也有100万英镑，对她的研究来说绰绰有余了。"

"很好。您还有其他的事要对我说吗？"

"您这位年轻的考古学家在答辩大会上认识了一个男人。他们俩去了一家小餐厅共进晚餐，现在这个时候，俩人可能正……"

"我觉得这无关紧要。"维吉尔打断了对方，"除非您告诉我，他们俩一见钟情堕入情网，女方因此要放弃自己的探险之旅。否则，他们晚上怎么过是他们自己的事。"

"先生，据我们了解，这个男人是一个天体物理学家，他在伦敦大学的科学院工作。"

维吉尔径直走到窗户跟前，凝视着窗子下面的广场。夜晚的广场比白天更加美丽动人。阿姆斯特丹是他出生长大的城市，也是他最钟爱的地方。他对这里的每一条小巷、每一条运河以及每一座建筑都了如指掌。

"我可不太喜欢这样的意外状况。"他继续说，"您说他是一个天体物理学家？"

"还没有证据表明她已经把我们所关心的那件事告诉了他。"

"嗯，不过我们也不能排除这种可能性。我想，我们也要对这个天体物理学家做进一步的了解。"

"如果想监视他的话，可能会惊动我们的英国朋友。正如我对您所说的，他为英国皇家科学院工作。"

"您尽量吧，不过不要去冒任何风险。我们尤其不想引起英国方面的注意。还有其他的信息要告诉我吗？"

"所有的一切都在您要求我整理的这份资料里了。"

对方打开公文包，掏出一个牛皮纸的大信封，递了过去。

维吉尔将信封拆开，审阅里面的内容。其中一些是凯拉在巴黎的照片：在让娜寓所门前，在杜伊勒里宫花园里，以及她在圣保罗狮子街闲逛时被偷拍的照片。还有一系列是她到达圣潘克拉斯火车站之后拍的：包括在布特街的意大利小食店，以及在樱草丘透过某家餐厅的橱窗拍到的她与阿德里安共进晚餐的照片。

"这是我在离开办公室前收到的最新一组照片。"

维吉尔迅速地浏览了报告的开头部分，然后合上了文件夹。

"您可以离开了，谢谢，我们明天再见。"

男子向维吉尔挥手告别，走出了王宫门厅。他一离开，一扇门就打开了，另一个男人走进房间，对着维吉尔微笑。

"她与这个天体物理学家的邂逅说不定对我们有利呢。"他走近了说。

"我以为您最操心的是要尽可能让更少的人知道这件事。一个棋盘上有两颗棋子不受我们控制，这就已经很多了！"

"我最在意的是她能继续寻找下去，而且对我们的暗中帮助毫不知情。"

"伊沃里，一旦有人察觉到我们所做的事情，您有没有意识到我们俩将承受的后果可能会……"

"很棘手。您是想用这个词吗？"

"不，我更想说的是灾难。"

"扬，这么多年了，我们俩对这件事一直都有着相同的信念。如果我们是正确的，试着想一想这会带来怎样的后果！"

"我知道，伊沃里，我知道。正是因为这样，我才会这么一把年纪了还去冒那么大的险。"

"您得承认您还是挺乐在其中的吧。无论如何，我们从来没有奢望过能重新找回青春的活力。这一次能有机会玩玩小把戏，在幕后暗中操作，您应该不会感到无聊吧。对我来说也是如此。"

"您说得没错。"维吉尔叹了口气，在他那硕大的桃木办公桌前坐了下来，"您下一步打算怎么做？"

"暂且顺其自然吧，她如果成功地勾起了那个天体物理学家的兴趣，那么她比我想象的还要狡猾。"

"您打算过多久才向伦敦、马德里、柏林和北京方面告知这一盘已经开始的棋局？"

"哦，他们很快就会知道了。美国人已经有所行动。他们今天早晨已经'拜访'了女考古学家的姐姐的住所。"

"这些笨蛋！"

"这是他们传达信息的方式。"

"给我们的信息？"

"给我的。他们很不高兴我没有留下那件东西。更让他们恼火的是，我竟然在他们的眼皮子底下做了相关的化验和检测。"

"您确实胆子够大的。不过我请求您，伊沃里，现在可不是挑衅的时候。我们还不知道接下来会怎么样。我知道，因为他们把您赶走，您有很多的不满和愤恨，但千万别让您的情绪影响到您的判断力。"

"已经快到半夜了，我想是时候互道晚安了，扬。三天之后的同一时间，我再回到这里跟您碰头。到时候看看事情进展得如何，我们再做进一步的打算。"

两位老朋友就此告别。维吉尔率先离开了门厅。他重新穿过大厅，往王宫的地下室走去。

荷兰王宫的心脏地带就像是一个错综复杂的迷宫。13 659 根木柱子支撑着这座宏伟的建筑。维吉尔在这片木头森林里穿行而过，10 分钟后从某幢建筑内院里的小门后钻了出来。这栋精致舒适的房屋位于王宫 300 米之外。伊沃里则在他出发五分钟之后，从另外一条路离开了。

伦敦

当年的那家餐厅现在只是存在于我的记忆之中。不过，我找到了另外一个跟那家很像而且也很有诱惑力的馆子。凯拉发誓说认得这个地方，当年的某一次，我也曾带她来过这里。在我们一起吃晚餐的时候，她试图向我讲述我们分手之后她的生活和遭遇。可是，怎么可能在短短的几个小时里重现 15 年的人生呢？回忆既懒惰又自欺欺人，留下的都是最好的或者最坏的经历、印象最强烈的景象，被抹去的则是日常生活中的点点滴滴。此时此刻，我越听凯拉讲话，就越能在心中找回当年那个她。她的话语纯净清澈，曾经令我如此着迷；她的眼神灵动活泼，曾经在多少个夜晚令我沉醉；还有她的笑容，曾经差点让我放弃我的人生规划。然而，听着她讲话，我很难再回想起她当年离开我重回法国生活的那段时光。

凯拉从来都知道她自己想要干什么。在完成学业之后，她首先去了索马里，一开始只是当实习生。后来，她去委内瑞拉待了两年，在一位考古学权威的指导下工作。然而这位专家行为霸道近乎专制，于是在他又一次斥责凯拉之后，她毫无保留地说出了自己的感受，然后辞职走人。后来，她回到了法国，在两年内陆陆续续干了一些小规模的挖掘工作。再后来，法国在新建一条高速铁路时发现了一个非常重要的古生物遗址。高铁不得不为此绕道，凯拉则有机会加入了这个遗址的挖掘团队。随着时间的累积，她在团队中担起了越来越多的责任。由于她出色的工作能力，凯拉拿到了一笔奖金资助，去了埃塞俄比亚的奥莫山谷工作。一开始，她担任的是研究小组的副组长，由于组长病倒了，她最终成了团队的总负责人，并将挖掘工地推移到了50公里之外。

当凯拉讲述她在非洲的经历时，我可以感受到她当时有多么开心自在。而我却傻乎乎地问起她为什么要回来。她的神情突然变得黯淡，然后跟我说起了遭遇风暴的悲惨经历。这场风暴摧毁了她所有的心血和工作成果，不过也正是这场风暴才能让我有机会与她重新相遇。我可绝对不敢向她坦白说我对这场天灾心存感激。

接下来，轮到凯拉询问起我的生活，我发现我很难讲明白。我尽可能地向她描述智利的美丽风光，试图能像她在沃尔什基金评委会面前那样讲得动人。我向她说起我那些合作了多年的工作伙伴，描述他们多么亲切友善。为了避免凯拉可能会问我为什么回伦敦，我毫无保留地跟她坦白了发生在我身上的那起愚蠢的小事故，并告诉她这主要是因为我想爬上去的地方海拔太高了。

"你看，我们也没有什么可遗憾的。"她说，"我一直在埋头挖地，而你呢，一直在仰头望天。我们俩实在不是天造地设的一对。"

"或者正好相反呢？"我结结巴巴地回答，"不管怎样，我们俩追寻的都是同一件事情。"

我的这句话成功地让她吃了一惊。

"你一直在寻找并推测人类的起源。而我之所以探索星系的尽头，是为了了解宇宙是怎么形成的；如果别处存在着与我们不同的生命形态，它们又是如何诞生的。我们无论在理念还是目标上相差都并不是太远。而且说不定我们试图寻找的答案是融会贯通的，谁知道呢？"

"嗯，这也是看待问题的一个角度。也许拜你所赐，说不定有一天我能登上一艘宇宙飞船，出发去一个陌生的星球上寻找并挖掘第一批小绿人的头骨呢！"

"从我们第一天认识一直到现在，你总是喜欢嘲弄我，并以此为乐。"

"你说得有点道理，我的性格就是如此啦。"她抱歉道，"我不是想要贬低你的工作的重要性。你拼命想要在我们俩的职业之间找到相似点的样子太可爱了。别怪我啊。"

"如果我告诉你，你的某些同行正是借助了星座知识成功地测定了一些考古遗址的年代，或许你就不会这么嘲笑我了，而且还会大吃一惊的。如果你不知道什么是天文测年法，我可以给你准备好作弊的小抄！"

凯拉奇怪地看着我。从她的眼神里，我敢肯定她又要出招了。

"谁告诉你我作弊的？"

"什么？"

"那天我们在阶梯教室初次相遇时，我吞下去的也有可能是一张白纸啊。你难道从来就没有想过，我当时演那么一出纯粹就是为了引起你的注意？"

"你冒着被请出考场的风险，就是为了引起我的注意？你觉得我会相信吗？"

"我从来不冒险，我在那天的前一个晚上已经参加过考试了。"

"骗人！"

"我之前在学院的走廊上遇见过你，你很讨我喜欢。当天我只是陪我一个朋友去考场，她才是要考试的。她很紧张，我正在教室门口安慰她，这时候你出现了，摆出一副学监的面孔，身上的外套松松垮垮的。于是我在你监考的那一行找了个空位子坐下，接下来发生的事情，你都知道啦……"

"你做了这一切，就是为了跟我认识？"

"这极大地满足了你的虚荣心，是不是？"凯拉在桌子下踢了我一脚。

我记得我当时脸唰的一下红了，就好像小孩子在小板凳上踮着脚偷拿碗柜里的果酱被抓个正着一样。我非常害羞不自在，但绝对不能让她看出来。

"你当时到底有没有作弊啊？"我问。

"我就不告诉你！这两种可能性，随你选择相信哪一种。要不你就认为我不是个老实人，是个调情高手；要不你更情愿相信我作弊的可能性，认为我是个糟糕的作弊者。你今晚还剩下不少时间，可以慢慢决定。不过现在先跟我说说你的天文测年法吧。"

通过研究太阳在不同时段的位置，诺尔曼·洛克耶爵士成功地推算出了著名的巨石阵遗址的年代。

在成千上万年的时光交替中，太阳相对于天顶的位置一直在变化着。现在的中午时分，太阳所处的位置要比它史前时期的位置向东偏离几度。

在巨石阵中，有一条正中央的通道是用来标记天顶的。所有的石块都围绕着这条中轴线，以规律的间隔摆放着。经过巧妙的数学计算，就能得出合理的推论。在我完成这一番解释之时，我以为凯拉早就听不进去了，却发现她似乎对我所讲的产生了浓厚的兴趣。

"你不会又准备嘲笑我了吧，你对这些不会感兴趣的，对吗？"

"你错了，恰恰相反！"她向我保证，"我如果有一天到巨石阵去的话，观感就会完全不同了。"

餐厅要打烊了，我们是店里最后的顾客。服务员关掉了餐厅尽头的灯，以此暗示我们是时候离开了。我们在樱草丘的小巷间又闲逛了一个多小时，继续重温那个夏天里最美好的时光。最后，我向凯拉提议送她回酒店，然而在我们坐上出租车之后，她表示更想先送我回家。"我乐意之极、荣幸之至。"她补充道。

一路上，她都在猜想我家里的布置到底是怎么样的。

"很男人啊，有点太过男性化了。"她参观完我住所的底层后说，"也不是说一点魅力都没有，只是看起来很像男生宿舍。"

"你对我家还有什么批评性的意见？"

"你用来金屋藏娇的房间在哪里？"

"在二楼。"

"我就说嘛。"凯拉爬上楼梯时继续说道。

等我也爬上房间时，却发现她正躺在床上等我。

这个晚上我们并没有做爱。看起来似乎一切都水到渠成，然而在你生命中的某一些夜晚，有些事情远远战胜了欲望。例如担心自己的笨拙，担心深陷情网，担心明天和未来。

我们彻夜未眠，一直在聊天。我们头靠着头，手牵着手，就像两个永远不会老去的大学生。然而我们已经变老。凯拉最终在我身旁睡着了。

晨曦还未显现。我听到了一阵脚步声，像动物一样轻微。我睁开了双眼，凯拉的声音在我耳边响起，她请求我重新闭上眼。她静静地看着我，我明白她这是要离开了。

"你不会给我打电话的，对吗？"

"我们也没有互留电话啊。只为彼此留下美好的回忆，这不是更好吗？"她低声细语。

"为什么？"

"我就要重回埃塞俄比亚了，而你依然牵挂着你的智利。这实在是很遥远的距离，你不觉得吗？"

"我早在15年前就该相信你说的，而不该埋怨你。你说得对，我们之间只剩下美好的回忆了。"

"嗯，那这次就试着别怨恨我吧。"

"我尽量，我向你保证。可如果……"

"别，什么也别再说了。昨晚我过得很开心，阿德里安。我都不确定哪一样让我更开心，是赢取了大奖，还是与你重逢。我也不想去弄清楚。我给你留了张字条，放在床头柜上。你睡醒了以后再看吧。接着再睡一会儿，请忽略我关门的声音。"

"在现在的光线下，你真的好迷人。"

"我必须得走了，阿德里安。"

"你能答应我一件事吗？"

"你尽管提。"

"如果我们的人生轨迹再一次相交的话，请向我保证你不会再吻我了。"

"我向你保证。"她回答。

"祝你一切顺利，如果我说我不会想念你，那是骗人的。"

"那就别说吧。你也是，一切顺利。"

我听着她下楼梯时每一层台阶发出的嘎吱声，还有她关上门时门锁发出的咔嗒声。从我半开的卧室窗户外，传来了她渐行渐远的脚步声。很久以后，我才知道，她走出几米后停了下来，坐在了某段小矮墙边；她凝望着晨光，内心无比挣扎。她来来回回地折返了上百次，忍不住想冲回我的卧室，而我也正在辗转反侧中。就在这时，一辆出租车经过她的身边……

"一道15年前留下的旧伤疤真的可以这么快再次破裂，就好像把一条缝好了的布再撕开那么简单吗？曾经逝去的爱情所留下的疤痕难道永远不会消除？"

"您提问的对象可是一个虽然狂热爱着某个女人却从来没能找到勇气向对方表白的大笨蛋啊。对此，我的心中有了两个想法，而我迫不及待地想要告诉您。首先，考虑到我刚才向您指出的我的情况，我不太确定自己是能回答您上述问题的合适人选；其次，还是考虑到我自身的情况，我没资格指责您没有找到合适的方式说服她留下来。嘿，等一下，我又想到了第三点。当您决心要彻底毁掉这个周末时，至少我们可以说，您倒是毫不吝惜。反正，对于那个在我们眼皮子底下溜掉的大奖，以及您这一次意料之外的旧情复燃，您还真是尽了最大努力啊！"

"谢谢您的安慰，沃尔特。"

我再也没能重新睡着，但是我强迫自己尽可能长时间地躺在床上，闭上眼睛，屏蔽周围的一切杂音。我在脑海中编织着这样一段故事。在这个故事的开头，凯拉走到厨房里准备泡茶。我们俩一边吃早餐一边讨论着这一天接下来该干什么。伦敦在等着我们。我换上了一套旅游的行头，打算重新发现这个我生于斯长于斯的城市。在这里，天空虽然灰暗，但与之形成鲜明对比的是一幢幢建筑，颜色明亮生动，令我陶醉沉迷。

我与她一起重游那些我们其实早已熟悉却恍如初次相遇的地方。第二天，我们继续出去漫步，让时间慢慢地流逝，就像每一个星期天应该有的模样。我们俩双手紧握，从不分开。其实，过完这个周末凯拉是不是还要离开又有什么所谓呢，我们在一起度过的每一分每一秒才是最重要的。

我的床单上还留着她的体香。客厅里的沙发似乎还是她坐在那里的样子。可是，死一般的静寂已经渗透进我的血液，此时此刻就在这间空荡荡的房子里游荡着。

凯拉没有撒谎，我在床头柜上确实找到了她留下的字条，可上面只有一个词——"谢谢"。

中午时分，我给沃尔特打了一个求助电话，这个我最近刚交上的朋友在半个小时之后就按响了我家的门铃。

"我本来想带给您一个好消息，好让您别那么消沉，可惜我没有。更何况刚刚天气预报说有雨。所以说呢，您得考虑一下穿上衣服。我可不认为您穿着那么难看的睡衣就这么一直戳在这里会有什么帮助。而且吧，您的大光腿也不太能让我的这一天变得更加美好起来。"

我正在煮咖啡的时候，沃尔特走上了二楼。"得给这个房间透透气。"他一边爬着楼梯一边说道。可是没过一会儿，他又走了下来，脸色看起来很愉悦。

"终于啊，我总算是能带给您一个好消息了。当然，时间会证明这个消息是不是真的如我所说的那样好。"

他用手得意地晃动着凯拉之前戴着的项链。

"哈，您还是先什么都别说。"他继续讲着，"如果您到了这把年纪还不晓得什么叫作下意识行为，那您的状况比我的更无望了。一个女人在一个男人家里留下一件首饰，这只可能有两个方面的考虑。一是希望另一个女人会发现这个东西，然后就可以等着看两人为此争吵的好戏了。不过，您这么愚笨，估计您已经跟她说了不下十次自己过往的感情生活一片空白了。"

"第二种考虑呢？"我问。

"那当然是她将来某一天还想再回到这个'案发现场'啊！"

"如果她只是粗心大意，把这个东西忘在这里了呢？这个解释，您认为会不会更简单一点啊？"我一边从他手里把项链拿过来一边说道。

"哦！当然不会啦！一只耳环还说得过去；一枚戒指，勉强能接受。但这可是一个这样大小的吊坠……除非您对我隐瞒了一个事实，那就是您的女朋友就像鼹鼠一样高度近视。不过这倒能在某种程度上解释，您为什么能够成功勾引到这个姑娘了。"

沃尔特一下子又把项链从我这儿抢了回去，放在手里掂量着。

"可别跟我说她没留意到自己脖子周围少了一块半磅重的东西。项链这么重，不可能没察觉地把它遗忘在这里。"

我知道这很傻，而且我已经过了还会因为一次一夜情而堕入爱河的年纪，可是沃尔特刚刚跟我说的这一番话还是让我兴奋得如疯子一般癫狂。

"看来您回过神来了。阿德里安，过去的这15年，您过得还是蛮不错的嘛，您不会告诉我，就为了这么一个其实什么也没发生的夜晚，您就打算消沉一整个周末还不算完吧？我现在可真饿啊，我知道在您家附近有一个地方的早午餐很有名。赶紧穿上衣服吧，该死的，我不是刚告诉您我都快饿死了吗！"

圣莫斯镇，康沃尔郡

列车沿着唯一的铁轨慢慢驶离了法尔茅斯车站。从火车上下来的乘客寥寥无几。凯拉穿过了离海边不远的调车场，那里停着两辆锈迹斑斑的火车车厢。她继续往前走，进入港口区域，一直来到停靠着渡轮的码头。五个小时前她还在伦敦，而首都的一切现在似乎离她已经很遥远了。前方响起的雾笛声让她加快了脚步，站在岸边的水手正转动着摇柄，通往渡轮的栈桥即将收起。凯拉使劲挥舞着双手，大喊着让对方等一等。水手向反方向转了转摇柄，凯拉紧紧抓住船员的手臂，被拉上了船。在凯拉往船头走去的时候，渡轮绕过了起重船，逆风起航。圣莫斯的港湾依然这么迷人，跟她记忆中的一样。沿岸已经能看到那座坚固的城堡，它的外形相当特别，就像一片三叶草。在更远的地方，一座座蓝白相间的小房子相互交错，爬满了整个山丘。凯拉轻抚着被海浪冲刷得斑驳陆离的栏杆，深深地吸了几口气。陆地上被修剪过的草皮散发出泥土的香气，与海水的咸味掺杂在一起，随着海风扑面而来。船长拉响了汽笛，灯塔上的看守马上挥了挥手。在这里，所有的人都相互认识，他们碰面时都会打一声招呼。渡轮开始慢慢减速，船员将缆绳抛上岸，渡轮的右舷擦过岸边的岩石。

凯拉沿着岸边走到了小镇的入口处，又顺着一条陡峭的小路朝着教堂的方向往上走去。一路上，每家每户的房檐下或窗户外都装饰着茂密的花丛，凯拉时不时抬起头来欣赏着这些怒放的鲜花。她推开了"胜利"小馆的门，餐馆里空无一人，她走到吧台边坐下，点了一份鸡蛋薄饼。

"在这个季节很少见到游客啊，您不是本地人吧？"餐馆的主人给凯拉端来了一杯啤酒。

"我不是本地人，但也不完全是陌生人。我的父亲就安葬在这座教堂的背后。"

"您的父亲是谁？"

"他是个很出色的人，名叫威廉·帕金斯。"

"我不记得有这么一个人。"餐厅老板回答，"很抱歉。他是做什么的？"

"他是个植物学家。"

"您在小镇上还有其他亲人吗？"

"没有了，只剩下我父亲的墓地了。"

"听您的口音，您是从哪儿来的？"

"从伦敦来的，我住在法国。"

"您大老远过来一趟就是为了拜祭您的父亲？"

"也可以这么说吧。"

"那么您这餐我请了，为了纪念威廉·帕金斯，一位植物学家和好人。"

老板把盘子放在了凯拉的面前。

"嗯，向我的父亲致敬。"凯拉举了举手中的啤酒杯。

迅速地解决完午餐，凯拉谢过了餐厅老板，继续往山顶上走去。她终于来到了教堂前，在外面绕了一圈，然后推开了镶着铁条的大门。

在圣莫斯的这个小型公墓里，安息着100来个灵魂。威廉·帕金斯的墓位于某一行的尽头，靠着围墙的边上。淡紫色的紫藤沿着古老的石壁蜿蜒攀爬，留下了几处阴影。凯拉坐在墓碑前的石板上，用手指轻轻掠过碑上雕刻的铭文。字母上金色的油漆消失殆尽，石碑上也长出了青苔。

"我知道，我很久都没来过了，或许太久了。不过，就算没有来这里，我也从未停止想念你。你曾经跟我说，随着时间的流逝，失去亲人的悲伤总会慢慢消逝，只有美好的回忆会永存心头。可是我什么时候才会停止对你的无尽思念呢?

"我多么想再继续跟你谈天说地，多么想听你不停地回答我提出的无数个为什么，即使有些答案是你随口编造的。我多么想牵着你的手，走在你的身旁，像以前一样去海边看潮起潮落。

"我今天上午跟让娜吵架了，都是我的错，每一次都是。她很生气我昨晚没打电话告诉她这个天大的好消息——昨晚我参加了某个基金会举办的大赛，并且赢取了大奖。虽然要跟别人平分奖金，但你还是会为你的女儿感到骄傲的，爸爸。而且你一直是个乐于分享的人。我多么希望你能回来，用力地拥抱我，然后我们一起沿着码头散步。我多么希望听到你的声音，见到你用坚定的眼神看着我，就像以前那样。"

停了片刻，凯拉流下了眼泪。

"你不知道我多么怨恨自己没有在你活着的时候多回来看望你。你不知道我有多么后悔。我知道你会对我说，应该继续过好自己的生活，可是你就是我生活的一部分啊，爸爸。

"我跟让娜已经和好了，我可不希望惹你生气。我完全遵照了你的建议。我给她打了两次电话道歉。不过她听说我要回来看你，又跟我吵起来了。她本来也很想过来的。我们两个都很想念你。

"你知道吗，有了这笔赢来的奖金，我就能重新回埃塞俄比亚了。我来也是想告诉你，如果你想来看我的话，就到奥莫山谷来找我吧。我想不需要给你指路吧，你一定能找得到。就让大风捎你一程吧，不过也别是太猛的风。来看看我吧，求求你了。

"我从事着一份我热爱的职业，也正是在你的鼓励和推动下，我才学了这个专业并且干得不错。不过我觉得很孤独，很想你。你跟妈妈，你们俩在天上重归于好了吗？"

凯拉俯下身亲了亲石碑，然后站起来离开了墓地。她的步履有些沉重。重新回到圣莫斯港口后，她给让娜打了个电话。电话里凯拉泣不成声，她的姐姐安慰了她很久。

凯拉回到巴黎后，两姐妹开始大肆庆祝凯拉的胜利。她们连续狂欢了两个晚上，而第二晚的狂欢一直闹到了清晨5点。让娜喝得大醉，非要闹着跟某个叫朱尔的家伙订婚。她的这个未婚夫是个流浪汉，睡在香榭丽舍大街的某个画廊前。直到流动救护队前来规劝让娜，这场闹剧才得以收场。对于这两晚的庆祝，凯拉唯一能记住的就是连续的头痛。

在人生的某些日子里，总会有一些微不足道的小事让你感到异常幸福，把你的生活照亮。例如在某个闲逛的下午，你在某个旧货摊上发现了童年时珍爱的某个玩具；或者是某只牵着你让你感到温暖的手；或者是某个意想不到的电话、某一句甜言蜜语；又或者是你的孩子突然跑入你的怀中，并无他求，只想要一个爱的抱抱。在人生中，也总有一些这样那样的时刻能让你心中充满感激：当某种味道让你的灵魂舞动；当一缕阳光透过窗户将温暖推送；当道路两旁白雪皑皑；当春天的脚步临近，新芽欣欣向荣……

这个周六的上午，让娜公寓的门房阿姨拿来了寄给凯拉的三封信。考古是一项集体性的工作，为了所期望的重大发现，每个人都需要贡献出自己的学识和力量。挖掘工作的成功与否往往取决于团队里每个人的贡献，所取得的成果要归功于整个团队。当得知她的三位同事答应了她的恳求，愿意与她一同前往埃塞俄比亚时，凯拉高兴地在家里跳来跳去。

就在同一个上午，当凯拉去逛菜场时，卖蔬果的老板对她说，她今天特别迷人。于是，凯拉带着满满一篮子的东西，容光焕发地回了家。

中午时分，扬·维吉尔和伊沃里在阿姆斯特丹的一家小餐馆里共进午餐。伊沃里点的比目鱼被烹饪得恰到好处，维吉尔也相当开心地看到自己的朋友对这道美食如此满意。旁边的运河里，小舟交错穿行；这两位老朋友落座的平台上洒满了阳光。他们回忆着旧时的美好时光，时不时爆发出爽朗的笑声。

下午一点，沃尔特在海德公园里散步。在一棵巨大的橡树前，有只伯尔尼牧羊犬正蹲在树下看着松鼠在树枝间跳来跳去。沃尔特走近小狗，摸了摸它的头。就在这时，小狗的主人叫住了他，沃尔特瞬间惊呆了。简金斯小姐也对这次的不期而遇感到十分意外。她先挑起话头，说不知道沃尔特也喜欢小狗。沃尔特马上说自己也养了一只，只不过基本都放在他妈妈家里。他们一同走了一百来步，到了公园门口时礼貌地向对方告别了。沃尔特后来呆坐在公园的长椅上，盯着旁边的野蔷薇看了一下午。

下午两点，散完步回到家里，我在卡姆登跳蚤市场淘到了一部旧相机。整个晚上，我都沉浸在拆装和清洗相机的快乐之中。进家门时，我发现门缝里塞了一张明信片。明信片上的图片是伊兹拉岛的港口风光，我妈妈就住在这个岛上。这是她在六天前寄出来的。我妈妈很怕用电话，也不太习惯写信。当她提笔写信时，内容也不会很长。明信片的背后只有非常简洁的一句话："你什么时候来看我？"两小时后，我在住所附近的一家旅行社订好了本月底的机票。

这个周六的晚上，凯拉正忙于为即将到来的旅程收拾行装，于是取消了与麦克斯的晚餐约会。

让娜在浴室的镜子前望了自己好一阵子，然后决定将书桌抽屉里留下的杰罗姆的信件全部扔掉。

从海德公园散步回来之后，沃尔特一头钻进了书店，翻阅着关于狗的百科全书，并将介绍伯尔尼牧羊犬的那一段内容背了下来。

扬·维吉尔跟伊沃里重新下了一盘棋。

至于我，在一丝不苟地清洗完上午买的旧相机之后，走到书桌前坐下，就着一杯冰镇啤酒，吃着我精心准备的三明治。我提起笔准备写封信给我妈妈，告诉她我将到访。可是接下来，我又放下了笔，兴高采烈地想要给她一个意外的惊喜。

总有一些日子看似平淡无奇，却能让我们回味良久，即便当时我们自己可能并没有意识到。

我告诉沃尔特我要去趟希腊。学院给我安排的课程下个学期才开始，没有人会留意到我的缺席。我买了一些妈妈最爱的饼干、茶和英国芥末酱，收拾好行李，锁好了家门，随即叫了一辆出租车赶往机场。飞机下午就能抵达希腊，正好够时间到比雷埃夫斯港转乘一趟快艇。再经过一个小时的船程就能到伊兹拉岛了。

像往常一样，希斯罗机场里面混乱不堪。不过如果你曾经在南美地区搭过飞机的话，这样的场面就不会让你大惊小怪了。运气还不错，我的航班准点起飞。飞机升空后，机长在广播里介绍，本次航班将飞过法国上空，然后途经瑞士一角、意大利北部，并穿过亚得里亚海，最终到达希腊。我已经很久没去过希腊了，很高兴做出了探望母亲的决定。飞机现在正在巴黎的上空飞行，这里的天空如此清澈纯净，我和其他坐在窗边的乘客都欣赏到了法国首都的美景，我们甚至能看到巴黎埃菲尔铁塔。

巴黎

凯拉请让娜帮她锁好箱子。

"我再也不想让你离开了。"

"我要错过飞机了，快一点啊，求求你了，让娜，现在不是讨论这个的时候！"

两人匆匆忙忙地离开了公寓。在开往奥利机场的出租车上，让娜一句话也没说。

"你这是打算在我们分开之前都一直摆着这副臭脸吗？"

"我没有摆臭脸，就是心里难过，仅此而已。"让娜低声抱怨。

"我发誓会给你打电话的，按时打。"

"你就好像加斯贡人那样随便许诺！一旦你到了那边，你的世界里恐怕就只剩下工作了。而且，你以前都对我重复多少遍了："没有电话亭，没有网络……'"

"谁说加斯贡人就一定不能信守他们的诺言呢？"

"杰罗姆就是一个加斯贡人！"

"让娜，最近的这两个月过得真的很棒。如果没有你的帮助，我什么也得不到。这一次能够出行，我要归功于你，你是……"

"我知道，我是一个笨蛋。你虽然不会用世界上任何一个人来交换，但你还是情愿到奥莫山谷去陪伴你的那些死人骨头，也不肯陪一陪你所谓不可替代的姐姐。唉，我发誓之前没想到会演这一出，本来想跟你说的都是一些祝福的话，昨天我还在房间里排练了上百遍呢。"

让娜久久地盯着凯拉看。

"又怎么啦？"

"没什么，我就是想牢牢记住你的小脸蛋，以后恐怕再也看不着了。"

"别这样，让娜，你让我的心情糟透了。你可以过来看我嘛！"

"每到月底，我的日子都过得紧巴巴的。我得赶紧跑到我的理财顾问那里去，跟他说我打算到埃塞俄比亚去小小地旅行一下，他该多乐意啊。你把你的项链怎么了？"

凯拉伸手在自己的脖子周围摸了一下。

"这个说来话长。"

"我听着呢。"

"我在伦敦找回了一个旧相识，偶然碰到的。"

"然后你就把你戴了那么久的吊坠给了他？"

"我跟你说了，让娜，这个说来话长。"

"他叫什么名字？"

"阿德里安。"

"你把他带去看爸爸了？"

"不，当然没有。"

"听着，这个神秘的阿德里安如果可以把麦克斯从你的脑海里赶走，那我得祝福他。"

"你怎么这么针对麦克斯？"

"没什么！"

凯拉认认真真地盯着她的姐姐。

"是'没什么'还是恰恰相反'什么都有'？"她问道。

让娜没有回答这个问题。

"唉，我真是傻瓜透顶……"凯拉叹了一口气，"'自从你们分手，我们就再也没有说过话''他花了好几个月的时间才把你们的事"翻篇"，如果你又要离开，就不要再去揭他的伤疤了''我本来不该告诉你，但麦克斯会去一起吃晚餐'……你这是完全对他着了魔啊！"

"胡说八道！"

"你看着我的眼睛，让娜！"

"你想我跟你说什么呢？就说我感到很孤独，所以迷上了我妹妹的前男友？我甚至都不知道我沉迷的是这个男人呢，还是你们俩在一起的样子让我羡慕，又或者其实仅仅就是想要个伴。"

"麦克斯全归你了，我的让娜。不过，你可别太失望，这可不是个好的选择！"

让娜陪着她妹妹一直走到了值机柜台。看到凯拉的箱子被行李传送带"吞"下去之后，姐妹俩一起去喝了最后一杯咖啡。让娜的喉咙仿佛打了结，几乎说不出话来，而凯拉也没有比她好到哪里去。她们的手紧紧相扣，两人各自想着心事，都不说话。最后，她们在机场警察的岗亭前面分了手，让娜把凯拉拥入怀中，泪水潸然而下。

"我向你保证每个星期都会给你打电话。"凯拉噙着泪水说。

"你才不会信守诺言呢。不过，我会给你写信，你也给我写。你告诉我你的日子过得怎么样，我也告诉你我这边的情况。你的信要一页接着一页，而我的信可能就那么几行，因为我恐怕没有什么值得告诉你的。你会给我寄你那条奇妙的大河的照片，我却只能给你寄巴黎地铁的明信片。我爱你，妹妹，小心照顾好自己。特别是，给我快点回来。"

凯拉向后退了几步离开了她的姐姐，然后把护照和登机牌递给了在岗亭的玻璃后面端坐的警察。检查完毕，她转过身想最后一次向姐姐告别，但让娜早已经走了。

人生总有那么一些日子，发生的看似都是一些微不足道的小事，却已在你的记忆深处留下了波澜。而在那些孤独的时刻，你将会久久地、永远地回味。

雅典

比雷埃夫斯港到了日落时分还忙得像一个蜂巢。大客车、摆渡巴士和出租车络绎不绝，乘客们从车上下来，匆匆奔向一个个港口。各种船只靠岸或者起航，岸边的缆绳在风中啪啪作响。开往伊兹拉岛的渡轮驶入了外海，大海已展现在眼前，我坐在船头看着海平面。尽管有着希腊的血统，我却没能继承打鱼的基因。

伊兹拉是一个世外小岛，在岛上只有两种出行的方式，要么步行，要么就得骑驴。村子坐落在山上，那里的房子俯瞰着下面的小渔港，从港口上山只有羊肠小道。只要不是在旅游季节，这个岛上的所有人相互都认识。从外面回来在这里上岸，不可能碰不到熟面孔，而无论碰到的是谁，都会向你微笑，把你拥在怀中，然后也不管别人听不听得见就大声喊叫着宣布你的归来。因此，我这次必须抢在我回家的消息传遍整个山丘之前，赶紧回到我的童年故居去。我也不知道为什么这一次这么想给我的母亲制造意外惊喜。这或许是因为，在她寄给我的简短信件里，我感受到的不是责备，而是充满思念的召唤。

从事驴子买卖的老卡里巴诺斯很高兴地把他最好的一头驴交给了我。这说起来有点难以置信，但在伊兹拉岛上的确有两种驴子，一种一步一步走得很慢，另一种则三步两步跑得很欢。后一种驴的价格比前一种高一倍，然而你要想骑到这种驴的背上，可一点也不像看起来那么简单。驴子有个性，要想让它朝着你指定的方向走，你首先得知道怎么由着它的性子来。

"千万别让它停下来。"老卡里巴诺斯对我说，"它虽然走得快，但也会偷懒。当你到了你妈家前面那个拐角的时候，把缰绳往左边拉一拉，否则它就会直奔我老表家，去啃她院墙上的花了。要真给它啃了那些花，我又得跟我老表有所交代了。"

我向他保证会尽全力做到最好，老卡里巴诺斯则让我把行李交给他，迟一点他会让人送到我母亲家。他敲着他的手表说，我母亲会在15分钟之内得知我回到岛上的消息，因此我必须在此之前赶到山上去。

　　"还有啊，你得感到庆幸，你小姨的电话正好坏了！"

　　伊连娜小姨在港口边开了一家卖明信片和纪念品的小店，她总是说个没完，而且大部分时候说的都是一些废话，不过她的笑容是我见过最有亲和力的，而且她几乎从来没有停止笑过。

　　刚一踏上回家的路，我就重新找回了童年时的感觉。我不敢说我为自己的骑术感到自豪，因为我的毛驴一直在我的屁股底下摇摇晃晃，不过我还算是骑得飞快，而且沿路岛上迤逦的风光一如既往地令我感到陶醉。我并不是在这里长大的。我出生在伦敦，一直也是在那里生活，但每个假期我们都会回到母亲在岛上的祖屋待一段时间，后来我父亲过世了，母亲就回到岛上定居下来。

　　我叫阿德里安，但在这里，大家都叫我阿德里亚诺斯。

亚的斯亚贝巴

　　飞机刚刚降落在博勒机场，并慢慢靠向停机坪。这个修葺一新的机场是这座城市的骄傲。凯拉和她的团队等了好几个小时，才把携带的设备从海关过境处领出。三辆小巴正在机场外等着他们。凯拉在本周初的时候联系了当地的协调人员，他果然如约而至。司机们帮忙把所有的箱子和行李搬上了头两辆小巴，工作人员则登上了第三辆车。发动机的轰鸣声和离合器的噼啪声，宣告着这趟全副武装的疯狂之旅正式启程。车队首先经过了一个圆形广场，这是为庆祝中非合作而修建的，随后从亚的斯亚贝巴的中央车站前经过，车站的横梁上镶有一块代表着中国的五星红旗石雕。车队继续沿着大路从东往西，穿越了整个首都。路上的交通有些拥挤，疲惫不堪的队员们很快都睡着了。车辆经过凹凸不平的路段时颠簸了好几下，这都没能将他们震醒。

飞往奥莫山谷的距离大约是550公里，而从陆路走的话，距离是空中的三倍。旅程进行到一半时，车队驶离了沥青柏油大马路，走上了泥土路，最后在小路上穿行。

经过了亚的斯亚贝巴、特夫伊和图鲁博洛，车队在傍晚时分到达了基雍。大家把设备和物资从小巴上卸下来，然后搬到了两辆越野长车上。此时的凯拉心花怒放，所有的计划和安排都有条不紊地进行着，队员们虽然越来越疲惫，但看起来也都很开心。

到了韦尔基特，越野车司机将车停了下来。大家将在这里休整一个晚上再出发。

当地的一户居民接待了他们。考古队员们兴高采烈地享用了晚餐：一种叫作瓦特的当地菜肴。房间里铺上了草席，所有人都席地而睡。

凯拉最先醒来。走出屋外，她望了望四周。这座城市里的房屋几乎是一片白色，屋顶由波浪形的铁板组成。这让凯拉想起万里之外的巴黎和让娜。她突然在心中问自己为什么要开始这一趟冒险之旅。正在这时，同事埃里克的声音打断了她的思绪。

"我们现在所在的位置很偏远吧？"

"我也这么想。不过，如果你以为已经到了那个世界的尽头，可能还得再等一会儿。从这里到那儿大概还有500公里。"凯拉答道。

"我已经迫不及待了，真想赶紧到那里开始工作。"

"我们到了之后的首要任务是让当地的村民们接受我们。"

"你担心这件事？"

"在那场风暴之后，我们离开得太匆忙，就像小偷一样逃跑了。"

"但是你们什么都没有偷啊，所以你不需要太过担心。"埃里克说完转身离开了。

这是凯拉第一次被她同事这么现实的想法吓到，而这远远不是最后一次。她耸了耸肩，到车边检查设备的装箱情况。

早上 7 点，车队重新上路。韦尔基特的郊区被抛在了身后，路边的房屋也变成了有着尖尖屋顶的茅草屋。一个小时之后，沿途的风景发生了天翻地覆的变化，凯拉和她的队员们进入了吉布山谷。

在这里，河流第一次出现在他们的视线之中。车队穿过了悬于滔滔江水之上的杜克桥，凯拉终于回到了让她魂牵梦萦的河水旁边。应她的要求，车队停止了前进。

"我们大概什么时候能到达营地？"其中一位同事问。

"我们本来应该顺着河流往下走。"埃里克望着悬崖深处的水流说。

"嗯，我们本来是可以这样走。不过这样要花上 20 天的时间，如果再碰到心血来潮的河马拦着我们不让过，那估计我们耽搁的时间还要更长一点。另外，河水有可能冲走我们一大半器材和设备。"凯拉回答，"我们本来还可以一直飞到季马呢，不过这最多也就节约一天的时间，而且成本太高了。"

埃里克什么也没有说，默默地回到了越野车上。在他们的左边，河流穿过草原，流向了森林深处。

车队再次出发，在身后扬起了一团厚厚的灰尘。道路变得越来越曲折迂回，经过的峡谷也越来越让人头晕目眩。中午时分，车队经过了阿伯勒蒂，开始往阿森达科方向向下而行。旅途漫长得似乎看不到尽头，而凯拉依然劲头十足。车辆终于到达了季马，大家在这里歇息了一个晚上。第二天，凯拉就能重新见到奥莫山谷了。

伊兹拉岛

"幸亏你小姨在杂货铺先给我打了电话，说是你刚下了码头。你想看到我心脏病发作吗？"

我刚走进屋，妈妈见到我就先劈头盖脸地来了这么两句。这就是她迎接我的方式。这种方式同样表达了她对我好长时间不来探望的不满。

"你小姨眼神挺好的，如果是我的话，可能未必认出你来。到灯下面来，让我仔细瞧瞧你。你好像瘦了，脸色也不怎么样。"

我知道她肯定还会再唠叨一阵子，才会向我张开怀抱。

"你的行李看起来不是很重啊，我猜你这次只待几天就走。"

当我告诉她我打算在这里待上好几个星期之后，我的母亲终于放松下来，给了我一个温柔的拥抱。我肯定地对她说她一点也没变，她拍了拍我的脸颊表示不相信，不过还是很开心地接受了我的恭维。她马上冲进厨房，忙着清点家里还剩下的面粉、糖、奶、鸡蛋、牛肉和蔬菜。

"能告诉我你在干什么吗？"我问。

"你想想，我的儿子有两年没来看他的母亲，现在突然不打招呼地跑来了。你好不容易来一趟，我当然要赶紧准备好好庆祝一下。"

"我只希望跟你单独共进晚餐，让我带你去码头附近吃吧。"

"我还希望能年轻30岁，彻底摆脱风湿痛哪！"

妈妈把手指弄得咔咔作响，又揉了揉自己的背。

"好吧，你看，完全不可能嘛。所以我宣布，我们今天的愿望都不可能实现。我们一定要组织一场宴会，这才对得起我们家的声誉。你可别痴心妄想地认为没有人知道你来了。"

在这件事情上，我完全无法说服她，在其他事情上估计也是如此。其实，我们就算今晚独自待着，全镇的人也都会理解的。只不过我的母亲一心想要大肆庆祝我的到来，我也不想扫了她的兴。邻居们带来了红酒、奶酪和橄榄，女人们负责铺好桌子，男人们在一旁摆弄着乐器。大家开怀畅饮，欢歌热舞一直到深夜。晚宴期间，我把我小姨独自拉到一边，"感谢"她为我"严守秘密"。而她向我发誓，说完全不明白我在讲什么。

第二天我刚刚睡醒时，母亲早已起身很久了。屋子被收拾得干干净净，恢复了日常的样子。

"你这几个星期打算在这里干什么？"妈妈一边问一边递了一杯咖啡给我。

我强迫她在我身边坐下来。

"别再从早到晚为我忙前忙后了，我来就是为了看望你、照顾你，别搞反了。"

"你照看我？想得美！多少年了，我早就习惯了自己照顾好自己。只是有时候伊莲娜会来帮我晒晒床单，而我偶尔也会帮她看看店铺以示回报。我不需要任何人的照顾。"

如果没有伊莲娜小姨，我母亲一定会孤单得多。在我吃早餐的时候，我听见她又跑去打开我的行李箱，为我整理衣物。

"我看见你在耸肩膀了！"从我卧室的窗户边传来了她的声音。

这一整天，我决定重温一下岛上的风光。我骑着老卡里巴诺斯的毛驴，在羊肠小道间闲逛。走到一处小海湾前，我停了下来。趁着没什么人，我跳进了海里，但很快又爬了上来，冰冷的海水快把我冻僵了。中午，我约了妈妈和小姨一起在码头附近共进午餐，听她们讲家里人的故事。两人孜孜不倦地重复着旧时的回忆。在你的生命中，是否也有这样的时刻，经历了幸福，就不再有他求？如果你现在只会谈起以前发生的事，追忆过去的时光，而且还试图用笑声来掩饰自己的怀旧和忧伤，这是否代表着你正在垂垂老去？

"你怎么这样看着我们？"我的小姨揉着眼睛问。

"没什么……等我回到伦敦之后，你们俩会不会在这同一张桌子旁坐下，一边吃饭一边重温今天的这顿午餐聚会？"

"当然会啦！你为什么要问这么傻的问题？"伊莲娜继续发问。

"因为我在想，你们干吗不现在就好好享受这美好的时光，而非要等到我离开后才开始在回忆中重温这份美好呢？"

"你儿子太长时间没来晒过太阳了。"伊莲娜对我母亲说，"我现在都听不懂他说的话了。"

"我能听明白。"母亲微笑着看我，"我想，他说得有点道理。我们别再旧事重提了，聊一聊将来的事吧。你有什么未来的计划，伊莲娜？"

我的小姨看着我母亲和我，表情诧异。

"我打算在月底把店里的墙重新粉刷一遍，希望能在旅游季开始之前完成。"她以非常严肃的口吻宣布，"墙上的蓝色有点褪色了，你们不觉得吗？"

"嗯，我也这么想。这个话题应该会让阿德里亚诺斯很感兴趣。"我母亲一边说，一边朝我眨了眨眼。

这时候，伊莲娜开始怀疑我们在嘲笑她，而我向她保证绝对没有。我们花了两个小时讨论该为她的店面选择哪一种蓝色。妈妈甚至跑去把油漆店老板从午睡中叫醒，向他要了整个系列色调的颜料。当我们把所有色调涂在墙壁上，讨论着哪一种更适合时，我看见母亲的脸上也焕发出了光彩。

我就这样随心所欲地度过了头两个星期，晒着久违的阳光，感受着温度一天高过一天。六月缓缓地降临了，岛上开始迎来第一批游客。

我永远记得这个上午，就好像发生在昨天一样。那是一个星期五。我正躲在房间里看书，享受着百叶窗下的阴凉。这时妈妈走了进来，叉着手站在我的面前，我不得不放下了手中的书。她一直盯着我看，什么也不说，表情格外怪异。

"怎么啦？"

"没什么。"她回答。

"你是专门来看我读书的吗？"

"我过来给你换床单。"

"可是你手里什么都没拿啊！"

"哦，我可能忘记拿了。"

"妈妈！"

"阿德里安，你从什么时候开始戴项链啦？"

当母亲称呼我为"阿德里安"时，说明发生了什么严重的事，让她感到担心了。

"别装无辜了！"她继续说道。

"我完全不知道你在说什么。"

母亲阴沉地望了一眼我床头柜的抽屉。

"我在你的行李里发现的，我把它放进这里了。"

我打开抽屉，发现了凯拉之前遗留在伦敦的那条项链。我为什么会带着它来这里？我自己也不知道。

"这是一个礼物！"

"现在都有人送你项链作为礼物啦？不管怎么样，这个礼物够独特的。谁对你这么慷慨啊？"

"一个朋友。我到这儿有两个星期了，你为什么现在突然问起这条项链的事？”

“先跟我说说你这位朋友，谁会把项链当成礼物送给男人？比起项链本身，我对这个人更感兴趣。”

“这也不完全是个礼物，她把它忘在我家里了。”

“那你为什么对我说这是一个礼物，这不是别人遗忘的吗？你还有什么事情没有告诉我？”

“可是，妈妈，你到底想知道些什么？”

“那你跟我解释一下，你那个疯狂的粉丝是谁？他刚刚从雅典到了码头，在到处向商户们打听你的情况。”

“什么疯狂粉丝？”

“我每问一个问题，你都要反问我吗？真是要气死我啦！”

“我不知道你在说什么。”

“你不知道这项链是谁的，你也不知道怎么跟我解释这不是礼物，而是别人忘在你家里的。你更不知道这个穿着短裤的‘福尔摩斯’是谁！他在码头边已经喝了五杯啤酒，并且询问所有路过的人是否认识你。这已经是第N次有人打电话通知我这个男人的存在，你说说，我到底该怎么回答！”

“穿着短裤的‘福尔摩斯’？”

“嗯，穿着法兰绒短裤、短衬衫、戴着格子帽，就差一个叼在嘴里的烟斗了！”

“沃尔特！”

“也就是说你认识他咯！”

我套上一件衬衣，急忙冲出家门，祈祷着我那头拴在门口的毛驴没有咬断绳子跑掉。它从这一周开始就养成了这个坏习惯，常常跑到隔壁家的地盘上瞎转悠，跟那里的母毛驴献殷勤，可是人家完全不理会它的挑逗。

“沃尔特是我工作上的同事，我完全不知道他会来探访我们。”

"我们？我才不想掺和进去，求你了，阿德里安！"

我不太明白我母亲是怎么回事，通常来讲，她可是最热情好客的女人之一。在我关上门时，她又大喊了一句，更让我摸不着头脑："你的前妻也是你的同事！"

母亲所提到的正是沃尔特，他一个小时前就登上了这座岛，现在正坐在伊莲娜店面隔壁那家餐厅的平台上。

"阿德里安！"他看见我时大叫。

"您在这儿做什么，沃尔特？"

"我正跟这位可爱的餐厅老板说呢，要是没有您，我们学院根本就活不下去。我很想念您，我的朋友！"

"您告诉这家店的主人说您很想我？"

"正是，这绝对是真的！"

我大笑了起来。不过沃尔特似乎会错了意，他把我的笑声当成了对他前来看望我的赞许。借着五六杯啤酒的酒劲，他站起来使劲地拥抱了我。越过他的肩膀，我看到伊莲娜小姨又在打电话给我母亲了。

"沃尔特，我可没想到您会来……"

"我也是，我自己也没想到会来到这里。自从您离开，伦敦一直在下雨，不停地下，我受够了阴沉的天气。而且我需要您的建议，这个我们稍后再谈。所以，我对自己说，干吗不去晒几天太阳？干吗总是看着别人出行而不是自己？这一次，我听从了自己的内心，看到旅行社橱窗上贴出的优惠套餐立即付了钱。于是，我就到这里来了！"

"大概待多久？"

"一个星期吧。不过我绝不会给您添麻烦，我向您保证，我已经安排好了。优惠套餐里已经包括了一家迷人小旅馆的住宿，应该就在附近吧，我还不太清楚具体的位置。"他一边喘着气说完，一边把酒店的预订单递给我看。

我陪着沃尔特穿行在这座古老小镇的巷子中，暗中悔恨自己不该在上次跟他共进午餐时提到我要来的这个小岛的名字。

"您的家乡可真美啊，阿德里安，简直是棒极了。雪白的墙壁，湛蓝的窗户，还有这片海，甚至连这些小毛驴也都如此迷人！"

"现在是午休时间，沃尔特，您讲话能小点声吗？这些小巷子里回音很大。"

"哦，当然。"他压低了声音，"没问题。"

"另外，我能建议您换一套装束吗？"

沃尔特从下到上打量了自己一番，很是吃惊。

"有什么不合适的地方吗？"

"您先去把行李放下，我们再来解决这个问题。"

我不知道的是，当我在码头街市上想帮沃尔特挑选一套不那么引人注目的衣服时，伊莲娜再次在电话里向我的母亲汇报了我的一举一动，她说我在跟我的朋友一起逛街。

希腊人天性热情好客，我不打算毁掉这样的声誉，决定邀请沃尔特共进晚餐。我记得沃尔特说过需要我的一些建议。在餐厅露台上坐下，我问他有什么我能帮得上忙的。

"您对狗很了解吗？"他问我。

随后，沃尔特跟我讲述了几个星期前他在海德公园散步时，与简金斯小姐的不期而遇。

"这次偶遇让情况变得大大不同了，现在我们每次见面打招呼时，我都会问起奥斯卡的近况。这是她那只伯尔尼牧羊犬的名字。每一次，她都会回答我说它挺好的。可是，我们俩之间的进展也就仅限于此了。"

"您为什么不邀请她去听音乐会或者去看场演出呢？科芬园那边的剧场多得只会让您眼花缭乱，挑都挑不过来。"

"我怎么就没想到这么好的主意呢？"

沃尔特久久地望着大海，叹了一口气。

"我永远都不知道该怎么做！"

"行动起来，发出您的邀请，她一定会很感动的，相信我。"

沃尔特再次盯着大海，又叹了口气。

"如果她拒绝我呢？"

这时，伊莲娜小姨走了过来，像桩子一样戳在我们跟前，等着我为他俩互相介绍。沃尔特邀请她共进晚餐，我还没来得及站起来为她拉开椅子，伊莲娜就已经毫不客气地坐了下来。当不是跟我妈妈在一起的时候，伊莲娜小姨总有一种意想不到的幽默。她一旦接过话题，就再也没有我们讲话的份儿了。她几乎把生平所有的经历都告诉了沃尔特。我们一直待到餐厅打烊。我先送我的朋友回到酒店，然后骑着我的毛驴回了家。已经凌晨一点了，妈妈还没有睡，在院子里擦拭着她的银器！

第二天下午四点，电话响了起来。妈妈在阳台上找到我，以一种猜疑的口吻对我说，我的那位朋友打电话找我。

沃尔特邀请我在傍晚时分一起散步，而我想看完手中的书，于是邀请他来我们家吃晚餐。我下到镇上买了些东西，然后安排老卡里巴诺斯在晚上 9 点左右去酒店接沃尔特来家里。我的母亲什么也没有说，只是在摆好餐具之后打电话请我小姨晚上也过来一趟。她似乎对这顿晚餐有些抵触情绪。

"你怎么啦？"我一边帮她整理餐桌一边问。

妈妈把餐盘摆好，然后双手交叉抱在胸前。这可不是个好兆头。

"这两年里，你几乎就没跟我联系过，我也完全不知道你的任何消息。而现在你唯一介绍给妈妈认识的人，就是你的'福尔摩斯'？你什么时候才打算过上正常的生活？"

"这得看什么是你所说的正常生活。"

"我就想能有一群活蹦乱跳的孙子让我操操心。"

我母亲从来没有表达过这样的愿望。我拉出一把椅子让她坐下，随即为她倒了一杯茴香酒，如她喜欢的那样，不加水，只加了一块冰。我温柔地望着她，反复盘算着该怎么对她说。

"你现在想要孙子了？你以前可是支持我不要孩子的。你曾经对我说，把我养大已经够你受的了，有些女人在自己孩子长大离开家后，又迫不及待地想继续扮演祖母的角色，你说你可不想像她们那样。"

"好吧，我现在变成了这些女人中的一个。只有傻瓜才从来不会改变主意，不是吗？生命很短暂，阿德里亚诺斯，你跟你那些伙伴也该玩够了。还有多少个明天可以再说？到了你这个年纪，明天就是今天。而在我这把岁数，正如你之前感觉到的那样，今天已经变成了昨天。"

"可是我还有大把的时间啊。"我抗议道。

"沙拉变得不新鲜以后还卖得出去吗？"

"我不知道你会担心这件事，也不明白你有什么好担心的。可我始终相信，有一天会遇到我理想中的女人。"

"你觉得我看起来像是一个理想伴侣吗？可是你爸爸和我一起度过了美好的 40 年。找到理想的男人或女人并不是关键，重要的是找到能一起分享和承担的那个人。只有双方都愿意付出，才会成就伟大的爱情。在你的生命中出现过这样的人吗？"

我承认确实没有。妈妈伸出手摸了摸我的脸颊，对我微笑着说。

"你有没有去尽力找过呢？"

喝完桌上那杯酒，母亲站起身往厨房走去，留下我独自一人在阳台上。

奥莫山谷

微弱的晨光照进了奥莫山谷，在这一片土地上，只见一片片大高原连绵不绝，而在高原与高原之间净是沼泽和热带大草原。那场风暴的痕迹已经无影无踪。村民们重新建起了被狂风摧毁的一切。一群安哥拉疣猴在丛林中荡来荡去，起起落落，树枝被一次次压弯了腰，几乎折断。

考古学家们经过了一个克维古部落的村庄，顺着河往上游又走了一段，终于抵达了穆尔斯人的村落。

村里的武士和孩子们正在河岸上嬉戏打闹。

"你们以前见过像奥莫山谷人这么美的东西吗？"凯拉问与她同行的伙伴。

他们在自己古铜色泛着红光的皮肤上画出了大师级的图画。这些穆尔斯人拥有不少大画家终其一生孜孜以求的绘画天赋。他们采集红赭石或者是火山岩土中的其他天然颜料，用指尖或者细芦苇条在自己身上涂抹出绿色、黄色和火山灰等七彩斑斓的颜色。看，此刻在河岸上就有一个好像是从高更（法国 19 世纪印象派画家、艺术家）画作里走出来的小女孩，而在她身边一起欢笑的那个年轻武士简直就是在罗思柯（20 世纪美国抽象派画家）笔下重新创作的人物角色。

面对这样的奇观，凯拉的同事陷入了沉思，心中惊叹不已。如果人类真的有一个摇篮，奥莫山谷里的人们看起来似乎还在这里面好好地活着。

所有的村民都跑来迎接考古队，围着他们欢快地跳舞。在人群中，凯拉只想找到那个面孔，那唯一的一个。就算是在 100 个人里面，凯拉也能一眼把他认出，就算他脸上戴着赭石或者黏土的面具，凯拉也能辨认出他的轮廓。可是，哈里没有来接她。

伊兹拉岛

晚上 9 点整，我听到小路上传来一声毛驴的叫声。母亲打开了家里的门迎接沃尔特。他的西服看起来一路上遭了不少罪。

"他从驴背上摔下来三次！"老卡里巴诺斯叹了一口气，"可是，我都已经给他留了一头最老实的驴子啦。"他在离开的时候说道，显然还在为没能很好地完成任务而气恼。

"爱怎么说就怎么说吧！"沃尔特表示抗议，"不过，这可远远不是什么'陛下的御马'。它转弯的时候根本不受控制，而且毫无纪律性。"

"他说什么呢？"伊莲娜小声嘀咕。

"他说不喜欢我们的驴！"母亲一边领着我们走向阳台一边回答。

接下来，沃尔特对家里的设计风格说了千万句好话，发誓说从来没有见过这么漂亮的装饰。在鹅卵石铺就的地板前，他格外惊叹。在餐桌上，伊莲娜不停地追问沃尔特在学院里是干什么的，以及我们两个是怎么认识的。我直到这一天才意识到，我的这个同事原来这么有外交天赋。整个晚餐从头到尾，沃尔特一直在恭维我母亲的厨艺。而等到大家吃甜点的时候，他问起了我的母亲是如何与我父亲相遇的。在这个话题上，母亲开始滔滔不绝。夜晚来临，温度下降，冷得伊莲娜直打寒战。我们离开了阳台，坐到客厅里品尝妈妈准备好的白咖啡。我惊奇地发现，本来摆在我床头柜抽屉里的凯拉的项链如今神秘地"出现"在靠近窗户的架子上。沃尔特随着我的视线也望了过去，随即欢乐地喊了起来：

"呀，我认得这个吊坠！"

"我压根就没有怀疑过这一点！"我母亲一边递给他一盒巧克力一边说。

沃尔特不明白我母亲在说这个的时候为何如此高兴，必须承认，对此我也不太理解。

伊莲娜感到累了，天色已晚，不可能回去了，于是就像往常那样，走到客房去睡觉了。妈妈也几乎在同一时间告退，她向沃尔特道别，并且要求我在跟他喝完酒后送他回去。她担心沃尔特在回酒店的路上迷路，而他发誓说真的没有这个必要。可是，接下来的天气状况改变了这个夜晚事态发展的方向。

我一直觉得很奇妙的是，这个世界上总有一些看似无关紧要的小事，它们凑在一起就能决定我们人生的命运。当拼图一块块组合起来的时候，谁也无法预见，这样的进程最终将使我们的生活发生怎样天翻地覆的改变。

沃尔特和我闲聊了有一个多小时，海上突然起了一场狂风骤雨。我有好长一段时间没有见过这么强烈的风暴了。沃尔特帮着我关上了家里的门窗，然后我们安心地继续聊起之前的话题。就在这个时候，一阵惊雷在外面炸响。

在这种天气下，当然不可能让我的朋友走着回酒店。而家里的客房此时正睡着伊莲娜。于是，我建议沃尔特睡在客厅的沙发上，还给他拿来了一条毯子。把他安顿好以后，我道了晚安，然后回到房间。我是如此疲惫，几乎一躺下就睡着了。可是，外面的风暴好像更猛烈了。尽管我闭着眼睛，可闪电如此狂暴，即便透过眼睑，我也能感觉到电光照亮了整个房间。

突然，穿着内裤的沃尔特出现在我的房间里，极度亢奋，好像完全变了一个人。他把我摇醒，恳求我起床跟他出去。我一开始认为他可能发现了一条蛇，可我们家从来没有发生过这样的事情。我死命按住沃尔特的肩膀，他才肯回头跟我说话。

"跟我来吧，我求您了，您不会相信您的眼睛的。"

我没有别的选择，只好跟着他走了。客厅沉浸在一片漆黑之中，沃尔特把我领到了窗户跟前。我很快就明白了他为何如此惊叹。每一次闪电划破夜空的时候，眼前的海水都会闪闪发光，像一面巨大的镜子。

"您把我从床上叫起来是对的。我得承认，这眼前的景象确实太美了。"

"什么景象？"沃尔特问我。

"啊，就是这个啊，在我们眼前的这道风景。您难道不是因为这个才把我叫醒的吗？"

"您在如此喧哗的环境下还能睡着？大家都说伦敦是个很喧闹的城市，可大雨中的伊兹拉绝对是有过之而无不及。不，这不是我把您从床上拖起来的原因。"

雷电继续在天空中噼啪作响，我不觉得现在如此靠近窗边是一个明智的举动，可是沃尔特坚持要我一动不动地待在那里。他把我妈妈挂在架子上的那串项链取下来，用手指捏着吊坠高举在窗户前面。

"现在您看看会发生些什么。"他对我说，神情更加激动了。

雷声在耳边轰鸣，一道新的闪电劈向天空，强烈的电光穿过了吊坠。突然，几百万个发光的小斑点密密麻麻地映射在客厅的墙上，耀眼的光芒晃花了我们的双眼，以至于我们在几秒内什么都看不到。

"您是不是也惊呆了？我吓得都睡不着了。"沃尔特继续说，"我当时走到了窗户边，也不知道为什么想去摆弄这条项链。我真的不知道，但就这么做了。当我靠近它仔细观赏时，您刚才目睹的奇观就这么出现了。"

我取过项链，打开一盏灯，把它放在灯光下仔细查看，却没有任何头绪。肉眼看上去，吊坠上并没有任何孔洞。

"照您看，这是怎么回事？"

"完全不知道。"我回答沃尔特。

然而，我没有留意到的是，就在这个时候，我母亲正从房间出来下到客厅想搞清楚外面为何如此吵闹。她却发现我跟沃尔特两人穿着内裤站在窗前，在闪电的光照下很怪异地轮流举起凯拉的项链。她什么也没有说，蹑手蹑脚地偷偷回到了自己的房间。

第二天晚餐的时候，妈妈问起了沃尔特对宗教教派的看法。还没等我们俩之中的任何一个有所回应，她就站起来离开餐桌，去收拾厨房了。

坐在可以俯瞰伊兹拉港湾的阳台上，我对沃尔特回忆起我在这间屋子里度过的童年时光。当天夜里，天空如水洗过一般透亮，漫天的繁星也是如此澄净。

"我可不想闹笑话。"沃尔特仰望着我们的头顶说，"不过，我看到的非常像……"

"仙后座。"我打断了他，"就在它的旁边，是仙女座星系。我们地球所在的银河系无可救药地被仙女座吸引着。可惜的是，它们可能在几百万年以后才会碰到。"

"说起您这些世界尽头的故事，我正想告诉您……"

"在右边更远一点，是英仙座，当然还有北极星，我希望您看得到这美妙迷人的星云……"

"您能不能不要老打断我的话啊！要不是您老在念叨着这颗星那颗星，我本来想告诉您，这样的星空让我一下子想起了昨晚暴风雨时我们在墙上看到的那些光点。"

我们相互对视，彼此都是一副错愕的神情。沃尔特刚才所说的，听起来有些不可思议而且荒谬，但是他的发现也让人相当惶惑。仔细回想一下，强烈的电光透过吊坠映射在墙上的那些数不清的光点，确实好像是复制了我们头顶上的点点繁星。

可是，怎样才能重现当时的奇观呢？我把吊坠放在灯泡之下，然而什么都没有发生。

"一个小灯泡的亮度是远远不够的。"沃尔特宣布，他突然变得比我更讲科学了。

"问题是去哪里找一个跟闪电一样强度的光源呢？"

"码头边的灯塔，有可能吧！"沃尔特大叫。

"灯塔的光束幅度太宽了！我们没办法让它集中射在一面墙上。"

我现在毫无睡意，于是决定送沃尔特回酒店。我很享受骑着毛驴在夜里闲逛，也想跟沃尔特继续刚才的话题。

"我们想想办法吧。"沃尔特对我说，他的坐骑在我身后几米踏着小碎步，"哪些光源具有足够的强度，能对我们有用？又要去哪里找到这样的光源呢？"

"我们俩谁是桑丘，谁是堂吉诃德呢？"他的小毛驴终于赶了上来，与我齐头并进。

"您觉得这很好笑吗？"

"格林尼治天文台那一道射向天空的绿光，您还记得吧？还是您带我去看的。那样的光够强烈吧？"

"激光！这就是我们所需要的！"

"那么您去问问您母亲，她的地窖里有没有可能藏着激光。说不定我们会有意想不到的好运气呢。"

我并没有回应我这位伙伴的嘲弄，只是用脚跟踢了踢我的毛驴，让它走得更快一些。

"您不会这么小气吧？"沃尔特看着我离他越来越远，在后面大声喊着。

我在下一个拐角处等着他。

"学院的光谱学系里肯定有激光设备。"沃尔特气喘吁吁地赶上了我，"不过好像是很老的型号。"

"那可能是红宝石激光器，我担心它发出的红色光束不太能满足我们的需要。我们必须找更高强度的设备。"

"好吧，无论如何，它都在伦敦。我怎么也不想放弃我在小岛上的短暂时光，即便是为了解开您这个吊坠的秘密也不行。我们再想想吧。看看身边谁有可能用到激光。"

"分子物理学的研究人员，医生，尤其是眼科医生。"

"您在雅典认识当眼科医生的朋友吗？"

"据我所知，一个也没有。"

沃尔特摸了摸额头，表示回到酒店后会再打几个电话。他认识学院物理系的系主任，也许能给他一些指引。我们就此决定，相互告了别。

第二天一早，沃尔特打电话给我，让我尽快去码头跟他碰面。我在岸边的一家露天咖啡馆找到了他。沃尔特跟伊莲娜聊得正欢，完全没理会我在他旁边坐下来。

在我小姨继续跟他讲述我的童年逸事时，沃尔特漫不经心地递了张小字条给我。我随即打开来看：

激光及电子装置学院
技术研究基金会——HELLAS
GR-711，伊拉克利翁，希腊
联系人：玛格达蕾娜·卡利 博士

"您怎么拿到的？"

"这对'福尔摩斯'来说简直是小事一桩，不是吗？您不用装出这副天真无邪的样子，您的小姨已经把您出卖啦。我已经跟这位玛格达蕾娜女士联系过了，我们学院的某位同事帮忙把我们俩引荐给了她。"沃尔特得意扬扬地宣布，"她约我们今晚或明天见面，向我保证将会尽她所能地帮助我们。她的英语相当流利，沟通完全不成问题。"

伊拉克利翁距离此地的直线距离约为230公里，大概要航行10个小时。最快捷的方式也要先坐船回到雅典，然后再从雅典搭乘飞机去克里特岛。

我们如果现在出发，大概在傍晚就能到达目的地。

沃尔特向伊莲娜告别。而我正好利用这点时间回家通知我母亲我将离开24小时，并且收拾好一包行李，再与沃尔特一同登上去往雅典的快艇。

妈妈没有向我提任何问题，她只是以冷漠的口吻祝我旅途愉快。在我迈出大门的时候，她叫住了我，递给我一袋食物，让我在路上吃。

"你小姨已经告诉我你要走了，你妈妈还是得为你做点什么。赶紧去吧，反正你总要离开的！"

沃尔特在码头等着我。快艇离开了伊兹拉码头，往雅典方向驶去。在海上航行了15分钟后，我决定走出船舱呼吸一下外面的新鲜空气。沃尔特看着我，神情戏谑。

"可别告诉我您会晕船。"

"哈，我可什么都没说！"我一边回答一边起身离开了座位。

"您应该不会介意我吃掉您母亲准备的三明治吧，看起来很美味，如果浪费的话，简直是暴殄天物！"

到了比雷埃夫斯码头之后，我们钻进一辆出租车直奔机场。出租车司机在高速路上钻来钻去，这次轮到沃尔特头晕了。

我们运气很好，飞往克里特岛的小飞机上还有空位。晚上6点，我们终于降落在伊拉克利翁的停机坪上。沃尔特刚一踏上小岛便赞叹不已。

"作为一个希腊人，您怎么会想到跑去英国呢？难道您就这么热爱连绵不绝的阴雨天气吗？"

"我得提醒您，这几年我都待在智利的高山上。我是个不分国界的人，每个国家都有它不同的特色。"

"是啊，这里和我们那里就有35度的差别！"

"应该也没有这么大的差距吧，当然这里的天气确实……"

"我说的是我们英国的啤酒和您小姨之前让我尝的茴香酒，这两者之间的度数差距。"沃尔特打断了我的话。

他叫了一辆出租车，示意我先上车，随后把地址告诉了司机。对于这趟旅程将会带来什么样的后果，我压根就没有想过。

玛格达蕾娜·卡利博士在研究院的铁栅栏后迎接我们，门口的保安请我们耐心地等候一下。

"很抱歉，这样的安保措施看起来有些不近人情，"玛格达蕾娜一边说一边示意保安让我们进来，"但我们不得不采取一些必要的措施，因为我们这里的设备被归类为敏感设施。"

玛格达蕾娜领着我们穿过了一个小花园，位于花园中心的是一座宏伟的混凝土建筑。进入大楼后，我们被要求再一次接受安全检查。我们用身份证交换了两张胸牌，上面用黑体字写着"访客"。玛格达蕾娜在到访记录上签了名，随即带我们往她的办公室走去。我决定先开口说话，也不知道出于什么样的本能，我并没有将事情的前因后果和盘托出，而是尽量避免提到我们此行的真正目的，也没有谈及我们为什么要做这个实验。玛格达蕾娜专心致志地听着我有些不太连贯的陈述。沃尔特正陷入沉思之中，有可能是因为这位女博士跟简金斯小姐有些相像，这让我也吃了一惊。

"我们有好几台激光设备。"她说，"不过，没有事先许可的话，我也不能让你们使用。现在提出申请可能需要一点时间。"

"我们可是大老远赶过来的，而且明天就要走了。"沃尔特回过神来，央求道。

"我看看有什么能帮到你们的，不过我也不敢保证。"玛格达蕾娜表示抱歉，让我们先等一等。

她把我们独自留在她的办公室里，要求我们无论如何都不要离开。因为没有她的陪同，我们是不能在大楼里随便走动的。

大约 15 分钟之后，玛格达蕾娜重新回到了办公室，身边陪着一位男士。

他向我们做了自我介绍，他叫迪米特里·米卡拉斯，是这家研究中心的总负责人。在玛格达蕾娜的办公桌前坐下之后，他礼貌地请求我们重新讲一遍我们来这里的诉求。这次轮到沃尔特发话了。我从来没有见过他如此言简意赅。难道跟我一样，他也是出于某种本能而避重就轻？沃尔特只是提到了学院里几位同事的大名，每一位都有着极其闪亮的头衔，我却从来没有听说过其中任何一位。

"我们跟英国皇家科学院一直保持着良好的合作关系，如果不能令这些杰出的人士感到满意，我将会很不好意思，更何况他们还如此地支持你们的实验。我必须完成一些核实手续，一旦你们的身份得到认证，我将准许你们使用其中的一台激光设备，以便完成你们的实验。我们刚好有一台刚刚结束保养，明天才会投入使用。它整个晚上都可以为你们所用。玛格达蕾娜会陪着你们，以确保它正常运转。"

我们对米卡拉斯教授的慷慨举动表示了衷心的感谢，同时也感谢玛格达蕾娜为了我们贡献出宝贵的时间。随后，他们俩离开我们，去办理身份核实的手续。

"让我们祈祷吧，祈祷他们千万别核实每一个我刚才提到的名字。"沃尔特在我耳边低语，"有一半都是我瞎编的。"

过了一会儿，玛格达蕾娜回来把我们带到了另一个大厅。大厅里放着我们觊觎已久的激光设备。

当我们走进这间地下室的大厅时，我完全不敢想象自己能使用一台如此壮观的设备。从玛格达蕾娜的眼神中，我能看出来，她对这台设备有多么珍爱，能操作这样的机器令她感到多么自豪。她走到控制台后坐好，拉下了好几个闸刀开关。

"好了。"她对我说，"让我们抛开那些客套话吧，请跟我说一说，您到底想从这个高科技宝贝里面发现些什么？刚才在我办公室的时候，对于您那些条理不清而又晦涩难懂的解释，我一点也不相信。放心吧，米卡拉斯教授现在正忙着，不会过来撵你们走的。"

"我也不知道我们到底会发现什么。"我马上回答，"我们只是想重现之前看到的一幕。这台设备的功率是多少？"我问玛格达蕾娜。

"2.2兆瓦。"她回答，声音里充满了自豪。

"哇，这简直是一个超级电灯泡啊！比您母亲客厅里的那个灯泡要强37 000倍！"沃尔特一边低声对我说，一边为自己的快速运算能力扬扬自得。

玛格达蕾娜在房间里来回走了几步，最后又回到了控制台前。她打开了另一个开关，机器开始嗡嗡作响。电流中的电子能开始激发玻璃管道中的气体原子，光子很快在管道两端的镜子之间产生共振，功效逐渐增强。几秒钟之后，光束就已经强大到足以穿过半透明的镜面了。

"设备基本准备就绪，请把您要检验的物品放在光束的出口处，等我来完成校准。我们稍后就能看到结果了。"她说道。

我从口袋里掏出吊坠，把它仔细地放在底座上，然后在一旁等待。

玛格达蕾娜控制着设备的强度，激光打在吊坠上却折射回来，看起来似乎完全无法穿透。趁着她查看控制台屏幕上显示的参数时，我偷偷转动着滚轮，试图增加激光的强度。玛格达蕾娜转身望着我，目光如炬。

"谁允许您这么做的？"她一边说一边推开了我的手。

我抓住她的手，恳请她让我试一试。就在我提高光束的强度时，我看到玛格达蕾娜突然变得目瞪口呆。在墙上映射出了一系列令人震惊的光点，这正是我们在暴风雨降临的那个晚上目睹过的景象。

"这是怎么回事？"玛格达蕾娜喃喃自语，神情错愕。

沃尔特关掉了房间里的灯，无数的光点在墙上闪烁着。

"我们觉得，这些光点很像天上的星星。"他说道，难掩内心的喜悦。

就跟我们之前的反应一样，玛格达蕾娜一时无法相信自己的眼睛。沃尔特把手伸进口袋里，掏出了一部小小的数码相机。

"游客必备！"他一边说一边按下了快门，一连照了十几张照片。玛格达蕾娜关掉了机器，转身望着我。

"这个东西有什么用途？"

可是，就在我试图向她解释一番的时候，沃尔特重新打开了房间的灯，然后说："您知道的跟我们一样多。我们只是发现了这个奇观，然后就想再看一次，仅此而已。"

沃尔特早已将相机偷偷地藏进了口袋。就在这个时候，迪米特里·米卡拉斯教授走进了房间，随手关上了房门。

"太神奇了！"他向我微笑。

他走近激光出口处，将放在台上的项链拿在手上。

"这儿有个观察口，"他指了指房间上方的玻璃隔板，我之前竟没发现，"我实在忍不住想看看你们在做什么。"

教授让吊坠在他的手指间翻转，用一只眼靠近仔细查看，想探个究竟。然后，他转身望着我。

"我今晚想好好研究一下这个奇特的东西，您该不会反对吧？当然，明天一早我一定会在第一时间把它还给您。"

不知道是保安的意外到来，还是米卡拉斯教授说话的语气刺激到了沃尔特，我怎么都想不明白，他突然冲向教授，出其不意地给了他一记右勾拳。迪米特里·米卡拉斯立刻躺了下来。眼见保安掏出警棍狠狠砸向沃尔特，我别无选择，只好扑向了保安。玛格达蕾娜发出了尖叫声，沃尔特则走到米卡拉斯跟前，趁他痛得无法动弹之际，一把抢过了吊坠。至于我，我的勾拳并没有放倒保安，我们在地上扭成一团，就像两个打架的孩子，都想抢在对方之前站起来。沃尔特结束了这场斗殴，他抓住保安的耳朵，以难以置信的力量把他拎了起来。在对方尖叫着求饶的时候，沃尔特愤怒地看着我。

博集天卷
CS-BOOKY

Marc Levy

马克·李维

作 / 品 / 系 / 列

作品热销全球 49 个国家，总销量超过 4000 万册，连续 17 年蝉联"法国十大畅销作家"榜单，12 年位居榜首。根据 Ipsos / Livres Hebdo/Le Figaro 的数据统计和排名调查，马克·李维是全世界拥有最多读者的法国作家。

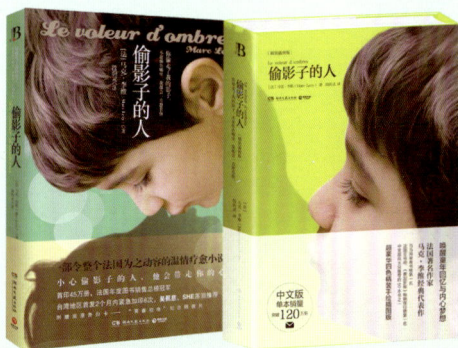

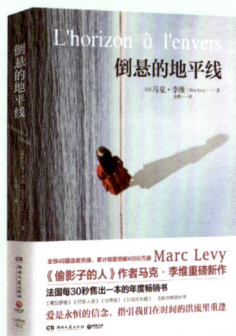

《偷影子的人》
《偷影子的人》精装插图版

数百万中文读者口口相传，
外国文学畅销经典。

你偷走了我的影子，
不论你在哪里，
我都会一直想着你。

《倒悬的地平线》

一段逾越生命的重逢，一场跨越时空的爱恋。《偷影子的人》之后，马克·李维更具奇思妙想的小说。

横扫法国各大畅销榜单，马克·李维重磅新作。
爱是永恒的信念，指引我们在时间的洪流里重逢。

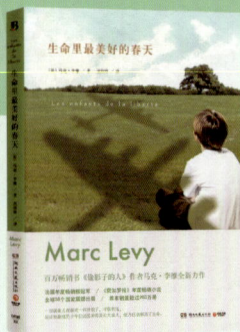

《生命里最美好的春天》

法国销量超过 200 万册，
年度畅销榜冠军。

一切就像儿童游戏一样开始了，
可惜的是，玩这场游戏的少年们
还没来得及长大成人，便为自由
献出了生命。

《与你重逢》

法国销量超过 150 万册，
年度畅销冠军。

爱的奇思妙想，抚慰无数心灵的
疗愈之书。
由爱而生的勇气，足以抵抗世间
所有的孤独。

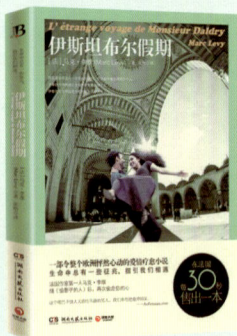

《伊斯坦布尔假期》

令整个欧洲怦然心动的
爱情疗愈小说。

生命中总有一些征兆，指引我们
相遇。
一场冥冥之中注定的爱情，一次
改变命运的神奇之旅。

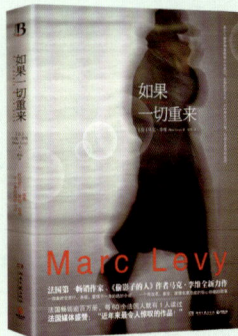

《如果一切重来》

法国畅销逾百万册，
每 60 个法国人就有 1 人读过。

一部集时空旅行、悬疑、爱情于
一身的绝妙小说。
一个用温柔、悬念、激情包裹而
成的惊心动魄的故事。

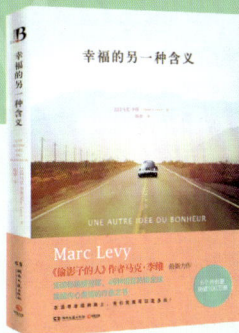

《幸福的另一种含义》

跨越 30 年的命运悲欢，
催人泪下的生命感悟。

在追寻幸福的路上，我们究竟可
以走多远？

《她和他》

法国连续 60 周在榜，
销量突破 120 万册。

没有人会永远孤独，总有一种爱，
能够温暖你。

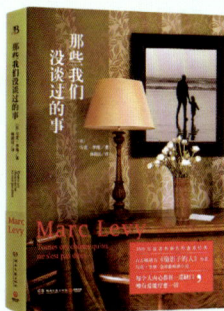

《那些我们没谈过的事》

法国首版销量超过 150 万册，
年度畅销冠军。

每个人内心都有一道缺口，唯有
爱能疗愈一切。

《假如这是真的》

法国销量超过 300 万册，
年度畅销榜冠军。

大导演斯皮尔伯格一见倾心，重
金购下电影版权。
爱，是我们在这个并不美好的世
界里活下去的唯一理由。

《在另一种生命里》

法国销量超过 150 万册，
年度畅销冠军。

无尽轮回里，生生世世的寻觅。
爱能跨越时空，我们终会在另一
种生命里相逢。

《比恐惧更强烈的情感》

畅销全球 32 个国家，
缝补内心缺失的疗愈之书。

不管是雨雪严寒，还是酷暑黑
暗，都不能阻止信使走完他要走
的路。

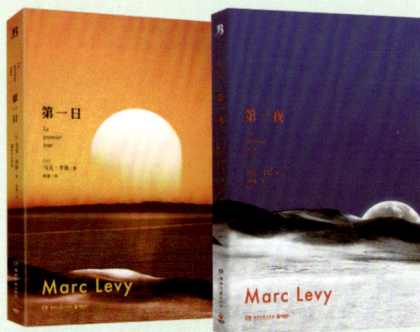

《第一日》《第一夜》

黎明，是从哪里开始的？
一天，又是在哪里结束？

奇谲瑰丽的想象与波澜壮阔的场
景巧妙融合。
一部带着糖浆式的幸福感的作
品。

天作之卷　广采博集

博集天卷
CS-BOOKY

Marc Levy

马克·李维

作 / 品 / 系 / 列

作品热销全球 49 个国家，总销量超过 4000 万册，连续 17 年蝉联"法国十大畅销作家"榜单，12 年位居榜首。根据 Ipsos / Livres Hebdo/Le Figaro 的数据统计和排名调查，马克·李维是全世界拥有最多读者的法国作家。

《偷影子的人》
《偷影子的人》精装插图版

数百万中文读者口口相传，
外国文学畅销经典。

你偷走了我的影子，
不论你在哪里，
我都会一直想着你。

《倒悬的地平线》

一段逾越生命的重逢，一场跨越时空的爱恋。《偷影子的人》之后，马克·李维更具奇思妙想的小说。

横扫法国各大畅销榜单，马克·李维重磅新作。
爱是永恒的信念，指引我们在时间的洪流里重逢。

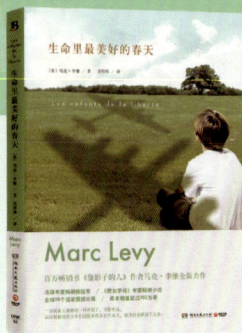

《生命里最美好的春天》

法国销量超过 200 万册，
年度畅销榜冠军。

一切就像儿童游戏一样开始了，
可惜的是，玩这场游戏的少年们
还没来得及长大成人，便为自由
献出了生命。

《与你重逢》

法国销量超过 150 万册，
年度畅销冠军。

爱的奇思妙想，抚慰无数心灵的
疗愈之书。
由爱而生的勇气，足以抵抗世间
所有的孤独。

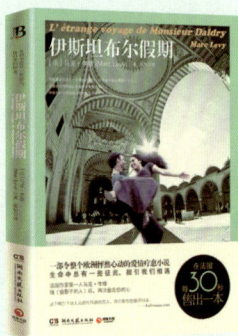

《伊斯坦布尔假期》

令整个欧洲怦然心动的
爱情疗愈小说。

生命中总有一些征兆，指引我们
相遇。
一场冥冥之中注定的爱情，一次
改变命运的神奇之旅。

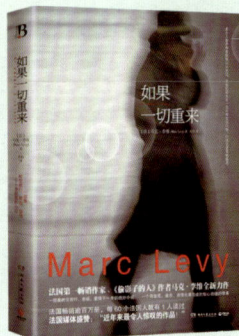

《如果一切重来》

法国畅销逾百万册，
每 60 个法国人就有 1 人读过。

一部集时空旅行、悬疑、爱情于
一身的绝妙小说。
一个用温柔、悬念、激情包裹而
成的惊心动魄的故事。

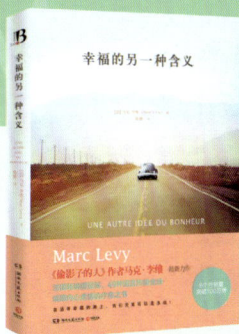

《幸福的另一种含义》

跨越 30 年的命运悲欢，
催人泪下的生命感悟。

在追寻幸福的路上，我们究竟可
以走多远？

《她和他》

法国连续 60 周在榜，
销量突破 120 万册。

没有人会永远孤独，总有一种爱，
能够温暖你。

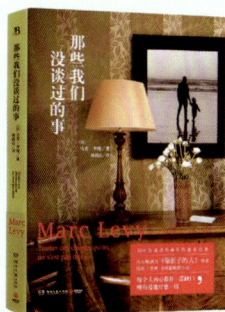

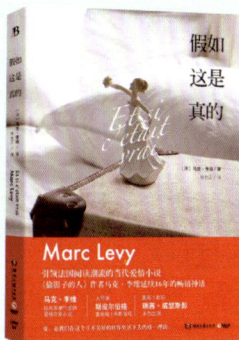

《那些我们没谈过的事》

法国首版销量超过 150 万册，
年度畅销冠军。

每个人内心都有一道缺口，唯有
爱能疗愈一切。

《假如这是真的》

法国销量超过 300 万册，
年度畅销榜冠军。

大导演斯皮尔伯格一见倾心，重
金购下电影版权。
爱，是我们在这个并不美好的世
界里活下去的唯一理由。

Marc Levy

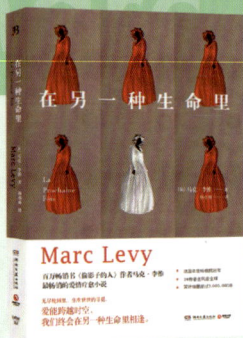

《在另一种生命里》

法国销量超过 150 万册，
年度畅销冠军。

无尽轮回里，生生世世的寻觅。
爱能跨越时空，我们终会在另一
种生命里相逢。

《比恐惧更强烈的情感》

畅销全球 32 个国家，
缝补内心缺失的疗愈之书。

不管是雨雪严寒，还是酷暑黑
暗，都不能阻止信使走完他要走
的路。

《第一日》《第一夜》

黎明，是从哪里开始的？
一天，又是在哪里结束？

奇谲瑰丽的想象与波澜壮阔的场
景巧妙融合。
一部带着糖浆式的幸福感的作
品。

Marc Levy

"您就不能帮帮忙，把他腰带上的手铐取下来给他铐上？我总不能扯断他的耳朵吧！"

我迅速行动起来，按照沃尔特的要求把保安铐了起来。

"你们完全没有意识到你们都做了些什么。"教授呻吟着说。

"是啊，就像我刚才跟您说的那样，我们一点头绪都没有。"沃尔特回答。"怎么才能从这里出去？"他问玛格达蕾娜，"别逼我对您使用暴力，我非常不希望对一个女人下狠手。"

玛格达蕾娜坚定地望着他，拒绝回答。我以为沃尔特会赏她一个耳光，于是挡在了两人中间。沃尔特摇了摇头，命令我跟着他走。他拿起桌上的电话，把它从控制台上扯了下来，接着打开了地下室的门，探头张望了一下，然后拖着我夺门而出。走廊上空无一人，沃尔特用钥匙将我们身后的门反锁上，他认为，在警报响起之前，我们还有不到五分钟的时间逃出去。

"您到底是怎么了？"我问道。

"这个迟一点再讨论吧。"他一边跑一边说。

我们顺着楼梯往一楼跑去。沃尔特在出口处停了停，调整好呼吸，然后推开了进入大厅的门。他走到大厅门卫跟前，用胸牌换回了我们的证件。我们往大厅出口处走去，这时，门卫的对讲机里传出了嘈杂的声音，沃尔特看着我。

"您没有没收那个保安的无线电对讲机吗？"

"我都不知道他身上还有这玩意儿。"

"那还不快跑！"

我们拼尽全力冲出大楼，穿过花园，向大铁门跑去，心中祈求着不要被人拦下来。大门口的保安一下子没反应过来。在他从岗亭里走出来准备盘问我们的时候，沃尔特像一个橄榄球队员一样猛撞了一下他的肩膀，保安结结实实地摔进了身旁的玫瑰花丛里。我的伙伴按下了打开大门的按钮，我们像两只兔子一样疯狂地跑了出去。

"沃尔特，您到底是怎么回事，见鬼！"

"现在别问我！"他大叫着回答。我们顺着楼梯往城市低处的街区跑去。

一路跑下去，沃尔特一点也没有慢下来的意思。我们冲下一道小斜坡，越过一个直转角，转到了大马路上，差点被一辆飞速经过的摩托车撞倒。我还从来没有以这样的节奏在克里特岛"观光"过。

"从这边走。"沃尔特对我大喊，这时，一辆警车正朝着我们开来，车顶上的警报器发出刺耳的呼啸。

躲在一扇大门之后，我停下来喘了口气，但马上又被沃尔特拖着开始了新一轮狂奔。

"码头，码头在哪儿？"他问我。

"往这边！"我回答道，指着我们左手边的一条小路。

沃尔特抓住我的胳膊，继续带着我向前跑，我却搞不明白这场逃亡究竟意义何在。

码头区出现在我们眼前，沃尔特依旧没有放慢脚步。路边巡逻的警察并没有特别留意我们。一艘即将出发前往雅典的渡轮正停靠在码头边上，车辆已经开上了渡轮，旅客们正排着队等候检票上船。

"去买两张票。"沃尔特命令道，"我来把风。"

"您想走海路回伊兹拉岛？"

"难道您更愿意到机场去跟那里的保安打交道吗？如果不是的话，您就别在这儿跟我讨论了，赶紧去搞票吧。"

我过了一会儿就回来了。今夜的渡船要航行大半个晚上，所以我订了一间有两个床位的小舱房。沃尔特则在一个流动小贩那里给自己买了一顶鸭舌帽，还为我买了一顶很古怪的帽子，拿过来给我。

"我们不要同时登船，最好在我们之间能隔着十来个其他乘客。要知道，警察如果在搜捕我们的话，他们的目标是两个走在一起的人。还有，戴上这顶滑稽的帽子吧，还挺适合您的！我们上船以后，等到起锚开航了，再到前甲板碰面吧。"

我只字不差地执行了沃尔特的指令，一个小时之后，我在约好的地方跟他重新见了面。

"沃尔特，我得承认您真是太令我刮目相看了。您那疾如闪电的一击，还有穿过整个城市的急速逃亡，我可是完完全全没有预料到……您现在能不能告诉我到底为什么要揍那位教授啊？"

"因为他要骂我了呀！其实，在我们刚一走进这个玛格达蕾娜的办公室的时候，我就感到有点奇怪。那位推荐我们来这里的人告诉过我，他曾经跟玛格达蕾娜一起学习。可是，我说的这位同事还有两个月就要退休了，而那个向我们自我介绍说是玛格达蕾娜的女人还不到 35 岁。在伊兹拉的时候，我看了看这个研究中心的年鉴，上面显示的中心负责人绝对不是今天那个自称拥有这一头衔的教授。很奇怪，不是吗？"

"就算是吧，那也用不着打碎他的下巴吧？"

"我弄伤的其实是我自己的手指头，但愿您能知道现在我的手有多疼！"

"嗯，您是在哪里学会这样打架的？"

"您从来没在寄宿学校里待过，对不对？您也从来没听过这种学校里的各种体罚以及针对新生的各种戏弄和作弄，对不对？"

我很幸运，我的父母不管发生什么事，不管遇到任何情况，都一直把我留在身边。

"我猜得一点也没错。"沃尔特接着说道。

"有必要做出这么过激的反应吗？我们离开不就得了？"

"有时候啊，阿德里安，您可真要从您的星球上回到我们尘世间来啊！当这个米卡拉斯教授问您可不可以把吊坠借给他的时候，他其实已经把吊坠放到自己的口袋里去了。我不认为，在保安到来之后，您还会有什么其他选择，而且我也十分怀疑您是否还能很快重新看到您这件宝贝。再跟您讲一个绝非无足轻重的细节，免得您还想责备我：这位被我'推倒'的教授对我们的实验结果似乎还没有我们那样惊奇。我可能是有点反应过度了，但我相信我这样做是正确的。"

"我们俩现在就好像两个逃亡者，我在想，这件事接下来会有怎样的后果。"

"到我们下船的时候就知道啦。不过，我毫不怀疑，这肯定会有些影响的。"

雅典

"教授怎么样了？"电话里的声音问道。

"颌骨裂了，颈部韧带拉伤，不过脑袋没事。"一个女人回答。

"没想到他们会有如此反应。我担心经过这件事之后，事情恐怕就会更复杂了。"

"谁也不可能预料到这种事，先生。"

"最可惜的是，这个东西就这样从我们的手指尖溜走了。那两个逃亡者到哪里去了，就完全没有一点消息吗？"

"他们上了一艘从伊拉克利翁去雅典的渡轮，明天早上到。"

"在这艘船上有我们的人吗？"

"是的，这一次命运站在了我们这一边。我们的一个人在码头上认出了他们，由于没有接到指令，他没有拦下他们，他倒是想到了要跟着他们上船，并且在船起航的时候给我发了一条短信。我还能怎么做呢？"

"您已经做了应该做的。现在就想办法让这次意外神不知鬼不觉地过去吧，所以，教授应该是从楼梯上不小心摔下来弄伤的。告诉中心的安保主管，对于这个令人遗憾的插曲，我不想看到任何相关消息在中心里流传，绝对不能让中心负责人在度假回来之后发现什么问题。"

"这事包在我身上，先生。"

"可能也是时候换一下您办公室大门上贴着的名字了。玛格达蕾娜已经死了半年了，这个现在看起来就相当不妥了。"

"可能是吧，不过这个身份今天对我们很有用啊！"

"从最终的结果来看，我可不这么认为。"说完，这个男人就挂了电话。

阿姆斯特丹

扬·维吉尔走到窗户边沉思了一会儿。事情的进展远比他之前想象的更不利。他再度拿起电话，拨了一个伦敦的电话号码。

"非常感谢您昨天的电话，阿什顿爵士。唉，但是伊拉克利翁的行动失败了。"

维吉尔向对方详细汇报了几个小时之前发生的事情。

"我们希望最大限度地保持谨慎。"

"我知道。请相信，我对此感到非常抱歉。"维吉尔回答。

"您觉得我们会不会受到牵连？"阿什顿爵士问道。

"不会，我看不到把我们和这件事联系起来的任何一点可能性。要说他们能想到我们，那简直是太高估他们的智力了。"

"您要求我对皇家科学院的两位成员进行电话监听，我就照办了，还把您的要求转给了雅典方面，尽管这种做法完全违背现行的规则。后来，我很荣幸地告诉您，这两个监听对象中的一个联系了他的一个同事，想通过私人关系进入伊拉克利翁研究中心。于是，我就想办法让他如愿以偿，而且按照您的要求，我赋予了您充分的权力，让您掌控相关行动的进程。可是第二天，在研究中心的地下室里却发生了打斗，然后我们那两个狡猾的目标就逃跑了。您到现在还不认为他们有可能觉察到什么了吗？"

"我们要想拿到这个东西，还能奢望有更好的机会吗？雅典方面错过良机，这可不是我的错。巴黎、纽约和苏黎世从此将保持高度警惕。我想，现在是时候把我们所有人聚集起来，一起决定接下来要做的事情了。可是要真这么做的话，最后肯定会出现我们想要避免出现的后果。"

"这个嘛，我倒是建议您不要这样做，维吉尔，还是更谨慎一点好。我想，关于这起事件的小道消息用不了多久就会传播出去。您要尽一切可能避免出现这种情况。否则，我就再也不会做出任何回应了。"

"您的意思是？"

"您非常清楚我的意思，维吉尔。"

有人在敲办公室的门。维吉尔结束了通话。

"我没有打搅您吧？"伊沃里进入房间的时候说。

"一点也没有。"

"我好像听见您在讲话。"

"我刚给我的助手口述了一封信。"

"一切还好吧？您的脸色不太好。"

"这溃疡的老毛病让我受尽了苦。"

“对此我很遗憾。今天晚上，您还准备来我家里下国际象棋吗？”

“这恐怕是不行了，我要休息一下。”

“我明白。”伊沃里回答，“要不下次？”

“明天吧，如果您愿意的话。”

“那么就明天吧，我的好朋友。”

伊沃里重新关上房门，走到通往出口的过道，然而他又掉了个头，走到维吉尔助手的办公室门前停了下来。他推开房门，房间里空空如也，毕竟已经是晚上九点了，这可一点也没有令伊沃里感到奇怪。

爱琴海

渡轮在平静的海面上顺风航行。我在舱房的上铺睡得正香，沃尔特叫醒了我。我睁开眼睛，天还没完全亮。

“您想干吗，沃尔特？”

“我们即将靠近的这个海岸是哪里啊？”

“我怎么会知道，我又没有夜视镜！”

“但您算是本地人啊，不是吗？”

我很不情愿地爬了起来，靠近舷窗张望。窗外的岛屿呈羊角状，并不难辨认出这就是米洛斯岛。而要想确认这一点，只需要爬上甲板看一看位于左船舷的无人小岛安迪米洛斯岛就可以了。

“这艘渡轮会在这里靠岸吗？”沃尔特问道。

“如果我告诉您我是这条航线上的常客，那就是在骗您。不过，看起来陆地离我们越来越近，我想渡轮应该会在阿达玛斯港临时停靠吧。"

"这是一个大城市吗？"

"更确切地说，这是一个规模不小的镇。"

"那好，起来吧，我们就在这里下船。"

"我们去米洛斯岛上干什么？"

"您应该问我为什么不直接去雅典。"

"沃尔特，您真的相信会有人在比雷埃夫斯守着我们？我们甚至不知道刚才那辆警车是不是冲我们来的，也许它只是碰巧经过呢？我觉得对于这场有点麻烦的小插曲，您也考虑得太多了吧。"

"那么您跟我解释一下，在您睡觉的时候，为什么有人两次试图进入我们的舱房？"

"您向我保证，您不会把这个人也打晕了吧？"

"我只是打开门往外看了看，可走廊上空无一人，那个人溜得很快。"

"或者说他进了隔壁的舱房，也许他之前只是认错了门！"

"两次都走错？请允许我对此持保留态度。您赶紧穿上衣服吧，等船一靠岸，我们就悄悄地下船。我们可以在码头上等着搭乘下一趟前往雅典的渡轮。"

"可如果第二天才有去雅典的船呢？"

"我们之前本来就打算在伊拉克利翁待一个晚上的，不是吗？如果您害怕您母亲会担心的话，等明天天一亮我们就给她打个电话。"

我不知道沃尔特的担忧是否有充足的理由，或者他只是很享受我们前一天的冒险经历，所以想再增加点"调料"，让这趟旅途变得更精彩。然而，当栈桥升起时，沃尔特指给我看渡轮的甲板上站着一个人，他正狠狠地盯着我们。当渡轮慢慢驶离之时，沃尔特举起手臂向他致敬。我可不确定我的同事这样做是否正确。

我们在一家露天的酒吧坐了下来。这家小酒吧在第一班渡轮到达港口时就已经开始营业了。现在是早晨6点，太阳刚刚从山丘后面升起。一架小飞机在天空中一路攀升，在港口的上方转向，朝着外海飞去。

"这附近有机场吗？"沃尔特问道。

"是的，但如果我没记错的话，只有一条跑道。我记得只有邮政专机和私人飞机才会在这里起落。"

"走吧！如果我们碰巧能搭上其中一班，我们就能彻底摆脱跟踪我们的人了。"

"沃尔特，我觉得您这是妄想症爆发了，我压根就没觉得有任何人在跟踪我们。"

"阿德里安，尽管我把您当成好朋友，可我不得不说，您有时候真是让人生气啊！"

沃尔特为我们点的两杯咖啡埋了单，我也只好给他指出通往小飞机场的路。

于是沃尔特带着我，我们俩一边沿路走着，一边试图搭顺风车。前半个小时我们毫无所获，太阳炙烤着白石板路面，温度越来越高。

我们的状况似乎引起了一群年轻人的注意。我们俩看起来就像两个迷路的旅客。然而当我毫不理会他们的嘲笑，用希腊语向他们求助时，他们大吃了一惊。其中年龄最大的那位想让我们付钱，但一旁的沃尔特看在眼里，最终竟然奇迹般地说服了他们，让我们免费搭乘其中两个人的摩托车。

紧紧抓着各自的摩托车司机，我们出发了。以这样的速度在蜿蜒曲折的小路上拐来拐去，我实在找不到任何一个词来形容这一群疯狂的车手。我们朝着小岛机场的方向一路疾驰。在我们前方是一大片盐田，盐田的后面是一条从东至西的沥青跑道。停机坪上空空如也。这群年轻人当中最机灵的那个告诉我，每两天一班的邮政专机可能已经起飞，我们刚好错过了。

"肯定就是我们刚才在码头上看到的那架。"我说道。

"您的观察力真敏锐！"沃尔特回答。

"有时也会有医疗飞机，如果您很着急的话。"车队里最年轻的那个对我说。

"什么？"

"当岛上有人病得很严重时，就会有医生搭飞机赶来。他们有医务专用的'小鸟'。在那边的小屋子里有一部电话可以打给他们，不过必须是在很紧急的情况下。有一次，我的表兄得了阑尾炎，飞机在半个小时内就赶来送他去医院了。"

"我觉得我的肚子开始疼得厉害了。"在我把年轻人说的话翻译给沃尔特听之后，他对我说道。

"您该不会是想把大夫招来，然后让他们把飞机开去雅典吧？"

"如果我死于腹膜炎的话，您可得为我的生命负全部责任！多么沉重的负担啊！"沃尔特双膝跪地呻吟着。

这些年轻人笑了起来。沃尔特装腔作势的样子让人无法抗拒。

年龄最大的那位给我指了指不远处的调度室。那里的墙壁上挂着一部老旧的固定电话。除此之外，在这间被当作调度室的小木屋里面只有一把椅子和一台可能是战争年代残存下来的高频收音机。他拒绝为我们拨出求救电话，因为如果我们的欺诈行为被揭穿，倒霉的就会是他。他可不想让他严厉的父亲又多一次管教他的机会。沃尔特站起身来，递给他几张钞票，试图说服我们的这位新朋友，就算挨一顿揍也不是什么大不了的事。

"现在您都开始贿赂小孩啦？您真是越来越厉害了！"

"我打算跟您分摊这笔费用呢。不过，如果您愿意承认您跟我一样觉得这很有趣，我就全额埋单！"

我可不想撒谎，于是拿出钱包准备为这次的欺诈行为掏钱。于是，男孩拿起了听筒，转动着手柄。他告诉医生自己需要紧急协助，有个游客疼得浑身抽筋，大家把他送到了跑道边上，希望能派飞机来接他。

半个小时之后，我们听到了逐渐迫近的马达轰鸣声。沃尔特再也不需要蹲在地上假装肚子疼了。突然，一架小型单翼飞机从我们头顶低空掠过，沿着跑道向前滑行。它先是在跑道上颠了三下，然后才停稳下来。

"现在我终于明白它为什么叫'小鸟'了。"沃尔特叹着气说。

飞机向后一转，朝我们靠近。直至来到我们身边时，飞行员才关掉了马达。螺旋桨又转了一阵子，年轻人们咳嗽了几声，然后一切恢复了平静。他们一声不出，专注地等着看接下来会发生些什么。

飞行员从飞机上走了下来，摘下了皮革头盔和防风护镜，跟我们打招呼。前来的医生叫苏菲·舒沃茨，70岁上下，举止优雅，有些像阿梅莉亚·埃尔哈特（著名女飞行员及女权运动者）。她用流利的英语问我们当中哪一位生病了，口音略带一点德国腔。

"是他！"沃尔特指着我大叫。

"您看起来也不是很难受啊，年轻人。您到底怎么了？"

问题来得太出其不意，我实在没办法为沃尔特圆谎。我向这位女医生坦白了我们所有的情况。她最后打断了我，点燃了一支香烟。

"如果我理解得没有错的话，"她对我说，"您让我改变飞机的航向，是因为您需要一个私人交通工具送您去雅典？您的胆子可真够大的！"

"这是我出的主意！"沃尔特叹了一口气。

"不管怎么说，这都是很不负责的行为，年轻人！"她用脚蹂灭了扔在沥青路上的烟头，对沃尔特说。

"我感到非常抱歉。"沃尔特惭愧地说。

在一旁围观的年轻人们并没有听懂我们在说什么，依然饶有兴致地观看着这场"演出"。

"警察在追捕你们吗？"

"没有。"沃尔特保证，"我们是英国皇家科学院的两位科学家，我们现在的境况有些敏感。我们确实没有生病，不过我们需要您的帮助。"他央求道。

女医生似乎一下子放松了警惕。

"英国，我向上帝发誓我爱死这个国家了。我爱死戴安娜王妃了，她的遭遇真悲惨！"

看到沃尔特画着十字，我暗想他的表演天赋到底有多么深厚啊。

"问题是，我的飞机里只有两个座位。"女医生继续说，"其中还包括我的。"

"那您是怎么把那些伤病者运出去的呢？"沃尔特问她。

"我是一个四处飞行的医生，但不是救护车。如果你们打算挤一挤的话，我想我应该还是能成功起飞的。"

"为什么说应该？"沃尔特不安地问。

"因为这样会稍稍超过飞机所允许的载重量，不过这条跑道应该没有看起来那么短。如果我们全力加油，拉紧闸，应该能达到飞起来的速度。"

"否则的话？"我问。

"啪嗒！"女医生回答道。

用丝毫不带口音的希腊语，她要求年轻人们远离跑道，并请我们俩跟着她走。

在转动飞机以便重新出发的时候，她向我们讲述了她的故事。

她的父亲是德国犹太人，母亲是意大利人。在战争期间，他们逃到希腊的一个小岛上安了家。岛上的邻居们帮助他们躲过了追查。等到战争结束后，他们却再也不想离开这个小岛了。

"我们一直生活在这里。对我来说，我从来没有想过要去其他地方安家。与这里的小岛相比，难道你们还去过其他更美的天堂圣地吗？我爸爸是飞行员，我妈妈是护士。你们能想象我为什么会成为四处飞行的医生了吧。好了，现在轮到你们了，说说你们逃亡的真正原因吧。哦，总之，这也与我无关。你们看起来也不像是坏人。不管怎么说，我的飞行驾照就要被吊销了，任何一次飞行的机会都会让我很开心。但无论如何，你们得付给我汽油钱。"

"为什么您的飞行驾照要被吊销呢？"沃尔特有些担心地问。

女医生继续检查着她的飞机。

"每一年，飞行员都需要通过体检，其中包括视力检测。到目前为止，负责检测的眼科医生始终是我的老朋友。他非常友善，总是假装看不到我在背视力表。其实最下面一行字母我已经看不清了。可是，他现在退休了，我也没办法再瞒别人。你们不用担心，就算是闭着眼睛，我也能让这老家伙飞起来！"女医生大笑着走开。

她不太想在雅典降落。因为在一个国际机场降落，必须通过无线电获得许可，到了之后还要接受警察的检查。她实在受不了那一大堆需要填写的表格。相反，她知道在波尔托海利翁有一小块废弃了的场地，那里有一条还可以用的跑道。从那里，我们只需要搭乘水上出租车就能回到伊兹拉岛了。

沃尔特先坐进了飞机，我接着坐在了他的腿上，尽量保持不动。安全带不够长，无法绑住我们两个人。我们只好放弃了绑安全带的想法。飞机马达开始轰轰作响，螺旋桨缓慢地转了起来，在一阵噼噼啪啪的声音之后，加快了转速。苏菲·舒沃茨拍了拍飞机舱，示意我们飞机即将起飞。周围的响声如此剧烈，以至于我们无法相互交谈。飞机开始沿着跑道缓慢滑行，然后向后转，逆着风。马达的转速开始攀升，飞机抖得相当厉害，我一度以为它在起飞之前就会散架。我们的飞行员松开了手闸，沥青跑道在飞机的滑轮下向后飞驰。几乎快到了跑道的尽头，飞机头部终于开始向上抬升。我们总算是飞离了陆地。在停机坪上，年轻人们激动地挥舞着双手向我们告别。我对着沃尔特大喊，让他也挥挥手，以表示感谢。然而沃尔特同样对我大喊着，他的手指正紧紧抓住机舱的边框，等我们到达时，可能需要一把扳手才能撬开他的手。

我从来没有像今天早晨这样俯瞰过米洛斯岛，我们在海拔几百米的高度上航行。飞机上没有装玻璃窗，大风在耳边呼啸，我从来没有感到过如此无拘无束。

阿姆斯特丹

维吉尔待了一会儿才适应地下室里忽明忽暗的环境。要换在几年前，他的眼睛很快就能看清楚，但现在，他是老了。在这个地下室里有一些支撑着整个建筑的梁柱，当确定自己已经看得足够清楚，有把握穿过这座"地下迷宫"之后，他开始在位于水面上方十几厘米的木栈道上小心地向前移动，这条地下运河带来了阴冷和潮湿的空气，但他也顾不了那么多。维吉尔很熟悉这个地方，他现在正好在王宫市民厅的下方。当来到那三块大理石地图所在位置的下方时，他拉下了安在一块厚木板上的拉闸开关，然后等着机械开始运转。只见两块木板旋转起来，露出了一条通向最里面墙壁的小路。墙上有一道门，在阴影中原本看不出来，但此刻已在墙上的砖块中间显现出来。维吉尔走进去，用钥匙在身后锁上了门，然后打开了灯。

屋里放着一张金属桌、一把扶手椅，还有一块平板屏幕和一台电脑，这些就是这里全部的"装备"了。维吉尔坐到键盘前面，看了看手表。一声信号响起，提醒了他，会议已经开始。

"各位先生，你们好！"维吉尔在他的电脑键盘上敲打着，"你们知道我们今天为什么要聚在这里。"

马德里："我想，是因为这个已经尘封了多年的案卷？"

阿姆斯特丹："我们所有人都是这么想的，而最近发生的一些事情使得我们必须重组这个机构。这一次，我们当中的每一方最好都不要跟其他人作对。"

罗马："时代已经不同了。"

阿姆斯特丹："很高兴听到您这么说，洛伦佐。"

柏林："您想要我们做什么？"

阿姆斯特丹："我要求调动我们所有的资源，希望我们每个人切实执行我们将来共同做出的决定。"

巴黎："您的报告里指出，伊沃里在整整30年前就已经预见了这种情况，我没搞错吧？那么，我们难道不应该把他也请来加入我们的行动吗？"

阿姆斯特丹："这个最新的发现看起来确实是印证了伊沃里的理论，不过，我更倾向于让他置身事外。因为自从我们开始涉及这个今天令大家聚集起来的问题，他的行为就一直都带有一种不可预见性。"

伦敦："那么，的确是存在着第二个东西，在各个方面都与我们的那个东西很一致？"

雅典："形状有点不一样，但属性一致是毋庸置疑的了。昨天晚上的事故或许有点令人感到遗憾，但是在这两个东西的相似性方面，我们看到了无可辩驳的证据。而且，对于这件东西的特性，我们也有了新的发现。我们当中有人亲眼见证了。"

罗马："您说的见证人是那个被人打破了脑袋的家伙？"

阿姆斯特丹："是的，正是此人。"

巴黎："您认为还有其他类似的东西吗？"

阿姆斯特丹："伊沃里对此深信不疑，而现实情况是，我们对此一无所知。我们目前需要考虑的是如何取得那个刚刚出现的东西，而不是去了解是否还存在着其他类似的东西。"

波士顿："您真的确定吗？正如您刚才所提醒的，我们一直以来就没有重视过伊沃里的那些警告，事实表明我们错了。我很愿意集中我们所有的资金和人力资源去夺取这个新出现的东西，不过我也很想知道我们的立足点到底在哪里。我怀疑，这 30 年我们一直在原地踏步，就没有动过！"

阿姆斯特丹："这次的新发现纯粹是个意外。"

柏林："也就是说其他的意外也有可能发生！"

马德里："仔细想想，我认为我们现在宜静不宜动。阿姆斯特丹，您的第一次尝试以失败告终，而如果第二次尝试再不成功的话，就有可能引起对方的注意了。况且现在也没有任何证据表明，拥有这个东西的人已经知道了这究竟是什么。对于这一点，其实我们自己也不是很清楚。如果我们不能马上灭火的话，还是不要再点燃这个火头了吧。"

伊斯坦布尔："马德里和阿姆斯特丹说出了两种完全相反的意见。而我是站在马德里这一边的，我建议我们至少目前什么也不要做，只需要留意观察。如果事态有了进一步的发展，我们再聚在一起好了。"

巴黎："我也赞同马德里的观点。"

阿姆斯特丹："这样的观点是一个错误。我们如果能把两个东西放到一起，或许就有可能更进一步地了解它们。"

新德里："可是阿姆斯特丹，我们恰恰是不想进一步了解这个东西，如果说在这 30 年里我们还有什么共识的话，那就是这一点了。"

开罗："新德里完全正确。"

伦敦： "我们应该没收这个新出现的东西，然后尽快地封存这个案卷。"

阿姆斯特丹："伦敦是对的。现在拥有这个东西的人是一位杰出的天体物理学家，而由于机缘巧合，把这个东西送给他的是一位考古学家。考虑到这两个人各自的学识和能力，你们认为他们会需要很长的时间来发现他们手中这个东西的真正本质吗？"

东京："可是，您假设的这种情况出现的条件是他们要相互配合起来考虑问题。这两个人，他们现在一直保持联络吗？"

阿姆斯特丹："在我们讨论的此刻，没有。"

特拉维夫："那么，我同意开罗的意见，我们可以等一等。"

柏林："我跟您想的一样，特拉维夫。"

东京："我也是。"

雅典："也就是说，你们希望我们让他们自由行动？"

波士顿："可以是在我们监控下的自由行动。"

既然再没有其他的讨论议题，会议就到此结束了。维吉尔摁熄了屏幕，心情十分糟糕。这次会议得出的结论并非如他所愿，不过是他自己首先提出来要联合所有盟友的力量，因此他只能尊重大多数人共同做出的决定。

伊兹拉岛

临近中午的时候，水上出租车把我们送到了伊兹拉岛。沃尔特和我看起来显然是一副很狼狈的样子，以至于我小姨在见到我们的时候吓了一大跳。她从店铺阳台上的躺椅里一跃而起，急匆匆地朝我们奔过来。

"你们出了什么事？"

"怎么啦？"沃尔特整理了一下额前的头发，问道。

"看看你们现在的样子！"

"可以说，我们这次的旅行比想象中的更波澜起伏，不过我们玩得很开心。"沃尔特以快活的口吻继续说，"至于现在，能喝上一杯咖啡就太棒了。当然，最好还能给我两片止痛药，我的双腿酸痛得要死。您可不知道您的侄子有多么重！"

"我侄子的体重跟您的双腿有什么关系？"

"没什么，他只是在我的腿上坐了一个多小时而已。"

"可是，阿德里安为什么要坐在您的腿上？"

"因为很不幸，当时飞机上只有一个座位了！好啦，您打算跟我们一起喝杯咖啡吗？"

我小姨拒绝了邀请，她说店里还有客人要招呼，然后转身离开了我们。我跟沃尔特面面相觑，她的店铺冷清得连一只苍蝇都没有。

"我得承认，我们现在看起来有些衣衫不整。"我对沃尔特说。

我伸手叫来了服务员点菜，然后从兜里掏出吊坠摆在了餐桌上。

"我完全没想到，这个东西会引出这么多的麻烦……"

"在您看来，这东西到底有什么用途？"沃尔特问我。

我很真诚地告诉他，我一点也摸不着头脑，而且也搞不明白那些在强光照射下才会出现的光点到底代表着什么。

"这些可不是普通的光点。"沃尔特说，"它们还会一闪一闪的。"

是的，它们确实闪烁不停，不过也不能仅凭这一点就妄下结论。对于严谨的科学家来说，这是一条不可逾越的基本原则。我们曾经目睹的奇观也有可能是一种偶然现象。

"吊坠上有无数小孔，可是细微到肉眼完全看不见，只能在超强光源穿透吊坠的时候才会显现。这有点像水坝的墙壁在高强度水压的作用力下失去密封性，开始漏水了。"

"您该不会告诉我，您那位考古学家朋友没有给您讲过这件东西的来源和年代吧？您得承认，这可有点奇怪。"

我记得，凯拉并没有像我们现在这样对这个吊坠表现出困惑和惊讶。我将实情告诉了沃尔特。

"这位年轻女士把一条项链留给了您，而我们现在知道了它有着神奇的特性，这也太巧了吧！还有人想从我们手里夺走这条项链，我们就像两个被恶势力追杀的无辜的人，不得不东奔西逃。而您仍然认为这一切只是巧合？这就是您所说的科学家必须具备的严谨态度？您至少再仔细看一看我在伊拉克利翁拍到的照片吧，还好我聪明地想到了带一个相机去那里。照片里的图案除了格鲁耶尔的奶酪之外难道就没有让您联想到其他一些什么吗？"

沃尔特把相机摆上了餐桌，我仔细浏览着相机里的照片。可是照片的尺寸太小，我没办法得出什么具体结论。即使怀着最积极的态度仔细地看，我看到的也只是一堆小光点。没有任何充足的理由让我确信这些光点代表了繁星、某个星座或者某个星团。

"这些照片对我来讲实在证明不了什么，我很抱歉。"

"好吧，那就不得不跟您的假期说再见了，我们回伦敦吧！"沃尔特大喊着，"我想进一步确认。我们只需要回到学院，把相机里的照片拷进电脑，就能看得更清楚了。"

我一点也不想离开伊兹拉岛，可是沃尔特如此热切地想解开这个谜，我也不想扫了他的兴。况且在之前我准备沃尔什基金会的演讲大赛时，他全力以赴地支持了我，如果我现在让他一个人离开就太不厚道了。我只好回家告诉母亲，我将再次离开。

　　妈妈盯着我看了半天，用眼睛扫了扫我身上的衣服和我手臂上的伤痕，然后垂下了肩膀，十分沮丧。

　　我跟她解释为什么我和沃尔特必须去一趟伦敦，并向她保证我一定会赶在周末前回到这里。

　　"如果我没理解错的话，"她对我说，"你想回伦敦就是为了把你跟你这位朋友拍的照片拷到电脑里？就不能简单一点，直接去你小姨的店里吗？她的店里有一次性相机卖呢，如果你们的照片没拍好，可以扔掉重新再拍啊！"

　　"我们可能发现了一些重要的东西，沃尔特和我，我们得进一步确认一下。"

　　"如果你们俩还有什么需要通过拍照片来确认的话，那你还不如直接问问你妈妈，我马上就能帮你确认！"

　　"你到底在说些什么？"

　　"没什么，你就继续把我当成傻瓜来糊弄吧！"

　　"我需要回到我的办公室，在这里没有相关的设备啊。而且我不明白你为什么要生气。"

　　"因为我本来希望你能信任我，你以为我知道真相以后就会少爱你一点吗？就算你跟我承认你爱上了花园里的那头毛驴，你也还是我的儿子，阿德里安！"

　　"妈妈，你确定你没事吧？"

　　"我当然没事，有事的是你。如果这对你真的这么重要，那你就回伦敦去吧。等你再回来的时候，我应该还活着吧，天知道！"

　　当我母亲以希腊人的风格大发脾气时，说明事态已经相当严重了。不过，我宁愿不去设想是什么惹恼了她，因为一想到可能的原因就让我觉得很滑稽。

我收拾好行李，来到码头与沃尔特会合。我母亲坚持要来送我们。伊莲娜也在码头等着母亲，她们俩在轮船开动时使劲地向我们挥着手。很久之后我才知道，我母亲当时问我小姨，她是不是也认为我在旅行途中会一直坐在沃尔特的腿上。那个时候，我并不知道自己没有这么快重回伊丝拉岛。

阿姆斯特丹

扬·维吉尔看了看手中的表，伊沃里还没有出现，他开始有些担心起来。他的这位国际象棋伙伴从来都非常准时，像这样迟到可不是他的风格。他走近小餐桌，看了看已经准备好的餐盘，从装着奶酪的盘子里拿起几颗坚果放进嘴里，就在这时，门铃响了起来。棋局总算可以开始了吧？维吉尔打开房门，他的管家将银托盘递到了他的眼前，盘里放着一封信。

"这是刚刚送来的，先生。"

维吉尔退回到房间里，打算拆开这封刚刚送来的信。信封里装着的小卡片上用斜体字写道：

我很抱歉不得不爽约了。我临来之前突然有急事要处理，不得不离开阿姆斯特丹，我很快就会回来。

您诚挚的

伊沃里

又及：将您一军！棋局只能延后了。

维吉尔将信中的附言读了三遍，暗暗思忖伊沃里到底想暗示什么，这个简短的语句看起来无足轻重。他并不知道他的朋友离开阿姆斯特丹要去哪里，现在想要监视他也太迟了。或者应该让其他同盟者来接力……不过，他自己曾坚持说不让伊沃里参与进来。如今又怎么跟他们解释，伊沃里其实早在他们之前就知道相关情况了呢？

"将您一军！"伊沃里这样写道。维吉尔微笑着将小卡片揣进了口袋。

斯希普霍尔机场，阿姆斯特丹。深夜时分，只有少数几架穿梭于欧洲各大城市的飞机停靠在停机坪上。

伊沃里向服务人员出示了登机牌，然后走上了舷梯。他在第一排坐下，扣好安全带，望着舷窗外。一个半小时之后，他将降落在伦敦城机场。会有一辆车到机场来接他，多尔切斯特酒店的房间也已经安排妥当，所有一切都井然有序。维吉尔也应该收到了他的留言，一想到这里，他就忍不住嘴角上翘。

伊沃里闭上了双眼，这将是个漫长的夜晚，要抓紧现在的每一秒睡个好觉。

雅典机场

哪怕付出再大的代价，沃尔特也一定要给简金斯小姐带一份希腊的礼物。他在机场的免税店里面买了一瓶希腊茴香烈酒，然后是第二瓶，"万一这第一瓶打碎了呢？"他说，最后是第三瓶，而这才算是他要送出去的礼物。一直拖延到航班最后一次召集登机，我们两个的名字在机场的高音喇叭中响起，喇叭里面的声音变得不再那么亲切。当我们终于来到候机室的时候，我分明感受到那里的乘客纷纷投来责备的目光。我们在过道里狂奔，总算是及时赶到了舱门口。正在这里守候的乘务长严厉地责备了我们，而我们已经顾不了那么多了。在穿过整个机舱走向最后一排最后剩下的两个空位子的时候，我们还得再承受其他乘客的谴责和训斥。由于时差的关系，这里比英国时间早一个小时，我们将在午夜时分抵达希斯罗机场。沃尔特狼吞虎咽地吃掉了他自己的飞机餐，于是我自觉地把我的那一份也让给了他。空姐过来收走了盘子，机舱里的灯暗了下来。我把我的脸贴在舷窗玻璃上，欣赏外面的风景。对一个天体物理学家来说，能在 10 000 米高空观看天穹，真是一种美好的享受。北极星在我的前方闪烁，我看到了仙后座，而仙王座想必就在它的右边。我转身望向沃尔特，他正在打着瞌睡。

"您把相机带在身边了吗？"

"如果您这是打算在这架飞机里面拍照留念，那我的回答就是'不'。考虑到我刚才吃了那么多，而我们与前排之间的距离又只有这么一丁点，我现在看起来就像是一头被困在保鲜盒里的鲸鱼吧。"

"不，沃尔特，这不是为了给您拍照片！"

"嗯，既然如此，假如您能用一个工具从我的口袋里面掏出来的话，那个相机就归您了。至于我嘛，我是没办法动了。"

必须承认，我们此刻挤在一起就好像沙丁鱼一样，在这种情况下要想拿一个东西可不是一件简单的事情。成功地把照相机拿到手中后，我就立刻开始重新浏览在伊拉克利翁拍到的那一组照片。一个疯狂的想法突然在我的脑袋里一闪而过。再次透过舷窗向外面看去，我的心中充满了困惑。

"我想我们返回伦敦的决定是正确的。"我对沃尔特说，一边把他的照相机放到了我的口袋里。

"好吧，等到明天早上在某一家酒吧的露台上冒着雨吃早餐的时候，我怀疑您还会不会有同样的想法。"

"伊兹拉永远都欢迎您。"

"总算是能让我睡个安稳觉了。您以为我没有看到您每次弄醒我之后都在偷着乐吗?"

伦敦

我让出租车先到沃尔特家把他放下,然后再回我家。一进家门,我急忙冲向电脑。把照片拷入电脑之后,我把每一张都仔细看了一遍,随即决定麻烦一下我那位远在几千公里之外的老朋友。我给他发了一封电子邮件,附上了沃尔特拍的那些照片,请他帮忙看看能不能从照片里发现些什么。我很快收到了他的回复,埃尔文表示非常高兴收到我的邮件,他向我保证会好好研究我寄给他的图片,一有什么发现就第一时间回复。他还提到阿塔卡马有一台射电望远镜坏掉了,他因此忙得够呛。

三天之后,我在半夜收到了他的回复。他没有通过邮件,而是直接打了电话给我。埃尔文在电话里的声音都快让我认不出来了。

"你是怎么完成这项伟大创举的?"他一上来就在电话里大喊着,甚至都没有跟我互相问候。

而我不知道该怎么回答他。埃尔文接着问了另一个更让我吃惊的问题。

"如果你曾经梦想获得诺贝尔奖,那你的梦想今年完全有可能实现!我完全不知道你是怎么成功地做出了这样一个模型,这实在是一个奇迹!如果你寄这些照片给我,只是为了让我大吃一惊,那你就完全达到目的啦!"

"你到底看到了什么，埃尔文，快告诉我！"

"你很清楚我看到了什么，你不需要等着听恭维的话了，这样已经够唬人的了。现在，你是打算告诉我你是怎么完成这项创举的呢，还是打算继续这样来激怒我啊？你允许我把你这些照片跟我们的朋友分享吗？"

"千万别！"我央求埃尔义。

"我理解。"他叹了一口气，"我已经感到相当荣幸了，你如此信任我。在发布官方声明之前，你居然让我先过目。你打算什么时候发布消息？我敢肯定，你手中掌握的这个'重型武器'绝对能让你重新回到我们的身边。我甚至怀疑你现在不得不面临很多种选择，恐怕所有的天文研究团队都要为邀请你加入而打破头了。"

"埃尔文，我求你了，请告诉我你到底看到了什么？"

"老是不断重复这句话，你不嫌烦吗！你就这么想听我亲口说出来吗？我理解你的心情，我的老朋友，换作我，我肯定也会这么激动的。不过作为交换，你得先跟我解释一下你是怎么做到的。"

"我做到了什么？"

"别再逗我了，可别告诉我这一切都是偶然。"

"埃尔文，你先说，求你了。"

"我花了三天的时间试图搞明白你把照片寄给我的用意。实话实说吧，我很快就在照片中辨认出了天鹅座、飞马座以及仙王座。尽管其中的星等不太对应，角度不对，而且距离也不符合逻辑，但如果你认为这么容易就能骗到我，那你就错了。我一直在想你到底在玩什么把戏，你为什么要把这几个星座放在一起，又是基于什么样的公式。我试图找到你这么摆放这些星座的原因，这实在让我费尽了心思。我得跟你坦白，我做了点手脚，我利用基地里的计算机，进行了持续两天的大量运算。然而在结果出来之后，我就完全不再为动用公家的资源干自己的事而感到后悔了。因为，我终于看到了。当然，我还没能猜出来处于这些神奇图片中心位置上的是什么。"

"你到底看到了什么，埃尔文？"

"鹈鹕星云。"

"这为什么让你如此激动？"

"因为它的形状是四亿年前从地球上看到的模样！"

我的心脏开始怦怦乱跳，双脚开始发软，因为这一切简直不可思议。埃尔文刚刚告诉我的这些实在是太荒谬了。这个吊坠如此神秘，居然能折射出星空的一部分，这已经让人很难理解了；更何况这星空的一角居然还是几亿年前从地球上看到的模样，这就更加不可能了。

"阿德里安，我求你了，现在轮到你来告诉我你是怎么做出这么一个完美的模型的！"

埃尔文的问题，我无法回答。

"我知道，我是连续好几个星期辅导了你的演讲报告，我本来应该记得你之前教过我的内容。不过，自从我们参赛失败，接下来的几个星期过得如此动荡，我就算忘记了之前的那些知识也不为过吧？"

"星云是恒星的摇篮，它呈云雾状，由气体和尘埃组成，位于两个星系之间的空间里面。"我简单扼要地向沃尔特解释道。

我突然分了心，思绪离开了伦敦，朝着几千公里之外的非洲最东端飘去。把这个奇特的吊坠遗留在我家里的那个人现在正在那边。一个疑问一直在我的脑海中挥之不去：这真的是她不小心忘在我家里的吗？我把心中的疑问告诉了沃尔特，他看着我摇了摇头，觉得我很傻很天真。

两天之后，在我回学院的路上，又有了一次奇遇。我走进一家咖啡厅打算买杯咖啡喝。当我远在智利的时候，这些新兴的连锁机构铺满了整个英国首都。无论在哪个区或哪条街道，每家店的装修都一模一样，出品咖啡的味道也别无二致。而且，你必须会说很奇怪的语言才懂得怎么点单，这里的茶和咖啡花样繁多，名字也都稀奇古怪。

当我在柜台守候"带翅膀的瘦帽子"（其实就是外带卡布奇诺）的时候，一个男人靠了过来。他帮我埋了单，然后问我是否愿意花点时间跟他谈一谈。他说，他想跟我谈及的话题肯定能令我感兴趣。于是，我跟着他走进大厅，我们各自在一张大皮椅上就座，这种皮椅虽然是很拙劣的冒牌货，但坐起来还蛮舒服的。这个人久久地凝视着我，然后开始讲话。

"您在皇家科学院工作，对不对？"

"是的，没错，敢问您是？"

"我早上经常在这里看到您。伦敦是一个很大的首都，但这里的每一个街区就是一个小村落，而这正是这个大都市保持魅力的关键所在。"

我并不记得曾经遇到过对方，但既然自己天性是个心不在焉的人，我也就不认为我有理由去质疑对方的话了。

"如果我跟您说我们的相遇完全是偶然，那就是在骗您了。"他继续说，"我想跟您打交道已经有很长一段时间了。"

"现在看起来您的目的达到了，那么，我能为您做些什么呢？"

"您相信命运吗，阿德里安？"

一个陌生人突然喊起了你的名字，难免会令你感到有些不安，而这正是我此刻的内心感受。

"既然我都径自叫您阿德里安了，您就叫我伊沃里吧。嗯，我可能是有点倚老卖老了。"

"您想要什么？"

"我们有两个共同点……跟您一样，我也是一个科学家。您的优势在于您还年轻，还有很长的时间来延续您的激情。而我只是一个整天在故纸堆里打发时间的老教授。"

"您是教什么的？"

"天体物理学，跟您的专业挺近的，对吧？"

我点了点头。

"您在智利的工作一定很有意思。真遗憾，您不得不从那里回来。我可以想象您得有多么怀念在阿塔卡马工作的日子。"

我开始感觉这个人对我的了解也太多了点，他表面上的安详从容也没能减轻我心中的疑虑。

"别那么疑心重重的。我对您有所了解，是因为在您向沃尔什基金会评委做报告介绍您的工作时，可以说，我以某种方式见证了这一切。"

"某种方式？"

"这么说吧，我虽然没能成为评委会的成员，却在初选委员会中占据了一席之地。我很仔细地读了您的材料。如果一切取决于我一个人的意见，我认为您应该赢得那笔奖金。在我看来，您的工作才是最值得鼓励的。"

我谢了他的恭维，然后问他我能为他做些什么。

"不能说是您为我做什么，阿德里安，您看，恰恰相反，应该是我为您做什么。那天晚上，跟您一起离开的那个年轻女子，也就是拿到大奖的那个……"

这一下，我算是彻底乱了分寸，也失去了心中最后一丝平静。

"您认识凯拉？"

"是的，当然了。"这个奇怪的陌生人抿了一小口咖啡，"你们后来为什么不再联络了呢？"

"我想，这应该属于私人事务吧。"我已经不想再费劲去掩饰他的这番谈话带给我的不快了。

"我也不想这么莽撞。不管我的问题在哪方面冒犯到了您，都要请您接受我的歉意。"对方继续说道。

"先生，您刚才跟我说，我们之间有两个共同点。那第二点是什么？"

男子从他的口袋里掏出一张照片摆在了餐桌上。这是一张年代久远的拍立得照片，褪色的程度可以证明这绝不可能是最近拍的。

"我敢打赌，这照片上的内容对您来说绝不会陌生。"该男子说道。

我拿过照片仔细端详，图像是一个矩形的物件。

"关于这个物品，您知道更奇特的是什么吗？那就是我们无法确定它有多么古老。在它面前，所有尖端的技术和复杂的手段都变得无能为力，完全无法推算出它的年代。30 年了，我每天都在思考这个问题，而一想到我可能在临死之前也无法找到答案，就更加寝食难安了。其实，我真的很傻，被这个东西搞得如此心烦意乱。我也曾不停地试图说服自己理智一些，告诉自己，等我行将就木的时候，所有的一切都不再重要。然而一切都是徒劳。这件事情依然时时刻刻地困扰着我，在我脑海中挥之不去。"

"那是什么让您觉得我可能帮得上忙呢？"

"您都没有听我说，阿德里安。恰好相反，我之前已经说过，是我将会对您有所帮助。我对您说的这一切很重要，您要一句不落地认真听着。这个难解之谜迟早会在您的脑海中生根发芽，占满您所有的思绪。当您真正对它产生兴趣的时候，一场不可思议的探险之旅就将在您面前展开。这次征程将引领您走得更远，这将是您从未料想过的。很可能在现在这一刻，您会把我当成一个老疯子来看待，然而您的判断最终会改变的。在这个世界上，疯狂执着于实现梦想的人已经很少了，尤其是他们还必须承受着世人的异样眼光。这个社会充满着胆怯和猜疑，但是，我们难道就因此放弃吗？难道不是更应该打破常规，推翻成见吗？这不正是一位合格的科学家所应该具备的'第五元素'吗？"

"您是不是已经为此付出了代价，被世人排斥，伊沃里先生？"

"我请求您别叫我先生。让我再跟您分享一条信息，我肯定您会很感兴趣的。照片上的这个东西，它还拥有另外一个特性，同样不可思议，而且也是您最感兴趣的。当我们把它放在强光之下，它会映射出一系列奇怪的光点。这是不是让您感到似曾相识？"

我的面部表情一定出卖了我内心的激动，男子看着我微笑。

"您看，我没骗您吧，现在，是我对您有帮助了吧。"

"您在哪里找到它的？"

"说来话长了。重要的是，您现在知道了它的存在，这一点在将来会对您有用的。"

"怎么个有用法？"

"如果您不知道还存在另一个东西的话，您可能会浪费大把时间去质疑您手上的那个东西是否仅仅是大自然中的一个偶然。而且，您可能会像其他人一样，因为害怕面对真相而变得手足无措。爱因斯坦曾经说过，有两样东西是无穷无尽的，一是宇宙空间，二是人类的愚蠢。尤其对于第二个，他表示确认无疑。"

"对于您拥有的这个东西，您还有什么其他发现吗？"我问他。

"我并非拥有它，而只是研究过它。可惜的是，我对它所知甚少。而且我也不想把所有的一切都告诉您。这倒不是因为我对您不信任，否则我也不会出现在这里了，而是因为我觉得光凭运气是不够的，这最多只能引起科学探索的好奇心。要想真正有所发现，还需要创造性、技巧以及足够的胆量。我不想给您未来的研究指明方向，我宁愿让您自由地尽情发挥。"

"什么研究？"我问道，这个男子所讲的这一切开始让我有点动心了。

"您允许我向您提最后一个问题吗，阿德里安？您在这所享有盛名的皇家科学院里会有怎样的未来呢？教出一班聪明的学生，其中每个人都觉得自己比其他人更优秀？或者是有机会跟最漂亮的女学生打得火热？这些，我都经历过了，可是现在我记不起他们中的任何一张面孔。好吧，老是我在不停地说，现在该让您来回答我的问题了。您觉得会有怎样的未来？"

"教书只是我生活中的一个阶段而已，我迟早会重回阿塔卡马的。"

我记得我在说出这句话时，就像一个小男孩一样，一方面对熟知自己手中的课本感到骄傲，另一方面却为自己的无知表现感到难为情。

"在我的生命中，我曾经犯过一个很愚蠢的错误，阿德里安。我现在意识到了自己的愚蠢，而这一次来跟您谈话让我的心里好受了不少。我曾经也以为自己可以独自完成一切，然而如此的自以为是就是浪费时间！"

"这跟我有什么关系吗？您到底是谁？"

"我就是您未来有可能会变成的那种人。如果我能让您少走一些弯路，那我就会认为自己帮到了您，而且会永远记住您的面孔。这种感觉很奇特，您知道，就像是站在镜子面前看到了过去的我。在离开您之前，我还有一条信息要告诉您，它可能比我给您看的照片更重要。凯拉正在进行挖掘工作的地方位于图尔卡纳湖东北部120公里处。您一定奇怪我为什么要告诉您这个，这是因为，当您决定去埃塞俄比亚找她时，这会为您节省不少时间。时间很宝贵，阿德里安，简直太珍贵了。我非常高兴能认识您。"

他的握手让我吃了一惊，这一握充满了诚恳和亲切，甚至还夹杂着些许温柔。他走到大门口时转过了身，朝着我的方向又走了几步。

"我想请您帮一个小忙。"他说，"当您见到凯拉的时候，请不要告诉她，我们曾经在这里相遇，这对您没有什么好处。凯拉是我非常喜爱的一个女人，她的性格虽然不是那么容易相处，但如果我再年轻40岁，我一定会抢在您之前去找她的。"

这一番谈话彻底搅乱了我的心绪。我很懊恼当时没有把心中的疑问提出来，早知道如此，我应该先把所有的问题都记录下来，因为藏在我脑海中的问号实在是太多了。

沃尔特经过了咖啡店的橱窗，他向我挥了挥手，然后推门走了进来。

"瞧瞧您这副模样！"他在伊沃里刚刚离开的大皮椅上坐了下来，"我昨晚想了很久，"他继续说，"正巧在这里见到您，我们得好好谈一谈。"

"我洗耳恭听。"

"您是不是想找个借口去重新找您那位女朋友？肯定是的，不用争辩了，您就是想找个借口跟您的女朋友重逢！我觉得您倒是可以去找她问一问，她到底为什么要把那个吊坠留在您家的床头柜上。仅仅是一个意外？这倒是个不错的借口，不过这也太不可信啦！"

总有一些时候，某些不经意的聊天和谈话会让你最终做出某些决定。

"当然，我也很想陪您一起去埃塞俄比亚。"沃尔特说，"不过，我是不会去的！"

"可是，我什么时候说过我要去埃塞俄比亚了？"

"您是没说过，但您一定会去的。"

"您不去我就不去。"

"我不可能去啦，伊兹拉岛的旅行已经耗尽了我所有的积蓄。"

"如果只是因为这个的话，我愿意为您支付机票。"

"我还是要跟您说，这是不可能的。感谢您的慷慨大方，不过您还是别让我那么尴尬了吧。"

"这不是慷不慷慨的问题，我还需要提醒您吗？在伊拉克利翁如果没有您的话，我都不知道会怎么样！"

"您可别告诉我，您想雇我当保镖啊，这也太打击我了。我可不仅仅是肌肉发达头脑简单的人，我拥有专业会计师资格和人力资源管理学位！"

"沃尔特，算我求您了，跟我一起去吧！"

"从好几个方面来看，这都是一个很糟糕的主意！"

"您只要说出一点来，我就不再烦您了！"

"好吧，您想象一下这样一个画面。地点：奥莫山谷。时间：清晨或午后，随您的便。您之前告诉过我，那里的风景很美吧。主场景是某个考古挖掘现场。主要人物有阿德里安和负责现场挖掘的女考古学家。您听好了，接下来的一幕将会非常美妙。我们的阿德里安从一辆吉普车上下来，他有些汗流浃背，但依然帅气逼人。女考古学家听到了汽车的响声，她放下手中的铁铲和锤头，摘下了眼镜……"

"我不记得她有戴眼镜的习惯。"

"好吧，她没摘下眼镜。不过，她站直了身想看看来者何人，却发现这位出乎意料的到访者正是她在伦敦抛弃的那个男人，对此，她也曾经有点后悔。她难掩心中的激动。"

"好吧，我已经清楚这个场景了。您到底想说些什么？"

"您先闭嘴，让我接着说完！"

"女考古学家和到访者向对方走去，俩人都不知道该说些什么。这时候，噼里啪啦，没有人注意到在这个镜头的后景处发生了什么。在吉普车的旁边，可怜的沃尔特身穿法兰绒短裤、头戴格子鸭舌帽，正忍受着烈日的煎熬。而在这个时候，两位被爱情冲昏了头脑的主人公正以慢镜头的速度拥吻在一起。谁也听不到沃尔特在问该怎么处置行李。您不觉得这会很煞风景吗？现在，您决定一个人去了吧，还是需要我再跟您描述另一个场景？"

沃尔特最终说服了我踏上旅途，其实，我早已做出了决定。

我花了点时间申请签证和准备行装，然后在希斯罗机场登上了飞机。10 个小时之后，我将到达亚的斯亚贝巴。

在我出发的同一天，某个叫伊沃里的人赶往了巴黎，他对我这次的旅行并不感到意外。

致所有委员会成员：

我们的目标在今日已经起飞前往亚的斯亚贝巴。暂时无法明确他此行的目的。我建议大家明天碰一次头。

热诚的，

阿姆斯特丹

扬·维吉尔推开手中的电脑键盘，重新打开了他的某位同盟之前转交给他的文件袋。他第 N 次查看了这一张在伦敦某个咖啡店的橱窗外拍下的照片，画面是伊沃里跟阿德里安共进早餐。

维吉尔打着了打火机，把照片放进烟灰缸里烧掉。等照片烧为灰烬之后，他封上了文件袋，低声抱怨：

"您这种单枪匹马的行动，我也不知道还能瞒着我的同事们多久。愿上帝保佑您吧！"

伊沃里正在奥利机场外耐心地排着队等候出租车。

轮到他时，他坐进了出租车的后排，然后递了一张小字条给司机。字条上打印着一个地址，离塞瓦斯托波尔大道不远。一路上交通很顺畅，半个小时就能到达目的地。

在罗马的办公室里，读完维吉尔的信，洛伦佐拿起了电话让他的秘书进来找他。

"我们在埃塞俄比亚还有可用的联系人吗？"

"有的，先生，我们还有两个人在那边。为了您下周出席的外交部会议，我正好刚刚更新了非洲的材料。"

洛伦佐递给秘书一张照片和一张手写的时间表。

"通知他们，请他们向我汇报这个男人的一举一动，包括跟什么人见了面，以及谈话的内容。他刚从伦敦起飞，将在明天上午到达亚的斯亚贝巴。这次的目标是一个英国人，一定要小心谨慎。告诉我们的人，如果有被对方察觉的可能，就立即放弃监视工作。这次的行动不能记录在案，不要留下任何痕迹，我希望目前越少人知道越好。"

秘书从洛伦佐手中接过了相关的材料，随即离开了他的办公室。

埃塞俄比亚

我在亚的斯亚贝巴中转的时间只有一个小时。经过边境安检，取了行李，我匆匆登上了一架即将飞往金卡机场的小飞机。

这架小飞机的双翼已经锈迹斑斑，我严重怀疑它是否还能成功起飞。驾驶舱的玻璃罩上也是油污点点。除了驾驶罗盘上的指针在不停跳动，其他仪表盘似乎都没有任何反应。然而机师看起来一点都不担心。当马达开始轰轰作响时，他只是轻轻地拉起了操纵杆，然后又向下推了一推，试图寻找最合适的转速。看起来，他不仅是用眼睛，而且还用上了耳朵来驾驶飞机。

然而，在飞机破旧的双翼之下，在令人惊恐的嘈杂声中，我看到了非洲最美的风景。

飞机在跑道上颠了几下，最终在一团厚厚的尘雾中停稳了。两个小孩冲向了飞机，我很担心，他们中的一个几乎碰到了螺旋桨。机师向我靠近，打开了我旁边舱门，把我的行李扔了出去。我明白，他这是要跟我分道扬镳了。

我刚走下来站稳了脚，飞机立即转了一个圈准备再次出发。我转身目送着它从桉树丛的顶上掠过，越飞越远。

我独自一人站在完全陌生的地方，痛心疾首没能说服沃尔特跟我一起来。我坐在一个旧油桶上,行李散落在脚边。四周景色荒凉,太阳就要下山了,我这才意识到,我根本就不知道要去哪里过夜。

一个穿着运动服的男人走过来,如果我没有理解错的话,他在问我是否需要帮助。要想跟他解释清楚我想找一位在附近工作的考古学家,这简直是一个不可能完成的任务。我想起我们家经常玩的一个游戏——通过动作或简短的单词表达出一个情境让对方来猜其中的含意,但我从来就没赢过!而我现在正努力做出挖地的样子,并且对着一块木头假装做出一副很兴奋的样子,就好像找到了一件宝贝。对方看起来十分苦恼,我不得不放弃了这样的尝试。男子耸了耸肩,转身离开。

10分钟后,他又回来了,这次还带来了一个小男孩。小男孩先跟我说了几句法语,然后说起了夹杂着一些法语的英语。他告诉我,有三支考古队正在这个地区进行挖掘工作。一个在我所处位置以北70公里之外,一个在肯尼亚的里夫特山谷,而第三支考古队刚来没多久,在图尔卡纳湖东北部100多公里以外的地方驻扎了下来。我终于明确了凯拉所在的位置,现在只需要想办法去那里了。

小男孩让我跟着他走。带他来找我的那个男子愿意让我去他们家过夜。我不知道该怎么感谢他,只有跟着他走。我得承认,如果一个埃塞俄比亚人在伦敦的街头迷了路——就像我现在这样,如果他向我问路的话,我不太可能如此大方地邀请他到我家里留宿一晚。无论是文化背景的不同还是固有的偏见,无论是哪种情况,我都感觉自己很愚蠢。

我的"东道主"邀请我共进晚餐,小男孩一直陪着我们。他不停地打量着我。我把外套脱下来放在旁边的凳子上,他毫无顾忌地翻着我衣服的口袋,结果发现了凯拉的项链,他立即坐回自己的位子。我突然感到,他对我不再像之前那样友好了,我离开了茅草屋。

我在草席上睡下,到黎明时分醒了过来。在喝下一杯我生平喝过的最美味的咖啡之后，我在飞机场附近闲逛了一会儿，想着怎么才能继续我的旅程。这里的风景不乏魅力，可我总不能在这里一直待下去。

我听到远处传来马达的轰鸣声。一辆巨型的越野车裹挟着一团尘雾朝着我的方向疾驰而来。这辆越野车在跑道前停下，从车上走下来两个男子。命运在向我微笑，这两人都是意大利人，他们的英语讲得还算顺畅，而且看起来都很热情亲切。在这里见到我，他们都觉得很诧异，于是问我打算去哪里。他们拿出地图在汽车的引擎盖上铺开，我用手指了指我的目的地，他们当即决定送我一程。

这两个人的出现，再加上我，似乎惹得小男孩很不高兴。这是由于埃塞俄比亚曾经是意大利的殖民地而留下的后遗症吗？我也不知道，不过，这个小男孩很显然不喜欢我这两位"神奇"的向导。

我热情地谢过了接待我的"东道主"，然后坐上了越野车。一路上，这两个意大利人问了我无数个问题，他们询问我的职业，问起了我在伦敦和阿塔卡马的生活，以及我来埃塞俄比亚的原因。对于我此行的目的，我并不是很想聊得那么深入，只是告诉他们我是为了一个女人而来的。对两个罗马人来说，这个理由恐怕足以让人去世界的任何角落了。接下来，我问他们为什么会出现在这个地方。原来，他们是做布匹出口生意的，在亚的斯亚贝巴开了一家公司，并因此爱上了埃塞俄比亚。只要一有机会，他们就会四处游历，想看遍这个国家的风土人情。

可是，要确切地找到我想去的地方并不是一件容易的事情，我完全不确定是否有路能直通那里。开车的司机建议我在奥莫山谷河岸边的某个小渔村附近下车，在那里应该不难雇到一艘小船载着我顺流而下。只有这样，我才更有可能发现我寻找的那支考古队的营地。他们看起来对本地相当熟悉，于是我决定听从他们的建议。没开车的那个意大利人愿意为我充当翻译。他到了本地之后，学了一点基础的埃塞俄比亚方言。他费了不少劲，最终找到了一位渔夫愿意让我上船。

午后时分，告别了两位意大利伙伴，我登上了小船。这艘小扁舟缓缓驶离了河岸，顺着水流慢慢向前漂。

找到凯拉可并不像我这两位意大利朋友想象的那么简单。奥莫河有无数条支流，每当小舟在分岔口处转向的时候，我总是担心，我们会不会因为视线受阻而错过了考古队的营地。

我本该好好享受沿路的风光，每转过一道河湾，眼前的景色都是那么美不胜收。可是，我的脑子里想的全是见到凯拉之后我应该说些什么，我要怎么跟她解释我此行的目的。其实，我自己也不太确定我为什么要来这儿一趟。

河流向着浅褐色的峭壁深处流去。水路越来越窄，不允许航行有任何的偏差。船夫尽力让小船保持在河流的中间穿过。在进入了又一个河谷之后，我终于发现了位于一个小山丘顶上，我迫切想要找到的那个营地。

小船慢慢靠向了布满泥沙的河岸。我拿起行李，告别了把我一路送到这里来的渔夫，然后顺着草地里的一条小路向前走去。我想，我的出现似乎让正在地里工作的一个法国人吃了一惊。我向他询问是否有个叫凯拉的人在附近工作，他用手指了指北方，然后继续埋头工作。

再往上走一点，我经过了一排排帐篷，最终来到了考古挖掘现场的边上。

整个挖掘现场呈正方形，标杆和细绳将其中的每个洞穴标记划分了出来。我发现头两个洞里面空空如也，而第三个洞里面有两个人正在忙碌着。再远一点的地方，其他人正在用小刷子小心翼翼地刷着地面。从我站的位置看过去，还以为他们正在梳头呢。没有人留意我的存在，我继续顺着每个挖掘坑之间筑起的路堤往前走，直到我身后响起的一连串咒骂声打断了我。某一位我的同胞——他的英语相当完美，大喊着问，那个在挖掘现场闲逛的蠢蛋是谁。我迅速环顾了一下四周，看起来，他嘴里提到的那个蠢蛋除了我之外别无他人。

难以想象与凯拉重逢时最绝妙的开场白，这原本已经让我觉得焦虑不安了。而在这个完全陌生的地方，被别人当成傻子，更是我之前完全没有预料到的。大概有十来个脑袋从洞里冒了出来，就好像一群沼狸在接收到危险信号后从自己的巢穴里探出了头。一个体形肥硕的男人用德语命令我立即离开现场。

我的德语不是很好，可是不需要懂很多词就能听明白他并不是在开玩笑。然后突然，在一片谴责的目光中，我看到了凯拉的眼睛，她刚刚直起身来……

……这一切跟沃尔特之前设想的场景简直是天差地远！

"阿德里安？"她错愕地喊了起来。

这又是一个让我感到相当孤独无助的时刻。当凯拉问我来这里干什么的时候，可以看得出来，她此刻心中的惊奇远甚于重新见到我可能产生的喜悦。一想到要在这群充满敌意的人面前回答她的这个问题，我不由自主地陷入了深深的沉默。我就待在那里，彻底石化，感觉好像是走进了一座矿山，上面的爆破工人随时等着把我炸开花。

"千万别动！"凯拉一边向我走近一边发布命令。

她来到了我的面前，领着我走到了挖掘现场的出口。

"你完全无法想象你刚才这么做的后果！就这样突然不知从哪里冒出来，你的大皮靴随时都有可能踩坏地里的那些骸骨碎片，而它们的价值简直是无法估量的！"

"请告诉我，我还没有毁掉任何东西。"我结结巴巴地哀求着。

"暂时还没有，不过就差一点了，性质都一样。你能想象我突然在你工作的天文台里蹿出来，随便乱摸望远镜上的各种按钮吗？"

"我明白你的意思，我知道你现在很生气。"

"我没有发火，只是你太不负责任了，这不是一回事。"

"你好，凯拉。"

我本应该想出一句更有创意、更恰当的句子，张开口却只说了一句"你好"，这是当时我的脑海中唯一出现的话。

她从头到脚地打量着我。我注意到她的神情终于有所缓和，至少是暂时地放松了下来。

"你来这里搞什么名堂，阿德里安？"

"说来话长，我刚经历了长途跋涉。如果你能抽出一点时间的话，我很愿意详细地解释给你听。"

"好吧，不过现在不行。你应该也看到了，我正在紧张地工作。"

"我没有你在埃塞俄比亚的电话，也没有办法找到你的秘书预约时间。我打算到河边去，先找一棵椰子树或者香蕉树靠着休息一下，你忙完以后再来找我吧。"

不等她有所回应，我立即转身朝着我之前来的方向走去。我也需要维护我的尊严！

"这里既没有椰子树也没有香蕉树，无知的家伙！"我听到她在背后说。我转过身，凯拉正朝着我走过来。

"我知道我刚才迎接你的方式不算太好，我很抱歉，原谅我吧。"

"你有时间吃午餐吗？"我问凯拉。

那一天，我可能是被赋予了某种特异功能，专门会问这些愚蠢的问题。幸运的是，这个问题把凯拉逗得笑了起来。她拉着我的胳膊，带着我走向营地。我跟着她走进帐篷，她打开一个小冰柜，拿出了两瓶啤酒，递了一瓶给我。

"快喝吧，虽然不是很冰。不过五分钟之后就会变成热啤酒了。你在这里会待很久吗？"

久别重逢，独自待在帐篷里，这让我们俩都感到有些怪异，很不自在。于是，我们离开了帐篷，走到河边，沿着河岸散步。我更加明白了，凯拉为什么会对这个地方如此难以忘怀。

"我很感动，阿德里安，你人老远地来到这里。在伦敦的那个周末非常美妙，可是……"

我必须打断她，尤其不想听到她即将说出的话，我在离开伦敦之前已经设想到了这一点，虽然我没那么明智，不过我绝不能让她说出来。

可是，我又为什么要这么快地回答她，以至于让她误解我此行的真正意图？其实，我心中所想的与我要说出口的恰恰相反。我来这里就是为了重新见到她，听到她的声音，看到她的眼神，即便她片刻之前还那么不友好，我也只想靠近她、触摸她，我最急切的梦想就是把她拥入怀中，轻抚她的肌肤。可是我什么都没有说出来。又一次愚蠢至极的举动？又或者是不合时宜的男性自尊？真相其实是我实在不希望第二次被她拒绝，确切地说，应该是第三次。

"我到这里来跟罗曼蒂克毫无关系，凯拉，"我努力让自己相信自己说的话，"我必须告诉你一件事情。"

"这件事情应该很重要吧，要不然你也不至于这么大老远地赶过来。"

我可以用一个简单的数学公式来估算宇宙的深度，却无法搞明白眼前的这件怪事情。就在几分钟之前，凯拉还对我跋山涉水来看她的举动表现出不快，而现在当我告诉她我并不是为了来看她而是有其他事情的时候，她看起来好像还是那么不高兴。

"我听着呢。"她双手叉腰说，"简短一点，我还得回去找我的团队呢。"

"如果你想听的话，我们可以晚上再谈。我也不是非要现在告诉你。不管怎么说，我也不可能明天就离开，每周只有两班飞机往返于伦敦和亚的斯亚贝巴，下一趟回伦敦的航班是在三天之后呢。"

"你爱待多久就待多久，这个地方对任何人都是开放的，但我的考古工地除外。如果没有人领着你的话，我希望你最好不要在我们的挖掘现场闲逛。"

我向她做了保证，并让她回去继续工作。我们几个小时后就能重新见面，到时候，有整晚的时间可以聊个够。

"你就待在我的帐篷里吧。"她走之前说，"不用这么看着我，我们又不是15岁的小孩子了。你如果晚上睡在露天的地方，会被狼蛛咬死的。我本来想安排你睡在男士们的帐篷里，不过他们的呼噜声可能比蜘蛛的咬痕更恐怖。"

晚上，我们跟考古队一起共进晚餐。这群考古学家终于打消了对我的敌意，我不再是那头在考古现场踩来踩去的"无知大象"了。整个晚餐期间，他们都表现得相当亲切友好，我想，可能也是因为终于见到了新鲜的面孔，而且还能够通过我了解到欧洲的一些最新消息。我的包里有一份从飞机上拿下来的报纸，这简直让他们炸开了锅。每个人都争先恐后地抢着报纸，首先抢到手的那个人不得不将内容大声读出来给大家听。我没有想到，这些无聊的日常新闻对远离家乡的他们来说，竟然如此珍贵和重要。

考古队的成员们围坐在篝火旁，凯拉趁机把我拉到了一边。

"都是因为你，他们明天会筋疲力尽的。"她一边看着同事们一边埋怨，"所有人都被你那张报纸迷住了。你知道吗，我们白天的工作是很累人的，每一分钟都不能松懈。大家已经习惯了日出而作、日落而息，正常来说，在这个时候，队员们早就应该睡下了。"

"看得出来，今晚确实非比寻常。"

接下来是一阵沉默，我们俩都望着其他地方。

"我得向你承认，对我来说，最近几周一切都变得不寻常了。"我接着说，"这一连串的不寻常，从某种意义上说，正是我来到这里的原因。"

我从口袋里掏出吊坠，递给了凯拉。

"你把这个忘在我家里了，我现在还给你。"

凯拉把吊坠放在手掌心上端详良久，随后露出了迷人的笑容。

"可是他没有回来。"她对我说。

"谁啊？"

"送我项链的那个人。"

"你很想他吗？"

"我没有一天不在想他，我很愧疚当时抛下了他。"

这是我没有预料到的。我必须尽力找到一句巧妙的回答来掩饰我内心的不安。

"如果你这么爱他，你会找到办法让他知道的。无论你做了什么，他最终都会原谅你。"

我实在不想进一步了解是谁俘获了凯拉的芳心，更不想成为促使他俩重归于好的那个人。然而，从凯拉的双眼之中，我看到了浓浓的忧伤。

"要不，你给他写信吧？"

"三年了，我教会了他讲法语，还有一点点英语，不过还没来得及教他写字读书。现在，我也不知道去哪里能找到他。"凯拉耸了耸肩说。

"他不会写字读书？"

"你来这里真的只是为了把项链还给我吗？"

"那你呢，你真的是不小心把它忘在我家里的吗？"

"这有什么区别，阿德里安？"

"这可不是随便哪个普通的吊坠，凯拉。你至少应该知道它具有一种非同寻常的特性吧？有些事情我必须告诉你，你可能完全想象不到这有多么重要。"

"重要到这种程度？"

"你的朋友是从哪里弄到这个吊坠的？谁卖给他的？"

"你到底生活在哪个世界里啊，阿德里安？这吊坠不是买来的，而是在一座死火山的山口找到的。这座火山就在大约100公里之外。你为什么这么兴奋，你发现的事情到底有多重要？"

"当强光照射在这个吊坠上面的时候会发生什么，你知道吧？"

"嗯，我想我应该有所了解。好吧，听我说，阿德里安。当我回到巴黎的时候，我曾经想进一步了解这条项链的来历，当然这纯粹是出于好奇。在一个朋友的帮助下，我们试图测算出它的年代，但无功而返。然后在某一个晚上，当时外面正雷雨大作，一束闪电的电光射到了吊坠上面，于是我看到它在墙上映射出无数的小光点。后来当我站在窗边望向天空的时候，我发现墙上出现的光点跟我看到的星空有一点相似。再后来，机缘巧合让我们重逢。那天早晨，在伦敦，当我准备离开你家的时候，我本来想写一封信留给你，却不知道该说些什么。所以，我把这条项链留给了你，心里想着，如果真的能从这个吊坠里面发现些什么，这将是属于你的研究领域而不是我的。如果你发现了什么，令你感到震惊，激起了你的兴趣，那我会为你感到高兴的。我把这个吊坠留给你，你想怎么做都可以。这里的工作已经够我忙的了。我既然赢得了一笔奖金，就要带好我的团队，不辜负大家的信任。肩上的责任重大，我不可能有第三次机会了，你明白吗？你大老远地跑来这里跟我分享你的发现，这样的举动很慷慨大方。不过相关的调查研究都由你自己说了算，我还得继续挖我的地，我实在没时间抬头仰望星空了。"

在我们的面前矗立着一棵巨大的角豆树，我走到树下坐了下来，并请凯拉坐在我的旁边。

"你为什么要来这里？"我问她。

"你在开玩笑吗？"

我并没有回答，凯拉一脸戏谑地看着我。

"因为我就喜欢在污泥里蹚来蹚去啊，"她继续说道，"这里的污泥足够多，我简直乐坏了！"

"别嘲弄我了，我不是问你来这里干什么。我想听你解释，为什么要来埃塞俄比亚，而不是其他地方。"

"这个嘛，也是说来话长。"

"我有整个晚上的时间听你讲故事。"

凯拉犹豫了一阵子。她站起来，去捡了一根木棍，然后重新坐到我的身边。

"在很久很久以前，"她一边对我说一边在沙地上画了一个大圈，"所有的大陆都是连在一起的。"

她在第一个大圈里面又画了一个小圈。

"所有地块组成了某个巨大而且唯一的大陆。这块超级大陆被海洋包围着，被称为盘古大陆。后来，地球遭遇了几次大地震，地壳构造慢慢发生了改变。超级大陆被分为两块：北方的劳亚大陆和南方的冈瓦纳大陆。接着非洲大陆从中脱离出来，变成了一个相对独立的'岛屿'。在离我们现在所处位置的不远处，群山因不可抗拒的挤压力拔地而起，形成了天然屏障。这些新生成的山峰对气候也产生了一定的影响，它们的顶峰拦住了积雪。由于缺乏积水，东部大陆开始越来越荒漠化。

"那些为了躲避大型肉食动物而生活在树上的猴子，察觉到它们的居住环境逐渐恶化。树木越来越少，果实也因此越来越少，食物变得缺乏，它们这个物种正面临着灭绝的危险。正是从这里开始，故事变得有趣起来。

"再往西一点，在山谷的对面，森林开始慢慢消失，只剩下高高的草丛。爬上那些幸存下来的大树的顶端，猴子们看到了在某些地方还有大量的食物。你瞧，进化的法则就在于为了生存而不断地改变自己以适应环境，生存的本能超过了一切。于是，猴子们不顾内心的恐惧，离开了它们一直赖以生存的树林。在草原的另一边将是新的乐土，在那里，什么也不缺。

"于是，猴子们踏上了前往乐土的征程。不过，当它们依然四脚爬行在草丛里的时候，它们几乎什么都看不到，既无法判断往哪个方向走，也无法观察到危险的来临。如果换作是你，你会怎么做？"

"我不知道。"我完全沉浸在凯拉的故事之中。

"就像它们一样，你可能会依靠两条后腿将身子直立起来，以便能看得更远。接下来，你可能会重新四脚着地，继续向前赶路。爬了一段之后，你可能会再一次直起身来判断方向，然后继续向前爬。周而复始，你会发现，总是重复这个动作让你感到很厌烦，你受够了一会儿直起身一会儿又要趴下。可是，埋着头盲目地向前爬的话，你可能会不断地偏离设定好的方向。你必须画出一条直线，必须尽快走出这片恐怖的草原，因为那些肉食动物一晚又一晚地袭击着你和你的同伴。你必须迅速到达对面的森林，在那里，诱人的果实正在等着你。于是，在某一天，为了能走得更快一点，你抬起了前腿，然后就一直保持着直立的状态了。

"当然，一开始你会走得有点笨拙，而且会感到疼痛，那是因为你的骨骼和肌肉还没有完全适应这个新的姿势。然而，你会继续坚持下去，因为你明白，只有具备了这样的能力，你才能活着到达目的地。一部分猴子最终累倒，死在了路上。还有一大批猴子丧生于猛兽的嘴下。你由此确信，必须赶在前面，必须走得更快。只要有一对猴子能够到达目的地，这个物种就有救了。你并没有意识到，在草原里向前走的过程中，你已经不再是以前的那只猴子了。以前的你只会在树枝之间跳来跳去，偶尔下到地面闲逛时也只会四脚着地。而现在，尽管你还没有意识到，但你其实已经开始变成一个小人儿了，阿德里安，因为你已经学会了直立行走。你放弃了你这个物种的属性，创造出新的特征，也就是作为人类的基本属性。这些猴子完成了不可能完成的任务，成功踏上了草原另一边的肥沃土地。而它们就此成为我们人类的祖先。我接下来要告诉你的引起了某些科学家的强烈质疑。可不管怎样，在这个领域里面，当某个真相刚刚出现的时候，它往往很难获得一致的认可。

"20年前，一些优秀的考古学家发现了'露西'的骸骨，她变成了万众瞩目的'明星'。'露西'有300万年的历史，当时所有人都把她当作我们人类的'大祖母'，然而他们都错了。几十年之后，另外一些研究者发现了卡达巴地猿，它的年代可追溯到500万年以前。它的韧带生长状况、骨盆以及脊椎的结构都向我们表明，它也是一种两足动物。'露西'由此丧失了她被赋予的身份地位。

"再晚一些的时候，某个考古团队发现的一些化石骸骨被证明属于两足动物的第三类种族。它们的年代更为久远，这些图根原人有着600万年的历史。这一发现推翻了之前所有的理论。因为图根原人不仅能直立行走，还与我们更为相近。基因的进化不可能是倒退着发展的。所以这一种类的出现让其他之前被当作人类祖先的物种都降级为人类的远亲，并且将猴子转变为人科的时间又往前推了一步。然而，谁又能确定图根原人就是最早的人类祖先呢？我的一些同事正在非洲西部开展研究工作，而我来到了东部，来到了这个山谷，来到了这片群山的脚下。因为我百分之百相信人类的祖先就在我们的脚下沉睡着，他们可能有超过七八百万年的历史。你现在知道，我为什么要来埃塞俄比亚了吧。"

"根据你最疯狂的设想，凯拉，你觉得我们人类的祖先最早能追溯到多久以前？"

"我手上可没有水晶球，我也不能发挥最疯狂的想象。只有基于考古的发现，我才能回答你这个问题。我所知道的是，地球上所有的人类都共有一个相同的基因。无论我们的肤色有何不同，我们都拥有同一个祖先。"

夜晚天气渐凉，我们不得不离开小山丘。凯拉在她的帐篷里为我搭了一张小床，并递给我一张毯子，然后吹熄了照明的蜡烛。我怎么都赶不走此刻盘绕在我心中的想法，如此待在凯拉的身边，即使我们没有睡在同一张床上，也让我感到无比幸福。躺在无尽的黑暗之中，我听见凯拉转了转身。

"这外面真的有狼蛛吗？"我问道。

"我还从来没见过。"她对我说，"晚安，阿德里安，我很高兴你来了。"

罗马

伊沃里走进菲乌米奇诺机场中央的咖啡厅，在吧台坐了下来。他抬头看了看悬挂在他上方的时钟，随后埋头继续看手中的意大利《晚邮报》。

一个男子在他旁边的椅子上坐了下来。

"很抱歉，伊沃里，今天的交通比往常更糟糕。需要我为您做点什么？"

"除了跟我分享一下您手头掌握的信息之外，几乎也没有什么其他的需要了，我亲爱的洛伦佐。"

"您为什么觉得我手头会有与您相关的信息？"

"很好，就让我们以公平的方式来下一盘棋吧。那我先开始好了，我会告诉您我所知道的事情。比如说，我知道组织内部已经达成了一致意见，而你们紧盯的目标此时此刻正在埃塞俄比亚，他重新见到了那个女考古学家。让我瞧一瞧，还有什么其他的能告诉您。对了，意大利方面在埃塞俄比亚也有自己的'眼线'，对吗？而且，如果您还是我所了解的那个样子，您应该已经动用当地的联系人了吧？等我再想一想看，我肯定还有一些小事情要告诉您。对了，秉承越少人知道越好的一贯原则，您应该没有把您正在进行的计划告诉任何人，这也是因为您想随时掌控行动的进展吧。"

"您来到这里，不会仅仅是为了提出这些可笑的指控吧？我想一通电话就能满足您的需求。"

"您知道吗，洛伦佐，在我们那个时代，您在工作中最强的一点是什么？"

"我确信您会告诉我的。"

"那就是，不管电话、电脑，还是银行卡，您从不依靠任何科技手段。在这些鬼东西出现之前，在您的记忆里面，侦查活动是一项很复杂的工程。而如今，这种艺术不再能带来任何乐趣了，某个开着手机的傻瓜在几分钟之内就会被卫星定位。在机场某个不知名的咖啡厅里跟老朋友一起喝一杯美味的浓缩咖啡，这种感觉妙不可言。"

"您始终没说，您到底想怎么样。"

"您说得对，我差点忘了。在某一个阶段，我曾经帮过您不少忙，不是吗？可我现在不会要求您来报答我，当然，我也没说以后不会。只是，我现在所要求的还不至于让我舍弃手中的这张王牌，因为太不划算了。真的，我现在想要的，只是您能让我比其他人稍稍领先一点点。对于您的小阴谋，我一个字也不会说出去。作为交换，您得告诉我发生在奥莫山谷里的一切。如果那一对小情人去了其他的地方，我也会很大度地把我能掌握到的信息跟您分享。您得承认，在一盘棋中，谁拥有一个隐藏的'象'，谁就拥有了最有价值的王牌。"

"我只会玩扑克，伊沃里，我对国际象棋的那套规则并不熟悉。您为什么认为他们两个将要离开埃塞俄比亚？"

"唉，我求您了，洛伦佐，我们之间就别这样啦，别把我当成傻子。如果您真是认为我们的天文学家去埃塞俄比亚只是为了向他的爱人大献殷勤，那您也不至于让您的人赶紧就位了。"

"可是，我从来就没有这么做过！"

伊沃里结完账，站了起来。他拍了拍对方的肩膀。

"我很高兴再见到您，洛伦佐。请代我向您美丽的夫人问好。"

老教授弯下腰拿起行李，然后慢慢走远。洛伦佐立即追上了他。

"好吧，我的人确实在亚的斯亚贝巴机场监视了他，他搭一架小飞机去了金卡，然后从那里转去了目的地。"

"您的手下跟他直接打交道了吗？"

"是的，以伪装的身份。他们让他搭了一段顺风车，并趁机往他的行李里塞了微型窃听器和中等功率的发射器。他跟女考古学家的谈话内容表明，他还没有弄明白是怎么一回事，不过他距离真相也不太远了，真相大白是迟早的事。他已经发现了那个东西的一些特性。"

"哪些特性？"伊沃里问道。

"某些我们之前不知道的特性。我们并没有听到全部的对话，因为正如我跟您说的那样，窃听器在他的行李里。他发现当强光照射那个东西时，它会投射出一系列光点。"洛伦佐回答，但对此并未表现出更多的兴趣。

"什么样的光点？"

"他提到了某个星云，与鹈鹕有关的，我想这可能是英语中的某个固定词组。"

"您也太无知了，我可怜的朋友，鹈鹕星云位于天鹅座之中，离天鹅座主星天津四不远。我怎么早没想到这一点！"

伊沃里突然变得如此亢奋，把洛伦佐吓了一跳。

"这就让您如此欣喜若狂了？"

"这很重要，这条信息证实了我所有的猜想。"

"伊沃里，正是因为您的这些猜想，您才跟组织分道扬镳的。我很想提醒一下您，不要忘了过去的事，可别再用您那一套愚昧的理论让我对您丧失信心了。"

伊沃里一把抓住洛伦佐的领带，如此迅速地收紧了领带结，以至于后者完全来不及做出任何反应。他开始喘不过气来，脸也涨得通红。

"您好好听着，再也别对我讲这样的话了。您刚才说愚昧？真正愚昧的是您，您总是害怕接近真相，总把它当600年前的邪教来看待。跟他们一样，您完全没资格担负起您被赋予的重任。一群没用的家伙！"

被这一幕惊呆了的旅客纷纷停下了脚步。伊沃里松开了洛伦佐，向四周微笑以便消除他们的疑虑。于是，过往的旅客重新上路，而酒吧里的服务员也转回头去干自己的活了。洛伦佐急忙解开衬衣的衣领，大口呼吸着新鲜的空气。

"下一次您要再敢这么干，我非杀了您不可！"洛伦佐对他说，竭力忍住咳嗽的冲动。

"您要真能杀了我再说吧，自负的小家伙！好吧，我们像这样子吵架也不是一次两次了，以后您给我放尊重点，知道了吧。"

洛伦佐重新在酒吧凳子上坐下，要了一大杯水。

"那么，我们那对小情人现在在干什么？"伊沃里问道。

"我都告诉您了，他们还没有发现这个东西的秘密，距离真相还差着十万八千里呢。"

"是差了十万八千里，还是只有一百里？"

"听着，伊沃里，这要是我说了算的话，早就把那个东西拿到手了，哪里用得着去管那对小情侣愿意还是不愿意，这样一来，问题不就解决了？我认为，在我们的伙伴中已经有相当一部分人认同这样的解决办法了，而大家最终达成一致意见也是迟早的事情。"

"请您永远不要赞同这样的提议，还要运用您的影响力，让其他人也不要同意这种做法。"

"您总不至于连我的行动也要管了吧。"

"您大概是担心我的愚昧会令您丧失信誉，可是，如果委员会知道我们在此相遇，他们会有什么反应呢？当然，您大可以矢口否认，但在您看来，当我们坐下来讨论的时候，周围会有多少台摄像机一直盯着我们呢？我甚至敢打赌，我们刚才的'小矛盾'也一样逃不过别人的法眼。正如我刚才跟您所说的，现代科技无处不在，都是一些卑鄙无耻的玩意儿。"

"伊沃里，您为什么要这么做？"

"这恰恰是因为您刚才所提的那种愚蠢的建议很有可能在您的朋友们那里获得一致通过，而我绝不会允许任何人对那对小情侣动哪怕是一根小指头，要知道你们所有人到现在都还不敢开展的那项研究工作最终可能要由他们两个来完成。"

"这正是我们自从发现第一个东西之后一直想要避免的情况啊。"

"现在又出现了第二个东西，以后还可能陆续出现。所以，您跟我，我们一起尽一切可能让我们的那两个受保护对象去完成'任务'吧。先于其他人的知情权，这不就是您一直想要的吗？"

"这是您企图达到的，伊沃里，不是我。"

"听着，洛伦佐，没有人是傻瓜，就算是在这个由相当体面的人组成的委员会里也没有谁是能被轻易糊弄的。"

"假如您所谓的这对小情人最终明白过来他们的发现究竟有怎样的意义，并且把它公之于众，您有没有想过，那将给这个世界带来多大的风险？"

"您指的是哪一个世界？是这个各大强权国家领导人只要一碰面就会引发争端的世界吗？是这个森林正在逐渐消失，而北极冰层像积雪在太阳底下那样不断融化的世界吗？又或者是这个大多数人忍饥挨饿，只有少数人能随着华尔街的钟声轻松摇摆的世界？还是这个一小撮狂热分子以自己想象的神的名义疯狂杀戮，使得人人自危的世界？所有这些世界，哪一个最让您感到害怕呢？"

"伊沃里，您简直疯了！"

"不，我只是想知道答案。也正因如此，你们才会一起赶我退休呢。你们不就是不想在镜子里看到一个跟你们相反的我嘛。你们自认为是诚实的人，难道就因为你们周日去教堂、周六去招妓吗？"

"您或许以为自己是个大圣人？"

"圣人并不存在，我可怜的朋友。只不过，我已经很久没有蒙着自己的眼睛了，而这也让我用不着像你们那么虚伪。"

洛伦佐久久凝视着伊沃里，然后把水杯放在吧台上，从凳子上站了起来。

"我了解的一切情况都会第一时间告知您。您将比其他人早一天知道，就一天，不能再多了。如何取舍，您自己决定。记住，这件事之后，我对您就不欠什么了。我之前欠您的那笔人情债代价没那么昂贵，要知道在扑克的游戏规则里可没有什么王牌。"

洛伦佐走了，伊沃里瞥了一眼吧台上的挂钟，飞往阿姆斯特丹的航班将在 45 分钟之后起飞，他得抓紧时间了。

奥莫山谷

凯拉还在熟睡之中，我坐起身来，尽量轻手轻脚地走出帐篷。营地里一片寂静。我一直走到了山顶。往下看，奥莫河上萦绕着一层薄雾。几个渔夫正在自己的小船上，准备开始一天的捕鱼工作。

"很美吧？"凯拉在我身后问。

"你昨晚做噩梦了。"我转过头对她说，"手脚不停地抖动，还发出一连串尖叫声。"

"我完全不记得了。也许我梦到了我们前一晚的重逢？"

"凯拉，你能带我去那个吊坠被找到的地方吗？"

"怎么，为什么要去那儿啊？"

"我必须确定它被发现时的确切位置，我有一种预感。"

"我还没吃早餐呢，肚子饿了。跟我来，我们边吃边讨论这个问题吧。"

回到帐篷之后，我换了一件干净衬衣，检查了一下我的行李以确认我带来了所有需要的物资和设备。

凯拉的吊坠让我们看到了天空的一角，而这一角并不属于我们现在这个时代。我需要找到这个东西被发现时的具体位置，它们之间一定存在着某种必然联系。我们所看到的星空每一天都在发生着变化，3月的天空与10月的天空可不一样。通过一系列的运算，我也许能搞明白吊坠投射出的这一片四亿年前的星空到底属于哪一个季节。

"哈里跟我讲过，这个吊坠是在图尔卡纳湖中心的一个小岛上发现的。这个小岛是一座死火山，岛上的淤泥很肥沃，当地的村民时不时会去挖一些淤泥来做肥料。哈里正是在跟他父亲上岛挖淤泥的时候，发现了这个吊坠。"

"如果找不到你的朋友，能找到他父亲吗？他在附近吗？"

"哈里是个孩子，阿德里安，而且是个孤儿，他的双亲都已经过世了。"

我无法掩饰心中的惊愕，凯拉看着我摇了摇头。

"你不会以为他和我……"

"我只是没料到哈里比我想象的更小，仅此而已。"

"我实在没办法告诉你，他具体是在哪个位置发现的这个吊坠。"

"我也不需要那么精确。你能陪我走一趟吗？"

"不，肯定不行。去那里一个来回至少需要两天的时间，我不可能就这么扔下我的团队，我得履行我的职责。"

"你如果扭伤了脚踝的话，那总得停工吧？"

"我会打上夹板继续工作的。"

"没有人是不可替代的。"

"或者你可以这么理解，我的工作对我来说是不可替代的。我们有一辆四驱越野车，我吸取了上次的教训。如果你愿意，我可以把它借给你用。我还可以找个村民给你做向导。你如果现在就出发，傍晚时分就能到达湖边。去的路途不算太远，不过这一路很不好走，你可能要开得非常慢才行。到了湖边之后，你得找一艘小船送你去湖心小岛。我也不知道你要在岛上待多久，快的话，你明天晚上应该就能回到这里。你的时间刚好够赶到亚的斯亚贝巴搭上回伦敦的飞机。"

"我们见面的时间也太短了。"

"既然你迫不及待地想去那个小岛，那就不能怪谁了。"

我尽量按捺住心中的不快，感谢凯拉借车给我。她陪着我走进了村里，并跟村长攀谈了起来。20分钟之后，村长跟着我们一起离开。他已经很长时间没机会去图尔卡纳湖了，以他现在的年纪，他已经不可能再乘船沿河看风景了。所以他很乐意搭乘我们的车走一趟。他答应一直领我到火山岛对面的湖岸边。只要到了岸边，就很容易找到小船上岛。等村长收拾好东西，然后再将凯拉送回营地，我们就可以出发了。

凯拉下了车，绕到了驾驶座前面，用手撑着车窗沿。

"你路上别耽搁太久，等你回来之后我们或许还能有点时间待在一起。我希望你此行能够找到你想要的。"

我来到这里想寻找的现在就站在我的面前，可是我得花点时间才能承认这一点。

是时候出发了，我准备向前面的小路开去。变速箱发出咔咔的声音，凯拉建议我将离合器踩到头。当我开始向后倒车的时候，凯拉朝着我跑了过来。

"你能再等几分钟吗？"

"当然可以，怎么了？"

"等我通知埃里克暂时替我指导一下挖掘工作直到明天。我还得收拾一下行李。你真是让我豁出去了。"

村长坐在后排的座位上昏昏欲睡，他完全不知道凯拉也打算跟我们一起走。

"我们还带着他吗？"我问道。

"如果现在把他扔在路边，那也太不厚道了。"

"好吧，他正好可以做你的监护人。"我说。

凯拉使劲拍了一下我的肩膀，让我向前出发。

她一点也没有夸张，沿途一路都是坑坑洼洼的，我不得不抓紧方向盘，努力控制好方向，避免让车子陷入泥潭之中。一个小时过去了，我们才走了不到 10 公里。按照这样的速度，我们不可能在当天安全到达。

一次比之前更猛烈的颠簸震醒了后排的乘客。村长伸了伸懒腰，向我们指了指拐角处，那里藏着一条不易察觉的小路。通过他的手势，我明白了，他想让我们走一条捷径。凯拉让我遵从他的建议。这条小道没有一点人走过的痕迹。我们的车沿着山坡一侧慢慢向上攀爬。突然，一片宽阔的原野出现在我们面前，在阳光的照射下闪着金光。轮胎下的路面变得平坦起来，我终于可以加快些速度了。四个小时之后，村长叫我停车。他走下了车子，慢慢往远处走去。

凯拉和我尾随着他。顺着这位向导的脚步，我们来到了悬崖边。村长指了指下方的三角洲，壮丽的图尔卡纳湖由此处延绵至200多公里之外。湖上有三个火山岛，在这里只看得到北边的那个，我们还需要走很长一段路才能到达目的地。

在肯尼亚这一面的岸边，一丛丛火红的玫瑰向空中怒放，在风中摇曳生姿。湖水从泻湖周围的琥珀色慢慢渐变为远处的绿色。现在，我更能体会到为何这片湖被称为玉湖了。

重新登上越野车，我们顺着一条小石子路，向着湖的北部开去。

附近荒无人烟，只见到一群羚羊走过。我们继续开了好几公里，却再也没有见到任何生灵。一路跋涉，有时候一片片白茫茫的盐田反射着阳光，晃花了我们的眼睛；有时候荒地上爬满一种不知名的植物。在高高的草丛之中，躺着一头可能是迷了路的水牛。

地上插着的一块路牌显示出我们已经进入了肯尼亚的地界。我们穿过一片游牧者的村落，几间用干土搭成的屋子表明这里曾经有人定居。为了绕过一块岩壁，我们远离了河岸，不久，图尔卡纳湖彻底从我们眼前消失了。这条枯燥无味的小路似乎永远没有尽头。

"我们很快就到科比福拉了。"凯拉说。

在那里，一位凯拉十分钦佩的考古学家理查德·里奇挖掘了一处考古遗址，并发现了好几百块南方古猿的骸骨化石以及大量的石器工具。而他更重大的成果是发现了能人化石，他们是人类最直接的祖先，距今有约200万年的历史。当我们经过这片考古遗址时，凯拉转了转头，我想，她一定梦想着有一天自己所发现的考古遗址也能成为大家都知道的著名景点。

一个小时之后，我们终于接近了旅途的终点。

几艘小船停靠在图尔卡纳湖的岸边。村长走上前与渔夫们交谈，正如他向我们保证的，他找到了一艘带有马达的小独木舟可以搭载我们上岛。

村长自己则更愿意留在岸边。经过了一段漫长的旅程，他大概想利用生命中最后一次机会再好好看几眼这一片美丽的湖光山色。

当我们逐渐驶离岸边时，我发现远处的岸上扬起了一片尘土，肯定是有车经过。然而，我的目光很快就转向了眼前的这座湖心岛。它也被称为怪脸岛，因为岛上的三个主火山口组成了一张嘴和两只眼的图案。这个小岛上总共有 12 个火山口，而在每个主火山口的中央都形成了一小片凹湖。登上小岛，蹚过黑沙滩，凯拉带着我翻过一块陡峭的岩壁。我们脚下的玄武岩历经岁月的侵蚀，已经风化。我们花了一个小时的时间登上了火山顶。从 300 米的高度俯瞰，湖景美得不可思议。我情不自禁地想象，在这平静的湖面之下正沉睡着一头能摧毁一切的怪兽。

为了让我安心，凯拉告诉我，最近一次火山爆发已经是很久以前的事了。不过，她以嘲弄的口吻继续说，在 1974 年，火山口曾经发出很刺鼻的气味，虽然不能把这称为火山爆发，但当时喷出的硫黄气雾，从整个湖边都能看得一清二楚，这也够吓人的了。会不会就是在火山活动的过程中，凯拉的吊坠从地壳深处被带到了地面上呢？如果真是这样，它的出现有多长时间了？

"哈里就是在这里找到它的。"凯拉对我说，"这能帮到你吗？"

我从背包里掏出 GPS 定位设备，测了测我们所在的位置。我们正处于北纬 3° 29′、东经 36° 04′ 的坐标上。

"你找到你想找的了吗？"

"还没有。"我回答，"还得等回到伦敦完成一系列运算之后才能知道。"

"为什么？"

"因为我需要确认我们在这里看到的星空和你吊坠折射出的星空之间是否相对应。之后，我才能得出进一步的结论。"

"你就不能从地图上找到相关的坐标吗？"

"倒也可以，不过跟实地考察还是不一样。"

"有什么区别呢？"

"就是有区别，就是这样。"

说出这句话之后，我的脸马上红了，我就像个傻瓜一样。"瞧瞧您笨拙的样子。"沃尔特如果在这里的话一定会这么对我说。

太阳开始下山了，我们得赶快下到黑沙滩边，找回搭载我们的渔夫。今晚，我们将在之前经过的那个游牧村落里过夜。

当我们向岸边靠近时，凯拉和我发现事情有些不对劲。越野车的四个车门都大开着，村长却不见了。

"他可能正躺在车里休息呢。"凯拉试图驱散心中的疑虑，然而我们两个都感到惴惴不安。

把我们放在岸边之后，渔夫马上往外海驶去，他也要赶在夜幕降临之前回到自己的住处。凯拉跑向越野车，我跟在她后面，看到了最糟糕的一幕。

村长脸朝下横躺在地上。从他头上涌出的一小股血迹已经发黑，隐没在身下的碎石之间。凯拉俯下身，小心翼翼地将他翻转过来，呆滞的双眼毫无疑问宣告了他的死亡。凯拉蹲了下来，我还是第一次见到她哭。

"他可能突然不舒服倒了下来，我们本不应该把他一个人留在这里。"凯拉啜泣着说。

我把她拥入怀中，俩人就这么守在尸体的旁边。村长的死深深地触动了我。

在深蓝色夜空的笼罩下，老村长在我们的身边长眠。我希望今晚的夜空中会因此多出一颗闪亮的新星。

"我们明天上午要通知当地政府。"

"千万别。"凯拉对我说，"我们现在位于肯尼亚的地界上。当地警察如果参与进来，可能就要留住尸体来展开调查。而如果让他们解剖尸体，这对那些村民来说将是奇耻大辱。村长必须在24小时之内安葬，他的村民们一定希望他得到应有的尊重。对村民们来说，他是很重要的人物，是他们的向导，是他们的先知和智者。我们不能触犯他们的习俗。让他葬在异乡会是一场悲剧，很多村民会把这当成是厄运。"

我们用毯子把村长裹了起来，并把他安放在后排座椅上。我留意到，在我们车子的旁边还有其他的轮胎印。然后我又想起，不久之前，在我们准备上岛的时候，我看到过车子扬起的一片尘土。也许，村长并不是因为身体不适而摔倒致死的？我们不在的时候到底发生了什么？

凯拉陷入了沉思，我则从车里取出手电，照着附近的地面仔细查看。在我们车辆的周围，有一圈密密麻麻的鞋印，肯定不只是我们自己的。难道是那些渔夫的？可我不记得他们曾经离开自己的小船，并且我确定是我们走过去找到他们的。我暂时不想对凯拉说出这些疑问，她已经够伤心的了，我不想再拿一些无根据的猜测去搅乱她的心绪。湖边布满灰尘的土地上出现一些橡胶鞋底的印子并不能说明什么。

当晚，我们就在地上睡了几个小时。

黎明时分，凯拉坐上了驾驶座。当我们准备朝着奥莫山谷出发之时，她低声说："我父亲就是这样离开的。当我逛完街回家的时候，看见他倒在家门口的台阶上。"

"我很抱歉。"我笨拙地安慰她，有些结巴。

"你知道吗，最糟糕的还不是看到他斜躺在台阶上，头朝下，双脚朝着门。最糟糕的是接下来发生的事情。等他们抬走尸体之后，我走进他的卧室，看见床上的床单仍然皱成一团。我想象着他在那个早晨起床前的姿势，想象着他最后在床上翻身的样子。我甚至可以想象他走到窗边拉开窗帘想看看外面的天气。他早已养成了这样的习惯，比起报纸上的天气预报，他更相信自己的眼睛。我在厨房的洗碗槽里发现了他的咖啡杯，餐桌上摆着切了一半的面包，还有没来得及涂上的黄油。

"就是在你看到一些日常熟悉的东西，比如一把黄油抹刀的时候，你才会意识到他已经离开，再也不会回来了。从此以后，一把该死的黄油抹刀将一直出现在你的生活中，不断地割痛你孤独的神经。"

听着凯拉的讲述，我终于意识到，我为什么会把她的项链带去希腊，为什么自从她把项链留在我家的床头柜上之后，我就从未让它离开过我的身边了。

我们在当夜赶回了村子。当凯拉从车子里走出来的时候，这些穆尔斯人意识到发生了很严重的事情。那些在中心广场上的村民立即停下了脚步。凯拉满含泪水地看着他们，却没有任何一个村民走上前来安慰她。我打开越野车的后门，用双臂将老村长的尸体抱了出来。我把遗体轻轻地放在地上，低头默哀。一连串长长的呻吟声在整个部落里响起。女人们向天空张开双臂号哭，男人们则向着他们首领的遗体靠近。村长的儿子揭开了毛毯，慢慢抚摸着他父亲的前额。他随后站起身来，双眉紧锁，狠狠地盯着我们。从他的眼神中能看得出来，我们成了不受欢迎的人。对他们来说，无论发生了什么，我们带着老村长离开时他还活生生的，可现在我们带回来的是他的尸体。我感到众人目光中的敌意在不断增强，于是拉着凯拉的胳膊，带着她慢慢地朝车边走去。

"别回头。"我对她说。

当我们坐上越野车的时候，村民们开始向我们靠拢，将车子团团围住。一支长矛砸在了汽车的引擎盖上，另一支射穿了车后镜。凯拉大喊着让我低下头，话音未落，第三支长矛砸碎了风挡玻璃。我打着了发动机，挂了倒档，车子动了起来。我马上直起身，让车子转了一个弯，然后冲出了村庄。

怒气冲冲的村民们并没有在后面追赶。10分钟之后，我们到达了考古队的营地。见到越野车的惨状和凯拉苍白的脸色，埃里克感到十分不安。

我向他讲述了我们的不幸遭遇。所有的考古队成员都围坐在火堆边上，讨论接下来该怎么办。

所有人都一致认为考古队未来的工作会受到牵连。我建议等到明天，我重新回到村子里去，像"绅士"一样再跟村长的儿子好好谈谈，跟他解释一下，他父亲的不幸离世跟我们并没有关系。

可是，我的提议让埃里克发起了脾气，他认为我完全没有意识到问题的严重性。"我们这可不是在伦敦。"他咆哮着说，村民们的怒火不可能因为一次友好的下午茶就烟消云散。村长的儿子想找到罪魁祸首，用不了多长时间，他就会把营地当作报复的目标。

"你们俩必须躲一躲。"埃里克表示，"你们必须离开这里。"

凯拉站了起来，向她的同事们道歉，她感到很不好受。经过我面前的时候，她请求我今晚到其他地方睡觉，她需要一个人待着。我尾随着她离开了人群。

"你应该感到很自豪吧，你一来就毁掉了一切。"她对我说，丝毫没有放慢脚步。

"可是，真见鬼，凯拉，又不是我杀了这位老人家！"

"我们甚至没办法向他的亲属们解释清楚他是怎么死的。而我将不得不放弃我在这里的挖掘工作，以避免一场大规模的屠杀。你毁掉了我的工作，毁掉了我所有的希望。就因为你，我刚刚失去了领导这个团队的资格和权力，埃里克应该很乐于接手我的工作。如果我没有陪你去那个该死的小岛，这一切就不会发生了。你说得对，这不是你的错，全是我的错！"

"可是你们都怎么了？为什么要心甘情愿地承担莫须有的罪名呢？村长是因为年纪太大而过世的。是他自己想最后再看一次图尔卡纳湖，我们只是帮他实现最后的愿望罢了。我今晚就会到村子里去，跟他们讲清楚。"

"怎么跟人家讲？你现在会说穆尔斯语啦？"

在这一点上，我确实无能为力，只好保持沉默。

"明天一早，我就送你去机场。我自己也会在亚的斯亚贝巴待上一个星期，希望事情能够在这段时间里平息下来。天一亮我们就出发。"

凯拉走进了自己的帐篷，甚至都没跟我道晚安。

我完全不想重新回到人堆里去，这些考古学家还围坐在火堆旁，继续讨论着他们的命运。从他们谈话的只言片语中，我意识到凯拉猜对了将会发生的事。埃里克已经开始试图在其他队员面前树立自己的权威了。如果能够重新回到这里，凯拉还能找回自己的位置吗？我走到小山坡上，望着下面的河流。一切都那么安静。孤独感和内疚感慢慢侵蚀了我的内心。

一个小时过去了，我听到身后响起了脚步声。凯拉走过来，在我的旁边坐下。

"我实在没办法平静下来。我在这个晚上失去了一切，没有了工作，没有了信誉，没有了未来，一切都灰飞烟灭了。第一次是夏马风把我给刮走的，而你，阿德里安，你应该就是我遭遇的第二场风暴。"

我注意到，通常来讲，如果一个女人在谈话中间突然喊出你的名字，那她接下来可能就会对你有所抱怨了。

"你相信命运吗，凯拉？"

"唉，我求求你了，现在别跟我说这些。你不会从你的口袋里掏出一副塔罗牌，让我来抽一张吧？"

"我从来都不信这个，我甚至讨厌冥冥中自有天意这种说法。因为这么说就等于否定了我们的自由意志，否定了我们拥有选择的权利，以及决定自己命运的可能性。"

"我现在真的没有心情听你谈什么人生观。"

"我虽然不相信命运，但我常常思考关于机缘巧合的问题。你无法想象，我们有多少重大发现都是源于某些意外的小运气。"

"我这里有阿司匹林，阿德里安，你想要来两片吗？"

"你来到埃塞俄比亚是因为你想找到人类祖先的痕迹，不是吗？我昨天问过你一个问题，而你避开了，没有回答。在你最疯狂的想象中，'史前第一人'能有多大年纪？"

我相信凯拉接下来的回答更多的是出于赌气，而不是她真正确信无疑。

"如果第一个人有 1 500 万年或 1 600 万年的历史，我也不会感到惊奇。"她如是回答。

"如果我再往上多加 3.85 亿年，你会怎么说呢？"

"我会说你是被太阳晒昏了头吧。"

"好吧，让我换一种说法。这个无法测算出年代、我们也不知道其成分的吊坠，你认为它的存在只是自然界的一个偶然现象吗？"

我一下子击中了要害，凯拉盯着我看了很久，她脸上的表情让我感到有些意外。

"在那个暴风雨的晚上，你看到的那些因为闪电而映射在墙上的无数光点，其实是鹈鹕星云的模样。它位于两个星系之间，是恒星产生的摇篮。"

"真的吗？"凯拉惊愕地问。

"是的，千真万确，这还不是事情的全部。你的吊坠所投射出的这一片星空并不是你现在抬头能看到的星空。它投射出的是四亿年前的星空。从地质年代来看，这对应的是哪一个时期？"我问凯拉。

"这是地球上刚刚出现生命的时期。"凯拉答道，彻底惊呆了。

"我有充足的理由相信还存在着其他与你这个吊坠一样性质的东西。如果它们的大小都差不多，如果我的计算无误，那应该还有其他四个东西跟这个一起组成一个完整的天空。这是一个很有趣的拼图游戏，不是吗？"

"四亿年前就能制作出这样的星空图？不可能啊，阿德里安！"

"你自己之前还说过呢，就在 20 年前，大家都还以为人类的祖先只有 300 万年的历史。你试想一下，如果我们能把所有缺失的碎块集齐——当然我还不知道要怎么找到它们，如果我们能证明，在四亿年前出现了这么一张星空图，其精确程度和所利用的观测手段简直让人难以想象，那么你将得出什么样的结论？"

面对如此重大的一个发现，凯拉哑口无言。

我从来没想到过老村长的死会迫使凯拉离开她的挖掘工地，而在从伦敦出发的时候，我就曾经希望能说服她跟我走。

我们俩都沉默不语，凝视着头顶的星空，一直到深夜。

睡了几个小时之后，我们整理好行装，在黎明时分告别了考古队的营地。所有的考古队队员都来到越野车的旁边跟我们道别。按照之前的计划，把我送去亚的斯亚贝巴机场之后，凯拉会在城里待一段时间，等待事态平息。凯拉不在的时候将由埃里克接替她指导开展考古工作。凯拉会定期打电话回来，随时等候能重新返回工地的信号。

在去往亚的斯亚贝巴的这两天旅程中，我们俩不停地讨论关于这个神秘吊坠的问题。它为何会出现在图尔卡纳湖中心的火山岛上？这有什么特殊的意义？是有人故意把它放到那里的吗？为什么呢？是什么时候放的呢？

我们俩都知道还有另一个与之相类似的东西存在，不过我们谁都没有跟对方提起。这五个东西合在一起可能会拼出一张完整的星空图。然而，目前困扰着我们的最大问题是其他几个东西到底在哪里、我们怎么才能找到它们。

仅仅几个月前，还在阿塔卡马高原的时候，我完全想象不到，为了一个重大的发现，我不仅要运用自己的天体物理学知识，还需要涉足古生物学的领域。

当我们踏上第二天的路程时，凯拉回忆起了几年前她在杂志上看到的一篇文章。多亏了这模糊的记忆，一段新的征程将在我们面前展开。我们接下来的行动是源自科学家的本能呢，还是出于心中的预感？我自己也无法说清楚。然而，一切就这么开始了。当时，凯拉问我是否听说过在德国曾经发现了一个类似星空圆盘的青铜时代古物。任何一个合格的天文学家都应该知道这就是"内布拉（Nebra）圆盘"。20世纪末，一群盗墓者在上萨克森州发现了它。这个物体重达两公斤，呈圆盘状，直径为30厘米。在圆盘上面嵌有一串小金片和小金点，呈现出一轮弯月和一些星体的模样。它的构造如此不可思议，以至于考古学家们一开始还以为这只是一件现代的赝品。然而，经过严格的检测，专家们最终证实，这个物体的年代可以追溯到3 600年前。就在同一个地方挖出的青铜剑和装饰品也证明了它的真实性。除去它古老的年代，内布拉圆盘至少还有两个显著的特点。圆盘上的小金点看起来像是昴宿星团，这一组恒星正是在那个时期出现在欧洲的天空。另一个特点是出现在圆盘右边呈82度的弧形图案。82度正是太阳在夏至和冬至时从内布拉升起的位置之间存在的角度差。关于这个圆盘的功能和用途，业界流传着好几种猜想：它有可能被用于农耕，夏至宣告了播种季节的来临，而冬至代表了收获时刻的来临；还有另一种可能性，内布拉圆盘也许是用于传播天文知识的教学工具。这两种可能性都证明了一点，就是那个时代的人类所拥有的智慧和所掌握的技能绝对比我们现在想象的还要先进。

到目前为止，内布拉圆盘被认为是最古老的天空图像。而在图尔卡纳湖心小岛上出现了这样一个东西，它现在正躺在凯拉的手指之间……

"在内布拉圆盘和我的吊坠之间会有某种联系吗？"

"我也不知道，不过我想，这问题值得我们去一趟德国。"我很愉快地说。

我们正在向埃塞俄比亚的首都靠近，我却感觉到凯拉越来越提不起精神。我完全忘掉了旅途的疲惫,这是因为想到了马上可能会有重大的发现,还是因为想到了有可能成功说服凯拉跟我一起开展研究? 可惜的是,我的兴奋之情并没有感染到凯拉。沿路经过的每一块路牌不断地告诉我们,距离亚的斯亚贝巴越来越近了,凯拉却变得越来越沉默,陷入了沉思之中。

我无数次地克制住想要询问她的冲动,无数次无奈地重新陷入孤独之中,只好一直望着前方的路。

我们把越野车停在了机场的停车场,凯拉跟着我来到了候机大厅。明天有一班飞往法兰克福的航班。在航空公司的柜台前,我正打算买两张机票,这时,凯拉把我拉到了一边。

"我不能跟你一起去,阿德里安。"

她的全部生活在这里,凯拉向我解释,她还没有做好放弃的准备。几个星期以后,又或者是一个多月以后,奥莫山谷那边将会恢复平静,而她也将重返工地。

我没有办法让她相信:我们如果一起努力探索,在将来的某一天可能会创造出奇迹。她只是不断地对我重复,这个研究属于我的领域,与她无关。从她讲话的口气中,我听出了无比的坚定,看来,我没有必要再坚持下去了。

在我离开之前,我跟凯拉在亚的斯亚贝巴还能一起待一个晚上。我请求她无论如何帮忙找一家像样一点的馆子吃饭,一个至少不会让我的胃翻江倒海的地方。

我费了很大的劲假装不记得我们明天即将分离的事实,为什么不好好珍惜我们现在在一起的时光呢?

整个晚餐过程中,我都表现得很好。在散步走回宾馆的路上,我也抑制住了想说服凯拉改变主意的冲动。

当我送她回到房间的时候,凯拉抱住了我,把头轻轻靠在了我的肩上。她在我耳边低语,告诉我会信守在伦敦时对我许下的承诺,这一次,她不会再吻我了。

我很讨厌在机场告别的场面，分离的前一夜已经让我足够难过了，我可不想再雪上加霜。第二天一早，在我离开酒店之前，我把一张字条塞到了凯拉的房门下面。我记得我在字条上道了歉，请她原谅我给她造成了这么多的麻烦。我衷心地希望她能尽快回到她好不容易搭建起来的挖掘工地，还向她承认了我的自私行为。在历数完自己的罪状之后，我向她坦白，抛开所有的这一切，我已经找到了我认为最重要的，那就是：她能陪伴在我的身边，这让我感到无比幸福。我严重怀疑我这番表白会看起来相当笨拙。在下笔之前我也犹豫了好久，但最终还是写下了这些文字。不管怎么说，它们至少是真诚的。

候机大厅里人山人海，简直让人以为全非洲的人都选择在今天出行。等候办理登机的队伍也长得看不见尾巴。经过漫长的等待，我终于登上了飞机，在最后一排坐了下来。当舱门关闭的时候，我突然在心里问自己干吗不回伦敦，干吗要在一个毫无根据的空想后面追着跑。空姐宣布飞机将会延迟，不过没有具体说明是什么原因。

突然，在机舱走道上，在忙着放行李上架的旅客中间，我看到凯拉拖着一件看起来跟她一样重的行李向我走来。她请求我的邻座跟她交换位置，对方很乐意地接受了她的请求。于是，她在我的身边坐下，对着我微笑。

"15 天，你听到了吗？"她一边系好安全带一边对我说，"两个星期之后，无论我们在哪里，你都必须把我送上飞回亚的斯亚贝巴的飞机。你能保证吗？"

我保证。

在 15 天之内找到吊坠的真相，在两个星期之内找齐其他四块失散的四亿年前的碎片，这对我来说简直就是不可能完成的任务。不过，不管怎样，飞机已经开始在跑道上加速，而凯拉就坐在我的身边，头靠着舷窗，闭上了双眼。突如其来的这 15 天远比我昨晚期望的更多。在八个小时的飞行途中，凯拉完全没有提到我塞在她门下的那封信，之后也没有提起过。

法兰克福

我们距离内布拉还有 320 公里。尽管已经被这次旅程搞得筋疲力尽，我还是马上租了一辆车出发，希望能够在日落之前赶到目的地。

凯拉和我都没有想到，这个乡村小镇现在已经变得这么热闹了。当年，正是在这里出土了那著名的"星空圆盘"，而如今这个地方看起来俨然已经是一个吸引众多游客的旅游中心了。一个混凝土铸就的巨大塔楼矗立在这片平原的正中央。塔身倾斜宛如比萨斜塔，而从塔基向外延伸，在地上刻着两条线，分别代表着位于两极点时的太阳轴线。整个建筑群还包括一个建在丘陵高处的巨大玻璃木屋，这是一个博物馆，周边的美景可在这里一览无遗。

然而，探访内布拉星空圆盘遗址没能带给我们任何激动人心的感觉。倒是几公里之外的城镇中心那鹅卵石铺就的小街小巷，以及有着美丽古城墙的废弃城堡，多少还保留了一些原本的面目，值得一逛。可是，只要瞅一眼周围商店橱窗里大量堆放的 T 恤、碗碟以及"星空圆盘"图像的各种仿制品，心中好不容易才有的一点真实感就马上荡然无存了。

"我以后是不是要考虑一下去阿斯泰里斯主题公园〔位于巴黎，阿斯泰里斯（ASTERIX）是法国家喻户晓的连环画人物〕进行考古挖掘啊？"凯拉向我抛出了一句充满讽刺意味的话。

我们找到了酒店，服务员把最后一个空置房间的钥匙递了过来，我向他介绍了我们两人各自的身份，应我的要求，他答应第二天安排我们与内布拉博物馆的管理员私下碰一碰面。

莫斯科

卢比扬卡广场，两个奇怪的世界在此相连，一边是克格勃总部正面铺满橘黄色石砖的高大建筑，而另一边则是玩具的宫殿。

这个早晨，瓦西里·尤仁科不得不放弃在普希金咖啡厅吃早餐的计划，这让他感到无比烦躁。将自己的旧拉达汽车停在路边之后，他来到门前等待商场开业。在商场的第一层，旋转木马闪闪发光，已经开始了今天第一轮转动，然而在木马上面还没有出现任何小孩子的身影。在搭乘自动扶梯上楼的时候，瓦西里刻意不去触碰两边的扶手，因为在他看来，这上面肮脏不堪。上了二楼之后，他在某个摊位前停了下来，里面摆放的一系列精美的套娃玩偶吸引了他的目光。这种连环套着的玩偶一直是他中意的玩具。在他小的时候，他的姐姐曾经有一套，如果放在今天那肯定是无价之宝了。然而，他的姐姐都已经在新圣女公墓长眠 30 年了，至于那套俄罗斯套娃，现在也早已成为遥远的回忆。店里的销售员对瓦西里报以热情的微笑，可是她掉光了牙的双颌有碍观瞻，尤仁科将视线移开。售货员拿起一个颜色鲜艳、有着红色的头和黄色身子的套娃，将它塞进纸袋子里，然后向这位客人索要 1 000 卢布。尤仁科付完钱之后就离开了商场。不久，他坐在某家小咖啡馆里，找到套娃中的第三个和第五个，刮开外面的表皮，抄下了出现在眼前的两组数字。然后，他搭乘地铁在普洛斯查德·弗斯塔尼亚站下了车，沿着长长的走廊来到了莫斯科广场。

在火车站的行李寄存处，他走到了第三个套娃身上那组数字所显示的寄存柜前，并在柜门的键盘上输入了第五个套娃身上的数字。柜门随即打开，他从里面取出了一封信。信封中装着一张机票、一本护照、一部配有德国号码的手机，以及三张照片。其中一张照片里是一个男人的肖像，另一张是一个女人的样子，第三张则是这两个人一起下飞机时的情景。在照片的背面写有他们各自的名字。尤仁科把照片装进口袋里，然后看了看机票上的航班时刻。他必须在两个小时之内赶到谢列梅捷沃机场。他努力回想自己的车刚才是否停在了规定的停车位上，不过现在他顾不了那么多了，已经来不及了。

罗马

在办公室里，洛伦佐双肘撑在阳台的栏杆上。烟头从他的嘴里滑落到下面的街道上。一直看着烟头滚进了排水沟里，洛伦佐才关上了窗，拨通了电话。

"我们在埃塞俄比亚遇到了一点小麻烦。他们离开了这个国家。"洛伦佐说。

"他们去了哪里？"

"他们到法兰克福之后就不知去向了。"

"发生了什么事情？"

"跟踪他们的人倒了大霉。您的这两位目标人物去了图尔卡纳湖上的一个小岛，跟他们一起的还有某个村落的村长，那是他们的向导。我的手下本想查问村长，这两个人到底去小岛上干些什么，就在这个时候，出了点事故。"

"什么样的事故？"

"那位老人家跟他们发生了口角，并因此倒地身亡。"

"谁还知道这件事情？"

"我之前跟您保证过，会让您了解第一手信息。不过，鉴于目前事态的发展，我明天就必须跟其他人取得联系。我得向他们解释，为什么我的人会跟踪您那两个'傻帽儿'。"

洛伦佐还没来得及向伊沃里说再见，对方就已经挂掉了电话。

"您怎么看？"维吉尔此时正坐在他对面的椅子上问道。

"我们瞒不了伊沃里多久，我甚至怀疑他可能猜到您已经知道了。他是个老狐狸，我们算计不过他的。"

"伊沃里是位老朋友，我并没想算计他。我只是想避免受他的摆布。我们跟他的目标并不一致，我们不能让他来主导事情的发展方向。"

"好吧，如果您想听一下我的意见，我敢说，就在我们谈话的这一刻，他已经在采取行动了。"

"您为什么会这么想？"

"楼下的街道上有一个人，我愿意打赌，他跟踪着您，从您离开您办公室一直到这里。"

"从阿姆斯特丹到这里？"

"他的跟踪技巧如此拙劣，痕迹显而易见，要么他是一个没用鬼，要么就是您的老朋友想向您传达一个信息，比如说'别把我当成傻子，维吉尔，我知道您在哪里'。鉴于这个家伙一直跟踪您到这里而您丝毫没有察觉，我更倾向于相信上述第二种假设。”

维吉尔从椅子上跳了起来，走到窗边。然而，洛伦佐刚刚提到的那个男人已经走远了。

上萨克森

“你可能要系上安全带，这里的路比较陡峭。”

凯拉将车窗彻底摇下，似乎完全没有听到我的话。在这次出行的过程中，我有时候会有一种打开车门把她推出去的冲动。

内布拉博物馆的管理员张开双臂，热情地接待了我们。他对馆内展示的藏品充满了自豪感，向我们详细地介绍着每一件藏品：长剑、盾牌、铁矛……没有漏掉任何一样东西。他大概跟我们讲述了上百件宝物的故事，最后终于轮到了“内布拉圆盘”。

这件东西相当引人注目。它的外观跟凯拉的吊坠毫无相似之处，然而，我们俩都被它的美深深震撼了。圆盘制作者高超精湛的技艺令我们感到惊叹。在青铜时代，怎么会有人完成这样的创举呢？博物馆管理员把我们领到了咖啡厅，询问我们需要什么样的帮助。凯拉把吊坠拿给他过目，我则向他道出了这个东西的奇特之处。这位管理员被我所讲的内容深深吸引，于是询问起吊坠的年代，我跟他说，我们对此也一无所知。

尽管眼前的这位男士曾经花了10年的时间致力于内布拉圆盘的研究，我们手上的东西还是让他大吃了一惊。他依稀回忆起曾经看到过一个东西，也许会让我们感兴趣。不过，他需要一点时间理清思绪，并且梳理一下手头的相关文献。因此，他建议我们当天晚上与他一起共进晚餐。他到时会尽可能地为我们的研究提供任何所需的帮助。于是，我跟凯拉两个人就有了一整个下午的自由时间。我们所住的酒店有两台供住客使用的电脑，我趁机发了一封邮件给沃尔特，告知他我现在的状况，同时也联系了一些同事。在写信的过程中，我盘算着哪些内容是可以讲的，而哪些是需要瞒着他们的，以免被他们当成妄想狂。

法兰克福

刚下飞机进入国际到达大厅，瓦西里就来到四家租车公司的柜台前面。他手里拿着照片，挨个询问每一个柜台的接待人员是否认得照片上的这一对情侣。其中三家表示不认识照片上的人，而第四家的接待员表示不能随便透露客户的隐私。瓦西里由此了解到了如下信息：他的跟踪目标并没有从机场打车去市区，而且更重要的是，他们应该就是在这家公司租的车。对此早已驾轻就熟的瓦西里走向不远处的电话亭，打了个电话给第四家公司的接待员。当对方接通电话时，瓦西里用几乎完美的德语通知他，他们的停车场内发生了一起事故，请他一定在最短的时间之内赶到那儿处理。瓦西里看到对方挂掉电话，怒气冲冲地跑进了通往地下停车场的电梯。等他完全消失之后，瓦西里立即走到柜台边的电脑前敲打着键盘，不一会儿，打印机发出了啪啪的声音。瓦西里将阿德里安租车合同的复印件揣进了口袋，随即走远。

他在莫斯科火车站拿到的那个信封里面留有一个电话号码，瓦西里拨通了这个电话，由此得知阿德里安所租的车牌为 PA521 的灰色奔驰车曾经出现在 B43 高速公路的监控摄像头画面里，然后经过了 A5 高速公路，往汉诺威的方向开去。行驶了 125 公里之后，这辆车又驶上了 A7 高速公路，然后从 86 号出口下了高速。110 公里之后，奔驰车以每小时 130 公里的速度在 A71 高速公路上飞奔，没多久，它就上了国道，往魏玛的方向开去。由于国道等非重要道路的监控措施并不那么到位，奔驰车似乎就这样消失了。好在罗森博尔戈十字路口的交通灯旁边装有一个摄像头，再次捕捉到了目标车辆。于是，瓦西里租了一辆大型的五座轿车，离开了法兰克福机场，然后开始一丝不苟地按照他记下的路线向前开去。

他这一天的运气不错，奔驰车最后一次出现的地方再往前只有一条直路。15 公里之后，在经过索拉克的时候，才遇到了一个分岔路口，瓦西里必须做出选择：一边是卡尔马克思大道，通往内布拉方向；而左边的一条路则去往布卡。瓦西里沿着左边的小路往前开，先穿过了一片树林，然后经过了一大片连绵的油菜花地，到达了麦姆雷本。在来到河边的时候，瓦西里突然改变了主意。往东边走似乎不再是他的第一选择，他突然抓住方向盘，猛地转向了托马斯·闵采尔大街。他采取的行车路线应该是三角形的，因为不久之后，一块指示通往内布拉的路牌跃入了他的眼帘。右转开进了某个考古博物馆的停车场后，瓦西里打开车窗，点燃了今天的第一支烟。猎手已经嗅到了出现在附近的猎物的味道，用不了多久，就能确定他们的方位。

博物馆管理员到酒店跟我们碰了面。为了今晚这顿饭，他穿了一件灯芯绒的西装，里面搭配了一件格子衬衣，并打了条针织领带。我们虽然刚从非洲风尘仆仆地赶来这里，但我跟凯拉的装束似乎比他还雅致。他领着我们来到了一家小酒馆，等我跟凯拉就座之后，便兴高采烈地问我们俩是怎么认识的。

"我们在读书时就是朋友了！"我回答道。

凯拉在桌子下狠狠地踩了我一脚。

"阿德里安可不只是朋友，他几乎是我的向导。另外，他经常带着我四处游玩，逗我开心。"她一边说着一边又用鞋跟踩着我的脚趾。

对方似乎想换个话题。他叫来服务员，开始点菜。

"我找到了一些你们可能会感兴趣的东西。"他对我们说，"当我对内布拉圆盘展开大量研究的时候，天知道我到底翻阅了多少资料。我在国家图书馆找到了一份文献，我当时以为这份材料会对我的研究有所帮助，后来才发现它误导了我。不过里面的内容也许对你们有用。我用了整个下午翻查了我所有的文件，却没能再把它找出来，不过我清楚地记得其中的内容。文献中使用的是吉兹语，这是一种很古老的非洲语言，它的文字跟希腊字母比较相近。"

凯拉的兴致迅速被勾了起来。

"吉兹语。"她说道，"属于闪语族，后来逐渐发展演变成埃塞俄比亚的官方语言阿姆哈拉语以及厄立特里亚的提格雷语。这种语言的文字起源可追溯到 3 000 年前。最让人吃惊的是，吉兹语中不光是字母，而且有些发音都与希腊语相似。对于埃塞俄比亚的东正教信仰而言，吉兹语来自以挪士（Enos）的神谕。在《创世记》中，以挪士是赛特的儿子、该南的父亲、亚当的孙子。在希伯来语中，Enosh 意为'人类'。根据埃塞俄比亚东正教的《圣经》记载，在世界诞生后的 325 年，也就是在公元前 38 世纪左右，以挪士出生了。而在希伯来神话故事中，这正是挪亚方舟遭遇大洪水之前的时期。干吗，怎么啦？"

我望着凯拉的眼神一定很古怪，让她突然停止了讲述。停顿了一会儿之后，她才继续说，她觉得松了口气，因为我终于意识到她也有自己的主业，而不仅仅会陪着我到处瞎逛，帮我重新改写所谓的"穷游指南"。

"您还记得这段吉兹语的文献说的是什么内容吗？"凯拉问博物馆管理员。

　　"需要说明的是，这篇文献虽然是用吉兹语记载的，但它的年代并不久远。它不是最原始的版本，应该只是翻录品，最多起源于公元前五六世纪。如果我没有记错的话，文献里提到了一种天体圆盘，或者说是某一种地图。地图的每一块都指示出世界的分布。这篇的翻译相当含糊，可能会有好几种不同的理解。不过在这篇文字的中心位置出现了'重新统一'的字样。我记得相当清楚，因为这个词跟文中另一个词'分离'之间有着很奇怪的关联，也无法说清楚这两个词到底哪一个代表着世界的降临或是毁灭。这段文字多多少少与宗教有关，我猜想很可能提到的是一段预言。不管怎样，它的年代太过久远，跟我的内布拉圆盘没有多大关联。你们可能得跑一趟德国国家图书馆去查阅这份资料，到时候，你们也许会有自己的看法。我不想让你们最后空欢喜一场，但我觉得这份文献跟你们手中的吊坠之间也没有多大关系。不过我要是你们的话，还是会去走一趟看一看的。谁知道结果会如何呢？"

　　"那怎么才能找到这份资料呢？国家图书馆太大了。"

　　"我基本确定我是在法兰克福的分馆里看到的。我当时去了好几次慕尼黑分馆和莱比锡分馆，不过我敢肯定，这份手稿收藏在法兰克福。另外，我现在想起来了，它被收录在某个手抄典籍之中，至于是哪一本，就真的不太记得了，都是十几年前的事了。我得回去再好好翻一翻我手边的文件。我今晚就会行动起来，如果找到了什么，我会立即给你们打电话的。"

　　博物馆管理员离开之后，我跟凯拉决定走回酒店。内布拉的古镇不乏魅力，我们也需要散一会儿步以消化刚才那顿过于丰盛的晚餐。

　　"我很抱歉，把你卷进了这场没头没尾的冒险旅程。"

　　"我希望你是开玩笑的。"凯拉回答我，"你不会现在就泄气了吧，这趟冒险才刚刚开始有点意思了呢。我不知道你明天上午打算干吗，我可想着去法兰克福呢。"

我们默默地穿过了一个小广场，广场中心有一座迷人的喷泉。突然，不知从哪里蹿出来一辆车，车前大灯的强光晃得我们几乎睁不开眼。

"他妈的，这个白痴朝我们冲过来了！"凯拉大叫。

我只来得及把凯拉推到旁边的大门一侧，自己差点被这辆疯狂的"赛车"撞倒。这辆车在广场中心漂移了一圈，然后冲上了大路。这个疯子如果就是想把我们吓得魂飞魄散，那他毫无疑问已经做到了。我甚至都没来得及记下它的车牌。我扶着凯拉站起身来，她一脸惊愕地看着我问，应该不是在做梦吧？这个家伙是故意想碾死我们吗？我不得不说，她的疑问让我同样有些不知所措。

我提议带她去喝点东西压压惊。然而她情绪激动，表示只想回酒店。当我们上到二楼时，我很诧异地发现整个走廊都处于一片漆黑之中。一两个灯泡烧坏了还有可能，可是整个走廊的灯都灭了……这一回轮到凯拉把我拉住了，她的神情很警惕。

"别往前走。"

"我们的房间在走廊尽头，我们没得选择啦。"

"跟我一起下楼找前台服务员吧，现在不是逞强的时候。这有些不对劲，我能感觉到。"

"可能是保险丝断了，跳闸而已！"

然而，我感受到了凯拉的不安情绪，于是跟她一起下了楼。

酒店前台的接待员不断地道歉说以前还从来没有发生过这样的事。更奇怪的是，酒店大堂和二楼的电灯共用着同一个电闸，显而易见，大堂的电力丝毫没有受到影响。接待员拿出手电筒，让我们在大堂里稍等片刻。他保证故障解除就马上回来找我们。

凯拉把我拉到了吧台边上。她最终还是需要喝上一杯以保证一会儿能尽快睡着。

20分钟过去了，接待员还没有回来。

"你待在这儿，我去看看怎么回事。如果五分钟后我还没有回来，你就报警。"

"我跟你一起去。"

"不，你留在这里，凯拉。你好歹听我一次吧，要不然我总有一天开车带着你的时候会打开车门的。别问我这是什么意思，你懂的！"

我有些内疚让酒店服务员独自上楼查看情况，凯拉之前已有不祥的预感，我却没有相信。我轻手轻脚地爬上楼梯，尽力不发出一点声音。我一边呼喊着我所知道的每一个德国名字，一边在漆黑的走廊中摸索着向前走。突然感觉踩到了什么东西，我发现了脚下的手电筒，随后看到了躺在地上的酒店接待员。他的头旁边是一摊鲜血，头上的那道伤口惨不忍睹。我们房间的门和窗都大开着，屋里的行李全被倒了出来，所有的衣物散落一地。然而，没有任何东西被偷走，只是我的自尊备受打击。

警察重新看了一遍我的报案口供，所有的都写在里面了。我在文件的下方签上了自己的名字，凯拉也完成了同样的手续，随后，我们离开了警察局。

酒店老板帮我们安排了另一家旅馆。无论是凯拉还是我，我们俩谁都无法入睡。之前发生的恐怖事件让我们彼此更加靠近。这一天晚上，我们躺在一张床上，紧紧地搂在一起。凯拉打破了她的誓言，我们还是亲吻了对方。

这虽然并不是我梦想的真正意义上的罗曼蒂克，但意料之外的事情反而带来了宝贵的惊喜。熟睡之后，凯拉依然紧紧握着我的手。这一温柔的小举动胜过热烈的一吻，让我怦然心动。

第二天上午，我们坐在某家小餐馆的露台上吃着早餐。

"我有件事得跟你坦白。昨天发生的厄运已经不止一次发生在我身上了。我开始怀疑，我们的房间只是被普通的小偷洗劫了吗？还有昨天想要撞死我们的那个司机，也只是偶然吗？"

凯拉放下了手中的羊角包，盯着我看了好一会儿。她的眼神中除了惊讶还带了点其他的东西。

"你是在暗示一直有人跟在我们后面？"

"应该说是跟在你的吊坠后面。在我对它产生兴趣之前，除了那次高原反应引起的缺氧小意外，我的生活可是一片祥和……"

我向凯拉讲述了我与沃尔特在伊拉克利翁的遭遇，告诉她那个教授如何想夺走她的吊坠，沃尔特怎么制服了他，以及之后我们怎么逃了出来。

凯拉对我大肆嘲笑，甚至笑出声来。我却觉得刚才自己所讲的一点都不好笑。

"你们打断了这个家伙的下巴，就因为他想把我的吊坠多留几个小时做研究？你们还痛扁了保安并且把他铐了起来？最后你们还像小偷一样溜之大吉？你们觉得自己成了某个阴谋的核心目标？"

我觉得凯拉对沃尔特同样不以为意，这虽然并不能安抚我受伤的心，但至少让我好受了一点。

"还有，在埃塞俄比亚的时候，那个穆尔斯老村长的死也不仅仅是个意外？"

我一句也没有回答。

"你想太多了吧？怎么会有人知道我们当时在哪里？"她继续说道。

"我不知道，也不想夸大其词，不过我想我们还是更警觉一点的好。"

博物馆管理员在远处看到了我们，他立即向我们奔来。我们请他就座。

"我已经知道了。"他说，"你们昨晚遭遇的厄运实在是太恐怖了，毒品的泛滥简直要毁了德国。就为了一小袋海洛因，这些年轻人什么罪都敢犯！我们经历了好几次很严重的盗窃，酒店也被洗劫过几次，因为他们知道这里挤满了游客。不过到现在为止还没有出现过暴力的流血事件。"

"这也有可能是吸毒的老家伙干的吧，年长的更坏更恶劣。"凯拉生硬地回答。

我在餐桌下轻轻地碰了碰她的膝盖。

"为什么总是让年轻人背黑锅？"她继续说。

"因为对年纪大的人来说，从酒店二楼的窗户跳下逃走，可不是一件容易的事啊。"博物馆管理员回答道。

"您刚才跑过来的身姿就挺矫健的，而您不是什么年度优秀警察吧？"凯拉继续说着，语气比之前更固执。

"我想昨晚来拜访我们房间的不可能是管理员先生吧。"我笑着说，试图缓和一下紧张的气氛。

"我也这么想。"凯拉回答。

"恐怕我有些接不上你们的话题了。"博物馆管理员插话道，"尽管发生了这么烦心的事，我还是有两个好消息要告诉你们。第一，那个受伤的酒店接待员已经脱离危险了；第二，我找到了之前提到的那个手抄典籍的图书编号。我可是花了一整晚的时间，翻遍了所有的盒子和箱子，才找到了我当时用的一个小笔记本。本子上记下了我当时查阅过的所有文献的编号。到了图书馆之后，你们只要按照这个索引号就能找到你们想要的东西。"他一边说一边递了一张字条给我们。"这种类型的文献年代很久远，很容易弄坏，所以没有对大众开放。不过，您只要说出您的职业和身份，图书馆工作人员就会允许您查阅的。我自作主张发了一份传真给一位女同行，她是法兰克福图书馆的管理员。她会在那边接待你们的。"

谢过了博物馆管理员的苦心安排，我们离开了内布拉，把之前好与坏的经历都抛在了身后。

一路上，凯拉很少说话，而我也正想着沃尔特，希望他能尽快回复我之前发给他的电子邮件。午后，我们来到了国家图书馆。

图书馆大楼分为两个部分，背后靠近花园的外立面由玻璃墙组成。我们在接待中心报上了姓名，不一会儿，一个身着正式套装的女人向我们走了过来。她自我介绍叫海伦娜·韦斯贝克，并请我们跟她去她的办公室。到办公室后，她给我们端来了咖啡和饼干。由于我们之前没有时间吃午饭，凯拉有些狼吞虎咽。

"不得不说，你们要找的这本手抄古籍让我有些惊奇，已经有好几年都没有人感兴趣了，然而突然，你们已经是今天第二拨想要查阅它的人了。"

"还有其他人来找过您吗？"凯拉问她。

"没有，不过我今天上午收到了一封要求查阅这本书的邮件。可是这本书现在不在这里了，它现在存放在柏林那边的图书馆里。我们这里只剩下新的文献资料了。不过，这本古籍和其他年代久远的文献一样，我们已经把它们做了电子化的处理，以确保将里面的信息永久保存下来。你们同样可以通过邮件提出查阅申请，我会将你们感兴趣的那部分复制出来发给你们。"

"能告诉我，是谁提出了同样的申请吗？"

"好像是某所外国大学的高层管理人员，我只知道这些了。我只是负责签字同意，我的秘书负责处理所有的申请，她现在吃午饭去了。"

"您还记得是哪个国家的大学吗？"

"我记得好像是荷兰的。对了，我确定是阿姆斯特丹的一所大学。不管怎样，是一位教授，但我不记得名字了。我每天要签字的东西太多了，我们已经变得太官僚了。"

图书馆管理员把一个牛皮纸信封递给了我们，里面装着一张彩色传真，上面的内容正是我们要找的。这一段手写文字正是吉兹语，凯拉专心致志地看着。管理员轻咳了两声，示意她给的这份东西归我们了，随我们怎么处置。谢过她之后，我们离开了图书馆。

在街道的另一边是一片公墓，这让我想起了伦敦的老布朗普顿公墓。它不仅仅是个公墓，还是个树木繁茂的秀丽公园。在大都市的中心，你会在里面发现意想不到的风景，寻回片刻的宁静。

我们走到一个长凳边上坐下，旁边的墓碑上方大理石雕制的天使似乎在窥视我们。凯拉向它做了个鬼脸，然后埋头看起了手中的那份资料。她将文中的吉兹语和附在一旁的相当粗略的英文翻译对比着看。这段文字还被翻译成了希腊语、阿拉伯语、葡萄牙语、西班牙语和法语。然而不管是翻译成英语还是法语，其内容都让人无法理解：

在三角的星空下，我将智慧之盘交给了占星师，把连成一片的分成了几块。

他们隐藏在富足之柱下。没有人知道顶点在哪里，某一块的黑夜将是序幕的守护者。

人类无法将之唤醒，在虚构时间的连接点上，画出了结果。

"我们还是毫无进展啊！"凯拉把文件放入了信封之中，"我完全没搞懂这上面说了些什么。我自己也无法翻译出来。内布拉博物馆的那位管理员有说过这本古籍是在哪里发现的吗？"

"没有，他只提到了这份文献可追溯到公元前五六世纪。而且他明确说过，这份文献也只是翻录品，原件的年代更为久远。"

"好吧，我们走进了一条死胡同。"

"你身边有认识的人能翻译出这段文字吗？"

"有，我认识的某个人确实能帮上忙，他住在巴黎。"

在说出这番话时，凯拉显得毫无兴致，这似乎让她不太高兴。

"阿德里安，我不能再跟着你继续这趟旅程了。我一分钱都没有了，而且我们都不知道要去哪里，也不知道到底是为了什么。"

"我还有一些积蓄，而且我还年轻，还不用考虑退休养老的问题。我愿意跟你一起分享，况且巴黎也不算很远。如果你想的话，我们可以搭火车去。"

"可是，阿德里安，你刚才说到分享，而我恰恰没有任何可以跟你分享的了。"

"如果你愿意，我们来立个协议吧。想象一下，如果我挖到了宝藏，我向你保证，我会把你那一部分的旅途费用扣除的。"

"说不定是我找到了宝藏呢？别忘了，我才是考古学家！"

"这样的话，我更是赚到了！"

凯拉终于同意跟我一起去巴黎了。

阿姆斯特丹

办公室的门突然被推开。维吉尔吓了一跳，立即伸手拉开办公桌的抽屉。

"正好您在呢，您就往我的头上来一枪吧！反正您已经在我的背后插了一刀，再补上一枪也无所谓了。"

"伊沃里！您应该先敲门的，我这把年纪已经受不住这样的惊吓了。"

维吉尔一边回答一边将手中的武器放回到抽屉的最里面。

"您老得够快的，反应也大不如前了啊，我可怜的朋友。"

"我不知道是谁惹得您如此生气。不如您先坐下来，让我们都放松一些，像文明人一样好好谈一谈。"

"收起您那套虚伪的礼节，维吉尔，我本来还以为您是值得我信任的。"

"如果您真的这么想，就不会让人跟踪我一直到罗马了。"

"我从来没有让人跟踪您，我都不知道您去过罗马。"

"真的吗？"

"当然！"

"如果不是您的话，那就更让人担心了。"

"有人试图谋杀我们那两个受保护对象，这简直难以容忍！"

"您又夸张了吧！伊沃里，如果我们中间有人真的想要杀他们，他们早就死了。顶多是有人试图恐吓他们，绝不可能置他们于死地。"

"撒谎！"

"这样的举动确实很愚蠢，我同意您的看法。不过这不是我的决定，我对此也曾经表示反对。洛伦佐最近的几次行动都令人有些恼火。另外，我已经向他明确表示反对他这种行事作风，我希望这能让您感到稍微宽慰一点。正是出于这个目的，我才去罗马见他的。无论如何，我们的组织对于目前的事态发展相当关注。您口中的那两位受保护对象必须停下来，不能再像现在这样满世界乱转了。到目前为止，还没有发生任何悲剧。不过，他们如果继续这样下去，我怀疑我们的朋友可能会采取更极端的手段。"

"对您来说，那个老村长的死还不算悲剧吗？您到底是怎么想的？"

"我只是觉得，他们会给这个世界带来危险。"

"我本来以为没有人会相信我的理论。现在看来，这帮蠢人终于也改变主意了。"

"如果组织完全赞同您那一套理论，洛伦佐就不会派出密探跟踪您的那两位科学家了。委员会可不想冒任何一点风险，如果您真的很在意您那两位学者，我强烈建议您还是让他们打消继续调查下去的念头吧。"

"我不会对您撒谎，维吉尔。毕竟我们在一起下了这么多盘棋，度过了很多个美好的夜晚。现在这盘棋，即使必须孤身作战，我也志在必得。请替我转告组织，你们已经被将死了。他们要是敢再次威胁到这两个科学家的生命，就将会失去一枚很重要的棋子。"

"哪枚棋子？"

"您本人，维吉尔。"

"您太抬举我了，伊沃里。"

"不，我从不会低估我的朋友们，所以我才能活到现在。我要回巴黎了，你们没必要跟踪我了。"

伊沃里站起身来，离开了维吉尔的办公室。

巴黎

我最近一次来过之后，这座城市变了很多。现在满大街都是自行车，要不是所有自行车都长得一模一样，我会以为自己身在阿姆斯特丹。这也正是法国人奇特之处的一大表现，他们没能统一出租车的颜色，却都买了同一种类型的自行车。我实在无法理解他们的思维。

"这是因为你是英国人。"凯拉回答道，"我同胞们的诗情画意总是被人忽略，尤其是被你们这些大不列颠的子民。"

从这些灰色的自行车上，我可看不出有什么诗意。不过必须承认的是，这个城市变得越来越美。虽然说这里的交通状况比我记忆中的更加可怕，但路面拓宽了不少，沿路房屋的墙面也更加雪白了。唯独巴黎人似乎在这20年间没有任何变化，他们依旧闯着红灯，推来挤去的却从不道歉……排队对他们来说似乎是个完全陌生的概念。在巴黎东站排队等出租车的时候，我们就被插了两次队。

"巴黎是全世界最美的城市。"凯拉继续说道，"这一点毋庸置疑，这是事实。"

回来后，她想做的第一件事情就是去探望她的姐姐。她央求我不要把我们在埃塞俄比亚的经历告诉她姐姐。让娜很容易担心，而且对凯拉的事尤其上心，所以千万不能让她知道她的小妹妹因为一些变故而不得不暂时离开奥臭山谷。让娜如果知道了实情，很有可能会横躺在飞机跑道上，死活不让凯拉重回埃塞俄比亚。所以必须编造出一个合理的故事来解释我们为什么会来巴黎。我建议凯拉就说是为了探望我，凯拉回答我说她姐姐肯定不会相信这样的胡扯。我假装没被她的话激怒，心中却大为不快。

她打了电话给让娜，电话里并没有告诉她我们已经到了巴黎，而是在去看望她的路上。当出租车把我们放在博物馆门口之后，凯拉再次用手机打电话给让娜，让她走到办公室的窗户边往外看看是否认得花园里正在挥着手的那个人。我们找了张桌子坐下，让娜则以最快的速度冲了下来，坐在了我们旁边。她紧紧地把妹妹抱入怀中，我感觉凯拉都快要窒息了。在这个时候，我想如果我能有个兄弟该多好，就能像她们一样上演惊喜动人的一幕了。我一下子想到了沃尔特，想到了我们刚萌芽的友谊。

让娜从头到脚打量着我，她向我问好，我也问了她好。她非常吃惊地问我是否是英国人。我讲话的口音毫无疑问提供了答案，然而出于礼貌，我还是回答了她。

"也就是说，您是来自英格兰的英国人？"她问。

"是的，没错。"我谨慎地回答。

让娜的脸突然红了起来。

"我的意思是您来自伦敦？"

"对的。"

"我明白了。"让娜表示。

我并没有坚持想知道她明白了些什么，以及为什么我的回答会让她报以微笑。

"我就想，到底是什么能把凯拉从她那该死的山谷里拖出来。"她说，"现在，我终于明白了……"

凯拉用犀利的眼神看着我。我应该马上消失，她们姐妹俩一定有好多的话要说，但是让娜坚持让我留下来陪在一旁。于是我们在一起度过了一段惬意的时光，在此期间，让娜不断地询问我的职业、我的生活经历。我感到有些尴尬，她似乎对我比对她妹妹更感兴趣。连凯拉最后也嫉妒起来。

"我可以让你们俩单独相处，如果你们觉得我打扰了你们，我等到圣诞的时候再回来吧。"凯拉开口说道。这时，让娜正盘问我是否曾经陪凯拉去过她们父亲的墓，而我也不知道她为什么要这么问。

"我们的关系还没有亲密到这个地步。"我试图逗逗凯拉，于是这么说道。

让娜希望我们能在这里待上一整个星期，她已经开始计划各种晚餐聚会和周末游玩了。凯拉却对她坦白，我们可能最多只能停留一两天。让娜有些失望地问我们接下来要去哪里，凯拉和我面面相觑，完全不知道该怎么回答。后来，让娜邀请我们一起回了她家。

在吃晚餐的时候，凯拉成功地联系上了那个能帮助我们的男人，他应该能解读出我们在法兰克福找到的那份文献资料。她约好了与对方第二天上午见面。

"我觉得我还是一个人去比较好。"凯拉回到客厅时对我说。

"去哪儿？"让娜问。

"去见她的一个朋友。"我答道，"如果我没有搞错的话，那是她的一个考古学同事。我们手头有一份用古老的非洲语言写成的文献，想请他帮忙翻译一下。"

"哪个朋友？"让娜看起来比我还好奇。

凯拉并没有回答，而是跑去厨房盛奶酪。晚餐终于进入我最担忧的时刻了。对我们英国人来说，卡门贝牌奶酪永远都是一个难解的谜。

"我希望你不是去见麦克斯。"让娜大喊着，以便凯拉在厨房里也能听见。

凯拉依旧没有回答。

"如果你需要翻译一段古文献，我们博物馆里也能找到相关的专家。"让娜继续大声说道。

"你就别管闲事了，我的姐姐。"凯拉重新回到客厅里时说。

"谁是麦克斯？"

"一个让娜非常喜欢的朋友。"

"如果麦克斯只是朋友的话，那我就是个好姐姐了。"让娜答道。

"有些时候，我不得不问自己，你真的是好姐姐吗！"凯拉说。

"既然麦克斯是个朋友的话，他一定很乐意见到阿德里安。朋友的朋友最终也会成为朋友的，不是吗？"

"我刚才说过让你别管闲事了，你没听到吗，让娜？"

我适时地打断了她们的谈话，并告诉凯拉，我明天会陪她一起去见她的朋友。如果说我成功地终结了两姐妹之间的争执，那我同样成功地惹怒了凯拉。她整个晚上都不再理我，并让我睡在客厅的沙发上。

第二天上午，我们搭乘地铁到了塞瓦斯托波尔大道，麦克斯的印刷所就在相邻的一条小路上。他亲切地迎接了我们，并把我们带到了位于夹层的办公室里。我一直对埃菲尔时代的旧工业建筑着迷不已，由洛林出品的钢材拼接出的那些钢铁横梁结构在全世界都算得上是独一无二的。

麦克斯凑近仔细看着我们的那份文献，他一手拿过一个小本子和一支铅笔便开始工作起来。他自如流畅的动作让我赞叹不已，就好像一个音乐家刚看完乐谱便立即演奏了出来。

"这份资料上的翻译充满了错误，我倒不是说我的翻译有多完美，我还需要一点时间，不过我已经发现了一些不可原谅的错误。你们靠近一点，"他说，"我指给你们看。"

用笔尖指点着文章的内容，麦克斯从头开始给我们指出了希腊版译文中的错误。

"这里不应该是'占星师'，而是'教会骑士团'。而把这里翻译成'富足'也很愚蠢，更合适的词应该是'无限'。'富足'和'无限'这两个词有时候会有相近的含义，不过在这段文字里面，翻译成无限更确切。再往下一点，这里不应该是'人类'，而应该是否定意义的'没有人'。"

他推了推鼻梁上的眼镜。如果有一天我也不得不戴上眼镜，我必须提醒自己千万别做这个动作，因为这会让自己看上去一下子老了很多。虽说麦克斯的博学值得钦佩，但是他直勾勾望着凯拉的眼神贪婪至极。我觉得可能只有我自己看出了这一点，因为凯拉就好像什么都没有发生一样，神态自如。这让我越发恼火。

"我想，翻译中还有些词语连接顺序的错误，我不能确定这样的语句结构是否正确。不过，这样的翻译肯定会让原文的意思完全变了味。我现在也只是初见端倪，例如'在三角的星空下'在句中的位置不太对，应该把它颠倒过来，放在这一句的末尾。有点像英语的习惯，不是吗？"

麦克斯肯定想用几句俏皮话为他的权威解读增添色彩，我却保持沉默没有给出任何回应。他把笔记本上写满字的那一页撕下来递给了我们。这一下，轮到我和凯拉凑上前去仔细阅读这一段翻译了，还好，我们两个都不用戴眼镜。

我将记忆之表分离，并将分解下的部分交给了各个教会骑士团。

无限的幽灵隐藏在三角的星空之下。没有人知道顶点在哪里，某个黑夜覆盖了起源。没有人将之唤醒，在虚构的时间合并之时，终点将浮现。

"嗯，肯定是这样的，这么翻译就清楚多了！"

面对我有些带刺的嘲弄和挖苦，麦克斯的脸上完全没有笑容，但凯拉被逗得笑了起来。

"在翻译年代这么久远的古文献的时候，对每一个词的解读都相当重要。"

麦克斯站起身来把我们的文献复印了一张，他向我们保证会用整个周末的时间来好好研究。他问凯拉怎么才能联系到她，于是，凯拉把让娜的电话号码给了他。麦克斯还想知道她会在巴黎待多久，凯拉回答说她自己也不知道。在他们面前，我似乎变成了隐形人，这让我很不舒服。幸运的是，某位部门主管打电话给麦克斯，通知他有一台印刷机出了点问题。我趁机向他表示，我们已经叨扰他太长时间，是时候让他重新回去工作了。于是，麦克斯陪我们走出了办公室。

"对了，"他走到门口时说，"你为什么对这份资料这么感兴趣？这跟你在埃塞俄比亚的研究工作有关联吗？"

凯拉偷偷地瞟了我一眼，对麦克斯谎称这份文献是当地一个部落的村长交给她的。而当麦克斯问我是否跟凯拉一样那么热爱奥莫山谷时，凯拉毫不迟疑地表示我是她最看重的同事之一。

　　接下来，我们在玛黑区的某家小餐馆里喝咖啡。我们离开麦克斯的办公室后，凯拉一直都没有开口说话。

　　"作为一个开印刷厂的，麦克斯懂的东西可真多啊。"

　　"麦克斯曾经是我的考古学教授，他后来换了职业。"

　　"为什么？"

　　"因为一直因循守旧，他对探险和实地考察都提不起兴趣。于是在他父亲过世后，他接管了家族企业。"

　　"你们曾经在一起很长时间吧？"

　　"谁告诉你我们曾经在一起的？"

　　"我的法语水平虽然有待提高，可他刚刚说什么'初见端倪'，不太属于大众化的词汇吧？"

　　"确实不属于，那又怎样？"

　　"当有人试图用复杂的表达方式来解释简单的事情时，通常说明这个人想让自己显得很重要。这通常也是男人们常犯的错误，尤其在他们想讨女人欢心的时候。你这位考古学家兼印刷厂业主不就是自视甚高，要不就是想在你面前露一手。可别说我分析得不对。"

　　"那你呢，可别告诉我你这是在吃麦克斯的醋，这也太可悲啦。"

　　"我完全没有理由嫉妒任何人，既然我一会儿是你的朋友，一会儿又是你看重的同事。不是吗？"

　　我问凯拉为什么要对麦克斯撒谎。

　　"我也不知道，我想也没想就这么做了。"

　　我希望转换话题，不要再提到麦克斯了。我尤其想尽快远离他的印刷所，尽快远离这个片区，甚至远离巴黎。我建议凯拉一起到伦敦找我的一位同事，他也许会为我们破解这份文献资料。这位同事应该会比她的印刷厂业主更加知识渊博。

"你为什么不早一点告诉我？"她对我说。

"因为我也是才想起来，就是这样。"

实际上，撒谎的可不止凯拉一个人！

当凯拉跟让娜告别、收拾行李的时候，我趁机给沃尔特打了个电话。在问候完他的近况之后，我请他帮我一个小忙，而我的要求在他看来很是古怪。

"您想让我在学院里帮您找到一个懂非洲方言的人？您是不是嗑药了啊，阿德里安？"

"这件事情很敏感，我亲爱的沃尔特，我得赶紧安排好。我们两个小时之后将登上火车，今晚就会到伦敦了。"

"好吧，至少您最后说的那句话是个令人愉快的好消息。不过，您要求我做的也太强人所难了吧。对了，我刚听到你说'我们'？"

"您听得没错。"

"我之前就跟您说过吧，让您独自去埃塞俄比亚确实是个正确的决定。作为您真正的好朋友，阿德里安，我会尽量想办法找到您想要的巫师。"

"沃尔特，我需要的是一个懂吉兹语的翻译。"

"我说得也没错啊，我需要的是一个巫师，他能帮我找到这样的人！今晚一起吃晚饭吧，你们到了伦敦之后就打电话给我。我现在就去想想怎么为您效劳。"

随后，沃尔特挂断了电话。

拉芒什海峡的另一边

　　"欧洲之星"号列车在英国的乡间奔驰，我们不久前穿过了海底隧道。凯拉靠在我的肩头昏昏欲睡。上车之后她已经睡了好一会儿了。至于我，一群蚂蚁正爬过我的前臂，但我一动不动，因为害怕吵醒凯拉。

　　当列车缓缓停靠在阿什福德站时，凯拉优雅地伸了伸懒腰，可她之后的举动就没这么淑女了。她连打了三个喷嚏，动静如此之大，以至于全车厢的人都吓了一跳。

　　"这遗传自我父亲。"她表示抱歉，"对此我一点办法都没有。我们离伦敦还远吗？"

　　"大概还有半个小时的车程吧。"

　　"我们完全无法确定手中的这份文献内容跟我的吊坠是否有关系，对吗？"

　　"确实不能。不过通常来说，我也不会允许自己轻易就确定某件事。"

　　"可你还是愿意相信这两者之间存在着某种联系。"她继续说。

　　"凯拉，当我们在无穷大的空间内寻找无穷小的东西的时候，比如说追寻某一个很远处的光源，或者说捕捉宇宙尽头的某一种声音，我们唯一坚信的一点就是我们内心对这一发现的渴望。我想，当你在进行挖掘工作的时候也会有同样的感受。所以说，即使现在还无法确定我们的调查方向是否正确，我们至少还拥有这种共同的本能和信念，推动着我们向前走。这已经相当不错了，不是吗？"

　　我并没有觉得自己讲的这番话有多么重大的意义，也没觉得阿什福德火车站的风景有多么浪漫，我甚至到现在还禁不住要问自己，为什么在这样一个特定的时刻，凯拉转过身，用双手捧住我的脸，以从未有过的方式亲吻了我。

连续好几个月，我总是回想起这一幕，不仅因为这是我人生中最美好的回忆之一，还因为我一直都没能搞明白，到底我做了些什么触动了凯拉，让她做出这样的举动。之后不久，我甚至鼓起勇气问她原因，她只是对着我微笑却没有给我答案。不管怎样，我已经感到无比满足。我常常会回想起在阿什福德火车站的这一幕，回想起这个特别的吻，回想起这个夏天令人陶醉的傍晚时分。

巴黎

伊沃里走到客厅里摆放着的大理石棋盘前，将上面的马移动了一下。他拥有各类古董棋盘，在所有藏品中最精美的就是摆放在他卧室里的那一套波斯棋盘了。这套全象牙色的棋盘起源于六世纪，来自印度，叫"恰图兰卡"。棋局中有四个国王，这种棋被认为是所有象棋的祖先。正方形的棋盘上一共有八八六十四个格子，而从这些格子的布局就能看出时间演变和年代的痕迹。黑白对立的棋盘要到更晚一些的时候才出现。无论是印度人、波斯人还是阿拉伯人，他们最早使用的都是单色的棋盘，有时甚至就在地上画格子充当棋盘。这种棋盘曾经在吠陀时期被印度人当作修建寺庙和城池的图纸来使用，它象征着宇宙的秩序，其中心的四个方格则对应了造物主上帝。后来它才慢慢去宗教化，最终衍变成国际象棋游戏。

传真机发出的啪啪声让伊沃里从沉思中惊醒。他走进书房，拿起传真机上刚刚打印出来的文件。

纸上面有一段由非常古老的非洲语言写成的文字，后面附带着翻译。发传真的人在文件中请求他看完之后立即回电。伊沃里照做了。

"她今天来找我了。"对方说道。

"她一个人吗？"

"不是，还有个自以为是的英国人跟着。您看过这份文件了吗？"

"我刚刚看了一下，后面的翻译是您亲自完成的？"

"我已经尽全力了，时间太短了。"

"做得很不错，您的资金问题可以顺利解决了。"

"我能问问您为什么对凯拉如此感兴趣吗？而且这段文字有什么重要意义呢？"

"如果您还希望明天一早就收到说好的那笔钱，用来解决您公司的燃眉之急，那您最好还是不要问了。"

"我刚才试着联系她。她姐姐说凯拉已经出发去了伦敦，然后狠狠地挂了我的电话。我能再请您帮个忙吗，先生？"

"请按照我们约定的去做，如果她再联系您，请记得通知我。"

谈话结束后，伊沃里重新回到客厅坐了下来。他戴上眼镜，仔细查看手中的这段文字，仔细琢磨着附在后面的翻译。从第一行开始，他就做出了不少修改。

伦敦

能回到伦敦、回到家里待上几天未尝不是一件好事。凯拉打算好好利用这个温暖舒适的傍晚时分，去樱草丘附近逛一逛。她刚走，我就给沃尔特打了个电话。

"在您要对我说任何话之前，阿德里安，我得先通知您，我已经尽全力了。您要知道，一位懂得古老的吉兹语的翻译可不是随便去哪个集市上就能找到的。而且我还查过了黄页，上面也没有任何关于这方面人才的信息。"

我倒吸了一口气。一想到要向凯拉承认我是瞎吹牛，而且这么做只是因为想让她远离那个麦克斯，我就高兴不起来了。

"我有没有跟您说过，阿德里安，您能有我这样的朋友简直是太走运了？我最终还是找到了您要的稀缺人才，他肯定能帮上忙。我都不得不惊叹自己能有这样的洞察力。您听我说，我把您的问题告诉了一个朋友，她的某个亲戚在埃塞俄比亚，每周日都会去圣玛丽西翁东正教堂做弥撒。而这个亲戚把这件事告诉了某位神父，这位神职人员似乎博学多才，什么都懂。对了，这位神父可不仅仅是一个神职人员，据说他还是一位伟大的历史学家和哲学家，当年政治避难逃到了英国，现在已经在这里待了20年了。他精通非洲语言，被认为是这方面最伟大的专家之一。我跟他约好了，明天上午带你们一起去见他。好了，您现在可以喊出来了：'沃尔特，您太棒啦！'"

"帮了您这么大一个忙的那位朋友是谁啊？"

"简金斯小姐。"沃尔特含含糊糊地回答。

"对我来说，这简直是喜上加喜啊，您太有才了，沃尔特。"

能与沃尔特重聚让我兴奋不已，我邀请他来我家共进晚餐。在用餐的过程中，凯拉和沃尔特逐渐熟络了起来。她跟我轮流向沃尔特讲述了我们一路上的经历：在奥莫山谷遭遇的不幸，在内布拉的奇遇，以及在法兰克福和巴黎的见闻。我们向他展示了在德国国家图书馆找到的那份古文献以及麦克斯的翻译文本。沃尔特专心致志地读了一遍，却依然没弄明白其中的含义。每当沃尔特到厨房来找我，或者凯拉离开餐桌而只剩下我们俩的时候，他都不停地对我表示，凯拉是个雅致迷人、相当出色的女人。看得出来，他已经被凯拉的魅力所折服了。当然了，凯拉的确拥有无穷的魅力。

然而，沃尔特没有告诉我们，要想跟那位神父谈话，就必须先参加完他主持的弥撒。在这个星期天的上午，我有些不情愿地来到了教堂。自打我很小的时候，我与上帝的关系一直都比较疏离，可是这场弥撒深深地触动了我。唱诗班天籁一般的和声，以及庄严肃穆的氛围都让我着了迷。在这座教堂里面，似乎只有真善美的存在。弥撒结束之后，等人群逐渐散去，神父找到我们并把我们带到了祭台的前面。

他的身形瘦小，背驼得相当厉害，或许是因为他所背负的来自信众的忏悔过于沉重，又或许是他曾经经历的战争和种族屠杀压得他直不起身来。然而，在他的身上似乎看不到任何不好的东西。他那低沉迷人的嗓音很容易就能让你愿意跟着他去任何地方。

"这份文献的内容令人相当吃惊。"他看了两遍之后说。

令我惊讶的是，他完全没有看过任何版本的翻译。

"你们能确定它的真实性吗？"他问道。

"是的，能确定。"

"问题的关键不在于翻译是否精确，而在于如何正确地解读这段文字。我们不可能一字一句地翻译一篇诗歌，不是吗？这些古文献也是如此。人们总是很轻易地把自己想要说的内容附加在一段圣文之中。为了不择手段地牢牢掌握权力，为了让信众为自己所用，人们总是企图曲解那些仁慈的话语。其实，神圣的经书里面既不存在威胁，也不存在命令，它只是指出一条道路，并让人们自己去选择。这条路导向的并不是今生，而是生命的永恒。那些号称懂得上帝神谕的人却并不是这么想的，他们只会曲解上帝的意图，并利用那些天真的信众，达到自己操控一切的目的。"

"您为什么要对我们说这些呢，神父？"我问道。

"因为在谈论这篇文献的性质和内容之前，我想先了解清楚你们的目的。"

我向他说明，我是一位天体物理学家，而凯拉是考古学家。让我吃惊的是，这位神父告诉我们，我跟凯拉的联手不是无缘无故的。

"你们俩都在寻找某种令人生畏的东西，你们是否真的确定已经做好了准备，直面这一趟旅程将会带给你们的答案？"

"什么叫令人生畏的东西？"凯拉问道。

"例如说，火是人类宝贵的朋友，但是对一个不知道其用途的小孩子来说，它就是危险的。某些知识同样如此。在人类发展的历史长河中，我们现在还只是处于孩童时代。看看我们身处的世界就会明白，我们所受的教育还远远不够。"

沃尔特向神父保证，凯拉与我绝对都是值得尊敬和信赖的朋友，他的这番话让神父微微一笑。

"对于宇宙，天文学家先生，您到底了解多少？"他问我。

无论是他提出的问题，还是他提问的口气都不带有丝毫的傲慢和自负。在我准备回答之前，他又亲切地望着凯拉问道：

"您认为我的国家是人类起源的摇篮，您问过自己这是为什么吗？"

在我们俩都试图给出明智而恰当的答案的时候，他又提出了第三个问题。

"你们觉得你俩的相遇是基于机缘巧合吗？你们相信这份文献也是很偶然地落入你们手中的吗？"

"我不知道，我亲爱的神父。"凯拉结结巴巴地回答。

"您是考古学家，凯拉小姐，当那一刻来临之时，您认为是人类发现了火种还是火种出现在了人类的面前？"

"我认为是人类刚萌芽的智慧让人学会了使用火。"

"也就是说，您会把这称作天意？"

"如果我相信上帝存在的话，可能会这样说。"

"您不相信上帝，却想通过一位神职人员来破解你们无法解开的谜题。我请求您别忘了这一矛盾性的存在。在即将来临的那个时刻，请一定记得这一点。"

"什么时刻？"

"当您终于明白这条路指向何方的时候。您现在还一无所知，你们俩都是。如果你们知道实情的话，恐怕就不会走上这条路了吧。"

"我亲爱的神父，我实在不明白您在说些什么。您是否能向我们解释清楚这篇文献的含义呢？"我鼓足勇气问道。

"您还没有回答我的问题，天文学家先生，您对宇宙了解多少？"

"他懂很多很多，我向您保证。"沃尔特替我回答，"我曾经当过他几个星期的学生，您完全想象不到他教会了我多少知识，只是我现在已经记不太全了。"

"那些数字，星座名称、状态、距离，或者是运动状况，所有这些只能称为观察到的事实，您和您的同事们对宇宙只是惊鸿一瞥，你们真正了解它吗？您能告诉我什么是无穷大和无穷小吗？您知道宇宙的起点和终点吗？您知道身为人类的真正含义是什么吗？您能够对一个六岁的小孩解释清楚什么叫人类的智慧，也就是刚才凯拉小姐提到的让人类学会使用火的那种聪明才智吗？"

"为什么要向一个六岁的小孩子解释这个呢？"

"这是因为，如果您无法向一个六岁的孩子解释清楚某个概念，那只能说明您自己也没有理解其中的真正含义。"

神父第一次提高了音调，他的声音在圣玛丽教堂的四壁回荡着。

"在这个星球上，我们都只是六岁的孩子。"他逐渐平静了下来。

"我的神父，我确实无法回答您刚才提出的任何一个问题。没有人能答得出来。"

"目前您暂时还不能回答。不过，如果这些答案摆在您的眼前，你们两位是否都做好了充分的准备去一探究竟？"

说到这里，神父有些忧郁地叹了口气。

"你们真的希望我为你们指明方向吗？要想发现和接近光明，只能通过两种方式。人类只知道其中一种。这也就是为什么上帝对人类来说如此重要。如果一个六岁的孩子问您什么是人类的智慧，您可以用简单的一个字来回答他——爱。这正是我们目前还很难想到的一种答案。你们现在即将跨越边界，然而你们也将走上一条不归路。所以我必须再问你们一次，你们是否准备好了去突破你们自身认知的局限？是否愿意为此付出放弃常人生活的代价，就好像孩子需要放弃童真一样？你们是否明白，看见自己的祖先并不代表就能认识和了解他？你们是否能忍受自己失去作为一个普通人的所有乐趣，从此形单影只？"

面对这位神奇之士提出的问题，我和凯拉都无法回答。我当时是多么想知道这位智者试图向我们揭示什么，或者说尽力想掩饰什么啊！然而，我如果知道接下来会发生什么，就绝不会这么想了！

他凑近看了看手中的文件，再次叹了口气，随后转头用坚定的眼神望着我和凯拉。

"应该这样来解读这一段文字。"他对我们说。

教堂中殿的彩绘玻璃上突然出现了一个大概九毫米直径的小孔。一个黑点以每秒千米的速度穿透了玻璃，朝我们射了过来。子弹射入了神父的颈部，刺破了颈静脉，最终击碎了他第二节颈椎骨。神父张开嘴想要喘口气，随即倒在了地上。

我们既没有听到开枪的声音，也完全没听到教堂上方玻璃破裂的声音。

要不是神父的嘴角带血，要不是他的脖子上同时鲜血四溅，我们会以为神父只是身体不适而昏倒在地。凯拉向后跳开，沃尔特迫使她低下身子，然后拖着她往教堂大门跑去。

神父脸朝下平躺在地上，双手发抖，我却呆若木鸡地站在一旁，眼睁睁地看着他即将死去。我蹲下来把神父的身体翻了过来。他双眼紧盯着十字架，看起来似乎面带微笑。他转过头来，看见自己浸在血泊之中。从他的眼神中，我看出来他想让我靠他近一些。

"隐藏的金字塔，"他用尽最后一口气呻吟道，"知识，另一段文字。如果有一天您找到了它，我请求您让它继续沉睡下去。现在唤醒它还为时尚早，别犯下无法弥补的错误。"

这是神父最后的遗言。

在空无一人的教堂里面，我听到沃尔特在门外呼唤，让我赶紧过去找他们。我为神父合上双眼，捡起一旁血迹斑斑的文件，跌跌撞撞地走出了教堂。

坐在教堂前的广场台阶上，凯拉看着我，浑身发抖，一副难以置信的神情。她可能希望我能告诉她所有这一切都只是一场噩梦，希望我啪的一声打一下响指，就能把她带回到现实中来。可是，最后是沃尔特把她的思绪拉了回来。

"打扰一下，您能听见我说话吗？一会儿您想怎么样都行，但现在您必须振作起来。见鬼！阿德里安，照顾好凯拉，我们得赶紧跑。凶手如果还在附近，估计不会希望留下我们三个目击证人，我们很快就会被发现的！"

"如果他想杀我们，我们早就死了。"

一块石头砸在了我的脚边，我本该闭上嘴的。我拉着凯拉的胳膊，拖着她往大街上跑去，沃尔特跟在我们身后。我们三个跑得上气不接下气，这时一辆出租车经过我们的身边，往街的尽头开去。沃尔特大声呼喊，车子终于停了下来。当司机问我们要去哪里时，我们三个异口同声地回答："越远越好！"

回到我家之后，沃尔特请求我赶紧换一件干净衬衣，因为我的身上沾满了神父的鲜血。凯拉也好不到哪里去，她的外套上也是血迹斑斑的。我拖着她走进了浴室。凯拉脱掉了外套，除下了裤子，跟着我一起走到了淋浴花洒的下面。

我记得我仔细地冲洗着她的头发，试图把她身上的血迹彻底冲刷掉，而她一直斜靠在我的胸前。热腾腾的淋浴终于温暖了我们冰冷的身体。凯拉抬起了头，紧紧地盯着我。我本想讲一些安慰人的话，却什么都说不出来，只好用双手抱紧她，然后轻抚着她，试图抹掉我们心中共同的恐惧。

回到客厅之后，我找了一些干净衣服让沃尔特也换洗一下。

"这一切必须停止了。"凯拉低声说道，"之前是老村长，现在是这位神父，我们到底做了些什么，阿德里安？"

"神父的死跟你们的调查研究没有任何关系。"沃尔特重新回到了客厅，坚定地说，"作为一名政治避难者，他不是第一次遭到这样的袭击了。在我们见到神父之前，简金斯小姐曾经跟我提起过他经常会到处宣讲，为和平而战，致力调解东非各种族部落之间的争端。宣扬和平的人总是会有很多敌人。我们只是在错误的时间出现在错误的地点了。"

我建议去警察局报案，我们的证词也许能帮助警察破案。必须要把这个犯下恶行的流氓找出来。

"做什么证？"沃尔特问，"您看到什么了吗？我们哪里都不能去！阿德里安，现场到处都是您的指纹，上百人可以见证我们曾经参加了弥撒。而且我们是神父被杀害前最后见到的人！"

"沃尔特说得没错。"凯拉继续说道，"我们还从现场逃跑了，警察一定想知道这是为什么。"

"因为有人朝着我们开枪，这个理由还不够充分吗？"我有些生气地说，"如果神父的生命曾经受到威胁，我们的政府怎么就不能给他提供应有的保护呢？"

"可能是他不想接受保护吧。"沃尔特说道。

"你们认为警察会怀疑些什么呢？我看不出这场谋杀跟我们有任何关系。"

"我可不这么想。"凯拉嘟囔着说，"我在埃塞俄比亚，也就是这位神父的家乡待过很多年。我曾经在当地一些边远地区工作过，而那里正是他的敌人们居住的地方。单凭这一点，办案的警察就有足够的理由怀疑我跟这起凶案的幕后黑手有着某种联系。另外，如果他们再问到我为什么匆忙离开了奥莫山谷，那你说我该怎么回答？难道要告诉他们，陪我们一起探险的村长死了，所以我们不得不逃离那个地方？况且我们还把尸体送回了部落，而不是向肯尼亚警方报案，这已经足够令我像个罪犯了。更巧的是，村长死的时候，我们两个在现场，而神父被杀的时候，又是我们俩一起出现在现场。你也不想想，警察怎么可能会相信我们的故事！如果我们现在就去警察局报案，我可不敢确定我们能在晚餐前被放出来！"

我费尽全力想否认凯拉所设想的这一幕，沃尔特却表示完全同意。

"负责勘查现场的专家很快就会发现，子弹是从教堂外面射进来的，我们完全没有什么可以担心的。"我坚持道，却显得苍白无力。

沃尔特在屋子里来回踱着步，眉头紧锁。他走到我用来放酒的小桌子前面，为自己倒了一杯双份苏格兰威士忌。

"凯拉所列举的所有理由都暗示着我们就是最理想的嫌疑人。当局对此会相当满意，因为他们也想尽快结案，息事宁人。警察局会很乐意以最快的速度对外宣布，他们已经审问过谋杀神父的凶犯，并指出这些凶犯都是欧洲人。"

"可是为什么呢？这也太荒谬了。"

"他们就是想尽快平息当地居民的骚动，以及避免激发相关社团的闹事行为啊。"凯拉回答道。她的政治觉悟比我高得多。

"好吧，我们也不要太悲观了。"沃尔特接着说，"我们还是有可能被警方视为无辜的。话说回来，那些策划谋杀神父的人应该不会在意我们这些目击证人吧。不过，如果这件事情登上了小报的头条，那我可就不敢保证会发生些什么了。"

"这就是您所说的'不要太悲观'？"

"是啊，如果您愿意听的话，我还有更糟糕的设想。比如说，想一想我们各自的职业生涯。对凯拉来说，先是老村长的意外身亡，然后是神父的死，我不认为她这么快就能回到埃塞俄比亚重新开始工作。至于我们俩，阿德里安，如果得知我们陷入了如此恐怖的案件之中，您自己想象一下，学院方面会如何反应。请相信我，我们唯一能做的就是尽快忘记这一切，尽量恢复平静。"

听完沃尔特这最后一番话，我们三个人呆坐着，一言不发地互相看着。事情最终可能会平息下来，然而我们谁也不会忘记这个可怕的星期天早晨。我只要一闭上眼，垂死的神父躺在我怀中望着我的那一幕就会重新浮现在脑海之中。在他离开之时，他的神情是如此祥和平静。我回想起他的临终遗言："隐藏的金字塔，知识，另一段文字。如果有一天您找到了它，我请求您让它继续沉睡下去。"

"阿德里安，你刚才说梦话了。"

我一下子惊醒，从床上直起身来。

"我很抱歉。"凯拉低声说，"我本不想吓到你的。"

"该说抱歉的是我，我刚才可能做噩梦了。"

"你还不错，至少还能睡着。我完全没办法合上眼。"

"你应该早点叫醒我的。"

"我喜欢看着你睡。"

整个房间沉浸在半明半暗之中。感觉有点热，我起身打开了卧室的窗户。凯拉的眼睛一直追随着我，她的身体在清澈明净的夜色中若隐若现。她掀开了被子，对我微笑。

"快回来躺下。"她对我说。

她的皮肤带着淡淡的咸味，她的胸前洒了香水，散发出松脂香和焦糖的味道。她的肚脐如此精致完美，我的双唇禁不住在这里停留，我的手指在她的小腹上面滑过，我轻轻吮吸着覆盖在上面的一层薄汗。凯拉用双腿紧紧夹住我的双肩，她的双脚轻抚着我的背部。她用一只手托住我的下巴，把我带到了她的双唇之前。窗户外传来的鸟鸣声似乎在配合我们喘息的节拍。小鸟停止了鸣叫，凯拉也停止了喘息。我们的双臂紧紧交缠在一起，凯拉将我的身体推开然后又拉近。

关于这个夜晚的回忆，如同我们一起直面死亡的那一幕，到现在还常常浮现在我的脑海之中。我当时就已经意识到，再也不可能有其他人的拥抱能够给予我同样的感受，而这样的念头只会让我感到害怕。

清晨的阳光照射着平静的街面，凯拉光着身子走到了窗户边上。

"我们必须离开伦敦。"她对我说。

"去哪里呢？"

"我们可以去康沃尔，到海边小镇去。你知道圣莫斯吗？"

我还从来没有去过。

"昨晚你睡觉的时候说了一些很奇怪的话。"她继续说着。

"我梦到了神父临走前对我说的遗言。"

"他不是走了，是死了！就像我父亲一样。当时主持葬礼的牧师说他去了很远的地方旅行。其实，死亡才是最确切的字眼，他哪儿都没去，就埋在墓地里。"

"在我还是孩子的时候，我相信天空中每一颗星星都是一个闪烁着的灵魂。"

"如果真是这样，那么到现在，天空中已经挂上很多很多颗星星了。"

"天空中有上千亿颗星星，肯定多过地球上的人口。"

"谁知道呢？不过我想，我应该会非常讨厌被挂在冰冷的星空中眨个不停。"

"这倒是另一种思维。我不知道死后会发生什么，我很少去想这个。"

"我却经常会去想。这可能是出于我的职业本能。每次挖出一块骨头，我都会思考这个问题。生命唯一能遗留下来的只是一节股骨或是一颗臼齿，我很难接受这一点。"

"遗留下来的可不只是一些骸骨，凯拉，还有曾经的回忆。每当我想念父亲或是梦见他时，我就会感到自己把他从死亡之中拉了回来，就好像把某人从沉睡中唤醒一样。"

"照这么说的话，我父亲一定受够了。"凯拉说，"我经常把他'叫醒'。"

凯拉想去一趟康沃尔，我们踮着脚悄悄地离开了家。沃尔特在客厅里熟睡，我们给他留了言，向他保证一定会很快回来。我的老爷车在车库里随时恭候，凯拉坐上去踩下了油门。中午时分，车子已经奔跑在英国乡间，车窗大开。凯拉扯着嗓子大声唱着歌，她的声音成功盖过了耳边呼呼的风声。

距离索尔兹伯里还有13公里，我们隐约看到了远处地平线上巨石阵的伟岸身影。

"你去看过吗？"凯拉问我。

"你呢？"

我有些巴黎朋友从来没有登上过埃菲尔铁塔，也有些纽约朋友从未去过帝国大厦。而作为英国人，我承认我从来没有去过这个吸引了世界各地游客的著名景点。

"我也没来过呢，这么说会让你安心点吧。"凯拉说，"要不我们去看看？"

我知道这个有着 4 000 多年历史的古迹对游客的管理非常严格。游客们进入景区之后必须按照标识出的路线进行游览，其间还会有向导声嘶力竭地吹着哨子以控制参观的节奏和秩序，严格禁止游客擅自离开参观的队伍。所以，我严重怀疑，即使现在即将天黑，我们也没有权利在里面自由地闲逛。

"你刚才也说了，天就快黑了。太阳将在一个小时之内下山，我完全看不到这附近有任何生灵。"凯拉继续说道，"越是严格禁止，就越能让这一切变得更加有趣。"

在伦敦那场悲惨的遭遇之后，我们也该放松一下了，毕竟像遭遇枪击这样的经历可不是每天都会发生的平常事。我转了转方向盘，开上了通往巨石阵方向的小路。车子最后不得不在铁丝扎成的围栏前停了下来，我熄了火，凯拉下车往空无一人的停车场走去。

"快来啊，从这里爬过去就像小孩玩游戏一样简单。"她兴高采烈地对我说。

我们只需要趴在地上就能钻过围墙。我在想，我们的入侵是否会触动警报，不过，我并没有发现任何相关设备，也没有发现哪里安有监控摄像头。不管怎样，凯拉已经爬到了另外一侧等着我，说什么都已经太迟了。

里面的景观比我想象中的更令人震撼。最外围的第一组石柱组成了一个直径为 110 米的圆圈。当时的人们发挥了怎样的聪明才智才能建成这样一座奇观啊？在巨石阵的四周是一望无际的平原，一眼望去看不到一块石头。而巨石阵外圈中的每根石柱有好几十吨重，当初它们是怎么被运到这里的？又是通过什么方式被竖立起来的呢？

"第二圈石阵的直径大约有 98 米。"凯拉对我说，"它在搭建时经过了定线测量，这在那个时代是相当不可思议的事情。而第三个圆圈由 56 个土坑组成，又称'奥布里坑'（这些土坑是由英国考古学家奥布里发现的，由此得名）。由于在里面发现了一些木炭和烧焦的骸骨，这些土坑有可能是用于焚烧的场所，相当于火葬场。"

我看着凯拉，极为惊讶。

"你怎么知道这些的？"

"我是个考古学家，而不是什么奶制品专家，否则我也能向你解释清楚奶酪是怎么做出来的！"

"你难道对世界上所有的考古遗址都有所了解？"

"阿德里安，这可是巨石阵啊！我们在学校的时候就学过关于它的知识了。"

"你还记得学校里面教的所有知识？"

"当然不能，不过我刚才所讲的那些内容就写在我身后的这块指示牌上。好吧，你被我耍了！"

我们穿过了外围的蓝色石柱，慢慢向古迹的中心靠近。我后来才知道，外围这一圈最初是由 65 块蓝砂岩石柱组成的，而在这 65 块怪石中，最重的一块重达 50 吨。其中一些石块被横架在竖着的石柱之上，可是，人们当时是如何把石柱竖起来，又是如何把大石块吊高横放在石柱上面的呢？我们默默地欣赏着这项不可思议的人类壮举。太阳逐渐下山，夕阳将柱廊的身影逐渐拉长。突然，在很短的一瞬间，中心那块唯一的石柱开始闪闪发亮，散发出的光芒无与伦比。

"某些专家认为，巨石阵是由德鲁伊教修建而成的。"凯拉说。

我也记得曾经在某些科普杂志上读过相关的文章。巨石阵引起了众多的关注，也由此激发了各种各样大量的理论，从最疯狂的到最理性的都有。

可是，真相到底是什么？我们身处 21 世纪，距离巨石阵第一阶段的修建大约有 4 800 多年。然而在 48 个世纪之后的今天，依然没有人能解释这个遗迹的真正含义。4 000 多年前生活在这里的人们为什么会耗费精力修建出这样一个建筑？他们中间有多少人为此献出了生命？

"还有些专家认为巨石阵的排列跟天文学有关，某些石块的摆放位置正好指向了冬至和夏至时太阳的位置。"

"就像内布拉圆盘一样？"凯拉问我。

"是的，跟内布拉圆盘一样，不过要比它大很多。"回答完之后我陷入了沉思。

凯拉凝望着天空，这个晚上的夜空中看不到星星，厚厚的云层悬浮在大海上空。凯拉突然转向我说："你能再重复一遍神父临终前的遗言吗？"

"我都快把它忘记了，你确定还想旧事重提吗？"

她不需要开口回答我，从她异常坚定的神情之中，我已经知道我必须这么做。

"他提到了隐藏的金字塔、另一段文字，如果没有理解错的话，还有某个要让其继续沉睡下去的人……不过我还是完全不明白他指的是什么！"

"三角形和金字塔，这两者之间有相似之处，对吗？"凯拉问道。

"从形状上来看，是的。"

"不是也有专家认为金字塔与星座之间也有某种关联吗？"

"确实。说起来，玛雅金字塔也被称作太阳之殿和月亮之殿。你才是考古学家，你应该比我更清楚吧？"

"不过，玛雅金字塔并不是隐藏的。"她一边思索一边说。

"有很多古遗址都被认为具有天文方面的用途，这些说法有对也有错。巨石阵很有可能就是一个巨大的内布拉天体圆盘，不过它的形状并不像金字塔。我们接下来可以想一想哪里还有金字塔形状的古迹，而且是还没有被发现的。"

"关于这个问题，"凯拉回答，"只有在走遍世界所有蛮荒之地，搜遍所有能想象到的丛林，以及探索完所有的海底世界之后，我才有可能给出答案。"

一道闪电划破了夜空，几秒之后，雷声滚滚而来。

"你带伞了吗？"我问凯拉。

"没有。"

"太好了。"

马德里

下午时分，飞机降落在马德里的巴拉哈斯机场。这架私人飞机缓缓驶入了停机坪。维吉尔面无表情，率先走下舷梯。从罗马中转的洛伦佐紧随其后。阿什顿爵士最后一个走出机舱。在商务专机的专用停机坪上，一辆加长轿车正等着他们。司机把他们送到了市中心的欧洲广场。他们走进了矗立在广场两侧的双斜塔中的一座。

伊莎贝拉·马尔盖兹，别称马德里，把他们迎进了会议厅。大厅内所有的窗帘都被放了下来。

"柏林和波士顿稍后会跟我们会合。"她说，"莫斯科和里约可能会更迟一些到达，他们在路上遇到了恶劣的天气。"

"我们的飞机也晃得很厉害。"阿什顿爵士说道。

他走到摆满饮品的矮桌前，倒了一杯水喝。

"今晚会有多少人？"

"如果当局不因为即将来临的暴风雨而关闭机场，我们将有 12 位成员出席这次会议。"

"说起来，前一晚的行动以失败告终了。"洛伦佐说完，往椅背上一倒。

"也不完全是。"阿什顿爵士反驳道，"这位神父可能知道的比我们想象的还要多一些。"

"您的手下怎么会没击中目标呢？"

"她当时在 200 米开外，而枪手是通过热能探测镜瞄准的。我该怎么说呢，'人人皆难免犯错'（此句为拉丁语谚语）。"

"他的过失造成了一位神职人员的死亡，我不觉得您这一句拉丁语的俏皮话有多么幽默。我想，您瞄准的目标现在已经被他们保护起来了吧？"

"对此我们也一无所知。不过我们暂时松了松缰绳，现在只是远远地监控着。"

"您就承认吧，您已经把他们跟丢了。"

伊莎贝拉·马尔盖兹打断了洛伦佐和阿什顿爵士的争论。

"我们可不是为了吵架才聚到一起的，相反，我们在这里碰头的目的是要共同协商接下来的行动。等所有人都到齐之后，我们再开始一起想想办法吧。我们即将做出的决定相当重要。"

"这次会议一点意义都没有，我们已经很清楚该做出怎样的决定了。"阿什顿爵士低声埋怨。

"不是所有人都同意这一点，阿什顿爵士。"刚走进会议厅的一位女士说道。

"欢迎加入我们，里约！"

伊莎贝拉站起身迎接来客。

"莫斯科没有跟您一起来吗？"

"我在这里。"瓦西里随后走了进来。

"还有人没到，但我们也不能无休止地等下去，现在就开始吧！"阿什顿爵士插了一句。

"如果您坚持的话。不过，在所有人到齐之前，我们不会进行任何需要投票决定的议程。"马德里回答道。

阿什顿爵士在会议桌的尽头落座，洛伦佐在他的右手边坐下，瓦西里则坐在他的左手边。巴黎紧挨着瓦西里坐下，维吉尔坐在了巴黎的对面。接下来的半个小时内，柏林、波士顿、北京、开罗、特拉维夫、雅典以及伊斯坦布尔陆续到达，组织成员全部到齐了。

伊莎贝拉首先感谢了大家的光临，她随后表示，目前的状况相当严重，所以很有必要把大家都召集在一起。在座的某些成员在很久以前就参加过关于同一个主题的讨论，但也有一些成员，例如里约、特拉维大和雅典，是代替他们各自的前任前来出席今天的会议的。

"某些成员的自发行动所取得的效果并不是很好。我们必须相互合作、互通有无，才能真正监控好那两个人的举动。"

雅典对于伊拉克利翁事件提出了抗议，他们之前对此毫不知情。洛伦佐和阿什顿爵士互相对望了一眼，都没有做出任何回应。

"我并不觉得这次任务是完全失败的。"莫斯科宣称，"在内布拉的时候，我们不可能除掉他们，最多只是吓一吓他们。"

"你们大家能回到这次会议的正题上来吗？"伊莎贝拉问道，"大家都知道，我们曾经的一位同事总是试图说服我们接受他那一套理论，因为他的顽固和执拗，我们在很久之前就把他排除在外了。可是我们现在应该明白，他的那套观点并不像我们之前认为的那么荒谬。"

"我们大家都宁愿相信他是错的，因为这样的话事情会好办很多！"柏林脱口而出，"我们当初如果相信了他所说的话，今天就不会出现在这里了，所有的一切也将得到控制。"

"虽说现在不知道从哪里又冒出来另一块东西，但这并不代表伊沃里所说的就全是对的。"阿什顿爵士回应道。

"不管怎样，阿什顿爵士，"里约发火了，"没有经过任何人的授权，您凭什么擅自决定去危害那两位科学家的生命？"

"从什么时候开始我需要经得别人的同意才能在我自己的地盘上动手，而且目标还是本国的国民呢？这难道是组织新近通过的规定吗？我怎么没有听说过？更何况我们的德国朋友还曾向莫斯科求助，让他到德国帮忙办事呢。无论如何，怎么也轮不到您来对我说三道四。"

"别说了，我求求你们了！"伊莎贝拉大喊。

雅典站了起来，用挑衅的目光打量着所有成员。

"大家就别装了，省点时间吧。我们知道了有不止一块东西，目前至少有两块相类似的东西，它们很有可能还是互补的。很明显，阿什顿爵士，请您别见怪，伊沃里的预想是完全正确的。可能还有更多其他的东西，我们虽然不知道在哪里，但现在不能再忽视这一事实了。目前的情况是：如果这些东西被聚齐在一起，如果民众由此发现了事情的真相，大家很容易想到这可能招致的危险吧？况且，我们现在还能从这两位科学家身上了解到很多东西。现在，我们手上的这两位专家似乎，我是说似乎，有可能继续找到其他几块东西。尽管之前某些人的行动令人遗憾，但希望他们还没有发觉自己受到了监控。我们可以让他们继续调查下去，这对我们没有任何损失。他们如果真的成功了，我们只需要在适当的时候截住他们，把他们的成果据为己有。所以，大家能否做好充分准备以防他们有可能会从我们手中溜走？当然，如果像马德里建议的那样，我们贡献出各自的资源协同作战，那这种可能性还是很小的。又或者说，大家是否宁愿考虑阿什顿爵士提出的建议，立即让这两个人的调查工作停止呢？当然，我们所说的可不是直接去干掉这两位优秀的科学家。另外，他们的发现有可能会改变整个世界的秩序，我们要如何选择？是无视这样的担忧呢，还是向当年烧死伽利略的那些人看齐呢？"

"伽利略或者哥白尼的学说所引发的后果，跟那位天体物理学家及其考古学家朋友有可能发现的成果之间，没有任何的可比性。"北京反驳道。

"你们中间没有任何一个人有办法去应对这样的结果，更别说各自的国家是否能做好准备了。我们必须在最短的时间内，不惜一切代价阻止这两个科学家的进一步行动。"阿什顿爵士继续坚持着。

"雅典提出的观点有一定的道理，值得我们深思。30 年前，当第一块东西出现在我们面前时，大家提出的各种猜想就不曾间断过。还需要我再提醒大家吗？我们很长一段时间内都以为这是唯一的东西。如今，天体物理学家和考古学家相互配合，这两个人在一起具有无可比拟的优势，将有机会去发现一些具有说服力的东西。我们之前也从来没有想到过他们会聚在一起，而且他们各自擅长的领域虽相差甚远却又如此互补。让他们在高度监控之下继续调查下去，这样的提议在我看来是比较明智的。我们总有离开的一天，如果像今晚讨论的那样，我们最终决定除掉他们，那接下来要怎么办？一直等到其他几块东西出现时再从长计议吗？它们如果在一两百年之后才出现，那还有什么意义呢？难道你们不想成为知道最终真相的这一代人吗？还是放手让他们继续调查下去吧，我们将在适当的时候进行干预。"马德里建议。

"我想，该说的全都说了，现在就让我们对各自提出的动议投票表决吧。"伊莎贝拉总结道。

"抱歉，请等一等。"北京打断了她，"怎么样才能确保大家意见一致？"

"您想说些什么？"

"我想说的是，我们中间由谁来决定什么时候应该进行干预呢？另外，我们承认了伊沃里的预想没错，可能还有五六块这样的东西。可是等所有的东西集齐之后，又由谁来保管呢？"

"这个问题提得好，我也觉得这一点值得进一步讨论。"开罗附和着。

"在我们之间不可能达成共识，你们大家也都心知肚明。"阿什顿爵士抗议，"这也是不能让这场不负责任的冒险继续下去的理由之一。"

"我觉得恰恰相反。只要我们大家联合在一起，假如有人哪一天背叛了联盟，我们就不得不一起面对同样的灾难。如果这几块东西聚集在一起会让谜题最终大白于天下，那我们每个国家将要面临的问题都是一样的，我们的利益和国家的稳定也都会受到牵连。对此，违反了约定的那一方同样无法幸免。"

"我想，有一个办法能解决这个问题。"

所有成员的目光转向了维吉尔。

"我建议一旦我们掌握了能证实大家心中猜想的证据，就把这几块东西重新拆分开，每个大洲分一块。这样的话，我们就能确保它们永远不会再次聚齐。"

伊莎贝拉接过了话题。

"我们得开始投票了，你们的决定是？"

大家都一动不动。

"好吧，请允许我把事情重新梳理一下。谁希望终止这两位年轻科学家的调查行为？"

阿什顿爵士举起了手，波士顿紧随其后。经过片刻的犹豫，柏林也伸出了手。巴黎和洛伦佐也都陆续举起了各自的手。维吉尔叹了口气，没有任何举动。

"五票对八票，刚才的动议被否决了。"阿什顿怒气冲冲地离开了会议桌。

"这简直是玩火自焚，你们想象不到这将给我们带来多大的风险。我希望你们都清楚自己做了些什么。"

"阿什顿爵士，您的意思是打算继续一意孤行？"伊莎贝拉问道。

"我将尊重大会的决定，我将随时为组织贡献我的服务，例如遥控那两位科学家。相信我，他们不会太过肆意妄为的。"

阿什顿爵士离开了会议室。他刚走不久，伊莎贝拉就宣布会议结束。

第四部分

　　我感到这块东西的温度从指缝间传来。这些光点变得越来越亮，其中有一颗最为耀眼。这难道就是在世界诞生的第一日升起的那颗星？这难道就是我从童年时代开始寻觅，并为此长途跋涉，甚至跑到了智利的高山上去追寻的那颗星？

伦敦

凯拉最终打消了去圣莫斯的念头。下次吧,她对我说。于是,我们在半夜赶回了伦敦,样子十分狼狈。突如其来的暴雨让我们避之不及,我们浑身都湿透了。不过凯拉有一点是对的,我们在巨石阵度过了一段难忘的时光。

我想,故事就是这么发展起来的:一连串的小片段逐渐拼凑在一起,最终会在某一天展示出两人的未来会如何。

家里空无一人,这次轮到沃尔特给我们留字条了。他让我们一回来就跟他联系。

第二天,我们决定去学院找沃尔特,我顺便带凯拉参观了我工作的地方。在踏进图书馆的时候,她表示无比惊叹。沃尔特到图书馆跟我们碰头,告诉了我们一个令人不安的消息。没有任何一家报纸刊登了神父被杀的消息,对于这件事情,媒体似乎集体噤声了。

"我也不知道这意味着什么。"沃尔特神情凝重地说。

"也许他们也不想激发民众的情绪?"

"您曾经见过我们的小报主动放弃散播任何能让报纸大卖的消息吗？"沃尔特吃惊地问道。

"或许是警察把整件事压了下来，以便实施进一步的调查。"

"不管是哪种情况，如果事情不被公开，我只希望我们能就此摆脱干系。"

凯拉轮番看着我们俩，举起手来，就好像等着我们同意她发言一样。

"难道你们就没想过，在那座教堂里，凶手想瞄准的目标可能并不是神父？"

"当然想过。"沃尔特说，"我一直在想这个问题。不过您为什么会想到这一点？"

"因为我的吊坠啊！"

"嗯，这可能解释了这起谋杀案的原因。接下来要搞清楚谁会从中受益。"

"那些想夺走吊坠的人啊。"凯拉继续说，"我还从来没对你们说过，我姐姐的住所在不久之前也曾经被盗。我之前不觉得这件事跟我有关，但现在……"

"现在你是不是也开始怀疑，在内布拉的时候，那个司机是故意想要撞死我们？"

"你回想一下，阿德里安，我当时就有这样的感觉。"

"我们都冷静一点。"沃尔特插话了，"我承认这所有的一切都很令人困扰，但由此就认为您是那次盗窃事件的目标，"沃尔特对凯拉说，"或者由此就认为有人想要你们的命……我们还是理智一些吧。"

沃尔特说这番话仅仅是为了让我们安心，因为他随后就坚持要求我们离开伦敦，等到事情平息后再回来。

凯拉对我们学院图书馆里浩瀚的藏书兴趣十足，她穿行在一排排书架之间，然后请求沃尔特允许她从架子上拿一本书下来。

"你为什么要向他提出这样的要求？"

"我也不知道。"她开起了我的玩笑，"依我看，沃尔特在这里比你更管用。"

我的这位同事就看着我，脸上带有一种难以掩饰的扬扬自得，事实上，他对此根本就没打算掩饰，而是恰恰相反。我走近凯拉，坐到了她的对面。我们就这么坐着，这不禁唤起了我心中其他的回忆。时间并不能抹去一切，有一些瞬间总是留在我们的记忆深处原封不动，尽管谁也不知道为什么这些瞬间就会比其他的回忆更加隽永。但或许就是在那里，生命静悄悄地向我们展示了某种微妙而难以言状的奥秘。于是，我拿起不知道是谁遗忘在桌子上的记事本，从中取了一页纸，把它卷成一团，放到嘴里开始咀嚼，尽可能地弄出最大的声响。当我嚼完一张又拿起第二张的时候，凯拉说话了。她虽然没有抬起头，但一丝微笑爬上了她的嘴角："吞下去，我不准你吐出来！"

我问她在看什么。

"关于金字塔的一些玩意儿，我以前从来没有看过这本书。"

说完，她看着我们——沃尔特和我，就像是在看两个耐不住性子的小顽童一样。

"你们两个就算是给我帮帮忙吧，去外面走一走，要不就去工作一下吧，就好像你们偶尔会做的那样。总而言之，请你们务必让我安安静静地读完这本书。去吧，赶紧地，你们都给我走开，在图书馆关门之前，我不想再看到你们两个。明白了吗？"

按照接收到的指令，我们离开了她，"逃学"而去。

巴黎

房间里面回荡着巴赫的变奏曲。伊沃里手捧热茶坐在客厅里，独自下着棋。这时，门铃响了起来。他看了看表，心里觉得有点奇怪，他并没有约见任何人，谁会在这个时间来拜访？他静静地走进门厅，打开一旁矮桌上摆放的桃木盒子，从中掏出一把手枪，并把它轻轻塞进了睡衣的口袋里。

"是谁啊？"他隔着门缝问。

"一位老朋友。"

伊沃里把兜里的手枪放回原处，然后打开了门。

"真是意外惊喜啊！"

"我一直记挂着我们的棋局，我亲爱的朋友。您不让我进去吗？"

伊沃里侧身让维吉尔进了门。

"您一个人下着呢？"维吉尔一边问，一边在伊沃里的对面坐了下来。

"是啊，我实在没办法打败我自己，真讨厌。"

维吉尔把白象从 C1 移到了 G5，直逼黑马。

伊沃里随即将 H7 的小卒移到了 H6。

"是什么风把您吹到这里来了，维吉尔？您从阿姆斯特丹大老远赶过来不会就为了吃掉我的马吧？"

"我从马德里过来，组织昨天召开了一次会议。"维吉尔说着，随后拿下了黑马。

"他们的最终决定是什么？"伊沃里问道。

D8 的王后吃掉了 F6 的白象。

"大家决定让您那两位保护对象继续调查下去，等他们达到最终目的的时候，如果可能，把他们的成果抢过来。"

白马离开了自己的阵营，走到了 C3。

　　"他们俩会完成目标的。"伊沃里简洁地回应，同时把 B7 的卒推到了 B5。

　　"您确定吗？"维吉尔问。

　　另外一个白象从 C4 移到了 B3。

　　"我确定，就像我知道您一定会输掉这盘棋一样。您可能对组织的这一决定不是很满意吧？"

　　原本保护着车的 A7 黑卒往前走了两步，来到了 A5 的位置上。

　　"您错了，其实反而是我说服他们达成了这样的共识。我得承认，参与会议的某些成员更希望阻止这一场冒险，甚至不惜使用极端的手段。"

　　盯防着车的白卒从 A2 移到了 A3。

　　"只有傻子才永远不会改变主意，不是吗？"伊沃里一边说，一边将他的象从 F8 移到了 C5。

　　"出了点意外，阿什顿爵士在伦敦干掉了一位神父。"

　　白马从 G1 换到了 F3。

　　"意外？他们错手杀掉了一位神父？"

　　黑卒从 D7 走到了 D6。

　　"真正的目标原本是您那位天文学家。"

　　白后从 D1 移到了 D2。

　　"愚蠢至极！我说的是阿什顿爵士，可不是说您刚走的这步棋。"

　　黑象从 C8 移到了 E6。

　　"我担心我们的英国朋友不会接受这次在马德里达成的协议。我怀疑他想撇开其他人独自行动。"

　　白象吃掉了隔壁的黑象。

　　"他想要违背组织的集体意志？这样做的后果相当严重啊。我不就是因此被迫退休的嘛。您为什么要来告诉我这些？您感到担忧的话，应该告诉您那些伙伴啊！"

黑卒吃掉了冒失闯到 E6 的白象。

"这些只是我的猜测而已，没有确凿证据的话，我不可能公开指责阿什顿爵士。但是，如果等我们收集到对他不利的证据时，对您那位朋友来说恐怕就太迟了。我跟您说过吗，阿什顿爵士也想干掉您那位考古学家。"

白方王车易位。

"我一直都很讨厌他那狂妄自大的样子。"

"您想让我做些什么呢，维吉尔？"

黑卒从 G7 走到了 G5。

"我不希望我们之间变得这样冷冰冰的。我跟您说了，我一直惦记着我们的棋局呢。"

维吉尔把白卒从 H2 推到了 H3。

"正在下的这盘棋可不是我们俩之间的棋局，您应该很清楚。而且您也应该知道最终的结局会如何。您之前在阿姆斯特丹对我有所保留，这并没有伤害到我。真正让我伤心的是您居然认为我会不知道您当面一套背后一套。"

黑马离开 B8，走了三步，来到了 D7。

"您有些急于下结论了，我的朋友。如果不是我，您也不会随时掌握事态的发展了。"

白马从 F3 退到了 H2。

"如果我们这两位科学家确实成了阿什顿爵士瞄准的目标，那必须把他们保护起来。这可能不太容易，更何况他们现在在英国。必须想办法促使他们尽快离开。"伊沃里说道，同时把自己的黑卒从 H6 推到了 H5，以保护另一个车。

"鉴于他们之前的经历，可能不太容易让他们离开自己的窝。"

维吉尔将自己的白卒从 G2 移到了 G3。

"我有办法让他们离开伦敦。"伊沃里一边说一边将王后移了一格。

"您打算怎么做？"

轮到维吉尔了，白后也移了一步。

黑卒从 D6 到 D5，发起了进攻。

伊沃里紧盯着维吉尔。

"您还没说您为什么改变了主意。不久之前，您可是一直想方设法地阻止他们继续调查下去。"

"我可从来没想过要杀害两个无辜的人，伊沃里，这不是我的行事风格。"

白卒从 F2 移到了 F3。

"救下两条性命并不是您最原始的动机吧，维吉尔，我希望听到您内心深处最真实的想法。"

黑马从 D7 退到了 F8。

"跟您一样，伊沃里，我也在变老，我想知道真相。在有生之年了解到事情真相的渴望比我内心的恐惧感更加强烈。昨天在开会的时候，里约问我们是想成为知道真相的那一批人呢，还是宁愿把真相留给后辈去发掘。里约说得没错，真相迟早会浮出水面，可能是明天，也可能是 100 年之后，这又有什么区别呢？我不想到死的那一天还在试图探查事情的真相。"维吉尔坦白道。

白马从 C3 退到了 E2。黑马重新发起了攻击，来到了王后旁边。维吉尔让白卒从 C2 移到了 C3。

"如果您真的有办法保护这位天文学家和他的考古学家朋友，就请行动起来，伊沃里，一定要快。"

黑车从 A8 移到了 G8。

"考古学家叫凯拉。"

维吉尔把 D3 的白卒推到了 D4。C5 的黑象退到了 B6。白卒吃掉了 E5 的黑卒。黑后随即报复，吃掉了闯到它跟前的白卒。接下来，棋局又走了 20 步，其间伊沃里和维吉尔都不再讲话。

"如果您最终愿意承认我那套理论的合理性，如果您愿意按照我所说的去做，那我们俩联手就还有可能成功阻挠阿什顿爵士的愚蠢计划。"

伊沃里拿起了黑车，把它放到了 H4。

"您被将死了，维吉尔。不过您在第五步棋的时候就预料到了吧？"

伊沃里站起身来，走到写字台前拉开抽屉，取出了那份吉兹语的文件。他昨夜弄到很晚才把它彻底翻译出来。

伦敦

凯拉一步也没有离开学院图书馆。我们回来找她，想带她去吃晚饭，不过她还是想留下来读完手中的书。她的头几乎都没抬起来，只是挥了挥手示意我们走。

"你们两个男生自己去吃吧，我还有事情要做，去吧，赶紧地。"

沃尔特试图告诉她图书馆的关门时间，不过起不到什么作用，凯拉什么都听不进去。我的同事不得不去找值夜班的管理员帮忙，请他让凯拉想待多久就待多久。她向我保证，稍后会到我家来找我。

清晨五点，凯拉还没有来。我有些担心，起身走出家门，开车来到了学院。

学院的大厅里面空空荡荡，门卫正在岗亭里睡觉。我的出现吓了他一跳。

凯拉不可能走出这栋大楼，所有的门都被反锁了。没有门卡的话，她不可能打开。

我加快了步伐，顺着走廊走到了图书馆。门卫一直跟在我的后面。

凯拉甚至没有留意到我的出现。透过玻璃大门，我看到她依旧沉浸在那本书里面，还时不时做着笔记。我轻咳了几下示意我的到来，凯拉终于抬头看着我微笑。

"很晚了吗？"她伸了伸懒腰问。

"或者说很早，看你怎么说吧。天刚刚亮。"

"我开始觉得饿了。"她说道，随即合上了手中的书本。

她收拾起笔记，将书放回书架，然后挽住我的胳膊，问我是否能带她去吃早餐。

在寂静的清晨，我们在城市中穿梭，眼前的一切都如仙境般令人陶醉。一辆卖牛奶的小卡车从我们的车旁经过，准备开始营业。在伦敦，还有些东西一直未曾改变。

我把车停在了樱草丘。一家茶馆刚刚拉起了卷帘门，老板娘正准备将桌子摆到室外去。她表示愿意为我们提供早餐。

"那本书到底有什么特别的吸引力，居然让你整夜都不能放手？"

"我回忆起神父之前对你说的那番话。其实他所指的并不是有待发现的金字塔，而是隐藏的金字塔，两者的意思是不一样的。他的话一直困扰着我，所以我查阅了好几本涉及这个主题的书。"

"对不起，我没看出来有什么区别。"

"全世界在三个地方有所谓隐藏的金字塔。在中美洲，有些神殿被发现后又被遗忘了，因为大自然把它们重新遮盖了起来；在波斯尼亚，卫星图像证实了金字塔的存在，但我们还不知道谁是建造者、它们有什么用途；

然而在中国，这又是另外一回事了。"

"中国也有金字塔？"

"据说有上百座呢。一直到1910年前后，西方世界才知道这些金字塔的存在，其中大部分位于陕西省，在西安市方圆100公里范围以内。1912年，弗雷德·梅耶尔·施罗德和奥斯卡·马芒发现了第一批金字塔，其余的则在1913年被维克多·谢阁兰的考古队发掘出来。1945年，一位执行印度至中国飞行任务的美军飞行员在飞跃秦岭的时候，在空中拍下了被他称为'白色金字塔'的照片。它的规模虽然比胡夫金字塔还大，可没有人能找到它的精确位置。1947年春天，《纽约星期日报》曾经刊登过一篇关于这个金字塔的文章。

与玛雅金字塔或埃及金字塔不同的是，中国的金字塔不是由石块搭建而成，而是用泥土和黏土建成的。不过就像埃及金字塔一样，中国金字塔被用作古代帝王及其家族的陵墓。

一直以来，这些金字塔吸引了不少人的关注，并引发了各种荒诞离奇的猜想。它们成了几千年来地球上最伟大的建筑，例如位于尼罗河西岸的代赫舒尔红色金字塔，以及古代世界七大奇迹中唯一保存至今的胡夫金字塔。同样令人不解的是：这些最著名的金字塔差不多都是在同一时期建成的。没有人知道为什么在相去甚远的不同文化背景之下，大家会不约而同地修建出如此相似的建筑类型。

"也许当时的人并不像我们想象的那样故步自封，他们也常常四处游历开阔眼界吧。"我大胆地说出了自己的猜测。

"对，是这样，你所说的并不是毫无道理。我在图书馆翻阅《大英百科全书》的时候，看到了这样一篇文章。上面写到，埃及和埃塞俄比亚之间的关联可以追溯到第 22 代法老王朝的时候。从第 25 代法老开始，这两个国家还由同一个君王统治，其共同的首都是纳帕塔，位于现在苏丹的北部。实际上，有证据显示埃及和埃塞俄比亚建立最初的联系的年代还要久远。在我们的纪元开始之前 3 000 年，曾有商人提到某个位于努比亚南部地区的蓬特王国。在萨胡尔法老统治时期，埃及人发起了首次对蓬特王国的探索之旅。你仔细听好接下来这段话：人们在哈采普苏特陵庙中发现了公元前 15 世纪的壁画，上面描绘了一群游牧者将乳香、黄金、象牙、乌木，尤其是大批没药运回埃及的情景。而我们知道，从第一代王朝开始，埃及人一直都是没药的狂热追捧者。基于这一点，我们可以猜测，埃塞俄比亚与埃及之间的往来可以追溯到很久很久以前。"

"这些跟你提到的中国金字塔有什么关系吗？"

"我正要说到呢。我们一直想要找出那段吉兹语文字与我的吊坠之间的关系，而在这篇古文献中提到了金字塔。你回想一下那一段文字中的第三句：没有人知道顶点在哪里，某一块的黑夜将是序幕的守护者。麦克斯跟我们讲过，不能逐字逐句地翻译这一段文字，关键是怎么解读它。'序幕'这个词在这里应该是'起点'的意思。所以整个句子应该是：没有人知道顶点在哪里，某个黑夜覆盖了起点。"

"这样翻译确实更流畅一些，不过很抱歉，我还是不明白你想要说些什么。"

"我的吊坠是在湖心小岛上发现的，几公里之外是伊尔密（Ilemi）三角地带，位于肯尼亚、埃塞俄比亚和苏丹的交界处，也正是蓬特王国所在的位置。你知道埃及人怎么称呼蓬特王国吗？"

对此我毫无头绪，凯拉骄傲地看着我，靠近我说：

"他们把它叫作'塔内特鲁'，也就是'诸神之地'或者'起点之国'的意思。尼罗河的源头之一——青尼罗河也起源于这个地方。我们只要顺流而下，就能到达埃及第一座最古老的金字塔——位于萨卡拉的卓瑟王金字塔。而我的吊坠很有可能就是沿着这条水路到了图尔卡纳湖。

"现在，让我们重新回到中国金字塔上。我后半夜一直都在研究这一部分的资料。如果那位美军飞行员所说属实——关于'白色金字塔'是否存在有很多争论，从他拍下的照片来看，这座金字塔差不多有 300 多米高，应该是全世界最高的金字塔。"

"你想让我们去一趟中国，去秦岭附近找一找？"

"这可能正是那段吉兹语文献所暗示的地方。隐藏的金字塔……在中美洲、波斯尼亚和中国三者之间，我宁愿选择有着最高金字塔的那一个。我们只能赌一把，至少还有三分之一的赢面。对一个探索者来说，33% 的概率已经足够大了，而且我相信自己的直觉。"

我很难接受凯拉这一突如其来的转变。就在不久之前，她还在不停地向我重复，她有多么想念埃塞俄比亚。我知道她常常打电话给暂时取代了她工作的那位同事埃里克。随着日子一天天过去，我越来越担心她总有一天会告诉我奥莫山谷恢复了平静，她马上要回那里工作。然而现在这一刻，她建议我们去的地方离她朝思暮想的埃塞俄比亚更加遥远了。

我本该很乐意跟她一起踏上前往中国的旅程，跟她一起鼓起同样的冒险热情。可是当她提到这一险途时，我心中涌起了无数的担忧。

"你应该清楚吧，"我对她说，"我们现在就像是大海捞针，而这片大海还远在中国！"

"你是怎么了？你可以选择不跟我去，阿德里安，你可以待在伦敦，对着一帮可爱的学生继续上你的课。我会理解的。至少你在这里还有自己的生活。"

"你是什么意思，什么叫至少我还有我的生活？"

"我昨天打电话给埃里克了。埃塞俄比亚警方去了考古队的营地，他们宣称，一旦我进入他们国家境内，我就将被法庭传唤。也就是说，多亏了那次我自愿陪着你去图尔卡纳湖的探险，我再一次不得不远离我的挖掘工作，至少在一年之内都回不去了！我失去了工作，也不知道该去哪里。几个月之后，我还要向沃尔什基金会交代资助金的动向。你觉得我还有什么其他选择吗？难道要我留在伦敦，在你去工作的时候为你洗衣做饭？"

"在巴黎，你姐姐的住所被洗劫；在德国，我们住的酒店房间也被盗。我们还亲眼见证了一位神父被谋杀。还有关于老村长的死，难道你从来就没有怀疑过？难道你不觉得，自从我们对那该死的吊坠开始产生兴趣，就不断地发生了很多的问题？如果当时中枪的不是神父，而是你呢？如果在内布拉的时候，我们没有躲过那个司机的冲撞呢？你怎么跟沃尔特一样天真！"

"我所从事的职业本来就具有冒险性，阿德里安，我们总是会处于风险之中。你以为那些发掘出'露西'骸骨的考古学家当时手头拿着现成的墓穴地图或者有从天而降的 GPS 定位数据以供参考？当然不是这样！"她愤怒地说，"是直觉造就了伟大的探索者，这种敏锐的洞察力同样是警察应该具备的。"

"可你又不是警察，凯拉。"

"随你便吧，阿德里安，如果你感到胆怯，我就自己一个人去。如果真的能证明我的吊坠有四亿年的历史，你能想象得到这个发现的重大意义以及它将带来什么样的后果吗？它将会引发多么大的震动？我已经做好了准备，就算是寻遍整片海我也要找到这一根针。希望我能有这样的运气。你自己回想一下，当初也是你自己提出人类的起源有可能追溯到四亿年前的，你现在却想让我撒手放弃探究真相的机会？如果是你，你会仅仅因为你所需要的天文望远镜离你太远就放弃探索宇宙诞生瞬间的机会吗？就为了离星空更近一点，你可是差点死在了海拔 5 000 多米的高原上啊。当然，你可以选择留在伦敦，在阴雨绵绵中过毫无危险的生活，这是你的权利。我对你唯一的要求就是帮我一个忙，我已经没有多余的钱用来支付前往中国的旅程了。我向你保证，我以后一定会全数奉还。"

我一句话也没有说，因为此刻我的心中充满了怒火。我气自己把凯拉牵连到这样的事情上来，气自己害她丢掉了工作，还气自己预知到了可能的危险却无法让她远离。我无数次地回想起这次可怕的争吵，也无数次地回味起我当时担心令她失望并可能失去她的复杂心情。可是到了今天，我对自己当时的怯懦更加懊恼不已。

我去找了沃尔特，希望能从朋友那里寻求帮助。如果我无法说服凯拉放弃这次旅程，也许沃尔特能找到令她更信服的说辞。然而沃尔特这次拒绝帮我，他甚至更乐于看到我们离开伦敦。他对我说，至少不会有人大老远跑去中国找我们麻烦。他还说，凯拉的想法是合情合理的，他甚至质疑我是否丧失了探险的品质。难道我在阿塔卡马所经历的风险不算什么吗？有本事他去试试！

"您知道，需要承担风险的是我，而不是她！"

"您就别瞎操心了，阿德里安。凯拉是一位成熟女性，在重新遇到您之前，人家独自在非洲生活了很长一段时间，一直与狮子、老虎、花豹，还有我们想象不到的各类野兽为邻呢。她到现在为止也没被任何野兽吃掉啊！另外，如果是您母亲表示'我什么都担心'，那还情有可原。可作为您这个年纪的男人，这就有点太过了！"

我在沃尔特推荐的旅行社买好了机票，这家旅行社曾经为他安排的希腊之旅让他很是满意。旅行社告诉我们，至少需要 10 天才能拿到中国的签证。我本来希望能在这段时间之内说服凯拉改变主意，谁知第三天就收到了旅行社的电话，说我们运气相当好，中国大使馆已经通过了我们的签证申请。这算是哪门子的好运气啊！

伦敦

用餐接近尾声，维吉尔陪着他的一位同事享用了一顿美味的午餐。这个地方在伦敦相当有名，却是一家中国餐馆，他本来还怀疑自己是不是犯了一个错误，把他带到了这里，然而，北京对这一安排非常满意。

"我们会实施近距离的监控，但不会露出一点破绽。"他向维吉尔保证，"请告诉其他成员，完全没必要担心，我们办事一向很有效率。"

维吉尔对此毫不怀疑。

"最有趣的是，这两位科学家会跟我乘同一班飞机。"北京说，"在他们经过海关时，行李会受到检查，这是完全正常合理的例行程序。不过我们可以趁此机会把监控设备藏到他们的行李之中。等他们到达以后，我们还会监控他们租用车辆的 GPS 系统。您这方面该做的工作也完成了吗？"

"阿什顿爵士非常乐意协助我们。"维吉尔解释着，"他对这次行动的重视程度甚至超过了我。为了确保不跟丢这两位科学家，如果有必要，他甚至可以去偷女王的珠宝。事情是这样安排的：当他们经过希斯罗机场的安检时，安检门将被调节到最灵敏的级别。要想通过安检门而不引发警报声，那位天文学家就必须把所有的个人物品都除下来，放在 X 光仪器的检查通道上。到时候，还会有一名安检人员对他进行相当细致的搜查，在此期间，阿什顿爵士安排的人会在他的手表上动动手脚。"

"那位考古学家呢？她不会察觉到什么吧？"

"她也会受到同样的待遇。设备一旦安装成功，阿什顿爵士就会告知您发射器的频率。我得向您承认，这让我有点担心。实际上，阿什顿爵士也将掌握监控设备的频率。"

"不用担心，阿姆斯特丹，这种类型的设备只在有限的范围内有效。

在英国领土上，阿什顿爵士可能有办法调动一切的人力和物力。而一旦那两个目标人物到了我的国家，我怀疑他就什么都追踪不到了。您完全可以信赖我们，关于两位科学家行动的汇报每天都会同时送达组织的全体成员。我们不会让阿什顿爵士抢先知道的。"

维吉尔的手机发出了两声刺耳的信号声。他看了看刚收到的信息，随即向他的客人表示抱歉，他要起身赶赴另一个约会了。

维吉尔跳上了出租车，请司机开到南肯辛顿。出租车在布特街的一家法文书店门前停了下来。维吉尔收到的消息无误，在马路对面小吃店的露天咖啡座上，有一个年轻的女人正读着《世界报》。

维吉尔在她旁边的桌子坐了下来，点了一杯茶，然后打开一张日报翻阅。待了几分钟之后，他结账离开，并把报纸留在了桌上。

凯拉好像意识到了什么，她拿起报纸，喊着那个正在远去的人，可是就这一会儿的工夫，那个人已经转过街角看不到了。维吉尔践行了他对伊沃里许下的诺言，当晚他就回了阿姆斯特丹。

在把报纸放回台面的时候，凯拉发现里面夹着一封信。她轻轻地把信抽了出来，赫然发现信封上面竟然写着她的名字，不禁吓了一跳。

亲爱的凯拉：

请原谅我没能亲手把信交给您，个中原因实在乏味，不值一提，总之，我最好还是不要被人看见跟您待在一起。我给您写信可不是为了让您感到担忧，恰恰相反，我写信是为了向您表示祝贺，同时也要告诉您一些能让您宽心的消息。还记得我曾经在办公室里跟您提到了关于"Tikkun Olamu"的动人传说，现在我发现您终于开始产生兴趣了，对此我非常高兴。我知道，当初我们在巴黎坐在一起讨论的时候，您难免会认为我是不是太老了以至于有点失去理智。是的，对于您最近几个星期的遭遇，我的确感到很遗憾，但这段经历或许有可能让您重新考量一下之前对我做出的评价是否正确。

我刚跟您说了会有好消息，嗯，下面我就跟您说说这个。我想我知道，你们偶然发现了一份很古老的文献，您大概会想我怎么会知道，但总之正是拜您以及您的吊坠所赐，长年对这份文献一筹莫展的我才得以更加理解其中的含义。其实，我一直都在试图诠释这份文献。关于这个我要说的是，你们手头掌握的那份材料是不完整的，里面缺了一句话，这句话在原稿中被擦掉了。而我是在埃及一个很古老的图书馆里寻找一份翻译稿的时候发现了这个问题，至于那份翻译稿的内容，我在这里就不向你赘述了，因为翻译得实在很糟糕。尽管我未能像自己冀望的那样来到您的身边，但只要有那么一丝一毫的可能性，我都会难以抑制自己想要帮助您的冲动。

那个缺失的句子是这样的："狮子在知识之石上沉睡。"

一切看起来还是很神秘，对不对？我也有同感。不过，我的直觉告诉我，这个信息在将来某一天可能会对您弥足珍贵。金字塔脚下睡着很多狮子，别忘了有一些狮子会比其他的更加桀骜不驯、更渴望自由，而其中那些最孤独的会习惯于离群索居。但我想我可能什么也没有教到您，毕竟您那么了解非洲，对狮子想必是早已习惯了。不过还是小心谨慎一点，我亲爱的朋友，您并不是唯一对"Tikkun Olamu"传奇兴致勃勃的人。尽管这充其量是一个传说……但我知道，有些人，而且往往是那些最疯狂的人会去幻想从中发现最惊人的奥秘。祝您旅途愉快。您有此想法，我很高兴。

您诚挚的，

伊沃里

另外：不要对任何人提起这封信，就算是对您的亲人朋友也不要说。

请再念一次这封信，然后就把它销毁吧。

　　凯拉按照伊沃里要求的做了。她读了两遍那封信，没有把这事告诉任何人，甚至连我也不知道，嗯，或者应该说，她瞒了我很久。不过，她没有把信销毁，而是叠好放到了自己的口袋里。

　　我们向沃尔特道了别，而这个星期五，在我的记忆中就好像是发生在昨天，我们登上了晚上 8 点 35 分出发前往北京的长途航班。

　　通过机场的安检简直就像是一场噩梦。那次以后，我在心里发誓，只要有可能就绝不会再从希斯罗机场搭飞机。那一天，机场的安检人员勤勉得过了头，以至于我们受尽了各种盘查，结果，气不打一处来的凯拉终于发了飙。于是，对方就威胁说要让我们把身上的衣服全部脱光，再来一次更彻底的搜查。最后关头，还是我安抚了凯拉，让她安静下来。

　　飞机准点起飞，当上升到安全高度以后，凯拉终于放松了下来。整个航程长达 10 小时，我利用这段时间打算学几句汉语，争取到了以后能够用汉语说个"你好""再见""请""谢谢"什么的。可是对谁说"你好"，为了什么说"谢谢"呢……我是一点头绪都没有。

　　我很快就放弃了我的"汉语强化进修课程"，又重新读起了跟我的兴趣真正相符的东西。

　　"你在看什么？"飞到快一半的时候，凯拉问我。

　　我给她看了看书的封面，同时告诉了她书名：《论星系周边的微粒子喷发》。

　　她喃喃自语地嘟囔了一句，听起来好像是在发"嗯"这个音，而我完全不明白这是怎么个意思。

　　"你说什么？"

　　"你这本书听起来好像很不错的样子啊。"她对我说，"我想这要是拍成电影就更好了吧，会不会还要拍续集啊……"

她转过身去，按熄了自己座椅上方的阅读灯。

北京

我们在中午时分到达了北京，长途飞行再加上时差搞得我们筋疲力尽。我们过关的时候并没有遇到什么麻烦，一切只是例行检查，这边的安检人员比我们出发时遇到的要亲切得多。我之前已经通过旅行社预订了租车服务，并指定要租一辆本地的越野车。我们来到大厅的租车柜台前时，写着我俩名字的租车协议早已准备就绪，租车公司为我们准备了一辆崭新的越野车。

幸运的是，我们的车上还装着 GPS 导航系统。在中国找路可不是一件容易的事情，当地的路名对西方人来说完全无法辨识。我把预订好的酒店地址输入了导航系统，接下来，只需要跟着 GPS 里的小箭头往前开就能到达市中心了。

一路上车水马龙，川流不息。突然，故宫出现在我们的右手边。再往前一点，人民英雄纪念碑出现在我们的左手边。接着，饱经风霜的天安门映入了眼帘。我们随后还经过了国家大剧院，这座极具现代感的建筑在这一片城市风光中显得格外引人注目。

"你觉得累吗？"凯拉问我。

"还行吧。"

"那要不我们直接开去西安？"

我理解她内心的冲动。不过，这里距离西安还有上千公里的路程，在北京待上一晚还是很有必要的。

况且我们已经到了紫禁城的脚下，不去参观是不可能的。我们打算先到酒店歇歇脚，换身衣服。凯拉淋浴的声音从浴室里传了出来，我坐在卧室里，听着这汩汩的流水声，突然感到无比幸福。之前的种种担忧被抛到脑后，我暗自庆幸自己没有因为这些担忧而放弃这次旅程。

"你在吗？"凯拉透过浴室门问道。

"在啊，怎么啦？"

"没什么……"

由于有些害怕在北京城内那些错综复杂的小巷绕晕头，我们还是叫了一辆出租车把我们送到了景山公园。

这是我有生以来见过的最美的玫瑰园。在我们面前，一座石桥横跨水池。跟随着无数的游客，我们走过石桥，在公园里的林荫小道上漫步。凯拉一直挽着我的胳膊。

"我很开心能来到这里。"她对我说。

如果时间能够静止，我真希望能永远停留在这一刻。如果时间能够倒流，我真希望能重新经历这样的瞬间：在景山公园的小道上，一枝白色的玫瑰在我们眼前盛放。

我们从北门走进了故宫。就算写满这本几百页的日记本，我也无法完全描绘出展现在我们眼前的这一番美景。古老的亭台楼阁历经了好几个朝代的变迁，在这座皇家御花园里曾经有无数朝臣熙来攘往。在万春亭蜿蜒起伏的屋檐上雕刻着几条金龙，它们好像在四处张望；还有几个铜铸的苍鹭，仰头向天，仿佛在永恒中凝固。就连大理石的台阶上也雕满了精美的花饰。在靠着参天大树的一张石凳上，一对年老的中国夫妇不知为何突然止不住地大笑起来，我们完全听不懂他们在说些什么，更不知道是什么惹得他们发出如此大的笑声。不过，从他们的眼神中可以看出这一对伴侣之间的默契。

我愿意相信，就算是到了现在，这对夫妇还会回到故宫，坐在同一张石凳上，一起大笑。

终于，周身的疲惫感不能自抑。凯拉再也走不动了，我也开始感到体力不支。于是，我们回到了酒店。

这一觉睡得昏天黑地。第二天，我们匆匆吃过早餐就离开了北京。我怀疑我们在一天之内是否能赶到目的地。

离开城市之后是一派田园风光。一路上都是连绵不绝的平原，地平线上的山脉似乎总是那么遥不可及。300公里之后，我们时不时地经过一些不知名的工业城市，之前一成不变的地形地貌也因此稍稍有了一点变化。进入石家庄之后，我们停下来为车加满了油。在加油站的小店里，凯拉买了一块看起来有些像热狗的"三明治"，里面夹的肉肠也不知道是什么做的。我拒绝品尝这种不知名的食物，而凯拉每吃一口都表现出极大的满足，我怀疑她是故意夸张给我看的。50公里之后，凯拉脸色一变，要我立即靠边停车。她双手捂住肚子，一路小跑到了路堤的后面。10分钟之后，她重新回到了车上，但禁止我对此做出任何评价。

为了舒缓心中的恶心感——至于什么原因，我只能闭口不谈——凯拉决定当一会儿司机。400公里之后，我们到了山西阳泉。凯拉发现，在某座山丘的顶上有一座似乎已被遗弃的石头小镇。她请求我离开大路转上山去看一看。一马平川的沥青大马路已经让我感到有些厌烦，是时候让这辆越野车发挥一下它强大的性能了。

我们沿着凹凸不平的山路一直开到了小镇的入口处。凯拉说得没错，村子里空无一人，大部分房屋已经坍塌成废墟，有一些只剩下一个屋顶。四周阴森的氛围让人有些望而却步，可是凯拉一头钻进了古老的小巷子里。我没有其他选择，只能尾随着她，在这座幽灵一般的村子里穿行。走到中心的位置，这里以前应该是一个广场，我们发现了一处饮水槽和一栋木屋。这间大屋子似乎抵挡住了岁月的侵蚀，保存得很好。凯拉在门前的台阶上坐下。

"这是什么？"我问道。

"这是一座孔庙。在古代中国，孔子的弟子遍布天下，这位大师的思想和学说代代传承，影响深远。"

"我们进去吗？"我问道。

凯拉站起身来，向门口靠近。只需要轻轻一推，这扇门就会打开。

"嗯，进去吧！"她回答了我。

屋内空空荡荡，地上杂草丛生，中间躺着几块乱石。

"到底发生了什么，这个村子怎么会变成这样？"

"有可能是这里的水源干涸迫使村民们离开家乡，也有可能是一场瘟疫夺走了大家的性命。我也不知道。这个村落至少有上千年的历史，现在却破败成这个样子，真是令人惋惜。"

庙宇深处一块方形地砖吸引了凯拉的目光。她蹲下身来，小心翼翼地徒手挖掘着，用右手轻轻地将地上的石子一一捡起，然后再用左手把它们运到一旁。现在，就算我大声依次背出孔子的所有格言，她恐怕也绝不会抬头看我一眼。

"能告诉我你在干什么吗？"

"过一会儿你就知道了。"

突然，在这块地的中间露出了一截精致的青铜圆盘的边沿。凯拉换了个姿势，直接坐在了地上。一个小时之后，她将整件器皿从干燥的泥土中"解救"了出来。随后，就像变魔术一样，她在我的面前举起了手中的铜盘。

"你瞧！"她兴高采烈地说，两眼发光。

我彻底惊呆了，不仅是因为眼前这件东西虽然沾满污泥却瑕不掩瑜，更是因为凯拉施展了神奇魔法，把它从某个遗忘的角落给找了出来。

"你怎么做到的？你怎么就知道它藏在这里呢？"

"我具有与众不同的天赋，能够在大海里捞针，"她站起来对我说，"即使这片海是在中国。现在你可以放宽心了吧？"

我哀求了很长时间，凯拉才肯为我揭晓其中的奥秘。原来，在她挖的这块土地四周长出的野草要比其他地方的短，长得没有那么茂密，也没有其他野草那么绿。

"这通常说明地下埋了东西。"她一边跟我解释，一边拂去铜盘上的灰尘。

"这件东西应该年代很久远。"她对我说，然后小心翼翼地把铜盘放在了一块石头上。

"你就把它放在这里？"

"它不属于我们，而是属于这座村子的历史。有人会发现它并妥善处理的。走吧，我们还要在大海里捞其他的针呢！"

到了临汾，路边的风景随之一变。这个城市名列世界十大污染城市，天空在这里也突然变成了琥珀色，有毒的尘雾弥漫上空，令人作呕。我又想起了阿塔卡马高原上纯净的夜空，在同一个星球上怎么会存在这样两种截然不同的地方？人类到底发了什么疯，把自己生活的空间污染成这个样子？阿塔卡马和临汾，这两种不同的环境，哪一种会笑到最后？我们不得不关上车窗，凯拉每隔五分钟就狂咳一阵子，我的双眼感到刺痛，前面的道路也变得模糊不清。

"这气味简直让人难受死了。"凯拉抱怨道，随后又是一阵咳嗽。

她转身打开了放在后座上的背包，想找出一些棉质衣物充当防毒面罩。突然，她叫了起来。

"怎么了？"我问她。

"没什么，我被背包夹层里的某个东西刺了一下。肯定是一根针或者是订书钉。"

"流血了吗？"

"一点点。"她回答道，依旧埋头翻着背包。

路上的能见度实在太差，我必须目不斜视，双手紧抓着方向盘。

"你打开副驾驶座前面的箱子，里面有一个急救包，应该能够找到一些绷带。"

凯拉拉开箱子，打开急救包，从里面拿出了一把小剪刀。

"你伤得严重吗？"

"不，一点都不严重。我只是想看看是什么鬼东西刺伤了我。我要让这个该死的背包付出点代价！"

说完，凯拉便全身心地投入彻底翻查背包的行动之中。

"能告诉我你在干吗吗？"我的肋骨突然挨了一手肘。

"我在拆线呢。"

"拆什么线？"

我听到凯拉在嘟囔："这到底是个什么东西？"

经过一阵折腾，她终于坐回前座。坐稳之后，凯拉得意扬扬地举起手中的一枚金属胸针，对我说："就是这该死的针。"

这东西让我误以为是宣传广告的胸针，看起来像是某种小徽章。只是它的颜色灰暗，毫不起眼，而且上面没有任何广告宣传的字句。

凯拉将胸针凑到眼前查看，突然面色如纸。

"怎么了？"

"没什么。"她回答道，可是她的表情显示出完全相反的意思，"这可能是一个针线包吧，漏在背包的夹层里了。"

凯拉打着手势让我闭嘴，并示意我一旦有可能就靠路边停一下车。

我们逐渐远离了临汾，开始沿山路向上攀爬，道路也随之变得越来越曲折。到了海拔300米的时候，我们终于摆脱了那层肮脏不堪的尘雾。突然，云层就好像被凿穿了一个洞，一角蓝天终于出现在我们的头顶。

拐过一个弯后，我发现一小片可供停车的区域，于是将车靠边停了下来。凯拉把胸针放在仪表盘上，走出了汽车，并示意我跟着她。

"你的表现很古怪啊。"我跟上了她。

"古怪的不是我，是在我背包里居然有一个该死的监听器！"

"什么？"

"这东西不是普通的缝衣针，而是一个微型耳麦。我很清楚自己在说什么。"

对于监听的玩意儿，我并不在行，不过我实在难以相信凯拉所说的话。

"我们现在就回到车上去，你靠近仔细地观察一下就会明白了。"

我照着她说的去做了。凯拉说得没错，这的确是一个微型的监听器。我们再次走出汽车，躲得远远的，以免被监听。

"你是怎么想的？"凯拉问道，"我的背包里为什么会出现这样的玩意儿？"

"可能是中国政府想要监控外国人在这里的一举一动吧，也许这是针对所有旅客的常规措施？"我猜测着。

"每年有2 000多万外国人来中国旅游，你觉得他们会乐此不疲地在每个人的背包里都放一个监听器吗？"

"我也不知道，也许是随机选择的呢。"

"更有可能不是。如果真是随机挑选的话，在我们之前肯定会有人发现的，西方媒体对这个不可能不做出任何反应。"

我这么说只是为了让凯拉安心，然而在内心深处，我认为这种情况相当古怪而且令人担忧。我试图回想我们在车上都说了些什么，似乎并没有提到什么会让我们陷入困境的敏感内容。最多也就是在途经某些工业城市时，凯拉曾经抱怨当地是多么肮脏不堪和臭气熏天，还有她中午吃下的那块"三明治"有多么可怕。

"既然现在发现了这个东西，我们就把它丢在这里，然后就可以安静地重新上路了。"我提出了建议。

"不行，我们要留着它。只要讲反话，给出错误的行车方向，我们就能够误导那些监控着我们的人。"

"那么，怎么来保护我们的隐私呢？"

"阿德里安，能不要那么'英国人'吗？今晚我们再查看一下你的行李，他们如果在我身上动了手脚，你可能也不会幸免。"

我急切地回到了车上，把行李里为数不多的东西全都倒了出来，然后把空包扔向了远处。接着我回到了驾驶座，把放在仪表盘上的监听器扔出了窗外。

"万一我想对你说我多么喜欢你的胸部呢，我可不希望背后还有个猥琐的人与我分享这些内容！"

凯拉还没来得及做出任何回应，我已经发动了车。

"你打算对我说你喜欢我的胸部？"

"当然！"

接下来的50公里，车内一片寂静。

"如果有一天我不得不切掉我的双乳呢？"

"那我会对你的肚脐深深着迷，当然这可不是说我就不爱你的胸部啦！"

车子又在一片沉寂中向前开了50公里。

"你还喜欢我哪些部位，能给我列一张表出来吗？"凯拉开口说道。

"可以啊，不过不是现在。"

"什么时候？"

"该来的时候。"

"那到底是什么时候？"

"当我想列一张表来告诉你我到底爱你些什么的时候！"

天色逐渐变黑，疲倦感开始朝我袭来。GPS 显示我们离西安大概还有150 公里的路程。我感到眼皮越来越沉重，几乎就要睁不开双眼了。凯拉也好不到哪里去，她头靠着车窗，陷入了沉睡。车子在某个拐弯处稍稍打了一下滑，再这么不小心，可就要付出生命的代价了。而我是如此珍视身边这位乘客的生命，所以不想冒任何的风险。不管我们接下来要干什么，现在都必须先停下来休息一晚了。我把车开到岔路上，在某片丛林边停了下来。熄了火之后，我倒下就睡着了。

伦敦

一辆海蓝色的捷豹穿过威斯敏斯特大桥，绕过议会广场，沿着财政部大楼向前，直至拐进了圣詹姆斯公园。司机在小道边停了下来，车上的乘客下了车，走进了公园。

阿什顿爵士在湖边的长椅上坐下，一只鹈鹕正在湖中饮水。一个年轻男子朝他走了过来，坐到了他的身旁。

"有什么消息吗？"阿什顿爵士问道。

"在北京待了第一晚之后，他们现在在距离西安 150 公里的路上，西安应该就是他们的目的地。在我离开办公室前来向您汇报的时候，他们应该还在睡觉，车子在两个小时之内都没有移动过。"

"现在我们这里是下午 5 点，那里是晚上 10 点，这很正常。你打听到他们为什么要去西安了吗？"

"我们目前还一无所知。他们提到一两次某个'白色金字塔'。"

"这应该就是他们要去西安的原因了，不过我很怀疑他们能否找到。"

"这个'白色金字塔'是关于什么的？"

"这是一个美国飞行员臆想出来的东西，我们的卫星从来就没有发现过这座传说中的金字塔。您还有其他事情要告诉我吗？"

"中国方面失去了两部监听器。"

"怎么会这样？"

"设备停止了运作。"

"您觉得是被他们俩发现了吗？"

"也有这种可能性，先生。不过我们在当地的联络员更倾向于认为是技术故障。我希望明天能收到进一步的消息。"

"您现在就回办公室吗？"

"是的，先生。"

"代我向北京发一条信息，对他表示感谢，并告诉他：沉默总是必须的。他会明白是什么意思的。最后，请做好立即前往中国的一切准备工作，如果我判断有必要去一趟，我希望我们能做好充分的准备。"

"需要我取消您这一周的安排吗？"

"千万别！"

年轻男子起身向阿什顿爵士告别，随即离开了公园。

阿什顿爵士给管家打了个电话，请他为自己收拾好行李，并要求在行李中放置两三天旅程所需的一切用品。

陕西省

有人在敲打着车窗，把我吓了一跳。黑夜之中，我看见一张老人的脸正对着我微笑，他的肩上背着一个小包袱。我打开了驾驶座的车窗，这位老人双手合十于面颊之前，似乎想要我让他坐进车里。外面天气寒冷，这位行人正浑身发抖，我想起了那位曾经收留过我的埃塞俄比亚人，于是打开后车门，把后座上的行李堆到了地上。老人表示感谢，随即坐上了车。他打开包袱，拿出几块饼干想与我分享，这应该就是他的晚餐了。我拿了一块，因为这么做似乎能让他感到高兴。我们虽然一句话都没有说，却通过眼神完成了交流。他示意我多拿一块饼干留给凯拉，她正睡得香呢，我把饼干放在了前面的仪表盘上。老人看起来很开心。分享了这顿微薄的晚餐之后，他躺了下来，闭上了双眼。然后，我也躺下睡觉了。

天刚蒙蒙亮，我先醒了过来。在凯拉伸懒腰的时候，我示意她不要出声，在我们的车后座上还有另一位乘客。

"这是谁？"她低声问道。

"我也不知道。可能是个乞丐吧，他一个人在路上走，外面天寒地冻的。"

"你做得很对，把我们的'客房'留给了他。我们现在在哪儿？"

"某个不知名的地方，离西安还有150公里。"

"我肚子饿了。"凯拉说道。

我指了指放在仪表盘上的饼干。她拿起来闻了一下，随即一口吞下了肚。

"我还是很饿。"她说，"我想吃一顿真正的早餐，还想顺便洗个澡。"

"现在还太早，不过我们会找个地方吃点东西的。"

老人也醒了过来。他整理了一下衣服，双手合十，向凯拉问好。凯拉也以同样的手势回礼。

"你这个笨蛋，这是位佛教僧人。"她对我说，"他可能是去朝圣的。"

凯拉努力想跟这位老人进行交流，两人不停地比画着各种手势。然后，凯拉转向了我，我也不知道为什么她的神情如此得意。

"开车吧，我们捎他一程。"

"该不会是他告诉了你要去的地址，而且你还听懂了吧？"

"顺着这条路往上开，你就相信我吧。"

越野车轰轰作响，我们沿着山坡往山顶开去。沿路的乡村景色优美，凯拉似乎在窥视某个东西。到了山顶，道路向下一转，进入了一片松树林。从松树林出来之后，车子似乎开到了尽头。坐在车后的男子示意我停车熄火。从这里开始，我们要步行了。穿过了一段羊肠小道，我们发现了一条小溪。老人示意我们沿着小溪涉水而过。大概走了 100 米之后，我们爬上了另一个山坡的侧面。就在这时，一座寺庙的屋檐突然出现在我们面前。

迎面朝我们走来了六名僧人。他们在老人面前鞠了一躬，随后恳请我们跟着他们一同前往。

我们被带到了一个大厅里，除了四周的白色围墙和地上的几块地毯之外，大厅之内没有任何的家具。有人给我们端来了茶水、米和馒头——某种小麦粉做成的小面包。

在放下所有饭菜之后，僧人们退出了大厅，只留下凯拉和我。

"你能说说我们来这里干吗吗？"

"我们不是想吃顿早餐吗？"

"我以为是去餐厅吃，没想到会来一座寺院。"我小声说道。

带我们来到这里的那位老人走进大厅。换下了褴褛的衣衫，他身穿红色长袍，腰间系着一条精致的刺绣丝带。之前迎接我们的那六名僧人紧随其后，并在他的身后盘腿坐了下来。

"多谢你们送我回来。"他鞠躬道。

"您没告诉过我们，原来您的法语讲得这么流利。"凯拉吃了一惊。

"我不记得昨晚说过些什么，也不记得今早曾开口。我周游世界，学过您的母语。"他对凯拉说道，"你们是为了什么来到这里？"老人问。

"我们是游客，想参观一下这个地区。"我回答道。

"真的吗？我必须说，在陕西省确实有很多美景值得游览。这里有上千座庙宇，而现在正是游览的好季节。这里的冬天非常寒冷，茫茫的白雪看起来虽然很美，却让一切都变得困难。非常欢迎你们前来此地。这里有间水房可供你们使用，你们可以随意梳洗。我的弟子们已在隔壁房间为你们铺好了草席，你们一会儿可以休息一下，中午会有人为你们准备好午餐，愿你们好好享受这一天。至于我，我会稍晚一些再来找你们。好了，我现在得先行一步了，我还要整理一下我这次的旅程所得，并且完成打坐。"

老人离开房间，六名僧人也站起身来，陪着他一同退了出去。

"你觉得这位老人是他们的领导吗？"我问凯拉。

"我认为你的用词不太恰当，对佛教徒来说，他们更注重精神层面而不是形式上的等级划分。"

"他之前看起来完全就像是沿街行乞的乞丐。"

"苦行正是这些僧人修行的本意，也就是说，除了思想，他们不带任何身外之物。"

经过一番梳洗，我们走到附近的田间散步，在一棵柳树下坐了下来，默默享受着远离城市喧嚣、世外桃源般的宁静。

一天就这么过去了。夜幕即将降临，我指着天空中的星星给凯拉看。那位老僧人向我们走来，并在我们的旁边坐了下来。

"看起来，您对天文学研究颇深吧？"他对我说。

"您怎么知道？"

"通过观察便可得知。在黄昏的时候，人们通常看的是太阳从地平线上慢慢消失，您却抬头仰望天空。我对天文同样也有浓厚的兴趣。要想在修行中追寻智慧，就必须思考关于宇宙大小以及无限空间的问题。"

"我不知道怎样才算真正的智者，不过我从童年时代起就常常问自己这些问题。"

"在孩童时代，您就曾拥有真正的智慧。"僧人说，"而在年长之后，童年的声音也一直在引导您。我很高兴，您仍然在听从这个声音。"

"我们现在在哪里？"凯拉问道。

"在一座隐修寺院里，这里是私人禁地，你们在此会受到保护。"

"我们没有遭遇什么危险。"凯拉表示。

"我并没有这么说。"僧人回应道，"恰恰相反，只有遵守我们的清规戒律，你们在这里才会真正安全。"

"有哪些规矩需要遵从？"

"我向你们保证，也就只有以下几条：在日出前起身；在田间劳作、自给自足；不伤害任何生命，无论是人还是动物。我敢肯定，关于这一点，你们一定有不同的想法。我还忘了一条，那就是不能撒谎。"

僧人转头望向凯拉。

"您的同伴是一位天文学家，那您呢？您的职业是什么？"

"我是考古学家。"

"考古学家和天文学家，绝妙的组合。"

我看了看凯拉，她似乎被老和尚的话完全吸引住了。

"在这次旅途之中，你们将会有什么新发现吗？"

"其实，我们并不是游客。"凯拉承认道。

我朝她看了一眼，试图用眼神阻止她。

"刚刚都说了，这里不允许撒谎！"她对我说，随后继续道出真相，"我们其实是……"

"探险家？"僧人问道。

"也可以这么说吧。"

"你们想找些什么？"

"'白色金字塔'。"

僧人突然笑出声来。

"有什么可笑的吗？"凯拉问道。

"你们找到了你们想找的'白色金字塔'了吗？"僧人兴致勃勃地询问，两眼发光。

"还没呢，我们必须到西安去找一找。我们认为它就在我们前方的路上。"

僧人笑得更大声了。

"我到底说了些什么，让您觉得这么可笑？"

"我很怀疑你们能在西安找到这座金字塔。不过你们说的没错，它其实就在路上，就在你们的前方。"僧人继续说着，神情越发愉悦。

"我觉得他是在嘲笑我们。"凯拉对我说道，她对于自己的坦白开始感到有些懊恼。

"绝对没有一点嘲笑你们的意思，我向你们保证。"僧人对她说。

"那么，您能解释一下为什么我一开口您就大笑吗？"

"首先，我请求你们千万别告诉我的弟子，我在你们面前是如此轻佻风趣。至于其他的，我向你们保证明天一定会对你们解释所有的一切。我现在必须先行离开去打坐了。明日拂晓时分，我会再来找你们。请不要迟到。"

僧人站起身，与我们告别后转身离开。看着他远去的背影，我们能猜到，在回寺庙的路上，他一定还会不停地发笑。

这一晚我们睡得很沉。正在睡梦中的我被凯拉叫醒。

"起来吧。"她对我说，"到时间了，我听到院子里有僧人们的脚步声，应该马上就要天亮了。"

为我们准备好的早餐被放置在我们卧室的入口处。一名弟子把我们带到了水房，打着手势告诉我们，在用餐之前要洗净双手和脸。等我们洗漱完毕，他建议我们盘腿坐下，在静默中慢慢享用早餐。

我们离开寺庙往田间走去，一直到了昨晚与老僧人约好见面的那棵柳树下。老僧人已经在树下等候我们了。

"我希望你们昨晚睡得还好。"

"我睡得很香，就像个婴儿一样。"凯拉回答道。

"也就是说，你们在寻找一座'白色金字塔'？你们对它的了解有多少呢？"

"根据我所知道的信息，"凯拉说，"它有300多米高，如果真是这样，那它就是世界上最高的金字塔。"

"它其实远不止这么高。"僧人说道。

"也就是说，它真的存在啦？"凯拉问他。

老僧人微笑着回答："是的，也可以这么说吧，它确实存在。"

"那它在哪里？"

"正如昨晚你们自己所说的，它就在你们前方。"

"请您原谅，我并不是很擅长玩猜谜游戏。如果您能多给一点点线索，我们一定会感激不尽。"

"你们看看地平线上有什么？"老僧人问道。

"群山。"

"这是秦岭。你们知道其中最高的一座山叫什么名字吗？往前看，它就在我们的对面。"

"我不知道。"凯拉回答道。

“这就是华山。它非常迷人，不是吗？它是我们的五大神山之一，它的历史充满了道教色彩。在 2 000 多年前，在华山的西侧建起了一座道观。这座道观迎来了很多道教专家，他们认为隐世天神就住在这山巅之上。五世纪的时候，有位叫作寇谦之的道长宣称在这里有重大的发现。他就是北天师道的创始人。华山一共有五座峰，东峰、西峰、北峰、南峰和中峰。你们看看这些山峰组成的整体外形是什么样的？”

“尖尖的。”凯拉回答道。

“请你们睁大双眼仔细看清楚华山，再多想想。”

“它是三角形的。”我对僧人说。

“说对了。在 12 月初的时候，最高的那座山峰会被一层厚厚的白雪覆盖，景色相当迷人。以前，峰顶的冰雪从不会融化。然而现在一到春末，它们就会慢慢融化消失，直到下一个冬天才会重新出现。很遗憾，你们不能待得更久一些，要不然就能欣赏到华山的冬景了。那个时候的华山简直美得无与伦比。现在，我还有最后一个问题，雪是什么颜色的呢？”

“白色……”凯拉念叨着，渐渐明白了僧人为什么要对我们说这一番话。

“你们要找的‘白色金字塔’就在你们的面前。你们现在该明白我昨晚为什么会大笑了吧。”

“我们必须去一趟华山！”

“上华山可是相当危险。”僧人继续说道，“沿着每一侧的山腰都有一条在岩壁中凿出的小路，我们把它称为天路。顺着它能爬到最高峰，这不只是华山的最高峰，也是中国五大神山的最高峰，被称为云台峰。”

“云台峰？”凯拉追问道。

“是的，自古以来，人们都这么称呼它。你们真的确定想上去吗？攀爬天路可是相当有风险的。”

我只需要看上凯拉一眼就能明白，无论要冒多大的风险，这一趟华山之行都势在必行。她比以往任何时候都更坚定。老僧人详尽地描述了我们可能会遇到的无数细节。通往第一道山脊的石梯大约有 15 公里长。从第一道山脊开始，需要通过钉在峭壁上的栈道，我们才能绕过悬崖。只有那些最无畏、最坚决、有着最坚定不移的信念的人才能通过天路到达华山北峰的顶点，直抵那座位于 2 600 米高处的神殿。

　　"走错或踏空一小步都会带来致命的危险。在这个季节，最高处的石阶上还会结冰，你们一定要小心，避免脚底打滑，而且周围也没什么可以让你们抓住的地方。如果你们其中一人掉了下去，另外一个就别冒险去救人了，要不然，你们俩都会坠入深渊的。"

　　老僧人告诉了我们所有可能遇到的危险，但看上去并不想说服我们放弃。他建议我们换一身合适的衣服，把其余的行装都留在寺庙里。而我们租的车子也可以一直停在树林边，不会有任何风险。上午晚些时候，我们坐上了一辆驴拉的小车。老僧人的一名弟子赶着驴车把我们一直送到了大路旁。他拦下了途经的一辆小卡车，跟司机攀谈了一会儿，然后让我们爬上了后车厢。一个小时后，卡车司机在半山腰的地方放下我们，并给我们指出了隐藏在松树林中的一条小路。

　　于是，我们踏上了在丛林之中的探险之路。凯拉远远地望见了老僧人之前提到过的台阶。接下来的三个小时过得惊心动魄，完全超出了我的想象。我们越往上爬，石阶就显得越高，这绝对不是错觉，而是因为山坡越来越陡峭了。

　　我们所攀爬的不再是普通的台阶，而更像是一条几乎垂直的梯子。往下望只会把自己吓疯，要想继续向前，只能向上盯着前方的峰顶。

　　结束了第一段攀爬，我们终于来到了"天堂之梯"面前。沿着山脊，眼前的天梯以几乎水平的角度往前延伸。我终于明白了人们为何把它称为

"天堂之梯"：无论谁走在上面，只要一打滑，就会直接去天堂。

走过栈道之后，又是一段向上的攀爬。

"我本不该……"凯拉一边说一边抓紧身旁的岩壁。

"不该什么？"

"不该把你拖到这里来。我应该多想一想老和尚的那番话，他其实早已告诉过我们，这里很危险。"

"跟你一样，我也没多想。在我看来，现在可不是讨论这个问题的好时机。你还记得他对我们说的吗？稍有一丁点不注意就会引来致命的危险，所以你还是赶紧集中精神吧。"

我们终于来到了苍龙岭。在这里，连绵不绝的伞松布满了整个山脉。在我们穿过金锁关之后，这些伞松又都消失了。

"我们到底要找些什么，你心中有概念吗？"我问凯拉。

"毫无概念，不过时候到了我就会知道的。"

我们感到浑身肌肉酸痛，我的双腿几乎失去了知觉。有三次，我们差点失足摔下悬崖，还好最后都勉强保持住了平衡。太阳已经升到了最高处。在金锁关的尽头有两条路摆在我们面前，一条通往西峰，另一条则去往北峰。走在钉在峭壁上的木板之上，我们继续开始新一轮的攀爬。正如老僧人之前所说的那样，四周没有任何可抓的东西。

"这里的风景太壮观了，不过别往下看。"凯拉对我说。

"我可没有这样的打算。"

在这一段云梯之上，我感到了前所未有的风险。突然狂风大作，我们不得不蜷成一团以免被吹下山崖。我也不记得我们在这样的状态下待了多久，只记得天气越来越差，一旦天黑，我们就将陷入万劫不复的境地。

"你现在想原路返回吗？"凯拉问我。

"不，目前不想。而且我知道你的脾气，你明天一定还会再来的。我无论如何都不愿意重温一遍今天经历过的这一切。"

"那好，我们暂且等一等吧，等风停了再说。"

于是凯拉和我抱成一团，躲在岩壁的某个凹处等待。大风依旧呼呼地吹着，只见远处山峰上的松树也被这阵阵狂风吹得弯下了腰，左摇右摆。

"我敢肯定这该死的大风迟早会停下来的。"凯拉对我说。

我无法想象我们会在这里结束此生，无法想象在伦敦或巴黎的某张报纸上将刊登出关于两个粗心游客死在华山上的新闻。我仿佛又听到了沃尔特的声音，他在对我说我有多么笨拙。在目前这个时刻，我尤其不想听到这样的指责。凯拉突然双腿抽筋，疼得她难以忍受。

"我坚持不下去了，必须站起来。"她说道。还没等我反应过来，她的脚就已经滑了一下。她发出了短促的尖叫，失足跌落空中。我立即跳了起来，直到今天我也没搞明白当时怎么就能奇迹般地保持了平衡。我一下子抓住她的衣领，勉强拉住了她的胳膊。她在半空中摇晃着，这时，大风来得更加猛烈了，疯狂地拍打着我们。我听到凯拉在大叫：

"阿德里安，别松开我！"

我试图用尽全身力气把她提起来，却是徒劳，狂风死死扯住了她。凯拉试图紧紧抓住岩壁，而我趴在峭壁边缘，紧紧揪住她的衣服。

"你必须帮帮我。"我对她大叫，"你的脚用一下力，该死的！"

凯拉需要完成的动作相当危险。要想摆脱当前的困境，她必须把一只手从岩壁上松开，然后抓住我。

如果隐世天神真的存在，他应该听到了凯拉的祈祷。大风终于停了下来。

凯拉松开了右手的五指，在空中摆动了一下，然后成功地抓紧了我。终于，我把她带到了木板栈道之上。

我们花了很长时间才恢复平静，但心中的恐惧感并没有消失。现在，无论是往前继续攀爬，还是原路返回，我们觉得都同样可怕。凯拉慢慢地站起来，也帮着我站起身来。望着眼前的峭壁，又一股更强烈的恐惧感朝我们袭来。我当时怎么会这么蠢，在凯拉建议我们原路返回的时候居然表示拒绝。我这是有多么无知才会轻率地同意踏上这一趟疯狂的旅程？此刻，凯拉应该跟我想的一样。她抬头看我们距离峰顶还有多远。看起来，我们还需要很长一段时间才能到达顶峰。接下来，我们要爬上另一段几乎垂直的铁链悬梯，虽然它只有500级，要爬上去却没有这么简单。每一根下脚的铁棍都相当湿滑，而且别忘了，在我们脚下的可是2 000多米高的空旷山谷。然而只要再往上爬150米我们就能解脱了，关键是一定要保持镇定。就在这个时候，凯拉问我能不能现在就列举出我到底爱她哪些方面。

"现在真的是时候了。"她对我说，"我一点也不介意转移一下注意力。"

我也很希望自己能够做到。我想列举的内容会很长，应该能让她一直保持良好的精神状态，直到爬上那座该死的神殿。然而，我现在唯一能做到的只是紧盯着我的双手思考该往哪里放。于是在一片寂静中，我们继续向上爬着。

我们的苦难还远远没有结束，接下来又是一段长长的栈道，而且看起来只有一步之宽。

快到下午6点了，夜晚即将降临。我向凯拉指出，那座神殿看起来在半个小时之内是不可能赶到的，我们必须考虑找个藏身之处待上一晚了。我的这番话听起来有些荒谬，因为在我们攀爬的峭壁沿途并没有任何适合歇脚的地方，之前没有，之后也没有。

凯拉逐渐适应了当前的状况，不再头晕了。她的行动也变得越来越轻便和灵活。她可能比我更快找到了面对恐惧的方法。

最终，在我们攀爬的山坡背后，出现了那一段径直通向最顶峰的长长山脊。在悬垂于空中的平台之上，就像做梦一般，我们看见了那座有着红色屋顶的圣殿。

筋疲力尽的凯拉跪倒在一排松树树荫笼罩着的小斜坡上。这里的空气如此纯净，以至于我们感到喉咙一阵灼痛。

这座建于峭壁之上的庙宇实在是令人大为赞叹。它有两层楼高，共有六扇大窗。我们顺着一段台阶来到了入口处。踏入窄小的院中，迎面而来的是一座宝塔，宝塔顶部突出的屋檐在地上留下了一点阴影。回想起我们一路走来的种种艰险，我不禁暗想，当时的人们到底施展了什么样的魔力才能在这里搭建起如此一座建筑？这里的门窗所用的木板是在现场完成雕刻之后才组装上去的吗？

"总算是到了。"凯拉泪流满面地说。

"是的，我们终十到了。"

"瞧瞧你身后。"她对我说。

我转过身，看见了一座石雕，它看起来像一条有些古怪的龙，背上还带着一层厚厚的鬃毛。

"这是狮子。"凯拉说，"一头孤独的狮子，然后在它的脚下……一个圆球！"

凯拉放声大哭，我马上把她揽入怀中。

"你在说什么呢？"

她从口袋里掏出一封信，打开后在我面前念道："狮子在知识之石上沉睡。"

我们朝着石狮子靠近。凯拉弯下身仔细研究这一座石像。她查看着狮子脚下的那个圆球，它看起来就好像是被这头骄傲的狮子守护着。

"你看见什么了吗？"

"没什么，只是这个圆球的表面有一些很细小的沟槽，不过这应该不是关键，这块石头经过岁月的打磨，已经被侵蚀风化了。"

我看见太阳在地平线上逐渐落下，现在再想下山已经太迟了。我们必须在这里留宿一晚了。也许能在庙里取取暖？不过它的四周通透漏风，我怀疑夜里我们会被冻僵的。在凯拉弯下腰专心致志研究圆球的时候，我决定去山脊边的松树林里看一看。我把松树脚下的枯枝全部拾了起来，还捡了几个散发着松香的松球。回到院子后，我开始想办法生火。

"我真是累坏了。"凯拉一边说一边朝我走来，"而且我快冷死了。"她来到火堆前，搓着双手继续说，"如果你现在告诉我有东西吃，我一定会嫁给你！"

我的口袋里还珍藏着那位老僧人在我们出发前偷偷塞给我的几块饼干。我迟疑了一会儿，然后递了一块给凯拉。

我们总算找到了能避风的藏身之所。由于已经被这趟行程折磨得筋疲力尽，我们没过多久就陷入了沉睡。

清晨，当我们被一只鹰的鸣叫声吵醒时，全身都已经被冻得僵硬了。我们的胃里空荡荡的，就好像我的口袋一样。现在的我们饥渴难耐。即使由于重力的作用下山时可能会轻松一些，但对我们来说，回程的路还是跟来时一样危险。凯拉恨不得抬起石狮子的脚，把这颗圆球取出来仔细查看。可是这头猛兽一动不动，似乎在坚定地捍卫着它的宝藏。

头一天晚上生起的火堆消失殆尽，还需要更多的木头才能让火苗保持不灭。然而周围的环境是那么美丽，我实在不愿意为了生火而去折断哪怕一根树枝。凯拉盯着灰烬看了半天，突然蹲了下来，迅速地把依旧炽热的木炭挪到了一旁。

"快来帮帮我，把这些还没烧尽的木炭捡出来。我可能需要两三根。"

她自己拿起了一根长长的木炭，转身跑向了石狮子。凯拉用手中的木炭把石狮子脚下紧紧踩住的圆球慢慢抹黑。我看着她的这一举动，迷惑不解。

凯拉可不是随意破坏文物的人，恰恰相反，她对古物一向珍爱有加。她到底受了什么刺激，居然要弄脏这一块年代相当久远的石头？

"你读书的时候从来就没作过弊吗？"她看着我问。

我并不打算承认这一点。想到我们第一次相遇时的情景，我可不能忍受再一次被她玩弄于股掌之间。

"这么说，你是终于要招供了？"我摆出一副学监的样子问她。

"绝不可能，而且我问的是你啊。"

"我不记得我干过弄虚作假的事，应该没有。而且就算我干过，你觉得我会告诉你吗？想得美！"

"好吧，总有一天我会让你招认的，要不你就得告诉我你都喜欢我些什么。不过现在你还是拿一根木炭过来，先帮我把这块石头涂黑吧。"

"你到底在搞什么鬼？"

当凯拉小心翼翼地将黑炭涂抹在圆球上时，我突然发现石块的表面浮现出一系列字符。这原本是我们在读书时经常玩的把戏：先用圆规的尖头在纸上刻出一些文字，然后再用粗铅笔在上面一画就能让纸上隐藏的内容显现出来。

"你瞧。"凯拉无比兴奋地对我说。

在炭黑的表面，只见圆球上出现了一系列数字，其中还夹杂着一些点和线。这块被石狮子精心守护着的石头居然是一个浑天仪，它显现出发明者令人惊异的天文知识，而且这一切完成于好几千年前。

"这到底是什么？"凯拉问我。

"它类似于地球仪，不过呈现的不是地球而是天体球面。也就是说，它展示的是我们头顶上的两部分天空，一块是北半球上方的天空，另一块是南半球上方的天空。"

凯拉的这一发现实在是太了不起了，我必须跟她详细解释清楚此物的妙用。

"你看到正中间这条轴线了吗？天体与赤道的交点组成了这个大圆环，被称为天体赤道圈。它把整个天体一分为二，也就是北天极和南天极。地球上的任何一个点都能在天体中找到它的对应点。而在球面上刻着所有的星宿和恒星，其中还包括太阳。"

我向凯拉指出，这里还有两大极圈，也就是回归线和黄道。黄道即是太阳经过黄道十二宫星座的移动路线，根据这个，人们可以标记出春分、秋分以及夏至、冬至。

"当太阳与赤道圈相交时，也就是说在春分和秋分的时候，一天中白昼与黑夜的持续时间是相等的。你看，那还有一圈圆环，它代表的是太阳移动路径在天体上投射出的路线。接着看这里，这是小熊座，包括小熊座 α 星，也就是大家熟知的北极星。它距离北极点最近，看起来似乎永远都在那个位置上一动不动。这个大圆环被称为子午圈。"

我对凯拉坦承，这个圆球所展示的内容如此错综复杂，有生以来还从未见过这样的东西。最早的浑天仪被认为是希腊人在公元前三世纪时发明创造的，然而这颗石球上雕刻出的这些纹路，看起来年代久远得多。

凯拉从口袋里掏出那封信，将信纸翻转，想将圆球上的内容临摹下来。她有着相当了不起的绘画天分。

"你在干吗？"她停下笔，抬头问我。

此时，我掏出了一部小相机。自从我们来到中国，我的口袋里就一直藏着照相机。也不知道为什么，我一直不敢对凯拉坦白，其实我还蛮想用相机来记录这次旅途中的某些瞬间的。

"这是什么？"她明知故问。

"我老妈的主意啦……这是一次性相机。"

"关你妈妈什么事啊？你带着它很长时间了吧？"

"出发前我在伦敦买的。这也算是某种伪装吧。你见过有哪个游客不带相机的？"

"那你用它拍过照吗？"

鉴于我一贯蹩脚的撒谎技巧，我还是立即招供了。

"我拍过你两三次吧，在你睡觉的时候，还有那次你在高速公路上闹肚子的时候。而且没有一次被你发现。别这样啦，我只是想把一些美好的回忆带回去。"

"你这个相机还可以拍多少张照片？"

"实际上，这是第二个相机了。我已经用完一个了，这个新的还没开始用呢。"

"你到底买了多少个　次性相机啊？"

"四……五个吧，应该。"

我感到十分难为情，恨不得立即结束这段对话。我向石狮子靠近，开始围着圆球拍起照来。我拍了很多张，不放过任何一个细节。

我们收集到了足够多的素材，这样稍后就能重组出圆球上的所有内容了。我还从腰间解下皮带，对圆球进行了一番测量，希望回去以后能测算出相关的比例。有了我手中的照片和凯拉笔下的图画，即使无法拥有原件，我们也能准确无误地复制出所有的一切。是时候离开这座神山了。看着太阳的位置，我估计现在是大约是上午 10 点。如果下山的途中畅通无阻，我们在天黑之前就能赶回寺庙。

疲惫不堪的我们终于回到了寺庙。寺中的弟子为我们准备好了需要的一切：用于梳洗的热水、一碗补充水分的热汤，以及大量的米饭，好让我们尽快恢复体力。这个晚上，老僧人并没有出现。他的弟子告诉我们，他正在打坐，不便打扰。

第二天早晨，我们见到了他。除了皮肤上的几处擦伤以及手脚上的一些水疱，我们表面上还算看得过去。

"对于这次寻找'白色金字塔'之旅，你们还满意吗？"老僧人靠近我们问，"你们找到想找的东西了吗？"

凯拉用眼神询问我：这位老人是否值得信赖？既然在出发前的那个晚上，我已经知道他对天文学感兴趣，我们又怎么能向他隐瞒如此震撼的重大发现呢？说不定，他还能给我们进一步的启示呢！于是我告诉他找到了一件不可思议的东西，远远超出了我们的想象。我的话勾起了他的好奇心，不过要解释清楚这是什么东西，我还不如先把照片洗出来再说，毕竟眼见为实远胜于口说无凭。

"你们让我很是诧异。"他对我们说，"不过我会耐心等待，等你们把照片取出来之后再展示给我看吧。我的弟子会送你们回到你们停车的地方。从那里往西边再开大概70公里，你们就能到达灵宝市。和其他一些现代城市一样，它近几年来就像疯长的野草一样迅速发展。你们在那里能找到所需要的一切。"

寺中弟子用小推车把我们送到了越野车旁边。两个小时之后，我们就来到了灵宝市中心。在商业街的两边布满了各种电子产品商店，它们既对本地人开放，也为外地游客服务。我们随意挑选了一家，走了进去。我把一次性相机交给柜台前的一位店员。15分钟后，这位店员收了我们100元，然后递给我一套24张在华山拍的照片，还有一张电子卡，上面储存着所有照片的电子版。

"你可以趁机把你之前拍的那些我在睡觉或是在路边呕吐的照片都冲洗出来啊，收藏到你的个人相册里去吧。"

"多亏你的提醒，我还真没想到这个呢。"我以同样嘲弄的口吻回应了凯拉。

商店里有一部很古怪的机器吸引了我们的注意。它由一台显示器和一个键盘组成，键盘上配有不同大小的插口。之前店员给我们的那张电子卡也能插进去。投入几枚硬币之后，我们就能通过这部机器连上网，并将卡中的照片发给任何人了。看起来，亚洲在科技创新方面还真是遥遥领先啊。

我和凯拉一起用了几分钟的时间，发了邮件给我的两位朋友——身在阿塔卡马的埃尔文和身在英国的马汀。我请求他们俩以最认真的态度仔细研究我发出的照片，并请他看完之后告诉我他们想到了什么以及由此得出了什么结论。凯拉并没有把照片发给让娜，她只是写了一封简短的电邮，假装她在奥莫山谷一切都好，并告诉让娜很想她。

既然来到了市中心，我们打算采购一些必需品。凯拉表示一定要买洗发水，于是我们花了差不多一个小时寻找适合她的品牌产品。我向她抗议，用一个小时去找一瓶洗发水，这是不是有点太长了？她则反驳我，要不是之前她拉着我走，我们可能现在还在电子产品商店里面呢！

来到中国吃了很多顿米饭、稀粥和大饼之后，凯拉和我再也无法抵挡街边快餐店里汉堡、薯条和奶酪的诱惑。她对我说，每吃进 500 卡路里热量的食物，我们享受到的快乐也就随之增加了 500 卡路里。

午餐之后，我们径直赶回了寺庙。这一次，老僧人并没有打坐，他似乎正热切期盼着我们的到来。

"那些照片呢？"他问我们。

我一边向他展示所有的照片，一边解释我们是如何把石块上雕刻的天体景象"复制"出来的。

"你们的发现确实令人叹为观止。对了，你们想到要把这块石头恢复原状了吧？"

"当然。"凯拉说，"我们用晨露浸湿纸巾，然后把石头彻底擦干净了。"

"很明智的决定。你们是怎么找到这个石狮子的？"僧人问道。

"说来话长，过程就如同这趟旅途一样漫长。"

"你们下一步打算怎么做？"

"去寻找跟它极为相似的东西。"凯拉指着自己的吊坠对老僧人说，"而且我们认为，在华山上发现的这个天体仪能帮助我们找到这个东西的位置。至于怎么去找，我们暂时还不知道。不过，只要给我们一点时间，我们最终会搞明白的。"

"这块漂亮的吊坠究竟有什么用途呢？"僧人一边询问凯拉一边靠近查看她的吊坠。

"在这里面藏有某个星空图的一小部分，而这张星空图比那个刻有天体景象的石头更古老。"

老僧人直视着我们的双眼，盯着我们看了好一阵子。

"你们跟我来。"他对我们说着，将我们带出了寺庙。

我们跟着他一直走到了之前曾经一起谈过话的那棵柳树底下，并按照他的要求坐了下来。既然他如此热情款待，我们就该告诉他整件事的前因后果吧？他对此显然很感兴趣，于是我们欣然答应了他的请求，对他讲述了整个故事。

"如果我没有理解错的话，"他总结道，"您脖子上戴着的这个东西是一张星空图，它有着四亿年的历史。在你们看来，这似乎不太可能。你们还说有不止一块这样的东西，它们合在一起才能组成完整的星空图。而且如果能把它们都聚齐，你们就能辨认出这张星空图的真伪？"

"正是如此。"

"你们确定寻找这些东西就只是为了让你们能识别真伪？你们有没有考虑过这一发现会带来怎样的后果？你们有没有想过这世上存在的所有真相有可能因此被彻底颠覆？"

我承认我们此前并没有用太多的时间去深思熟虑，然而聚齐这些碎块有可能让我们进一步了解人类的起源，甚至还有可能让我们深入探究宇宙诞生的奥秘，谁知道呢。总之，进行这一探索的潜在价值无法估量。

　　"你们真的确定吗？"老僧人继续发问，"你们有没有想过，为什么大自然选择将所有最初的儿时回忆从我们的脑海中抹去？为什么我们完全记不起我们最初来到这个世界时的情形？"

　　凯拉和我完全无法回答老僧人提出的这个问题。

　　"你们有没有想过，灵魂需要冒多大的风险才能与身体合二为一，从而形成我们所谓的生命？您是天文学家，我可以想象您对于宇宙诞生的奥秘该有多么着迷，您一定也熟知著名的'大爆炸'理论——惊人的能量爆炸是物质产生的起源。您认为当生命诞生的时候，情形会有什么不同吗？这难道不就是规模大小的问题吗？宇宙无穷大，我们却无穷小。有没有可能，宇宙的诞生和生命的诞生在某种程度上是相似的呢？我们要寻找的明明近在眼前，可为何目光所及总是远在天边？

　　"大自然选择将最初的记忆从我们的脑海中抹去，这也许是为了保护我们，以免我们回想起拥有生命时所承受的磨难；也许是为了让我们永远无法揭示生命诞生的奥秘，谁知道呢？我常常在想，如果我们真正了解生命产生的整个过程，那人性会发生怎样的改变？人类是否会因此把自己当作无所不能的神？如果人能随心所欲地创造生命，那还有什么能阻止他们随意地摧毁一切？如果我们知道了生命诞生的奥秘，还会对生命产生敬畏吗？

　　"我并没有权利要求你们终止这一趟探索之旅，也没有资格评判你们的行为。我们的相遇也许并非偶然。这个让你们深受启迪的宇宙拥有毋庸置疑的宝贵品质，我们完全无法理解何为真正的偶然性。我只是希望你们在探索的途中仔细想清楚真正要做的事情。如果说这趟旅程让你们聚到了一起，这也许就是它最初的意图。而还要去追求其他的东西，或许并不是明智的举动。"

老僧人把照片还给了我们，然后站起身向我们告别，转身往寺庙走去。

第二天，我们再次回到了灵宝市。我们走进了一家网吧，各自查看收到的邮件。凯拉收到了她姐姐的回信，而我的那两位天体物理学家朋友也回复了我，让我尽快给他们打电话。

我先拨通了埃尔文的电话。

"我不知道你这次又在搞什么鬼。"他对我说，"不过，你真的让我开始感到迷惑不解了。我也不知道为什么，虽然你什么也没对我说，我还是为你耗费了这么多时间。我想是因为我把你当朋友吧。所以说，我在这儿坚定不移地等着你的解释，而且你必须犒劳我一顿大餐。为了帮你这个忙，我已经连续熬了两个晚上。"

"你发现什么了吗，埃尔文？"

"你发给我的天体球面是绕着一根精确的轴线转动的。我用三角测量法将浑天仪的赤道坐标、赤道圈和子午圈相交，以便确定出赤经和赤纬。我花了好几个小时想要搞明白这个浑天仪到底是要指向哪一颗星，可是我什么都没发现，我的老伙计。我看到你也向你的朋友马汀提出了同样的要求，且看看他是否有什么发现吧。至于我这边，我实在答不出你的问题了。"

挂掉埃尔文的电话之后，我立即给马汀打了电话。他还没有起床，我表示很抱歉打扰了他，把他从美梦中惊醒。

"我的老兄，你发给我的就是一个超级难解的谜题嘛！不过，别以为这样就能考倒我，我已经识破了你的陷阱。"

我让他继续往下说，并感到我的心跳在逐步加快。

"当然，你没给我时间上的数据，我没办法测算出角度。我在想，你到底跟我玩什么把戏？这是一个超级完美的浑天仪模型，也是我曾经见过的最复杂的浑天仪，而且它还相当精确。好吧，让我们跳到重点吧。我一直在想，它到底瞄准的是哪一颗星？后来，我总算弄明白了它的真正意图。它向我们指出的并不是天体中的某一点，与之相反，它是从天空中指向地球上的某一点。唯一的问题是，我按照现在的时间输入了相关数据，经过一系列运算之后，我所得到的这个点的位置并不明确，大概是在缅甸南部的安达曼海上。"

"如果按照 3 500 年前的时间重新调整数据，你能想办法重新算一次吗？"

"为什么是这样一个特定的时间？"马汀问道。

"因为刻着这个天体景象的石头的年代就是这么长。"

"需要重新计算的参数有很多，我尽量想办法找到一台空闲的计算机。不过我可不敢做出任何保证，明天再打电话给我看看结果如何吧。"

我表示非常感谢我的英国朋友为我如此煞费周章，然后立即给埃尔文打了个电话，告诉他马汀那边的消息，并请他也按照同样的时间数据进行新的运算。埃尔文有些抱怨，不过他天性如此，总是喜欢发发牢骚。他向我保证第二天会给我消息。

我告诉凯拉在如此短的时间里已经取得了一定的进展。直到现在我都还记得我们当时有多么开心和兴奋，我们俩都无比热切地盼望在第二天取得新的进展，而完全没有听取老僧人那番苦口婆心的劝告。科学胜于一切，进行探索的渴望和期待超过了一切。

"我不太想回到那座寺庙里去了。"凯拉对我说，"倒不是因为那里的主人令人讨厌，其实恰恰相反。我只是觉得，他对我们的思想教育听起来让人有些难受。既然还要多等一天，我们不如当一回真正的游客吧？黄河就在这附近了，我们去看看吧。你可以多拍一些相片，不用再偷偷瞒着我啦。如果你能找到一个僻静的角落，如果可以下河游泳，那就更随你照啦。"

这个下午，我们在黄河里裸泳了。凯拉无比开心，我也是如此。我忘掉了阿塔卡马高原，忘掉了伦敦和樱草丘那些被细雨浸润着的屋顶；我忘掉了伊兹拉岛，忘掉了我的母亲、伊莲娜小姨、老卡里巴诺斯以及他的小毛驴；我甚至忘掉了我可能会失去新一学年的授课机会，所有这一切，我都无所谓了。此刻，凯拉正在我的怀中，我们在纯净的黄河水里做爱，其他一切都无关紧要了。

我们没有回寺庙，而是决定在灵宝市找一家酒店住上一晚。凯拉想舒舒服服地洗个澡，我则想好好地享用一顿美味的晚餐。

在灵宝市充满爱意的一晚——写到这里我不禁笑了起来。在这座不可思议的城市里，我们在大街小巷中穿行。凯拉突然对拍照热衷起来，在黄河岸边，我们几乎拍完了一整卷胶卷。凯拉在市中心又买了一个新的相机继续拍下我们的各种合影。她并不想现在就把照片冲洗出来，而是宁愿等到我们回伦敦以后再一一回味这些美妙的瞬间。"这样会更有趣。"她对我说。

在一家餐厅的露天餐台旁，凯拉问我，是不是终于可以告诉她我到底爱她哪一点了。我则反问她，是否能告诉我，我们初次相遇时，在那间考试的教室里，她到底有没有作弊。凯拉拒绝回答我的问题，于是我对她说，既然这样，关于我爱她哪一点的秘密也只能稍后再揭晓了。

比起寺庙中粗糙的草席，酒店房间里的大床可要舒服得多。不过，这个晚上我们并没有睡得多好。

现在是当地时间上午 10 点，这里与智利有 12 个小时的时差。也就是说在阿塔卡马，现在是晚上 10 点，于是我拨通了埃尔文的电话。

阿塔卡马的天文望远镜又出了问题。我给埃尔文打电话时，他好像正在进行抢修。不过他仍然接听了我的电话，并向我抱怨，当我在中国偷闲的时候，他正趴在梯子上跟一颗不听话的螺钉做着艰苦的斗争。我听到话筒中传来他的一声尖叫，接着是一连串的咒骂。他割破了自己的右手，暴跳如雷。

"我完成了你所要求的运算任务。"他对我说，"我也不知道我干吗要掺和进来，我警告你，这可是最后一次了！你所寻找的定位还是在安达曼海上，不过按照重新输入的时间数据，最终得出的精确位置应该是在一片陆地之上。你现在能记下来吗？"

我拿起笔和纸，兴奋无比地检查着手中的笔是否写得出字来。

"北纬 13°26′50″，东经 94°15′52″。我帮你查过了，这是在纳尔贡达姆岛上，这个岛长约四公里，宽约三公里，岛上没有任何生物。至于这组坐标所指的精确位置，是岛上一座火山的底部。我把好消息留到最后告诉你：这是一座死火山！好吧，我还有工作要完成，先这样吧，好好去享受你的米饭和筷子吧。"

还没等我说谢谢，埃尔文就挂断了电话。我看看我手上的表，马汀通常会工作到很晚，再说我实在等不及了，就算吵醒他也在所不惜。

马汀也告诉了我一组相同的坐标数据。

凯拉在车里等着我。我把电话里谈到的情况都告诉了她。当她问我们接下来要去哪里时，我开玩笑似的把埃尔文和马汀告诉我的那组坐标输入了导航系统：北纬 13°26′50″，东经 94°15′52″。然后我才告诉凯拉，我们的下一站将是缅甸南部一座被称为"地狱之井"的小岛。

从缅甸的最南端到纳尔贡达姆岛还需要 10 个小时的航程。我们拿出一张地图，仔细研究着能够到达此地的不同路线，不过，并不是所有去往缅甸的路线都会经过南部的仰光。我们走进一家旅行社，向其中一位英语讲得还算可以的雇员咨询意见。

我们可以开两个小时的车到西安，然后从西安搭乘飞机飞往河内。第二天会有从河内去仰光的飞机，这趟航班每周只飞两次。到了缅甸南部以后，我们还需要找到去那个小岛的船。即使在最好的情况下，我们也需要三到四天才能抵达目的地。

"应该还有更简便更快捷的方式吧。比如说，我们要是从北京出发呢？"

旅行社的雇员一字不差地听懂了我们的谈话。他从柜台后面站起来向我们凑近，问我们身上是否带有外币。我一早就知道，出外旅行的时候美元总是随身必备的。在很多国家，印有富兰克林头像的绿色票子能够解决很多问题。这位雇员跟我们提到他有一位朋友以前驾驶过歼击机，后来自己购入了一架苏联里苏诺夫老式飞机。

这位飞行员愿意为喜欢寻求刺激的游客提供飞行服务。他这架俄式DC-3型飞机提供的服务被他称为"在天空中的洗礼"，而实际上，这架飞机真正的潜在任务是运送各种类型的货物。

在东南亚地区，很多非法的企业喜欢雇用从军队退役的飞行员为他们送货。这些老飞行员领着微薄的退休金，甘愿冒一切风险，把毒品、酒精、武器和外汇在海关的鼻子下偷偷运往泰国、马来西亚和缅甸等地。这些负责运送货物的飞机全都残旧不堪，不过又有谁会在乎呢？旅行社的雇员向我们保证能为我们安排好一切行程。我们如果从仰光去小岛，坐船一来一回至少要20个小时。而如果我们搭乘他朋友的飞机，就可以直接到达安达曼－尼科巴群岛的首府布莱尔港，从那里再到那个小岛就只有70海里的距离了。正在这个时候，一位客人前来咨询，我们正好有了几分钟的考虑时间。

"我们差点就死在了山上，你觉得我们还能上那架破飞机去碰运气吗？"我问凯拉。

"我们应该保持乐观，尽量看到事情好的一面。当我们像两个大蠢蛋悬在2 500多米高空之上的时候，我们最后不是也没摔断脖子嘛。在一架飞机上还能遇到什么比它彻底散了架更大的危险呢？"

不得不说，凯拉的观点传递着某种乐观的态度，不过，这么说也实在太不靠谱了。这趟旅途的风险无处不在——我们完全不知道跟随我们一同上机的会是什么样的货物，也不清楚飞机在穿过印度边境时会遇到什么样的风险。不过，假设旅途中一切都很顺利，我们第二天晚上就能到达纳尔贡达姆岛。

咨询的客人离开了旅行社，我们重新坐到了那位雇员的面前。我塞了200美元给他，这是定金。他不停地看着我的手表，我估计他应该乐于接受这块表作为佣金。于是，我从手腕上摘下表递给他，他立即无比开心地戴在了自己的手上。我向他保证，只要他那位飞行员朋友把我们送到布莱尔港，我会把兜里所有的现金都给他。当然，其中的一半可以在去程时预付，另一半要等到回程的时候再支付。

事情就这么敲定下来了。他关上旅行社的大门，让我们跟着他走到后院，那里停着一辆摩托车。他骑上摩托，凯拉坐在了中间，留给我的只剩下一丁点位置，我只能将双手撑在行李架上。摩托车在院子里轰轰作响，载着我们离开了这座城市。15分钟之后，摩托车开上了乡间小路，全速前进。能让我们搭乘飞机的停机场上只有一条在田间划出的泥土跑道和一间破旧的仓库。仓库里锁着两架旧飞机，稍大的那一架正是我们即将乘坐的交通工具。

机师长着一副海盗的模样，我觉得他很适合出演《圣保罗号炮艇》里面的角色。他的面部轮廓分明，脸上还有一道长长的伤疤，活脱儿是一个活动在南海地区的海盗。我们那位有些特别的旅行中介跟他攀谈了起来，机师一言不发地听完，然后走向我伸出手要求付款。在对我付出的金额表示满意之后，他指着仓库里摆放着的十几个箱子，示意我，如果想顺利起飞，就必须帮他一把。我一箱箱地把货物递给他，并眼看着所有的货物被藏在了机舱的最里头，我只能尽量不去想这里面都装了些什么。

凯拉坐到了副驾驶的位置上，我则在领航员的位置上坐了下来。我们的"海盗飞行员"亲切地靠向凯拉，用最基础的英语告诉她这架飞机的历史可追溯到战后时期。可是，我和凯拉都没有勇气开口问他说的到底是哪一次战争。

他让我们系好安全带，我表示很遗憾无法遵守这项安全条例，因为我的座椅上本该配备的安全带不见了踪影。飞机上的仪表盘，或者应该说某几个刻度盘，亮了起来，而另外一些刻度盘上的指针丝毫未动。机师拉起了两个操纵杆，按下了一串按钮——他似乎很了解自己的机器，布莱特·惠特尼牌的两个发动机——舱口盖上写着制造商的名字——先是喷出一股浓烟，接着喷出了一束火光。螺旋桨开始转动，尾翼也跟着转了起来，飞机开始沿着跑道移动，就好像在冰面上滑行一样。驾驶舱发出震耳欲聋的噪声，整架飞机都在抖动。我透过舷窗看见我们的那位旅行社雇员挥舞着双手，我还从来没有这么讨厌过某个人。就像抖筛里的两颗豆子，我们被晃得七荤八素。飞机终于加速，以有些令人不安的方式冲到了跑道的尽头。我感觉飞机的尾翼瞬间升了起来，我们终于飞向了蓝天。我敢肯定，飞机从树丛上方掠过时一定压断了好几棵树顶的枝叶。渐渐地，飞机攀升到了一定的高度。

机师告诉我们不能飞得太高，因为要躲避高空中覆盖的雷达射线。他在说这番话的时候面带微笑，我估摸着对这一点应该不需要太担心吧。

我们首先飞过了一片平原。飞机又往上爬升了一点，从空中望去，地势有了轻微的起伏。两个小时之后，我们经过了云南的东北部，飞机由此转向，往更南边飞去。机师所选择的路线耗时更长，不过这是飞离中国的最佳路径：沿着老挝的边界飞行，基本上不会遇到任何航空管制。到目前为止，不得不说一路上还算得上舒适，因为后来当飞机飞过湄公河的上方时，强烈的气流让这一段旅程瞬间变得极其糟糕。在靠近湄公河时，飞机突然向下俯冲，紧贴着水面飞行，这让凯拉感觉很棒。此刻的风景也许令人心旷神怡，然而我什么也看不到，因为我的双眼正紧紧盯着仪表盘上的高度计。我心中暗自奇怪，为什么我们的机师每敲一下高度计，上面的指针总是先乱晃一阵然后就往下降。15分钟之后，我们从老挝边境进入缅甸的领空时，显示燃油状态的另外两个刻度盘吸引了我的注意。据我的观察，油箱里只剩下不到四分之一的燃料了。我问机师大概还有多久能到，他骄傲地竖起了三根手指，并把第三只弯下了一半。鉴于目前燃油的消耗情况，如果真的还有两个半小时的航程，按道理我们会在到达目的地之前就不得不临时迫降。我把我经过运算后的推断告诉了凯拉，而她只是耸了耸肩。我发现沿途全是高山，不可能找到地方停下来进行补给。然而我忘了我们那位旅行社雇员曾经说过，这个机师以前可是开过歼击机的。在两个山坳间穿过时，飞机突然翻转侧翼向下俯冲，我们顿时感到肠胃一阵翻腾。马达发出刺耳的轰鸣，机身乱颤。过了一会儿，飞机终于保持平稳，恢复了正常。只见在驾驶舱前面出现了一片稻田，沿着田边似乎有一条路。凯拉闭上了双眼，飞机像朵花一样轻盈地着陆，稳稳地停了下来。机师熄掉发动机，解开安全带，并让我跟着他走。他把我带到了机舱的尾部，用皮带固定在尾部的两个大行李筐里正是之前装上飞机的货物。他示意我，现在要帮他把这两筐东西推到飞机的机翼下方。无须再多说，我们这次享受到的飞行服务绝对充满了"创意"！我推着其中的一个大筐朝飞机的右翼走去，只见路的尽头扬起了一阵灰尘，两辆吉普车正朝我们开来。到我们面前后，四个男子从车上走了下来。他们跟机师一边聊着，一边递给他一捆纸币，我都没来得及看清楚这是哪一国的货币。我们花了很长时间才从飞机上搬下来的货箱被他们在几分钟内搬上了车。然后他们就消失得无影无踪了，既没有跟我们告别，也没有帮我们给飞机加上油。

　　机师拿出一个小型电子泵，花了半个多小时给飞机加满了油。趁这个机会，凯拉走下飞机活动了一下双脚，而我和机师则负责把清空的行李筐重新搬进飞机尾部，也许回程的时候还需要装货。接下来，大家各就各位，准备再次出发。马达再次喷出火焰和有些发黑的烟雾，螺旋桨再次转动起来，飞机刚好穿过之前那个山坳之间，重新升上了天空。

在缅甸上空的飞行还算顺畅，为了避免被发现，飞机飞得更低了。机师告诉我们，不久之后就会在海岸边降落，我们很快就能看到一望无际的安达曼海了。飞机紧贴着海浪，向着更南端飞行。印度海岸巡逻队的警觉性应该高于缅甸那边。凯拉向我指出地平线上出现的一个黑点。机师也看了看用皮带绑在仪表盘上的移动 GPS，这个型号的 GPS 恐怕比车载的导航设备更牢固，定位也更精确吧。

"陆地。"机师在驾驶座上大喊。

飞机再次改变航向，绕过岛屿的东岸，经过一段超低空飞行之后，稳稳当当地停在了田间。

从这里走到布莱尔港只需要十分钟。机师拿上行李，跟着我们一道下了飞机。他将在城中找一家熟悉的旅馆住下，我们则要利用剩下的时间赶往小岛。他与我们约好第二天上午启程返回，他必须赶在中午之前穿过中国边境，因为只有在中午吃饭的时间，雷达监测员们才不会老盯着监控屏幕。

布莱尔港

在继续下一段旅程之前，我们邀请机师一起到一家冷饮店坐下喝点东西。

在 19 世纪初，布莱尔港成了英国皇家军队的停靠港。大批的英国士兵从此处登岸，然后被派往第一次英缅战争的最前线。岛上的原住民发起了对侵略者的抗争，那些停靠在岸边来自英国的船只和设备常常成为攻击的目标。当大英的殖民版图开始逐渐瓦解时，越来越多来自印度的反叛者被殖民政府关押，监狱因此变得不堪重负。于是，当时的政府在布莱尔港兴建了一座关押苦役的监狱。我的英国同胞们让岛上的居民蒙受了多少苦难，让他们遭遇了怎样的残暴虐待？严刑拷打和绞刑成了监狱里囚犯们的家常便饭。然而，其中大部分的囚犯仅仅是因为政治原因被送进了这个监狱。一直到印度宣布独立之后，这些令人憎恶的行径才得以告终。在安达曼海之上，布莱尔港最终变成了印度游客热爱的度假胜地。在我们面前，两个小孩正开心地享受着手中的冰激凌，他们的妈妈则在一旁的商店里选购太阳帽和沙滩浴巾。看着耸立在港口之上的监狱城墙，我禁不住问自己还有谁会记得这些为自由而战的牺牲者？

　　吃完午饭之后，机师帮我们找到了前往纳尔贡达姆岛的船，而且租船的老板愿意租给我们一艘快艇，更好运的是，他还接受信用卡支付租金。凯拉指出，这样下去的话，这趟旅程最终会让我破产的。她说得没错。

　　在登船出发前，我问机师是否能把他在飞机上用的导航设备借给我，并向他解释说我对这个地区很不熟悉，船上的罗盘可能也帮不了多少忙。机师有些不情愿，他表示如果我弄丢了这部 GPS，我们就不能顺利回到中国了。我向他保证一定会小心保管。

　　天气出奇地好，海面上风平浪静。我们乘坐的快艇配有两个 300 匹的马达，最多两个小时就能到达被称为"地狱之井"的小岛。

　　凯拉坐在船头，双脚在船舷两边伸开，尽情地享受着阳光与和煦的海风。离开岸边几里之后，海面上开始泛起波浪，凯拉不得不回到驾驶座，在我的旁边坐下来。小艇驰骋在海面上，随着海浪的起伏而跳动。下午六点，纳尔贡达姆岛的海岸出现在了我们的眼前。我绕过旁边一座迷你小岛，在一个小海湾的深处找到了可供停泊上岸的海滩。

来到火山脚下，凯拉迈开大步准备向上爬。我们需要在灌木丛中攀爬700 多米才能到达火山顶。这可一点都不轻松。我打开 GPS，把埃尔文和马汀之前提供的那组数据输入了系统。

伦敦

北纬 13° 26′ 50″，东经 94° 15′ 52″。

阿什顿爵士将助理递给他的字条打开来看。

"这是什么意思？"

"我也不知道，先生，我得承认，这让人完全摸不着头脑。他们租的车停靠在中国北部灵宝市的某条路上，从昨天上午就没再移动过。他们只是把这组数据输进了车上安装的 GPS 导航系统，不过我怀疑，他们不太可能通过陆路到达这个目的地。"

"为什么？"

"因为这组数据指向的位置是安达曼海上的某个小岛，想开车到这个地方可不太容易，即便开的是越野车也不行。"

"这座小岛有什么特别之处吗？"

"就是什么都没有，先生，这是一座火山小岛。除了偶尔有几只鸟飞过，岛上完全无人居住。"

"岛上的是一座活火山吗？"

"不是，先生，这座火山已经休眠 4 000 多年了。"

"他们离开中国就为了去这座孤零零的小岛？"

"应该不是，至少目前不是，先生。我们查询过所有航空公司的出境航班信息，并没有发现他们的踪迹。另外，我们装在那位天文学家手表里的跟踪器可以证实，他们一直都待在灵宝市中心。"

阿什顿爵士推开椅子站了起来。

"这场闹剧也该收场了！帮我订一张飞往北京的机票，要明天最早一班，然后安排一辆车和两个手下到机场接我。是时候结束这一切了，要不然就太迟了。"

阿什顿爵士从抽屉中取出支票簿，并从上衣口袋中掏出一支笔。

"请用您个人的信用卡帮我买机票，我会开张支票把这笔钱还给您。我不希望有人知道我的行踪。如果有任何人找我，请他们留言，并告诉他们我身体不适，正在乡下的朋友家里养病。"

"地狱之井"岛

几个小时之后就要天黑了，我可不希望摸黑在大海里航行，必须抓紧时间。凯拉第一个登上了山顶。

"你快点啊，这上面的景色太壮观了！"她对我说。

我加快脚步跟上了她。她一点也没有夸张，火山口被一层繁茂的植物覆盖，一只巨嘴鸟被我们惊扰，展翅飞向天空。我查看手中的导航仪，它能精确到五米之内。导航点闪烁着向屏幕中心靠近，我们离目标位置应该不远了。

我向下望了望，发现可以不需要导航仪的帮助了。就在火山口的中央，有一小块地，地上什么都没有长，光秃秃的。

凯拉冲了过去，却不允许我靠近。

她蹲了下来，开始用手扒开表面的泥土。她找了一块带着角的石头在四周划出边框，然后开始从中间挖掘，其间不停地用双手将土捧出来。

一个小时过去了，凯拉还是没有停止挖掘。在她的身旁已经堆起了一座泥土的小山丘。她疲惫不堪，额上满是汗水。我本想接替她，可她命令我在原地待着不许动。然后，她突然用尽全力大声叫着我的名字。

在她的双手之间，一块像乌木一样光滑坚硬的东西映入眼帘。它几乎呈三角形，散发着迷人的光泽。凯拉从脖子上取下项链，将她的吊坠放在了这块东西的旁边。就在这个时候，这两块东西相互吸引，突然合二为一。

连成一块之后，它们的颜色也随之一变，由乌木般的黑色慢慢变成了夜空般的深蓝色。突然，在这块东西的表面有好几百万个光点开始闪烁，就好像是悬挂在四亿年前那片天空中的数百万颗繁星。

我感到这块东西的温度从指缝间传来。这些光点变得越来越亮，其中有一颗最为耀眼。这难道就是在世界诞生的第一日升起的那颗星？这难道就是我从童年时代开始寻觅，并为此长途跋涉，甚至跑到了智利的高山上去追寻的那颗星？

凯拉小心翼翼地把这块东西放了地上。她抱紧我，与我热吻。现在天还没黑，我们的脚下却闪烁着一片我们有生以来见过的最美丽的星空。

要想把这两块东西分开可不是一件容易的事情。我们试着一人抓住一边用尽力气往两边拉，但这块东西纹丝不动。

可是，当光点逐渐暗淡下来并消失之后，只需要轻轻一用力就能把它们拆成两半。凯拉把吊坠挂回脖子上，我则把另一块东西放进了口袋深处。

我们四目交会，心中都在暗想，如果有一天能把五块东西都聚集在一起，那又会出现什么样的景象？

灵宝市

这架里苏诺夫飞机降落在跑道上，一路滑行进了仓库。机师协助凯拉走下了飞机。我把最后剩下的美元递给了他，感谢他把我们平安地带回了中国。那位旅行社雇员骑着摩托车前来接机，并把我们送到了我们停车的地方。他问我们对这次的旅程是否满意，我向他保证一定会向别人推荐他的旅行社。欣喜万分的他优雅地向我们鞠了一躬以示道别，然后转身离开了。

"你还有力气开车吗？"凯拉打着哈欠问我。

我没敢告诉她，在飞机经过老挝上空的时候，我曾经睡了一阵。

我转动车钥匙，发动了汽车。

接下来得回寺庙一趟，取回我们存放在那里的行李，也借此机会感谢那位老僧人的热情款待。我们在寺庙里住了一个晚上，第二天便启程赶往北京，因为我们迫不及待地想回到伦敦，以便进一步研究那一块找到的东西，看看把它放到激光之下会出现什么样的画面？它到底会向我们展示哪些星座呢？

当我们沿着黄河岸边向前开的时候，我一直在思索这块奇特的东西向我们展示的实情。在我的心中涌起了一些想法，不过我暂时还不想说出来。我打算等到了伦敦亲眼见证之后，再跟凯拉分享。

"明天一到伦敦我就打电话给沃尔特，"我对凯拉说，"他肯定会跟我们一样激动的。"

"嗯，我也得给让娜打个电话。"凯拉回答道。

"你最久一次不跟她联系有多长时间？"

"三个月！"凯拉承认道。

就在这个时候，一辆四门轿车跟了上来，紧紧贴在我们的车后。车上的司机拼命闪灯想超车却没能成功，因为崎岖的路面太过狭窄。路的两旁一边是陡峭的山壁，另一边是黄河的河床。只要有可能，我就会减速让他超过。

"不打电话并不代表就不想念对方。"凯拉继续说着。

"那为什么就不能打个电话呢？"我问她。

"因为有的时候，距离会让人找不到合适的话题。"

巴黎

这是一周之中伊沃里最享受的时刻，他准备出发去亚立格广场上的集市。他认识集市上的每一位摊主：卖面包的安妮、卖奶酪的马尔塞勒、肉店老板艾迪安，以及五金店的老板杰拉尔先生。在这家已有 20 年历史的五金店里总能找到令人惊奇的新鲜玩意儿。巴黎这座城市让伊沃里深深迷恋，他所居住的塞纳河中间的这片小岛更是如此。他喜欢这个集市，也喜欢这个广场的外形——就好像是一个翻转过来的船身。

回到家之后，他把菜篮放在厨房的餐桌上，小心翼翼地收拾着里面为数不多的"战利品"，然后咬着一根胡萝卜走进了客厅。就在这个时候，电话响了起来。

"我有个令人不快的消息要告诉您。"维吉尔说道。

伊沃里将手中的胡萝卜放到了茶几上面，认真听着他的"老棋友"接下来要说的话。

"我们今天上午召开了一次会议，那两位科学家的举动让组织里的成员相当疑惑。他们现在在灵宝市，某个中国的小城市，而且已经好几天没有动过了。没有人清楚他们为什么要去那里，不过他们在车载的 GPS 设备上输入了一组相当奇怪的数据。"

"什么样的数据？"伊沃里问。

"是某个小岛的定位坐标，这个无关紧要的小岛在安达曼海上。"

"这个小岛上有火山吗？"伊沃里接着问。

"确实有，您怎么会知道？"

伊沃里没有回答。

"您刚才说有令人不快的消息。怎么了，维吉尔？"

"阿什顿爵士说他生病了，没有出席这次会议。对此表示担心的并不只是我一个人，大家都是明眼人，都看得出他对之前表决通过的那项提议相当抵触。"

"您能确定他掌握了比我们更多的信息吗？"

"阿什顿爵士在中国有很多'朋友'。"维吉尔回答道。

"您刚才说的是灵宝市，对不对？"

伊沃里感谢维吉尔打来电话，然后收了线。他转身走向阳台，靠在栏杆上沉思了几分钟。这次又无法下厨了，只好等下一次了。伊沃里走进卧室，在电脑前面坐下。他订了晚上七点出发前往北京的机票，以及从北京转去西安的航班。收拾好行李之后，他打电话叫了一辆出租车赶往机场。

西安之路

"你就让他超过去吧。"

我也想照着凯拉说的去做，可是紧跟在我们后面的那辆车开得太快，我实在不敢踩下刹车。路面依然很窄，它也无法超过去。后面车里的司机很不耐烦，不过也只能再等等了，我决定不理后面传来的一串喇叭声。经过一个拐弯处，当马路向上而行的时候，后面的车不顾危险冲上前来，我从后视镜中望见它向我们不断贴近。

"系好安全带。"我对凯拉说，"这个蠢蛋最终会把我们撞到山沟里去的！"

"减速吧，阿德里安，我求你了。"

"我现在不能减速，后面的车就快贴到我们的车屁股了！"

凯拉转过身，看了看后视镜。

"这么开车简直是疯了吧！"

轮胎嘎吱作响，越野车打了一下滑。我好不容易控制住方向，踩下油门继续加速，希望能摆脱掉后面的疯子。

"这简直让人忍无可忍，他们一直在追着我们。"凯拉说，"开车的那个家伙刚才还向我做了一个不雅的手势。"

"别再看了，坐稳，扶好！你系好安全带了吗？"

"嗯。"

我自己却没来得及系上安全带，因为我实在无法松开方向盘。

我们感到车子猛烈地向前一冲，后面的车跟我们玩起了"碰碰车游戏"。越野车的前轮滑向一侧，凯拉那边的车门蹭上了路旁的岩壁。她死死抓住车上的把手，以至于指关节都变白了。越野车一路跌跌撞撞，勉强继续向前开着。每经过一个弯道，我们都被颠得跳了起来。新一轮的撞击把我们推向了一边，后面的车总算远离了我们。我好不容易奇迹般地调整好行车方向，后面的轿车却再次靠近，那个可恶的司机又跟了上来。仪表盘上的指针显示，车子的时速为70迈，在如此曲折的山路上不可能一直保持这样的速度。我们绝对过不了下一个弯道。

"刹车吧，阿德里安，我求你啦。"

后面的车发起了第三轮更为猛烈的撞击，越野车的右侧撞向了岩壁，车头灯在冲击之下炸开了花。凯拉猛地向后一靠。越野车急转了 180 度，向马路另一边冲去。我望见车子撞开了路旁的护栏。有那么一瞬间，我感到我们从地上腾空而起，悬在空中一动不动。随后，越野车往悬崖深处急坠。经过第一圈的翻滚之后，车子顶朝下沿着山坡往河边滑去，而车上的我只能眼睁睁看着却束手无策。一截松树树干突然扑面而来，车子转向了一旁，刚好避过了大树。似乎没有任何东西能阻止我们此刻的下坠。车子继续溜向河堤，车头突然冲向天空。只听见一声沉闷的巨响，随后是一阵猛烈的抖动，我们的越野车冲进了黄河。

　　我立刻转身看了看凯拉，她的前额被划了一道恐怖的伤口，鲜血从伤口中流出，不过她依旧保持着清醒。车子在河面上漂浮，然而不一会儿水流就已经漫过了引擎盖。

　　"我们必须想办法出去。"我对凯拉大喊。

　　"可是我被卡住了，阿德里安。"

　　极度震惊的我发现凯拉的座位偏离了轨道，没有办法碰到安全带的接口。我用尽全身力气试图往上拔，可是安全带依然卡得死死的。我的肋骨可能被撞伤了，每一次呼吸，我都感到胸口一阵剧烈的疼痛，痛得无法自已。可是水就要漫上来了，我必须把凯拉救出去。

　　河水逐渐往上涌，已经开始漫过我们的双脚，车子的风挡玻璃也逐渐消失在水中。

　　"快逃吧，阿德里安，趁现在还来得及，你赶紧走吧。"

　　我转身望向四周，想看看有什么能扯破这条该死的安全带。胸口的疼痛一阵阵袭来，我喘着粗气，但我绝不会就此放弃。我钻到凯拉的膝盖下，试图打开驾驶座前面的箱子。她把手放在我的后背，轻抚着我的头发。

　　"我的双腿已经失去知觉了，你没有办法把我从这里带出去了。"她低声对我说，"你现在必须离开。"

我用双手捧住她的头，深深地吻着她。我永远也不会忘记这一吻的味道。

凯拉看了看自己的吊坠，嘴角挤出一丝微笑。

"拿着它。"她对我说，"我们费了这么大劲，总不能一无所获吧。"

我不允许她摘下吊坠，我坚决不会离开，一定要跟她待在一起。

"我多么想最后再见一次哈里啊。"她说道。

水流开始涌进车厢，我们慢慢陷入了河水的深处。

"那次在教室里考试的时候，我并没有作弊。"她对我说，"我只是想吸引你的注意，因为我当时已经喜欢上你了。还有在伦敦的时候，我走到半路想折返的，要不是当时正好有一辆出租车经过，我可能就冲回你家里，在你身边躺下了。我只是有些害怕自己爱得太深，无法自拔。你知道吗，我早就已经不可救药地深深爱上你了。"

我们紧紧地拥抱在一起。车子继续向下沉，车内的光线开始变得暗淡。河水已经漫过了我们的肩膀。凯拉浑身发抖，此刻，心中的悲伤已经超过了恐惧。

"你向我保证过会告诉我到底爱我什么，现在赶紧说出来吧。"

"我爱你。"

"好吧，够简短的。不过再也找不出比这更动听的话语了。"

我会一直跟你在一起，我的爱人，一直到天荒地老。我从未离开过你。当黄河水漫过我们的身体时，我轻吻了你，把我最后一口气留给了你。我们同呼吸共患难。当河水漫过我们的脸颊时，你闭上了双眼，我却一直睁大双眼直到最后一刻。为了我儿时提出的那个问题，我苦苦追寻，试图在宇宙的最深处、在最遥远的星系中找到答案。而你一直在这里，陪伴在我的身边。你笑了，我的爱人，你的双臂紧紧搂住了我的双肩。然而你的双臂最终垂了下来，时间在这一刻停滞，这是我对你最后的记忆，我的爱人。在失去你的同时，我失去了知觉。

伊兹拉岛

到了伊兹拉岛之后，我继续将这本日记写满。我常常独自坐在阳台上，望向远处的大海。

在西安的某家医院里，我醒了过来，这已经是车祸发生之后的第五天了。据说河边的渔民看见有一辆越野车落水，便跳入河中，从车里把昏迷不醒的我拖了出来。后来车子被水流冲走，凯拉的尸体没有找到。所有这一切发生在三个月前。而这三个月来，我没有一天不在想着凯拉。没有她躺在身旁，我每晚都无法闭上双眼。失去她是我此生最大的痛苦。我的母亲决定不再为我担心焦虑了，因为弥漫在家里面的忧伤气氛已经足够浓郁，她实在不忍让悲伤再多　点了。每个晚上，我们都坐在阳台上共进晚餐。同样是在这个阳台上，我不停地写着，这是我能让凯拉"复活"的唯一方式，因为每当我在日记中提到她时，她就像忠实的影子一般，陪伴在我的身旁。只可惜，当她贴着我睡下时，我再也闻不到她皮肤的香味；当她嘲弄着我的笨拙时，我再也听不到她银铃般的笑声。我再也看不到她挖着泥土寻找宝藏的样子，看不到她总是一口吞下糕点，就好像有人要跟她抢的模样。然而，我拥有无数关于她的回忆、无数关于我们的回忆。只要一闭上双眼，她就会出现在那里。

伊莲娜小姨时不时会到家里来探望我们。除此之外，家里总是显得有些冷清，邻居们也不敢前来打扰。老卡里巴诺斯偶尔会经过我家门口，他说是为了来看看他的小毛驴，可我知道这并不是真正的原因。我们俩会坐在长椅上，一起望着大海。他也曾经失去爱人，那是在很久很久以前了。我的爱人被中国的河水卷走，他的爱人则是因病过世。然而，我们所承受的痛苦是相同的，他虽然什么都没有说，但我很清楚他还爱着她。

明天沃尔特就要从伦敦过来了。自从我到了岛上，他每个星期都会给我打电话。我实在没有办法回到伦敦。在那些我熟悉的小路上还回响着凯拉的脚步声，在我的卧室里还残留着凯拉的味道，我没有办法承受这一切。凯拉说得没错，最微小的细节都能勾起最痛苦的回忆。

凯拉是一个令人如此着迷的绝妙女子：她坚定果敢，虽然有时有些倔强。她以别人无法比拟的热情拥抱生活。她热爱自己的事业，尊重与她一同工作的同事。她有着惊人无误的直觉，也有着一颗悲天悯人的善心。她是我的朋友、我的伴侣、我深爱过的女人。那些我们一起度过的时光虽然短暂，却永远铭刻在我的心中。我知道我的余生就要靠它们来填满，我现在多么希望时间能过得再快一些。

夜幕降临时，我抬头望向天空，一切都不一样了。也许在某个遥远的星系中，又诞生了一颗新星。我希望有一天能回到阿塔卡马，能透过天文望远镜在浩瀚的夜空中找到她的身影，并为她命名。

亲爱的，总有一天我会告诉你我究竟爱你什么，不过要再等一等。因为我需要用一生的时间来回答。

沃尔特乘坐中午的快艇上了岛。我去码头迎接，我们一见面就像两个孩子一样抱头痛哭起来。伊莲娜小姨站在店铺的门前，隔壁的咖啡店老板向她询问我们是怎么回事，她让对方别管闲事，赶紧去招呼客人，其实咖啡店里空无一人。

沃尔特完全没有忘记骑驴的技巧，一路上他仅摔过两次，而且第一次不能算是他的错。当我们到家之后，我妈妈像对待自己的第二个儿子一样迎接了他。她在沃尔特的耳边嘀咕着说他本该早一点告诉她的，她说这话的时候还以为我没有听到。沃尔特问她指的是什么，她耸了耸肩，低声说出了凯拉的名字。

沃尔特绝对是一个风趣幽默的好男人。伊莲娜小姨也加入了我们的晚餐。其间，沃尔特讲了很多笑话，我最终露出了笑容。我的微笑让妈妈瞬间容光焕发，她站了起来说要收拾一下桌子，在走到我身边的时候，她轻轻摸了摸我的脸颊。

第二天上午，在父亲过世之后，她第一次跟我聊起了心中的悲伤往事。她到现在为止还没有放下对我父亲的爱。她接下来说的一番话让我毕生难忘：失去所爱的人确实很可怕，然而最可怕的是未曾与之相遇相知。

伊兹拉岛上，夜幕降临。伊莲娜小姨去客房睡下，妈妈也走进了自己的卧室。我收拾整理好客厅的沙发，为沃尔特铺床。然后我们走到阳台，喝了一杯茴香酒。

他问我是否还好，我回答说我在尽最大的努力变得更好。我至少还活着。沃尔特对我说很开心见到我，他还说有些东西要给我。有人给我往学院办公室寄了一个包裹，是从中国寄来的。

寄来的大纸箱上打着灵宝市的邮戳，里面装的是我们落在寺庙里的一些东西：一件凯拉的毛衣、一把梳子，以及两本相册。

"里面有两个一次性相机。"沃尔特有些迟疑地对我说，"我自作主张帮您把里面的照片冲了出来。我不知道现在把所有这一切都交给您是否合适，可能还是太早了一点吧。"

我打开了第一本相册。凯拉曾经跟我说过，最微小的细节也能勾起最痛苦的回忆。沃尔特识趣地走开了，留下我独自一人。他睡下了，我则花了大半夜的时间细细回味着凯拉和我一同留下的光影。我们本来说好等回到伦敦之后再把这些照片冲洗出来一起回味的。在这些照片当中，还有我跟她在黄河里裸泳的画面。

第二天，我送沃尔特去码头，口袋里依然装着这些照片。在咖啡厅的露天平台上，我把照片展示给沃尔特看，并向他讲述了每一张相片背后的故事，那些凯拉和我从北京直到纳尔贡达姆岛一同经历的故事。

"也就是说，你们最终找到了第二个碎块？"

"应该说是第三个。"我回答他，"杀害凯拉的那些人手里也拥有一个。"

"也许这场事故并不是那些人策划的。"

我从口袋里掏出那块东西递给沃尔特看。

"真是不可思议。"他嘟囔着说，"您什么时候才有勇气回到伦敦？我们要好好研究一下这块东西。"

"不必了，一切已经不再有任何意义。现在永远缺少了一块，它正躺在河床底下。"

沃尔特重新拿起相册，以最认真的态度一张张仔细查看。他抽出其中两张，把它们并排摆在餐桌上，然后问了我一个奇怪的问题。

在这两张相片上，凯拉都在游泳，我认得出地点。沃尔特给我指出，在其中一张照片里面，河边树丛的阴影朝右，而在另外一张照片上，它们却朝左。而且在第一张相片上，凯拉的面庞完好无缺，可是在第二张相片上面，她的额头上有一道很明显的伤痕。我的心跳突然停止。

"您之前跟我说，你们乘坐的车子被河水冲走了，但是凯拉的尸体并没有被找到，对不对？好吧，我可不想看到您的希望再次落空，备受打击。不过，我还是认为您应该尽快回到中国。"沃尔特在我耳边说道。

当天上午，我就赶回家收拾好了行李，我们刚好赶上了中午出发前往雅典的那班船。当天傍晚，我买好了飞往北京的机票。我前往中国，沃尔特则回伦敦，我们俩的航班几乎在同一时间出发。

在机场时，沃尔特让我保证一有新的进展就打电话告诉他。

我在登机大厅的走廊上准备道别时，沃尔特到处找自己的登机牌。他在翻查衣服口袋时，突然用奇怪的眼神望着我。

"哦，"他对我说，"我差点忘了。一个快递员把这个送到了学院，是给您的。毫无疑问，我都快彻底变成邮差了。您正好可以在飞机上看一看。"

他递给我一个密封好的信封，上面写着我的名字。随后他强烈建议我赶紧跑起来，否则就赶不上飞机了。

尾声

本次航班的机长刚刚通过广播宣布机上的乘客可以解开安全带了。空姐沿着走廊推着餐车，从第一排开始为乘客提供各种饮料。

我从口袋里掏出了沃尔特之前递给我的那封信，拆开读了起来。

亲爱的阿德里安：

我们还没有机会真正地互相认识，对此我感到很是惋惜。对于你们在中国的不幸遭遇，我也同样感到遗憾。我有幸跟凯拉接触过，她是一个很棒的女人，我能理解您心中的悲痛有多么强烈。把您从河中救出来的并不是渔民，而是寺庙的僧人，当时他们在河边游泳，正好目睹了你们的车子被冲进黄河的一幕。您可能会奇怪我为什么会知道这些，您可能记不起来了，因为我去医院看望您的时候，您还处在昏迷之中。在您的健康状况恢复之后，我安排好所需的一切手续，确保您安全地离开了中国。为什么要这么做呢？因为对发生在您身上的这一切，我感到有些自责。年轻时的我就像您一样；而现在作为一个老家伙，我对你们俩在中国的探险充满了兴趣。我曾经尽可能地帮助凯拉，并说服她不要放弃。我猜想没有她的存在，您可能想停下手中的一切。然而我知道凯拉一定希望您能继续探索下去。必须这样，阿德里安。凯拉已经为此牺牲了自己的生命，如果就这么白白放弃，这对她将是多么不公平啊。您即将发现的将远远超过您个人的生命范畴，对此我毫不怀疑。这一发现将最终呈现出您一直在苦苦追寻的答案。

经过多年的研究，我发现了另外一段文字，跟你们这次的探索不无关系。它被收录在一本只有很少人才能查阅到的古籍里。

如果我这一番话并没有让您改变主意，我请求您就不要打开这封信中的附件了。一旦看过之后也许会带来一定风险。我相信您是个绝对有信誉的人。如果与之相反，您改变了主意，就请继续读完附件中的内容。我相信终有一天您会明白其中的含义。

生活总是超过了我们的想象，它有时会带来一些小奇迹。一切皆有可能，我们只需要尽全力去相信。

一路平安，阿德里安。

您忠诚的伊沃里

我重新打开相册，又看了一遍里面的相片。而这些照片让我心中充满了疯狂的希望，我希望凯拉还活着。

我打开了伊沃里信封中的另一张信纸……

这是一个传说：某个小孩在母亲肚子里的时候就已经知晓一切关于"创世记"的奥秘——从世界的起源到末日的来临。在他出生之时，一位使者来到了他的摇篮前，用一根手指在他的双唇上一点，让他永远无法透露心中的秘密，关于生命的秘密。这根手指永久地抹去了孩童的记忆，并留下了一道记号。每个人上嘴唇的上方都有一道这样的记号，除了我之外。

我出生的那天，使者忘记了前来探望。而我记得所有的一切。

收起伊沃里的信，我回忆着跟凯拉的某次谈话。我们在前往康沃尔的途中，在美丽的星空下，她曾对我说：

"阿德里安，你从来就没想过我们到底是从哪里来的吗？你难道从来就没有梦想有一天发现生命来自偶然或者是上帝之手？我们的进化过程到底有什么意义？我们现在仅仅是处于迈向另一个文明的某一个阶段吗？"

"那你呢，凯拉，你曾经梦想过发现黎明是从哪里开始的吗？"

从雅典飞往伦敦的航班延误了一个多小时。终于，舷梯收了起来，飞机准备起飞。就在这时，机舱里传来了电话声。空姐正准备谴责坐在头等舱的那位接起电话的乘客，但后者保证马上就挂掉电话。

"他看到照片后有什么反应？"

"如果您是他的话，会有何反应？"

"您把那封信交给他了吗？"

"是的，在适当的时候，他现在应该正在看呢。"

"也就是说他已经出发了。谢谢您，沃尔特，您做得很好。"

"不客气，伊沃里，很荣幸能与您共事。"

飞机经过了爱琴海的上空，再过 10 个小时，我就能到中国了……

未完待续

敬请期待《第一夜》

您可在以下网站搜寻到所有关于马克·李维的消息

www.marclevy.info

《偷影子的人》作者马克·李维最新小说

法国年度图书销售总榜冠军
缝补内心缺失的疗愈之书

比恐惧
更强烈的
情感

畅销全球 32个国家

《费加罗文学报》鼎力推荐
全球马克·李维书迷最想拥有的作品